LES REINES

Historienne et scénariste belge, Emmanuelle Pirotte rencontre en 2015 un succès international avec son premier roman, *Today We Live*, traduit en quinze langues, couronné par le prix Edmée-de-La-Rochefoucauld et le prix *Historia*. Elle est également l'autrice de *De profundis*, *Loup et les hommes*, *D'innombrables soleils*, *Rompre les digues*, *Les Reines* et *Flamboyant crépuscule d'une vieille conformiste*.

Paru au Livre de Poche :

De profundis
D'innombrables soleils
Loup et les hommes
Rompre les digues
Today We Live

EMMANUELLE PIROTTE

Les Reines

LE CHERCHE MIDI

ISBN : 978-2-253-24511-7 – 1re publication LGF

À mes filles, Enora et Allegra

PREMIÈRE PARTIE

Ω

La dernière tempête m'oblige à rester terrée dans la cabane. Le vieux Sol a colmaté les interstices autour de la fenêtre et sous la porte avant l'hiver, pourtant le souffle du ciel est si puissant qu'il s'infiltre malgré tout, traverse les pierres des murs pour enrouler ses bras glacés autour de mes chevilles, de mon cou, me murmurer à l'oreille des histoires d'errance et de voyageurs pris dans les glaces. Un vers isolé me revient du passé, de l'enfance, me semble-t-il : «Je viens de si loin que le Nord s'enroule autour de ma gorge»; ces mots sont associés dans mon souvenir à un dessin représentant le Vent du Nord sous la forme d'une jeune femme (ou s'agit-il d'un jeune homme ?), aux traits à la fois délicats et volontaires, à l'expression sauvage et mélancolique. Le regard clair, pur et absolu comme une nuit d'hiver. Un être androgyne magnifique et merveilleusement triste, qui m'évoque les Hautes Terres nappées de brume, les cascades dévalant les montagnes désolées, la lumière presque boréale qui s'invite certains soirs. Mon royaume.

Sur ma petite table, la chandelle vient de s'éteindre. Aussitôt rallumée, la flamme vacille dangereusement, jusqu'à ce qu'une nouvelle et impérieuse bourrasque la fasse disparaître. Le vent, ce soir, ne tolère pas la présence du feu. Écrire m'est donc devenu presque impossible.

Voilà quatorze années que je vis seule sur cette île perdue au milieu de l'océan Atlantique, avec pour seule compagnie humaine celle de Sol. Il ignore son âge, mais était le servant de la précédente sibylle, morte très âgée un an avant mon arrivée. Sol est couché sur sa paillasse dans la petite cellule attenante à ma cabane. J'ai bien chargé son brasero, lui ai donné du bouillon d'algues et de fulmar séché, avant de le border comme un enfant. Je crains qu'il ne passe pas la nuit. Je tente de ne pas penser à sa mort. J'ai toujours cru que la solitude absolue me conviendrait tout aussi bien que de partager mon existence avec ce très vieil homme perclus de rhumatismes, à la cervelle gentiment dérangée.

Mais j'éprouve une grande peur depuis qu'il est alité, que je ne l'entends plus chantonner derrière moi lorsque je monte aux forts pour assister au lever et au coucher du soleil, depuis que je ne vois plus son visage s'éclairer de ce bon sourire vaguement surpris qui donne l'impression qu'il vous découvre chaque jour pour la première fois avec une joie renouvelée. Il n'a pas complètement perdu le nord, il s'est simplement retranché dans un monde intérieur dont l'illusion n'est contrariée par rien de ce qui l'entoure. Peut-être ce monde est-il d'ailleurs une version très légèrement différente de la réalité qui est la nôtre ici. Ou bien sa vie intérieure est-elle émaillée de très anciens souvenirs, du temps d'avant, avant son arrivée en ce lieu, lorsqu'il était un jeune garçon de douze ou treize ans ? Je n'en saurai jamais rien. De même qu'il ne saura jamais qui je suis, quelle fut ma vie avant de m'échouer sur cette île.

J'écris pour expier. J'écris pour m'obliger à revivre le passé et à affronter celle que je fus. Je dois savoir si cette femme qui vécut dans le monde pendant près de trente-cinq années existe encore quelque part en moi. J'ai voulu me jeter de la falaise du fort de l'Ouest au bout de quelques semaines sur l'île, comme l'ont fait tant de sibylles. Car rares sont les femmes qui ont assez de force morale et de santé pour survivre à cette existence. Je ne pensais pas pouvoir supporter cette solitude, la beauté âpre et violente des lieux, les possessions dans la grotte. Je me croyais, et me crois toujours, indigne de succéder à toutes celles qui ont vécu ici, je m'estimais incapable d'entendre ce que la Terre a à me dire. Comment rendre les oracles avec une âme aussi noire que la mienne ? Comment un être malfaisant peut-il devenir l'instrument par lequel parle notre mère la Terre ? Sans doute ce mystère ne s'éclaircira-t-il jamais pour moi.

Je me suis couchée tant de fois sur les grandes pierres plates et humides au fond de la grotte, après un jeûne de trois jours et trois nuits ; et Elle s'est toujours manifestée, m'a délivré les visions du passé et de l'avenir, que j'ai à mon tour offertes aux humains qui venaient me visiter deux fois par année. Chaque étreinte dans la grotte me laisse exténuée et incrédule, hantée de lointaines et fugaces rémanences d'images dépourvues de sens.

Je suppose que ma grand-mère disait vrai lorsqu'elle affirmait que j'avais le don depuis la naissance. Je n'avais pas quatre ans quand une servante m'a trouvée endormie au pied d'un très vieux chêne. J'étais couchée sous les feuilles mortes comme un hérisson, lovée entre ses racines. Je suis restée deux jours à sommeiller dans ses bras avant que l'on me découvre. Je n'éprouvais ni la faim, ni le froid, ni la peur. Je partageais la vie de l'arbre, je respirais au rythme de sa propre respiration, et il dévidait dans mon esprit ses pensées et ses songes, les réminiscences de son passé, sa perception suspendue, étirée, du temps et de l'espace. Lorsque j'ouvris les yeux et aperçus les visages soulagés autour de moi, je fus traversée d'un terrible pressentiment : il aurait mieux valu que je reste sous l'emprise du chêne, qu'il finisse par m'engloutir, par me faire disparaître en lui, et que je le rejoigne à jamais dans sa longue veille.

Le vent couvre la toux de Sol ; il rugit avec encore plus de fureur à mesure que la nuit s'engage et m'oblige à renoncer à écrire. C'est sans doute un signe qu'il m'envoie : « Cesse de coucher ces vieilles choses sur le papier, ma fille. Et arrête de maugréer à propos de ta destinée, et de ta petite personne. Tu es venue sur ce morceau de rocher pour trouver l'oubli, l'anéantissement de toute volonté autre que celle de servir la Terre ta mère, tu avais bien travaillé jusqu'ici. Tu avais lentement pâli, tu n'étais presque plus personne. Ton immense et vorace orgueil semblait terrassé, ta mémoire nécrosée. Il ne te restait plus qu'à mourir seule et en silence, car il est bien peu probable que l'on t'envoie un autre servant. Plus personne n'a débarqué dans l'île depuis près de deux ans. Les hommes t'ont oubliée. Tu t'étais résignée. Et voilà que la fin imminente de ce pauvre barbon te donne des états d'âme... » Chut ! Tais-toi donc, vent ! Tais-toi et va persifler ailleurs ! Je ne suis pas encore éteinte, je ne suis pas cette chandelle qu'un de tes soupirs réduit à néant. Il se fait que je ne peux pas disparaître sans régler mes comptes avec moi-même, comprends-tu ? Après, nous verrons bien. Tu pourras tout à loisir me murmurer tes paroles de mort et de désespoir.

J'ai compris, tu ne permettras pas que j'écrive cette nuit. Qu'à cela ne tienne, je m'en vais tenir compagnie à mon vieux barbon. Je n'ai pas besoin de lumière pour le rejoindre. Tu m'obliges à user de toutes mes forces pour ouvrir la porte. Le ciel est agité, c'est comme si les antiques Titans s'y livraient bataille, déchirant les nuages, projetant des éclairs à la face de la lune effarée. Je lève un poing coléreux vers le ciel à l'intention du vent, puis j'empoigne la corde rivée dans le mur, qui relie nos deux habitations et nous permet de ne pas nous envoler, les nuits comme celle-ci. Sol est éveillé, et c'est avec un immense soulagement que j'aperçois son doux sourire. Jamais je n'ai été aussi heureuse de le voir. Je voudrais qu'il vive, qu'il guérisse et reprenne sa vie paisible à mes côtés. Oh, Sol, mon vieux, reste avec moi. Ne m'abandonne pas. Je lui prends la main et aussitôt il pose son autre main sur la mienne, et la tapote en marmonnant des choses presque inaudibles. Pour la première fois, je tente de comprendre ce qu'il dit. Je m'approche de ses lèvres d'où s'échappe un souffle tiède légèrement parfumé au thym sauvage. « Alba », murmure-t-il. Alba, c'est l'ancien nom de mon pays. C'est aussi mon nom. Celui que je croyais avoir oublié, celui que j'ai maudit. Alba, le nom de l'infamie et de la honte.

Ω

Les chevaux achetés aux Kazakhs suivaient le convoi sans trop rechigner. Ils avaient encore besoin de quelques heures de dressage afin de pouvoir être vendus. La compagnie avait voyagé presque tout l'été dans la steppe et regagnait lentement les territoires de l'Ouest. Les premières agglomérations de Pologne seraient bientôt en vue ; ces petites villes étaient les portes de la civilisation, après des semaines d'errance dans les immensités où ce qui ressemblait de plus près à un homme étaient ces grandes stèles disposées autour des tertres funéraires royaux.

La plaine flamboie sous les derniers rayons du soleil qui fond lentement derrière la ligne d'horizon. Le convoi fait halte à hauteur d'un bras de rivière bordé par un bois de bouleaux. Non loin, un pin frappé par la foudre dresse sa macabre silhouette dans le ciel crépusculaire. Une nuée d'enfants et quelques femmes sortent hâtivement de dessous les bâches, on se met aussitôt à ramasser le bois pour le feu. Certaines mères entament un chant, les enfants aident les adultes ou jouent à se poursuivre, les hommes détellent les chevaux et les mènent boire. Quelques-uns ont sorti de rares armes à feu et des arcs et font le guet autour du cercle de roulottes. Chacun porte un long couteau bien visible à la ceinture.

Milo est déjà auprès de la jument grise. Il lui parle doucement près de l'oreille, mais elle continue de rouler des yeux fous et de trépigner, et ça le fait rire. Elle a mordu plusieurs chevaux, et il faut l'attacher à l'écart de ses semblables pour qu'elle avance sans trop faire d'histoires. « C'est un démon, lui avait dit Aïbek. Je te la laisse pour rien. Elle ne se soumettra jamais. » Milo s'était aussitôt attaché à elle, au démon, à la sauvage, à l'indocile. Alors qu'il tente de l'apaiser, il se voit déjà filer un matin sur son dos robuste, aller là où est son bon plaisir, vers les êtres et les lieux inconnus qui ne cessent de l'appeler.

Milo se fige : la voilà qui vient vers lui. Faith. Elle marche cambrée et le menton haut ; ses cheveux presque bleus balaient ses fesses au rythme de son pas onduleux et pourtant décidé. Que veut-elle encore ? Faith pose sa main tatouée et baguée sur la robe soyeuse de la jument, dévisage Milo avec une intensité presque féroce. Il lui accorde un regard bref, et continue tranquillement à parler à la bête et à caresser son flanc. La main de Faith se déplace du cheval à la poitrine du garçon sur laquelle elle fait un signe ; il la regarde, préfère ne pas penser à ce qu'elle vient de dessiner sur son torse. Il lui prend la main, la garde un instant dans la sienne et la repousse doucement. Puis il tourne le dos à la jeune fille et va s'occuper d'un autre cheval. Longtemps il sent son regard terrible peser sur lui.

Faith a tout juste quatorze ans. Milo vingt. Faith et Milo. Milo et Faith. Ils ne sont pas frère et sœur. Pas non plus mariés, ni même promis. Au sein de la grande famille, ce qui les unit ne porte pas de nom.

La mère de Faith était morte en couches et son père l'avait suivie quelques jours plus tard. On prétendait qu'il s'était noyé lors de la traversée d'un fleuve en crue, mais tout le monde savait qu'il s'était suicidé. Depuis ce jour, Milo avait lui-même élevé l'enfant. Le gamin ne supportait pas l'autorité ni la contrainte, mais il avait trouvé son maître dans cette petite créature vagissante ; il en prenait soin avec autant de tendresse qu'une chienne pour son petit, la nourrissait, dormait avec elle et la portait contre lui enveloppée dans un grand morceau de tissu attaché à son torse. On voyait le petit bonhomme se balader partout avec le bébé arrimé à son corps ; Faith était comme un prolongement de lui-même.

À l'âge de huit ans, Faith avait décrété solennellement devant toute la compagnie qu'elle épouserait Milo. Et puis on avait oublié. Mais lorsque son oncle lui annonça, le jour de ses treize ans, qu'elle était promise à Tom Boswell, elle refusa de s'alimenter. Milo finit par la convaincre de cesser de jeûner. Personne ne devait jamais savoir ce qu'il lui avait dit pendant les deux heures passées dans la roulotte avec elle, mais ensuite elle accepta docilement le mariage avec Tom. Depuis ce jour cependant, Faith ne proférait plus une parole. Tom Boswell était un bon gars d'une trentaine d'années que sa femme avait abandonné pour s'enfuir avec un homme d'une autre tribu. Faith s'occupait de la roulotte, elle cousait les chemises de Tom et préparait la nourriture, mais on disait que c'était tout ce qu'il était en droit d'attendre de sa jeune épouse. Il ne s'en plaignait pas, et semblait même éprouver une espèce de compassion pour la souffrance de Faith.

Ce soir la tension est palpable. Un calme étrange descend sur le camp. Les étendues de graminées dansent dans une brise tiède, annonciatrice d'orage, mais le ciel ne semble pas prêt à craquer. Les chevaux raclent le sol et poussent de petits hennissements nerveux. Tout le monde s'assied autour des feux et les femmes commencent le service. Faith remplit le bol de Milo en premier, en le couvant de son feu dévorant, qui n'échappe à personne. Après le repas, pendant que les autres sortent les pipes et les instruments de musique, l'oncle de Faith l'emmène dans sa roulotte et la sermonne. Sa voix étouffée est pleine de rage ; on n'entend que lui. Bientôt une femme commence un chant mélancolique qui couvre les vociférations.

Milo est pensif. Ses yeux scrutent les lointains presque entièrement gagnés par la nuit. Parfois ce moment de la fin de journée le rend joyeux, il participe à la liesse générale, sort sa guitare. Mais pas ce soir. Quand il repose le regard sur la compagnie disséminée autour du feu, chacun semble s'être figé dans l'action qu'il vient d'entreprendre, les gens et les bêtes sont comme les personnages d'un tableau, arrêtés dans le temps, qui n'attendent qu'un claquement de doigts pour se remettre à bouger. Milo déteste cette impression pourtant familière : les siens et le monde, immobilisés comme sur la scène d'un théâtre à laquelle il n'a pas accès. La dernière fois, il a bu comme un Polonais, a provoqué son cousin Lash au couteau et a fini par aller se perdre dans la nature.

Les yeux dans les flammes, les mains nerveusement occupées à assouplir des rênes de cuir, il repense à la Grise, rêve de disparaître discrètement, de se fondre dans le paysage comme un animal sauvage, de s'endormir pour s'éveiller dans la peau d'un autre. Milo soupire et se rapproche de son grand-père. La proximité du vieux a le don de l'apaiser lorsqu'il est anxieux, ou las. Aberrama lui propose une bouffée de tabac, Milo accepte et tire sur la pipe, recrache la fumée qui l'isole encore un peu plus du reste du monde. Mais qu'est-ce qu'elle fiche ? Faith lui fait peur. Chaque matin, il est inquiet quand elle tarde à sortir de sa roulotte. La nuit dernière, il a rêvé d'elle, il la voyait marcher seule dans la plaine au clair de lune ; elle entrait dans un marais et y disparaissait lentement. Il chasse l'image de la jeune fille en tirant une seconde bouffée.

Aberrama paierait cher pour que ça cesse. Cette tension, cette attente sans objet, cette chose qui grossit dans la poitrine de Milo et qu'il va devoir expulser d'une manière ou d'une autre s'il ne veut pas se faire manger par elle. C'est son seul souhait, au fond. Aux autres, il parle toujours des îles de l'Ouest. Il a fait le vœu solennel qu'avant de mourir il lui soit donné de sentir l'odeur de la tourbe brûlée, du tweed imprégné de bruine. On ne sait plus les raisons qui ont poussé la tribu des Britannia à quitter son île. L'exode s'est produit peu après la mort de sa fille Hope, la mère de Milo et de Babik. Pour Aberrama, tout s'est lentement dissous dans l'oubli et le chagrin. L'espèce de gigue que les musiciens ont commencé à jouer lui parle de sa fille perdue, des beautés de la terre où il a vu le jour et qu'il a parcourue inlassablement durant de longues années.

Milo croise son regard en échangeant la pipe. Il a souvent écouté le vieux lui parler du pays natal, il s'en fait une idée très vague, un tableau noyé de brumes et de grisaille, peuplé d'êtres et d'objets approximatifs. Roux, pâle avec ses yeux clairs à la teinte indéfinissable hésitant entre l'anthracite et le mauve, il a le type des Gypsies des îles occidentales, on le lui dit assez. Il en a sa claque des vieilles qui lui répètent avec des yeux embués qu'il porte en lui un peu de ces lieux aimés. Lui éprouve une fascination pour la steppe et les pays sauvages qui s'étirent à l'est, dépourvus de frontières, habités de peu de gens, libres et fiers ; ces horizons infinis ont opéré leur incomparable séduction sur lui et le gardent prisonnier d'un envoûtement. Mais aujourd'hui, en ce soir paisible, alors que l'air qui monte du sol distille son humidité dans les cœurs et les membres, et que les yeux clairs d'Aberrama évoquent des lumières marines, il se sent pour la première fois appelé par les images de l'Ouest, et voit défiler les plages hérissées de falaises, baignées d'effluves d'algues et de bruyères.

Milo se lève, vient installer son édredon près du troupeau, il passera la nuit là, afin de le protéger des voleurs de chevaux et des prédateurs, les tigres et les loups. Avant de se coucher, il s'approche de la jument, plonge la main dans sa crinière très fournie ; elle le fixe de son œil furieux, à la fois menaçant et effrayé. Il tente de poser la main sur son chanfrein, elle recule aussitôt en hennissant et le dévisage de nouveau avec colère. Milo tourne la tête : son frère Babik vient d'arriver, il a vu le manège et se met à rire :

« Toi non plus tu n'aimes pas qu'on te chipote le visage. »

Milo hausse les épaules avec un air désinvolte. Il observe la jument et dit très bas :

« Demain, je la monterai. Demain... »

Babik lève les yeux au ciel et soupire.

« Tu fais ta tête de chien qui chie, alors ?

— Je t'emmerde.

— Tu devrais parler à Faith. Elle recommence avec ses simagrées depuis quelques jours ; son oncle te regarde de travers et si ça continue...

— Est-ce que je me mêle de ta vie ?

— Pour ce que j'en ai, de vie. Dis, Milo...

— Quoi ?

— Est-ce que tu l'aimes ? »

Milo prend une profonde inspiration. Babik peut presque sentir le cœur de son frère cogner dans sa propre poitrine. Voilà longtemps qu'il n'a plus osé parler ouvertement de Faith à Milo. Mais la situation devient dangereuse. Dans le tout petit monde clos qui est le leur, la moindre incartade, le moindre manquement aux lois du groupe, aux codes d'honneur, le plus infime mouvement d'insoumission est perçu comme un geste de franche rébellion, passible de toute une série de mesures punitives. Si Milo n'encourageait pas Faith à manifester sa passion pour lui, il ne la décourageait pas non plus. Et ceci était déjà considéré comme une sorte d'approbation tacite du comportement provocateur de la jeune mariée. Indépendamment de ses relations houleuses avec Faith, Milo usait les nerfs de la communauté depuis longtemps : il refusait catégoriquement de se marier, manifestait trop de curiosité pour les Gadjés et pour leurs femmes (ce qui avait valu à la compagnie quelques bagarres mémorables qui ne s'étaient pas toujours terminées en faveur des Gypsies), il invitait souvent l'un ou l'autre de ces étrangers à partager la vie de la compagnie aux moments les plus sacrés et les plus inopportuns. On se souvient encore du soir pas si lointain où il amena un soldat russe complètement imbibé à la veillée funèbre d'un jeune enfant. Ils avaient bu jusqu'à vomir leurs tripes, puis avaient fini par se battre, entraînant avec eux le père du gosse mort, que le chagrin et l'alcool avaient rendu complètement dément, au point de se crever un œil. C'était uniquement grâce au prestige et à l'autorité dont jouissait Aberrama que Milo avait pu continuer à vivre de manière si intempestive sans en payer le prix.

Babik pensait que son frère était victime d'un sort. Quelque chose le dévorait, un grand charognard affamé qui le laissait parfois en paix pendant quelques semaines ou quelques mois puis se réveillait et recommençait à fouiller son âme sans pitié. Et cela durait depuis toujours, car Babik ne pouvait se souvenir d'un moment où son frère avait été véritablement et profondément apaisé. Excepté quand Milo était en compagnie de Faith lorsqu'elle était petite. Alors seulement le charognard en lui semblait disparu pour de bon. Il satisfaisait le moindre des caprices de l'enfant, s'inquiétait de ses sautes d'humeur, acceptait les plus injustes reproches. Et Faith à son tour était capable de braver tous les dangers pour plaire à Milo, pour provoquer sa joie ou sa fierté, voir fleurir la peur sur ses traits alors qu'elle montait debout sur un cheval à peine dressé, lancé au grand galop, ou se perdait dans la cime des arbres. Ils jouaient à un jeu dangereux dont Milo n'avait probablement pas mesuré toutes les conséquences. Il était communément admis depuis longtemps, même s'il était défendu d'en parler, que l'oncle de Faith n'avait pas voulu de Milo pour gendre à cause du peu de confiance que le jeune homme lui inspirait. Mais Milo n'avait jamais officiellement demandé la main de Faith. Il n'avait même jamais évoqué cette possibilité. Il acceptait le sort de Faith d'une humeur égale et, depuis le mariage, semblait vouloir se détacher progressivement de la jeune fille.

La voix de Babik rompt le silence :

« Est-ce...

— Merde, Babik ! C'est une gosse, un bébé. Je n'en voudrais pas si son oncle me la donnait avec cent chevaux. Elle me casse les burnes si tu veux savoir, son refus de parler, sa manie de porter des plumes dans les cheveux, de fumer la pipe, et puis sa voix, sa voix qui est trop grave, bien trop basse pour une gosse, et ses gestes, des gestes d'actrice, ses lèvres trop rouges, toute sa quincaillerie au cou... »

Milo met son poing dans sa bouche et se mord au sang, en espérant que l'obscurité dissimule son geste. Il ne pensait rien de ce qu'il venait de dire, et pourtant il l'avait dit, c'était sorti de lui comme une cataracte de bave acide.

Il se lève et s'en va marcher dans la nuit. Une vague d'inquiétude parcourt les chevaux. Babik les rejoint et caresse quelques flancs frémissants. Il s'approche de la jument grise de Milo. Il se fait la réflexion que déjà il considère la bête comme la propriété de son frère, alors que personne ne la lui a accordée. Babik recule pour mieux la contempler. La jument est vraiment superbe. Pourvue de toutes les qualités de robustesse et de résistance au froid du cheval sauvage de Mongolie, alliées à l'élégance, à la fierté des races kazakhs. Et puis, elle possède quelque chose d'unique qui ne laisse personne indifférent. Quant à la dresser, ce sera une autre histoire... Elle est la vie à l'état pur, la vie violente, implacable, fragile, destructrice.

*

Deux jours plus tard, Milo n'était toujours pas rentré. La jument avait disparu aussi. On les attendit un peu avant de se mettre en route. Le ciel était voilé de blanc et l'air piquant sentait l'hiver. Babik avait sorti son manteau en loup. Bientôt les glaces recouvriraient les steppes derrière eux, les Kazakhs se calfeutreraient dans leurs yourtes confortables, les hommes partiraient à la chasse au rapace. En pensant à ces gens avec qui il partageait quelques semaines par an et qui étaient devenus un peu comme une seconde famille, Babik eut une vision de Milo les accompagnant à la chasse, un grand aigle sur le poing, montant la jument grise. Babik savait la passion de son frère pour les paysages et les peuples des steppes, sa curiosité insatiable pour leur force et leur patience. Leur calme souverain contrastait si violemment avec sa propre inquiétude fébrile. Une chamane du clan des Kalcha lui avait un jour mystérieusement annoncé que cette agitation en lui disparaîtrait au moment où «tomberait le voile».

Babik et Milo s'étaient gentiment moqués d'une prédiction aussi évasive. Ce matin, elle revient habiter avec une étrange insistance l'esprit de Babik et assombrit tout ce qui s'offre à sa vue et à sa pensée, la route du retour, l'avenir de Milo, de Faith, de la compagnie tout entière.

Le convoi s'ébranle enfin dans un nuage de poussière. Babik conduit le cheval qui tracte la roulotte. Aberrama est assis à côté de lui, taciturne. Il n'a pas dit un mot depuis le matin.

« On continue vers le nord-ouest ? », demande Babik pour dire quelque chose, car il connaît déjà la réponse.

Ils vont parcourir les plaines mornes de Pologne vers Varsovie. Ce n'est pas la partie la plus agréable du trajet.

« Non, marmonne le vieux.

— Comment, non ?

— On va à Pardubice vendre les chevaux. »

Les Anciens avaient changé les plans. Tant mieux. Il faudrait traverser les Carpates pour rejoindre la Bohême, c'était autrement plus excitant. Babik laisserait des signes sur la route pour que Milo puisse retrouver le convoi. La dernière fois qu'il leur avait faussé compagnie, l'an dernier en Hongrie, on l'avait vu réapparaître après une vingtaine de jours. Il avait élu domicile chez un cordonnier et sa femme qui venaient de perdre leur fils de la fièvre. Milo était capable d'une tendresse presque maladive. Il avait sans doute dû câliner les deux vieux, couper leur bois et biner leur potager, tout en apprenant à faire des chaussures avec un vrai professionnel. Il s'était confectionné une splendide paire de bottes souples en veau qui avaient fait des jaloux. Il avait accepté de faire les mêmes pour les membres de la compagnie qui le désiraient, et cela sembla tarir un temps le ressentiment nourri à son encontre. Prendre la fuite sans prévenir et partager la vie des Gadjés était interdit depuis toujours chez les Gypsies, mais Milo s'en moquait éperdument.

Qu'allait-il leur réserver cette fois-ci ? Babik se retint de poser la question à voix haute, le grand-père n'était pas d'humeur à entamer cette conversation. Il était très inquiet. Et sans doute sentait-il ses forces décliner, et pensait-il qu'il ne serait un jour plus là pour veiller sur ce jeune homme fantasque qui était la prunelle de ses yeux, son enfant terrible. C'était Milo qui ressemblait le plus à leur mère, Hope. Il avait son regard, sa manière de se mettre en colère et, par-dessus tout, son sourire, désarmant, incomparable, si lumineux qu'il effaçait les pires accès d'humeur, les paroles les plus blessantes. Babik avait hérité plus de choses de son père, le caractère tranquille, la haute taille et la carrure de lutteur, les grands yeux sombres et pénétrants.

On approchait d'Oswiecim. Tous les attelages ralentirent l'allure presque en même temps. On descendit des roulottes. Les hommes ôtèrent leur chapeau. Les femmes entonnèrent le Chant des Disparus, comme chaque fois que l'on passait à proximité de cet endroit. La végétation et les assauts du temps n'avaient pas encore entièrement effacé les traces de ce lieu où avaient péri des milliers de Roms durant la dernière grande guerre qui avait ravagé l'Europe du Vieux Monde. Tous les gens du voyage connaissaient cette histoire, que l'on se racontait de génération en génération depuis toujours. Il y avait eu les chambres à gaz et les fours crématoires, les wagons bondés où les gens mouraient de froid, de soif, de peur bien avant d'arriver au camp. On ne savait plus à quoi ressemblaient ces wagons ni comment ils se déplaçaient. Les maîtres du Vieux Monde avaient inventé de nombreuses manières de faire avancer des véhicules sans utiliser les chevaux ou les hommes, aucun de ces moyens ne leur avait survécu. Et c'était sans doute mieux ainsi.

La Terre Mère avait mis du temps à se guérir de cette époque, à panser ses plaies, seule, dans le grand silence et la nuit qui avaient succédé à la Chute. Mais elle avait fini par se languir de la présence des hommes. Un beau jour lui manqua le frôlement des pieds nus et légers dansant sur sa peau, les chansons et la musique, les rires et les larmes des hommes. Alors elle enfanta de nouveau, et une humanité naquit, dont les Fils du Vent étaient devenus les princes incontestés. Eux qui avaient été maudits et méprisés, assassinés et brûlés, sans chants et sans prières, sans personne pour prononcer leurs innombrables noms, ils étaient devenus les enfants chéris de la Terre. Ils ne doivent en tirer aucun orgueil, seulement une joie pure qui les porte toujours plus loin sur la route, les réchauffe quand la bise souffle en hiver, les rafraîchit quand le soleil cogne en été, qui les garde en santé, heureux de marcher sur la Terre sacrée. Voilà ce que l'on racontait aux enfants durant les veillées. Voilà à quoi Babik croyait avec ferveur et émerveillement. Milo semblait plus sceptique. Il lui fallait glaner d'autres versions lorsqu'elles différaient d'une compagnie à l'autre, d'une tribu à l'autre, et les comparer, entendre les croyances des peuples qu'ils croisaient. Il lui fallait discuter indéfiniment le soir avant de dormir, alors que Babik sombrait dans le sommeil, l'esprit abruti par tant de réflexions et de questions, ébranlé par le doute qui creusait son sillon chez son frère.

Les chants et les prières terminés, on se baissa pour baiser la terre et puis on se remit en route. Un petit vent frais s'était levé, qui aida les âmes à s'alléger après cette halte douloureuse. Babik vit Faith sortir précipitamment de sa roulotte et mettre les mains en visière au-dessus de ses yeux en se penchant sur le côté. Elle finit par descendre malgré les protestations molles de son époux et marcha dans le sens opposé à celui du convoi. Le vent se renforçait, faisant voler les pans de son foulard et les mèches noires qui s'en échappaient ; elle plissait les yeux et ses narines palpitaient comme celles d'un animal qui sent les nouvelles apportées par le vent. Puis sa bouche charnue peinte en rouge vif s'étira en un sourire, laissant voir ses dents jusqu'aux canines qu'elle avait pointues. La gauche, qui était en or, lança un éclair de lumière. Et c'est alors que tous le virent, arrivant à toute allure dans un nuage de poussière, monté sur la jument grise. Faith ouvrit grands les bras sans s'arrêter de marcher. Il ralentit un peu avant d'arriver à sa hauteur, immobilisa le cheval un instant, puis se mit à décrire des cercles au trot autour de la jeune fille. La jument semblait agitée. Elle renâclait, faisait parfois des ruades. Mais Milo tenait en selle, les yeux dans ceux de Faith, qui tournait sur elle-même pour suivre le cavalier. Faith observait Milo avec défi. Enfin, elle eut brusquement l'air las, se détourna et s'en alla vers sa roulotte. Milo relança sa jument au galop et lui fit faire de grands cercles autour du convoi en marche.

Aberrama soupira avec lassitude ; mais Babik sentait qu'il était soulagé et heureux de contempler Milo sur cette satanée jument, Milo qui était de retour, Milo qui allait se prendre une raclée, mais qui n'en aurait rien à péter comme toujours. Quand il passa à sa portée, Aberrama fit signe à son petit-fils d'approcher.

« Tu as préféré la dresser dans l'intimité ? C'est mieux de ne pas se faire ridiculiser par une femme en public, tu as raison, déclara Aberrama, l'air jovial.

— Ça n'a pas été si difficile, tu sais, elle ne demandait qu'à se laisser faire, répondit Milo avec désinvolture.

— Ouais... marmonna Babik.

— Descends de cette jument et ramène-la avec les autres », ordonna Aberrama avec une brusque dureté.

La jument de Milo, rendue nerveuse par la voix cassante du vieux, fit une légère embardée. Milo soutint avec arrogance le regard de son grand-père. Petit à petit cette arrogance fit place à de l'embarras, puis il baissa les yeux le premier, alla en queue de convoi, dessella la jument et la confia à l'homme en charge du troupeau. Ensuite il revint s'affaler dans la roulotte et dormit jusqu'au soir.

Alors qu'ils entraient dans la région montagneuse qu'on appelait autrefois la Moravie, ils firent la rencontre d'une bande de cinq femmes munies d'arcs et de hauts carquois ; elles traînaient sur une civière un énorme cerf. Elles proposèrent à la compagnie de partager le repas du soir avec leurs familles, qui les attendaient au camp. Les gens du voyage inspiraient généralement la confiance, excepté aux sédentaires, qui étaient très minoritaires dans ces régions du monde habité ; de tous les nomades ou semi-nomades qui peuplaient l'Europe, les Gypsies parcouraient les plus longues distances et rencontraient les cultures les plus variées ; ils faisaient le commerce d'objets rares et exotiques, et leurs chevaux étaient costauds et dociles. Ils étaient les meilleurs raconteurs d'histoires que la Terre portât, leur aura était immense et leur assurait un accueil généreux.

Aberrama ne connaissait pas ces femmes chasseresses, mais avait déjà croisé maintes fois des gens de la tribu de l'Orage, à laquelle ce clan appartenait manifestement, des chasseurs-cueilleurs vivant dans les Carpates l'été, et regagnant les Balkans et la Grèce l'hiver. Ces femmes semblaient heureuses de voir du monde et de parler. Elles admirèrent le troupeau de chevaux sauvages et caressèrent les bêtes avec une joie ostensible et une grande curiosité. Ces peuples n'avaient guère d'usage du cheval, car les régions où ils se déplaçaient étaient très accidentées, mais ils l'appréciaient, le respectaient et le craignaient un peu comme un des plus sublimes et étonnants enfants de la Terre Mère.

Le camp était installé dans un bois de feuillus, au creux d'une ravine abritée par un petit cirque de roches aux formes étranges. Des enfants, des hommes et des vieillards attendaient impatiemment le retour de chasse des femmes. Telle était la répartition des tâches au sein de la plupart de ces communautés d'Europe centrale qui vivaient en complète autarcie : les hommes et les vieillards s'occupaient des activités domestiques et des enfants, pendant que les femmes chassaient ou guerroyaient. Elles étaient également en charge des rites chamaniques, de la fabrication des potions et onguents de guérison. Les hommes étaient souvent des artisans et des artistes accomplis. Ils jouaient tous d'un instrument et chantaient, décoraient les vêtements, des tuniques et des pantalons de daim brodés de motifs végétaux et d'oiseaux d'une grande délicatesse, très appréciés par les sédentaires de l'Ouest. Aberrama et les anciens de la compagnie reçurent les meilleures places près du grand feu. Les enfants gypsies et ceux du camp se mêlèrent rapidement et commencèrent à jouer aux abords des tipis de peau, pendant que les adultes discutaient.

Milo émergea du sommeil lorsque Babik le secoua fermement. Il sortit de la roulotte et un grand silence se fit dans l'assemblée. Les membres de la compagnie étaient gênés de l'apparition aussi tardive d'un des leurs, tout dépenaillé et chiffonné par le sommeil. Une très vieille femme parmi leurs hôtes se leva péniblement et s'avança vers Milo, lui prit la main et l'amena près du feu. Elle poussa rudement un jeune homme pour faire de la place et installa Milo parmi les convives. Elle lui présenta des baies et des racines qu'il ne put identifier, mais il mangea de bon cœur en remerciant. La vieille leva la main comme pour lui caresser les cheveux, mais Milo recula brusquement pour échapper au contact ; elle l'observa un instant, perplexe, et alla regagner sa place. Faith ne quittait pas Milo des yeux alors qu'une femme admirait sa coiffure, touchant les petites tresses terminées par des rangs de perles de verre minuscules ou des plumes. Les femmes de la tribu de l'Orage laissaient leurs cheveux très longs lâchés, et les relevaient par des peignes d'os lorsqu'elles chassaient. Faith prit une plume au bout d'une de ses petites tresses et l'offrit à la jeune femme blonde captivée par sa chevelure.

Après le repas, on chanta et on dansa une bonne partie de la nuit. Babik s'aperçut que Faith et Milo avaient disparu. Il s'éclipsa discrètement pour aller à leur recherche et les trouva à quelques centaines de mètres du camp. Faith était appuyée le dos contre un arbre et Milo était devant elle. Ils ne se touchaient pas, murmuraient des choses inaudibles. Faith porta les mains à son corsage et commença à le déboutonner. Milo ne bougeait pas. La poitrine menue de la jeune fille se révéla dans la nuit, la blancheur de sa gorge reflétait la clarté de la lune et illuminait son visage. Ses mamelons se dressaient en ombres chinoises. Babik pouvait entendre la respiration de son frère s'accélérer. Faith lui tendit les bras, mais Milo la repoussa, elle fit deux pas en avant et le gifla. Il lui prit le visage dans les mains avec une espèce de fureur triste. Il l'embrassa longuement, ses mains couraient partout sur elle, avides et frénétiques. Puis il s'écarta brusquement et s'enfuit dans la forêt. Babik regagna le campement où quelques personnes s'attardaient près du feu. Aberrama était parti se coucher.

Milo se glissa dans la roulotte à l'aube. Au matin, on échangea avec les gens de la tribu de l'Orage des tuniques brodées contre des peaux pour confectionner des manteaux d'hiver, renard polaire, ours blanc et loup, que les Gypsies avaient obtenues auprès des Kazakhs, qui les avaient eux-mêmes achetées aux Mongols et aux chasseurs de la taïga sibérienne. On se sépara en se promettant de se retrouver l'année prochaine. Les hasards de la vie nomade en décideraient sans doute autrement, il était bon de se donner l'illusion fugace de contrôler le destin, avant de retrouver le mystérieux dessein de la route et d'apprécier à nouveau de vivre dans le miracle que réserve chaque nouveau jour.

Pour Milo, ce jour serait à jamais marqué d'une pierre noire, selon une expression du Vieux Monde que plus personne ne comprenait. Les Anciens décidèrent de camper pendant trois jours au bord d'une rivière, afin de pouvoir faire la lessive et permettre aux enfants de s'ébattre et de jouer à leur guise. Cela faisait quelque temps que les haltes étaient trop courtes, et tout le monde était fatigué. Les femmes appréciaient de se retrouver à la rivière et de discuter entre elles. Chacune apportait le linge dans plusieurs bassines, une pour les habits des femmes de la famille, une autre pour ceux des hommes. Il était formellement interdit de laver les vêtements féminins et masculins ensemble, de même qu'il convenait impérativement de ne pas mélanger dans la bassine le linge du haut du corps et celui destiné aux parties inférieures, considérées comme impures. Le groupe de femmes accompagnées par quelques enfants s'occupa à la rivière une bonne partie de la journée. Les hommes avaient construit des tentes avec des peaux et des branchages, selon l'habitude lorsque l'on s'attardait dans un endroit. Comme les autres femmes, Faith fit sécher son linge aux cordes tendues entre les arbres. Quand elle eut terminé, elle alla remplir une bassine d'eau à la rivière et vint la présenter à son époux pour qu'il se désaltère et se lave. Elle alla chercher une autre bassine et fit de même pour Milo. Il but, puis s'aspergea le visage et se frotta les mains et les poignets. Soudain, quelques femmes s'attroupèrent autour de lui et le regardèrent avec un mélange de pitié, de colère et de dégoût. Milo suspendit son geste, posa la bassine à terre et se leva.

« Quoi ? Pourquoi vous me regardez comme ça ?

— Il est *marhimé* », cria une femme.

C'était Macha, la sœur de Tom, l'époux de Faith. Une rumeur parcourut le campement, d'autres personnes accoururent et rejoignirent le cercle de femmes. Aberrama vint se placer près de son petit-fils. Il leva les bras pour faire taire l'assemblée.

« Qui dit cela ? demanda Aberrama de son timbre autoritaire.

— C'est moi, répondit fermement la femme qui avait parlé en se frappant la poitrine.

— C'est une très grave accusation, Macha. Tu vas devoir t'expliquer. Et si ta bouche a proféré de fausses paroles, tu devras à ton tour être jugée et condamnée. Tu maintiens ton dire ?

— Que l'eau des rivières se transforme en sang si je ne dis pas la vérité. J'étais avec Faith à la lessive. Elle nous a dit avoir ses règles, et d'ailleurs nous avons vu le sang sur ses linges. Elle a rapporté ses jupes, ses culottes et ses tissus de protection dans cette bassine que tu vois là, Aberrama. Celle où ton petit-fils vient de boire. »

Plusieurs femmes confirmèrent. Aberrama était sans voix. Un silence terrible se fit, duquel monta une plainte. C'était une voix de vieille femme, bientôt rejointe par d'autres, qui se fondirent en une lugubre mélopée. Milo jetait des regards incrédules à Babik, cherchait Faith des yeux. Elle finit par se montrer, les joues baignées de larmes, le teint cireux. Milo bondit vers elle, mais fut arrêté par Tom Boswell et Babik, qui l'obligèrent à reculer au centre du cercle.

« Qu'est-ce que tu as fait ? », murmura Milo comme s'il s'adressait à un enfant désobéissant.

Faith leva les yeux vers lui puis s'effondra, inconsciente. Son mari l'emporta et la confia à deux vieilles. Milo était à présent terrifié ; il s'approcha d'Aberrama, mais le vieux recula, Babik réagit de la même façon lorsque son frère fit mine de le toucher, comme si Milo était brusquement atteint d'une maladie contagieuse et mortelle.

« Il faut appliquer la loi », déclara Aberrama.

Il contenait péniblement son émotion. Ses lèvres tremblaient sous sa moustache, ses vieilles mains se tordaient l'une dans l'autre. Il observa désespérément Milo pendant de longues secondes, prit une profonde inspiration et parla :

« Je propose un an de bannissement. »

Des cris de mécontentement s'élevèrent. La sœur de Tom prit la parole :

« Nous demandons le bannissement à vie. Milo fait ce que bon lui semble depuis trop longtemps. Il ne respecte ni les coutumes, ni les personnes. Il est temps qu'il soit puni, pour cette faute et toutes les autres qui n'ont jamais été condamnées. Nous ne voulons plus de lui, Aberrama. Tu l'as protégé, mais maintenant ton autorité ne sera plus d'aucune aide pour lui. Il doit partir. »

Aberrama balaya l'assistance du regard en quête de soutien. Mais il ne rencontra que des visages fermés. Il plongea les yeux dans ceux de la vieille Charity, la grand-mère de Faith, qui avait une tendresse particulière pour Milo. Elle dit :

« Je suis désolée, Abe. Ton gamin est une menace pour nous tous. Il sème le trouble et le chagrin. Il va finir par mettre cette compagnie en danger. On a essayé de le raisonner, en vain. Quand un cheval met son cavalier par terre, il faut le rendre à la sauvagerie. »

C'est ainsi qu'en ce quinzième jour d'octobre de l'an 541 après la Chute du Vieux Monde, Milo Gray, Fils du Vent de la tribu des Britannia, fut abandonné par sa compagnie au bord d'un chemin de Bohême, avec un manteau de fourrure, une dague, un arc et quelques flèches, une couverture et des vivres pour trois jours.

Ω

La mort n'a pas voulu de Sol. Je l'ai veillé pendant deux jours et deux nuits, en dormant quelques heures sur une peau d'ours que j'avais transportée de la cabane. Il a eu la fièvre, a déliré pendant des heures, suant comme un bœuf à l'ouvrage, luttant avec une force qu'on n'aurait pas crue possible dans une antique carcasse comme la sienne. La mort ricane de nos croyances et de nos intuitions, se moque des apparences. À présent Sol dort avec la sérénité d'un nouveau-né. Comment connaît-il mon nom ? Il me semble ne jamais le lui avoir révélé. La sibylle n'a plus de nom.

C'est bientôt le moment de me rendre au fort Noir au sommet des falaises de l'Ouest pour assister au coucher du soleil. L'astre est resté caché derrière les nuages tout le jour, mais il est dit que la sibylle doit l'accompagner dans sa disparition, tout comme lors de son apparition, même s'il reste invisible. J'ai failli à cette loi deux jours de suite pour veiller Sol. Je souffle la chandelle, recouvre le brasero, et me voilà dehors, enveloppée de ma cape de laine. Je tangue un peu dans le vent, moins violent que les jours précédents. Je dépasse le cairn de pierres où nous entreposons la tourbe, les réserves de pommes de terre et de viande d'oiseau fumée. Les rafales augmentent en intensité, et ce sera ainsi jusqu'au fort. Nous ne savons pas quand cet édifice a été construit, probablement très longtemps avant la Chute du Vieux Monde, en cette époque lointaine que nous appelons le Très Vieux Monde, et dont nous avons presque tout oublié ; j'ai pourtant l'impression que ces peuples devaient nous ressembler beaucoup. Une construction presque identique au fort Noir, mais moins imposante, se dresse à l'est de l'île ; c'est là que je me rends chaque jour à l'aube.

J'arrive en haut de la falaise, je ne peux m'empêcher de frissonner à la vue des rangs d'innombrables chevaux de frise qui gardent le fort ; ils offrent une vision hallucinée qui chaque fois crée en moi un effroi incrédule, une espèce de vertige qui me ramène en enfance. Lorsque je me faufile entre les hautes pierres dressées, j'ai le sentiment qu'elles vont se mettre à bouger pour m'emprisonner et m'enterrer vivante. Je grimpe au sommet du mur barrant l'éperon qui fend les flots, et je m'assieds. Loin en contrebas, la mer se fracasse en rugissant contre le roc. L'île est enserrée par un bouclier de basalte d'un noir profond qui revêt l'apparence d'un rostre de baleine. On dirait que ce morceau de terre a surgi soudainement de l'océan, avec la puissance d'un volcan en éruption. Ce lieu est la manifestation de l'énergie brute et inconcevable de la création à l'œuvre. Sur l'horizon trônent les Trois Guerrières, un ensemble d'îlots rocheux semblables à de gigantesques dents. Cousines des sentinelles de pierre qui gardent le fort du couchant. Des icebergs dérivent au large. Ils sont plus nombreux et plus gros depuis quelque temps. Le froid gagne chaque année en intensité. Bientôt cette île sera prise dans les glaces en hiver, de même que les Hautes Terres d'Écosse. La croûte descend lentement et souffle son haleine blanche et tranchante sur les paysages et les gens. Le Nouveau Monde acclame le froid et vénère le Nord, parce que l'on sait que le Vieux Monde est sans doute mort de chaud. Mais le froid rend les êtres durs et sans pitié, il gèle les cœurs et anéantit les faibles.

Une grande ombre plane en cercle au-dessus de la mer. Je reconnais l'aigle-aux-yeux-ensoleillés qui apparaît chaque jour peu après mon arrivée au fort. Il me salue par un cri. Nous avons un accord : celui d'assister ensemble au coucher du soleil. Il ne manque presque jamais le rendez-vous. L'aigle descend lentement, se pose sur le mur, à deux mètres à peine de moi. Je peux plonger mon regard dans le sien et m'y attarder longtemps. Je peux même, parfois, lorsque je suis seule, l'approcher, glisser ma main dans son cou ébouriffé. C'est mon jour de chance : il se déplace un peu vers moi et je tends le bras, caresse son puissant poitrail. L'oiseau est immense. Je fais souvent le rêve que la mer submerge ce lieu où je vis. L'aigle vient à mon aide et m'emporte sur son dos ; il prend son envol et nous planons au-dessus de l'île dévorée par la mer, bientôt engloutie. Une douce chaleur émane de son corps, ses plumes sont un lit d'une extrême douceur. Et je m'endors là, je dors et je rêve, et je dérive avec lui vers des contrées inconnues. L'île a disparu, comme elle le passé s'est évanoui, les jours anciens sont bannis à jamais de ma mémoire.

Je suis née dans le vieux château d'Édimbourg le 10 novembre de l'an 493 de l'Ère nouvelle. Je suis la dernière héritière d'une longue lignée de femmes *qui régnaient sur le royaume des Hautes Terres, un des cinq royaumes du Nord avec l'Irlande, la Norvège, le Danemark et la Suède. Ma mère et sa mère avant elle avaient abandonné le pouvoir à leurs époux, par faiblesse, par lassitude, sans doute aussi par amour, quel que soit le sens que l'on donne à ce mot et aux douloureux malentendus qu'il génère. Lorsque à mon tour je suis montée sur le trône, je me suis juré de ne jamais céder ce qui me revenait de droit, à personne, à aucun prix. Le Vieux Monde avait péri, gangrené par la tyrannie exercée par les hommes sur les femmes, les animaux, les enfants, sur d'autres hommes plus faibles ou moins orgueilleux. Après la Chute, l'humanité avait complètement disparu du monde connu, et cela était à mon sens une excellente nouvelle pour l'avenir du vivant. Mais les vieux livres de sagesse nous enseignent complaisamment que la Terre Mère regretta la présence des hommes. Depuis que je rends les oracles, je me permets d'émettre de sérieux doutes à ce sujet, mais cela est une autre histoire, sur laquelle je reviendrai plus tard. La Terre accepta la renaissance de l'humanité à plusieurs conditions, dont la plus importante était que les femmes fussent dorénavant les maîtresses du monde, les gardiennes de toute forme de pouvoir. C'est ainsi que se constituèrent la plupart des sociétés du Nouveau Monde, qu'elles fussent nomades ou sédentaires.*

Les cinq royaumes du Nord sont tous théoriquement dans les mains de reines qui se transmettent la couronne de mère en fille. Je dis théoriquement, car au moment où j'ai quitté l'Écosse pour venir vivre sur l'île, deux royaumes avaient déjà été victimes des mêmes changements qui avaient altéré le mien avant mon règne : les reines avaient disparu au profit de rois.

Mon enfance fut heureuse, même si c'est un mot dont je me méfie autant que du mot « amour ». Disons que je n'ai pas eu à subir de drame, de perte d'êtres proches, de maladies ni de guerres trop meurtrières. Je coulais des jours paisibles dans cette très ancienne bâtisse en pierres grises, sise depuis des temps immémoriaux au sommet du volcan éteint qui domine la cité royale d'Édimbourg. On dit que c'était en ce lieu sombre et battu des vents que vivaient déjà les rois d'Écosse du Vieux Monde. Ma mère était une femme lascive, vaine, coquette et relativement idiote. Elle se montrait aussi peu faite pour régner que l'homme pour enfanter. Mon père, intelligent et très cultivé, était dévoré d'ambition. Il boitait à cause d'une jambe plus courte et atrophiée. Ses traits n'avaient rien d'attirant, et cependant il se dégageait de sa personne un charisme assez rare. Ma mère lui accorda sans la moindre résistance tout ce qu'il désirait. Elle renonça à son titre et à ses pouvoirs. Il se fit couronner en grande pompe un jour de printemps. Le peuple, un peu atterré, avait néanmoins accepté dans la liesse ce nouveau monarque qui avait déjà fait montre de grandes capacités à gouverner et avait mené plusieurs campagnes militaires avec succès. La guerre à l'époque se faisait principalement avec le royaume des Amazones du Danemark, dirigé par une femme redoutable, Sif, qui voulait chasser les usurpateurs des trônes du Nord.

Les femmes sont-elles plus aptes à exercer le pouvoir ? Ont-elles véritablement, comme veulent nous le faire croire les mythes de la Renaissance, plus de jugement, d'empathie, davantage le sens de la justice et de l'équité ? Sont-elles, sinon exemptes, du moins plus affranchies que les hommes du désir de puissance, de l'orgueil, de ce que dans le Très Vieux Monde on nommait l'hubris ? Je l'ai longtemps cru, j'ai défendu cette conception avec passion, avec une conviction fanatique, à la mesure de l'effarante inanité de cette croyance. Je sais aujourd'hui qu'elle est infondée et dangereuse. Je sais qu'une femme peut se révéler abjecte, retorse, envieuse, fourbe, d'une patience diabolique, destructrice et narcissique ; c'est une créature nuisible et prédatrice. Je le sais parce que cette créature, c'est moi.

Et bien avant de devenir cette femme, je fus l'enfant en qui toutes ces prodigieuses caractéristiques germaient et prenaient racine. Je n'étais ni douce, ni tranquille, pas plus que serviable ou altruiste. Était-ce là ma nature profonde, ou bien ce qu'on attendait de moi ? Je devais régner un jour, et, pour ce faire, il me fallait développer les armes nécessaires. Du moins le pensais-je à l'époque. J'avais vu ma mère se liquéfier au contact de son époux et perdre tout pouvoir. Ma grand-mère avait suivi un chemin similaire, bien que plus honorable, ou du moins plus compréhensible. Elle avait cédé sa couronne, elle aussi, mais aux mains d'un homme bon et honnête, qu'elle estimait plus digne qu'elle de régner. On l'a durement jugée pour cela, et le peuple surtout, ce troupeau d'imbéciles, qui ne voyait pas à quoi il échappait. Ma grand-mère était un magnifique despote, cruel et implacable. Mais lucide. Elle a posé un acte d'une noblesse rare, qui a cependant scellé mon destin et celui du royaume des Hautes Terres dans le sang. J'adorais cette femme. Et je crois qu'elle m'aimait, à sa manière froide et désinvolte. Je l'imitais en tout, sa démarche, sa façon de parler, d'écrire. Je possède une graphie en tout point identique à la sienne, la même voix m'assurait-on, et sans doute aussi le même bon vieux fond de méchanceté, mais mieux camouflé, bien mieux travesti sous l'apparence de la fermeté juste.

Les souvenirs m'ont emportée trop loin et trop longtemps. Il fait nuit à présent, et je suis partie sans lanterne. La lune reste cachée, et je ne crois pas être capable de rentrer dans cette obscurité. Il le faudra pourtant, au risque de mourir de froid. La seule perspective de traverser le champ de chevaux de frise dans la nuit me remplit d'une terreur infantile. Je vais me réchauffer un peu derrière le mur, où je suis protégée du vent qui souffle de l'est. Je m'allonge sur le premier gradin, enroulée dans ma cape épaisse. J'ai l'impression que je pose la joue contre l'immense cage thoracique de la Terre, derrière laquelle bat son grand cœur de feu, sous la pierre, la tourbe et les racines, les insectes et les vers, les cadavres de moutons et d'hommes réduits en poudre. Je fais le vœu que Sol ne se réveille pas en mon absence. Je ne peux supporter qu'il se sente seul et abandonné, qu'il se laisse gagner par la peur, et meure sans moi. Qui es-tu donc, vieil homme, pour éveiller ainsi ma compassion, après tant d'années de vie commune ? Je t'ai à peine vu pendant tout ce temps, à peine parlé, tu existais moins à mes yeux que la graminée ployant sous le vent, que le fou de Bassan rentrant au nid sur la falaise. Je t'ai traité avec une indifférence que je ne pourrai jamais me pardonner. Dors, Sol, mon compagnon. Demain je serai à ton chevet et je te tiendrai de nouveau la main.

Ω

Il est resté allongé de longues heures au bord de la rivière, l'esprit vide, déserté par toute forme d'émotion, par la moindre pensée cohérente. Seules des images l'ont visité. Les mêmes images qui revenaient inlassablement, comme dans un rêve fiévreux. Le visage blême de Faith, sa gorge blanche sous la lune, ses traits qui s'effacent peu à peu, comme recouverts de sable. Le visage d'Aberrama au moment où Milo a voulu l'approcher. La peur dans son expression, une sorte de répulsion si inédite, si impensable.

Il a cru entendre le pas d'un ours non loin, mais cela n'a rien provoqué en lui. Il n'avait pas allumé de feu, l'animal aurait pu le dévorer sans qu'il lui oppose la moindre résistance. Il n'a pas désiré la mort sous les griffes et les dents de l'ours cependant. Il n'a plus la force de désirer. Il ne veut rien, juste qu'on le laisse tranquille. Il n'a même pas faim, ni froid. Il faudrait bouger, se lever, se mouvoir, marcher, mais dans quel but ? Et pour aller où ? Il a vécu avec d'autres gens, des étrangers, et cela avait un sens alors, cela n'avait de sens que parce que après venaient les retrouvailles, la sécurité douillette de la roulotte, la musique et la langue familières, la vague sensation d'appartenir.

L'échappée lui était nécessaire, comme est nécessaire la migration pour les oiseaux. Il avait besoin de connaître d'autres manières de penser, de croire, de se tromper, de juguler la peur, la grande peur partagée par tous les hommes, celle de l'inconnu, des éléments, de la mort, de soi-même. La fréquentation des étrangers lui donnait le sentiment d'être moins idiot et moins seul. Car Milo souffrait de solitude ; celle qui triomphe même de la vie au sein d'une communauté gypsie, la solitude essentielle, innée, qui se moque que vous soyez entouré, choyé, caressé. Elle l'étreignait parfois sans merci, malgré l'amour d'Aberrama, de Faith, de Babik. Au terme d'une lutte intérieure âpre, la foi dans le pardon inconditionnellement acquis, dans la solidarité indéfectible, finissait de justesse par l'emporter.

À présent Milo n'appartient plus à rien ni personne. C'est une idée qu'il ne peut appréhender dans toute sa monstrueuse évidence. Une idée qui n'est même pas encore devenue une émotion, une souffrance, parce qu'il n'est tout simplement pas capable de la ressentir comme une réalité. Il peut juste se la répéter comme une phrase dans une langue qu'il ne comprend pas. Avec l'aube et le nouveau soleil qui commence à le réchauffer, cette phrase devient de plus en plus abstraite, elle finit par s'éteindre dans l'esprit de Milo, comme un songe qui se perd dans l'oubli au moment du réveil. Il se redresse, ramasse son baluchon et se met en route. Il marchera vers le sud et la Hongrie où il pourra sans doute trouver un bon cheval, et de là encore plus au sud. Au bout de quelques mois, il retrouvera la compagnie et la sanction sera levée. Aberrama aura calmé les esprits, il aura exposé la cruauté injustifiée d'une telle décision, la nécessité de relativiser certaines coutumes, de remettre en question certaines croyances. Milo sera de nouveau accueilli comme le fils prodigue, et entretemps, eh bien, il aura voyagé.

Au moment de prendre un morceau de pain dans sa besace, le visage de Faith revient le visiter. Une nausée s'empare de lui et le plie en deux ; un spasme violent le secoue et lui fait monter les larmes aux yeux. Un filet de bile jaune colore les feuilles mortes à ses pieds. Il s'interdit, il doit s'interdire de penser à Faith. Faith est folle, de cela il est convaincu depuis toujours. Depuis que bébé elle s'endormait avec une mèche de Milo dans la bouche, qu'à six ans elle racontait qu'elle voyait les morts marcher autour du convoi certains soirs, qu'elle disait avoir quatre-vingt-sept ans, embrassait la viande avant de la manger.

Faith est folle, mais Milo ne sait pas si elle a fait exprès de lui faire boire l'eau souillée de son linge. C'est une possibilité qui lui arrache un nouveau haut-le-cœur. La veille, dans la forêt, c'était la première fois qu'elle s'offrait à lui de manière aussi directe. Il avait souvent redouté ce moment. Faith avait douze ans lorsqu'elle lui avait pour la première fois manifesté l'envie qu'elle avait de lui. C'était lors d'un mariage, elle avait dansé seule devant l'assemblée. Chaque mouvement de ses hanches, chaque ondulation de son corps à peine nubile, le ballet de ses mains tatouées, le frémissement de sa lèvre supérieure où perlait la sueur, c'était à lui qu'elle les destinait. Ce qu'elle éprouvait était pour elle encore une énigme, à cet âge il ne peut guère en être autrement ; l'élan de la chair est nourri de fantasmes qui n'ont presque rien de charnel. C'est tout le déroutant paradoxe de l'enfant qui devient femme. Mais ce moment était bien une véritable parade amoureuse, l'expression passionnée, pure et irrépressible du désir, à la fois fulgurant et hermétique, d'une très jeune femme pour un homme.

Depuis cette nuit, Milo craignait qu'advienne un drame, mais il n'avait jamais anticipé ce qui lui arrivait, il n'avait jamais imaginé l'application d'une loi stupide et abjecte qu'il croyait abandonnée depuis des siècles, en tout cas qui ne le concernait pas, ne le concernerait jamais. Il s'était préparé à un combat singulier avec l'oncle de Faith, à une mesure d'éloignement temporaire, il avait fait des rêves qui évoquaient la mort de la jeune fille, la sienne ou sa fuite définitive. Être impur, *marhimé* en vieille langue romani, cela signifie que vous devenez instantanément un exclu et un intouchable ; vous cessez d'exister, pas seulement pour votre compagnie, mais pour l'ensemble de votre peuple. Si vous entrez en contact physique ou même parlez à d'autres Gypsies, vous les mettez aussitôt en danger d'être à leur tour *marhimé*. Aberrama avait tenté d'atténuer la sentence en proposant une année d'exil, mais cela n'était pas la coutume. Un Gypsy souillé est presque toujours banni à vie. À vie. Les deux mots lui martèlent à présent les tempes, au rythme de son cœur qui s'emballe comme un cheval en panique. Il est obligé de s'arrêter, sent ses jambes trembler, finit par s'effondrer. Son corps est secoué de sanglots. Un gémissement monte de ses entrailles, résonne dans le silence de la forêt.

Le visage de sa mère lui apparaît, et avec lui surgit une bouffée de chagrin, une sensation de manque aussi cruelle que la grande soif. Il avait cinq ans lorsqu'elle est morte, et n'est pas certain que la femme qu'il voit quand il pense à elle corresponde à une quelconque réalité. Il ne possède aucune image de sa mère, seulement les descriptions que ses proches lui en ont faites. Une odeur accompagne toujours la représentation mentale, quelque chose d'épicé, un mélange de pin fumé et de safran. Et une étrange impression d'être enveloppé avec elle par cette odeur sous un voile, une étoffe très fine laissant passer la lumière. Tout contre son visage, dans cet espace à la fois confiné et rassurant, la douceur d'une peau, d'une joue, le frôlement de cils frémissants. Une immense et déchirante tendresse le berce ; mais bien vite survient la montée d'une inquiétude, qui se transforme en angoisse, de plus en plus intolérable. L'autre visage a soudain disparu, il est seul sous le voile, l'air commence à lui manquer.

*

Babik a quitté le campement vers minuit. Il a chevauché deux jours avant de retrouver la trace de Milo, puis son frère lui-même, marchant comme un revenant le long d'une rivière qui coulait vers le sud, hagard, les yeux caves, déjà changé par la détresse. Il a fallu que Babik l'arrête dans sa marche mécanique, le fasse asseoir, lui parle pendant quelques minutes avant que Milo émerge de la torpeur, regarde enfin son frère comme un être familier. Babik avait apporté de la nourriture et une médaille appartenant à Aberrama, un vestige en or du Vieux Monde, qui représentait une femme les mains jointes, vêtue d'une longue tunique, le visage entouré d'un voile. La mère du dieu crucifié d'une ancienne religion à présent bannie. Au dos de la médaille, cette inscription que ni Milo ni Babik ne comprenaient, parce qu'ils ne savaient pas lire. Les Gypsies considéraient ces anciens bijoux comme des talismans puissants contre le mauvais sort.

Le présent ne sembla pas émouvoir Milo. Il sourit avec ironie lorsque Babik déposa le pendentif avec sa chaîne dans sa main ; il les contempla un long moment avant de se les passer au cou. Ils allaient rejoindre deux autres chaînes d'or, l'une portant un chakra, la roue à seize rayons, symbole du voyage, l'autre un morceau d'aigue-marine, héritage de sa mère. Ils partagèrent un peu de pain et de fromage, Milo restait silencieux. Il était déjà loin, et Babik, qui était arrivé plutôt confiant dans la force vitale et le caractère solaire de son frère, fut saisi d'une grande crainte en le voyant si accablé. Il tenta de le rassurer en lui disant que ce ne serait que temporaire, qu'il retrouverait les siens et Faith avant la fin de l'hiver, mais il était peu convaincant, étant lui-même peu convaincu. Quand Babik voulut le prendre dans ses bras, Milo s'écarta brutalement et lui dit :

« Tu dois craindre de me toucher, mon frère. C'est très sérieux, cette affaire-là. Ne fais pas semblant. Tu crèves de trouille en réalité. Va rejoindre le convoi. Et prends soin du vieux. »

Il ramassa ses affaires et se remit à marcher en tournant le dos à Babik. Celui-ci lui cria :

« Emmène le cheval, au moins ! »

Milo répondit sans se retourner :

« Garde-le. Ce n'est pas la Grise, je n'en ai rien à faire. »

Babik l'observa un moment alors qu'il s'éloignait. Il aurait voulu le rattraper, le retourner et le serrer dans ses bras, lui dire qu'il restait avec lui, qu'il ne le laisserait jamais tomber, que c'était à la vie à la mort, comme lorsque enfants ils avaient échangé leur sang, comme lorsqu'il avait promis à leur mère mourante qu'il protégerait toujours Milo du danger, des autres et de lui-même. En quittant le camp, il avait encore la complaisance et la bêtise de croire qu'il était capable de se joindre à Milo dans son errance, de tomber avec lui dans le gouffre de l'oubli, de partager chacun des tourments qui l'attendaient, l'incommensurable solitude, la blessure inguérissable du rejet, la faute inscrite au plus profond de sa chair et de son âme de *marhimé*. En réalité, Babik était bien trop faible, bien trop lâche pour cela. Si Milo avait repoussé son accolade, c'était sans doute parce qu'elle puait la peur et l'embarras à plein nez. Car Babik était terrorisé par ce que son frère était devenu. Tout son bon sens, les multiples discussions qu'il avait eues avec Milo au sujet des croyances de leur peuple, son amour dévorant pour lui ne parvenaient pas à le libérer de la certitude superstitieuse que Milo avait déjà sombré dans un espace lointain et froid comme la mort, et que lui rester fidèle signifiait partager avec lui ce monde infernal pour l'éternité.

Milo se retourna, resta un moment immobile à regarder Babik ; dans ses yeux se reflétaient les remous et le scintillement de la rivière toute proche. Son visage se durcit ; ses traits se contractèrent et son regard prit soudain une expression lointaine.

« Dis à Faith que je la retrouverai. »

Babik ne savait trop quel sens attribuer à cette phrase. Il y avait de la colère et de l'amertume dans la voix de son frère, une espèce d'agacement sensuel, une impatience physique, derrière laquelle se devinait une certitude tranquille et terrifiante. Milo tourna les talons et disparut derrière une ligne de troncs de hêtres. La forêt sembla tout à coup s'assombrir, se refermer sur lui dans un frémissement sonore. Babik frissonna et rentra précipitamment vers les siens.

Ω

Elle se réveille en nage. Milo lui est apparu, debout au bord d'une falaise noire surplombant une mer en furie. Un aigle gigantesque faisait des cercles autour de lui, comme pour l'inviter à sauter. Milo ouvrait grands les bras et se laissait tomber dans le vide, son corps heurtait l'eau, rebondissait sur la surface comme un pantin disloqué et disparaissait dans l'écume. A-t-elle crié ? Sans doute pas, puisque Tom dort profondément à côté d'elle. Elle étouffe dans l'air moite, sous la couette de plume, avec cet homme contre son flanc, qui chaque soir sombre dans un sommeil abruti, qui chaque matin se lève la mine stupide et réjouie, qui conduit la roulotte, soigne les chevaux, piège le petit gibier, aiguise les couteaux et tisse les paniers, fume et danse avec la même éternelle bonhomie. Faith n'a jamais pu décider si c'était du déni ou bien une bêtise insondable, ou encore la manifestation d'une rare bonté. Ou tout simplement une indifférence incurable. Peu importe, cette attitude lui met les nerfs en compote, lui donne envie d'égorger son petit mari dans son sommeil. Elle prendrait un cheval et s'enfuirait sur les traces de Milo, le rejoindrait, lui raconterait tout, elle l'obligerait à la regarder, à l'écouter de toutes ses oreilles, car alors elle retrouverait l'envie de parler, et comment que ça lui reviendrait ! C'est la faute à la peine et au chagrin, ce sont eux qui avaient donné ce goût ignoble aux mots dans sa bouche, ça et la certitude de leur absolue inutilité, car ils avaient été longtemps aussi vains que le souffle de la jument sur le corps sans vie du poulain mort-né. Pendant tous ces longs mois depuis le mariage, les mots n'étaient d'aucune aide. Mais une fois en face de Milo, ils jailliraient des lèvres de Faith avec la sincérité et la véhémence d'autrefois, avec la tendresse, toute l'insensée, la démentielle tendresse qui la dévaste depuis toujours ; elle aimait Milo et le voulait bien avant de naître, alors que son âme était encore cette chose flottante qui attendait de se glisser dans un corps. Elle aurait pu choisir d'aller s'incarner ailleurs que dans cette femme qui ne lui a pas survécu, dans cette communauté de romanichels superstitieux, mais elle a choisi d'être auprès de lui.

Elle lui expliquerait ce qu'il veut savoir, bien qu'elle-même ait du mal à faire la lumière dans cette masse de ténèbres que représentent les gestes et les pensées qui ont été les siens entre le moment où Milo n'a pas voulu d'elle dans ce bois et sa condamnation. Elle se souvient avoir choisi cette bassine où avait trempé son linge souillé, de cela elle se souvient parfaitement. Elle se rappelle aussi sa colère, sa rage incrédule envers lui, sa souffrance quand il avait dédaigné son corps, quand il avait refusé d'unir sa chair à la sienne, et de partir avec elle. C'était sa première phrase depuis des mois. La première et la seule : « Pars avec moi. » Ces trois mots, la bassine, son sang de femme, son ressentiment et sa détresse avaient fait une ronde infernale dans son esprit pendant toute la nuit, et au matin ils formaient les maillons d'une chaîne de destruction et de souffrance plus grande encore. Oui, c'était elle qui l'avait condamné en lui faisant boire une eau impure, elle qui avait fait s'abattre sur lui le pire des sorts que l'on puisse imaginer. Et elle s'était condamnée par la même occasion à crever de chagrin pendant les années que la vie lui réservait. On ne se suicide pas chez les Gypsies. C'est interdit, comme de boire dans une bassine polluée par des vêtements, par la trace du sang menstruel, comme de cuisiner certains plats avant ou après avoir accouché, d'entrer dans une roulotte où vit un nourrisson de moins de quarante jours, parce que ce nourrisson est pollué par le contact du sexe de sa mère. Pourquoi ? Elle avait si souvent posé la question à sa tante et à Charity. Parce que, lui répondait-on. Les tabous sont sacrés. Toute transgression est passible d'un châtiment pire que la mort. L'exil à jamais. Mais pourquoi ? répétait-elle à l'infini, devant le silence obstiné de ses interlocutrices. Pourquoi ? Mais tu vas la fermer, oui ! La main de Charity était partie, lui laissant une trace sur la joue pendant deux jours. Des années plus tard, elle s'était souvenue de cette histoire d'impureté et d'exil, et de la taloche.

Elle n'ira pas retrouver Milo. Il ne veut pas d'elle, et elle n'est plus digne de lui. Elle l'a trahi, c'est elle qui devrait être bannie. Ce qu'elle lui a fait est inqualifiable, impardonnable. C'est le monde à l'envers. Elle restera ici, dans cette maison sur roues, aux côtés de cet homme insipide et pas méchant qui ne l'aime pas. Il n'est même pas capable de lui faire l'amour. Il a bien tenté à quelques reprises de se frayer un chemin au milieu d'elle, mais son membre mou refusait d'entrer. On le lui a attribué comme ça, comme on fait ici, sans raison particulière, parce qu'il faut qu'une femme soit unie pour la vie à un homme. À peu près partout ailleurs les femmes ont le droit sacré de choisir leur époux, leur compagnon, et de s'en défaire si ça leur chante. Partout sauf ici, dans cette communauté qui trimballe des lois aussi anciennes et dangereuses que celles du Vieil Homme, ce cadavre sur lequel a repoussé l'herbe pourrie qui nourrit l'Homme nouveau.

Ω

Milo marche. Mais pas vers le sud et la Hongrie comme il l'avait prévu. Il marche vers l'est, il retourne là d'où il vient, le seul endroit qui guide ses pas comme un charme : l'espace infini des steppes. Il n'en prend véritablement pleine conscience qu'en cette fin de journée quand il passe à proximité d'un tertre funéraire récent, que le convoi avait déjà croisé en sens inverse. Il a progressé jusque-là comme un être dépourvu de volonté, comme un fantôme. Mais la vision de l'escadron d'une vingtaine de chevaux empaillés montés par des cadavres de cavaliers en armure le tire violemment de sa prostration. Cette coutume consistant à entourer la tombe d'un puissant par une armée d'hommes et d'animaux sacrifiés était partagée par de plus en plus de peuples nomades d'Europe centrale et orientale, et remontait, selon la légende, aux pratiques du Très Vieux Monde. Milo en avait vu de nombreuses manifestations. Mais on ne s'y habituait jamais vraiment. Cela provoquait toujours une espèce d'égarement, l'arrêt brutal de toute forme de pensée articulée, faisant place à un pur moment d'impressions, trop fortes et trop contradictoires pour être jamais formulées, sauf par un poète, ou dans les transes verbales d'une chamane. En deux semaines, les corps humains ont perdu de leur superbe. Les os apparaissent sous les chairs putrescentes, les carcasses desséchées par le vent et déchirées par les charognards oscillent doucement ; des lambeaux d'étoffes et de chair flottent autour d'eux, leur conférant une hideuse illusion de vie.

Le regard de Milo est attiré par une silhouette à genoux, proche du tertre, qui lui tourne le dos. Il s'agit d'un être vivant. Milo appelle, la silhouette se retourne. C'est une jeune femme entièrement vêtue de noir qui se lève, manteau de mouton retourné, toque de fourrure et bottes ; elle s'approche lentement, le regard méfiant. Pour la première fois depuis qu'il a quitté le convoi, peut-être pour la première fois de sa vie, Milo comprend combien son apparence révèle ses origines et sa situation aussi clairement que si elles étaient inscrites en larges lettres sur sa poitrine : cheveux longs tressés de perles et de breloques dorées, boucles d'oreilles multiples, chaînes d'or au cou, et la marque des Gypsies reconnaissable entre toutes, les trois volutes symbolisant le vent, que Milo arbore tatouées sur sa pommette droite. Il donnerait cher à présent pour les avoir fait graver sur une partie moins exposée de sa chair. Dépouillé de ses babioles rutilantes et de ce signe incrusté sous sa peau, il pourrait passer pour un homme de n'importe quel peuple européen. Mais ces volutes empêchent toute duperie ; elles disent au monde ce qu'il est aux yeux des siens : un Gypsy impur condamné au bannissement. Car un Gypsy solitaire n'existe pas. S'il est seul sur la route, c'est pour une mauvaise raison. Et c'est bien ce que la jeune femme semble avoir compris, alors que ses yeux très en amande, encore étrécis par son appréhension, le dévisagent et détaillent sa mise de la tête aux pieds. Personne ne désire faire un brin de conversation avec un proscrit. Pourtant elle reste là, hautaine et glaciale dans les odeurs de putréfaction apportées par le vent aigre. Il aimerait continuer sa route mais reste prisonnier de l'inertie farouche de la jeune femme, seule vivante au milieu de cette armée macabre.

« J'ai perdu ma compagnie, tente stupidement Milo, dans un russe approximatif.

— Je vois... répond-elle avec un ton qui laisse supposer qu'elle n'en croit rien. Et moi je suis la fille de la femme qui repose sous ce tertre. »

Milo ouvre la bouche pour répondre, mais ne trouve rien à dire à cette déclaration qui l'impressionne mais dont il ignore s'il peut la prendre au sérieux. L'expression soudain glaciale de la fille dissipe son doute.

« Que la Terre la porte en son sein comme une mère, que le Ciel éternel la bénisse », finit-il par murmurer, et, il ne sait pourquoi, le visage d'Aberrama vient accompagner ces mots consacrés.

Un silence s'installe entre eux. L'expression de son interlocutrice s'est adoucie, le regard a perdu son feu hostile. Milo savoure cette rencontre, il apprécie de parler enfin à un autre être humain, sous le ciel bas qui glisse comme un suaire délavé sur la plaine et la tombe toute fraîche, immense monticule de terre bordé de pierres dressées, gardé par ces carcasses fantastiques.

« Où vas-tu ? demande-t-elle avec une ébauche de sourire.

— Je ne sais pas trop... Chez les Kazakhs, peut-être.

— C'est très loin. Et le froid ne te permettra pas d'avancer encore longtemps, sans cheval. »

Milo replace une mèche de cheveux derrière son oreille, glisse les mains dans les poches de sa veste et hausse les épaules en souriant en coin, laissant voir le trou de sa dent manquante. Le sourire de la fille s'élargit un peu, puis se ferme brusquement.

« Je ne peux pas te ramener chez moi, dit-elle précipitamment avec une sorte de colère, comme s'il avait demandé quelque chose.

— Peux-tu me trouver un cheval ? »

La jeune femme l'observe un instant avec hésitation. Elle se retourne vers le tertre qu'elle contemple quelques secondes, puis déclare, bravache :

« Oui, bien sûr que je peux. Et peut-être un abri pour la nuit. Enfin on verra... »

Milo lui donnait dix-sept, peut-être dix-huit ans, grandie trop vite sous le poids des responsabilités à venir, de la certitude d'être un jour appelée à diriger. Ce jour était arrivé pour elle. C'était sans doute terrifiant, exaltant. Il tentait de se mettre à la place de la jeune fille, en vain. Elle lui fit signe de la suivre, ils marchèrent jusque derrière une petite colline où attendait un grand cheval dont la robe était parfaitement accordée à toute l'intense noirceur de sa cavalière. Sans doute l'avait-elle laissé là pour qu'il ne voie pas les cadavres de ses compagnons. Voilà bien quelque chose qu'un Gypsy avait beaucoup de mal à accepter : le sacrifice des chevaux. Chez les gens du voyage et chez tous les peuples de l'Ouest, à l'exception des circonstances où la mort est un soulagement pour l'animal, celui qui tue volontairement un cheval le paie de sa vie.

L'étalon les accueillit par un hennissement affectueux. La jeune femme monta en selle, tendit le bras à Milo pour qu'il se hisse derrière elle, et ils partirent vers le sud au trot rapide. Un vol de grues les accompagnait dans une clameur de trompettes, et Milo ne put s'empêcher d'y voir un signe favorable. Lorsqu'ils bifurquèrent vers l'ouest, les oiseaux s'éloignèrent, et avec eux leur chant intempestif porteur d'espoir. Elle restait silencieuse et raide devant lui, il pouvait sentir les muscles de son dos crispés lui frôlant le torse ; elle évitait le contact moyennant un bel effort et sans doute une position peu confortable pour sa monture. La nuque de la fille dégageait des effluves d'ambre et d'agneau nouveau-né. Ils chevauchèrent jusqu'à ce que le soleil soit depuis longtemps couché. Au fond d'une combe, ils longèrent un ruisseau dans une obscurité presque totale, mais le cheval semblait bien connaître le chemin. Il s'arrêta devant une petite maison de bois au toit de chaume. Les rideaux de laine aux couleurs vives laissaient filtrer la lumière intérieure. La jeune femme frappa deux coups courts et un long à la porte, et une vieille femme vint ouvrir. Toute petite et voûtée, elle écarta ses longs bras décharnés et la jeune femme s'y blottit un bon moment. La vieille lui tapotait le dos et caressait ses cheveux en murmurant des mots que Milo ne comprenait pas. Enfin, les deux femmes se quittèrent et la jeune dit quelque chose, la vieille l'interrompit, agrippa de sa main squelettique l'avant-bras de Milo et le tira sans ménagement à l'intérieur, puis jeta un regard au-dehors avant de refermer la porte avec fracas, faisant trembler un buffet de guingois tout chargé d'assiettes. Outre ledit buffet, la pièce était meublée d'une table et de quatre chaises, de deux banquettes posées de part et d'autre de la cheminée, recouvertes de riches tapis et de coussins de couleur, d'étagères qui longeaient deux murs, entièrement remplies de livres. Milo n'en avait jamais vu autant de sa vie. D'autres ouvrages traînaient çà et là en tas par terre et sur un coffre. Plusieurs lanternes en métal ajouré jetaient des lueurs chaleureuses et intimes sur cet ensemble étonnant.

Sur une des banquettes somnolait un vieil homme chauve, et sur l'autre un énorme chat tigré. La vieille poussa l'homme pour le réveiller ; il grogna dans son sommeil. En posant les yeux sur la jeune femme, il se leva en titubant et vint la serrer dans ses bras, puis alla préparer le thé. La vieille s'assit tout contre le chat qu'elle se mit à caresser. La jeune fille invita Milo à se poser sur l'autre banquette et s'assit le plus loin possible de lui. La vieille femme observait Milo avec un air malicieux mais bienveillant, et il lui rendait son attention et sa bonne humeur. Le vieux arriva avec le thé et des tasses de fer-blanc qui auraient mérité d'être rétamées. Il déposa le tout sur un tabouret qu'il plaça au milieu de l'espace entre les banquettes, s'aperçut qu'il ne restait guère de place pour s'asseoir, et se résigna à aller prendre une chaise. Milo voulut se lever pour lui céder sa place mais la vieille le fit se rasseoir d'un claquement de doigts.

« Alors, jeune homme, tu t'es mouché dans la jupe de ta sœur ou tu as bu l'eau de la lessive des culottes ? »

Milo s'étrangla avec sa gorgée de thé brûlant, qu'il recracha partout autour de lui et sur ses genoux. Elle était gonflée, la vieille, et un peu voyante, ou quoi ? Il était vexé, terriblement même, mais il ne put s'empêcher de rire franchement en reposant sa tasse.

« Un peu des deux, répondit-il.

— Mouais... Est-ce que c'est mieux de bourrer des cadavres de chevaux avec du foin et de leur attacher des macchabées sur le dos comme le font ceux de mon peuple ? Je ne sais pas... Qu'en penses-tu, mon Alyia ? Oh, toi, tu crois que toutes ces choses sont importantes, je le sais. Alors, tu es de nouveau allée t'écorcher les genoux sur la tombe de ton insupportable mère ? Tu n'as pas mieux à faire, à dix-sept ans ? À ton âge je préférais danser et courir la campagne avec les garçons... Enfin, tu as rencontré le *marhimé,* cette fois, c'est déjà quelque chose, et tu l'as ramené à ta *babouchka,* c'est encore mieux. Bien que je ne sache pas trop quoi en faire... je pourrais le manger, avec des petits oignons et des navets, ou bien le faire travailler avec Zoltan, ou encore lui apprendre à lire. Qu'en dis-tu, Gypsy ? »

Milo n'avait pas tout compris car la vieille parlait un russe bizarre mêlé de tatar et très rapide. Il déclara qu'il préférait être mangé, en faisant mine de cracher par terre. Et la vieille éclata d'un rire aigu en frappant ses cuisses osseuses de ses grandes mains. Le vieil homme l'accompagna plus discrètement, et même Alyia daigna émettre un léger ricanement.

Le vieux alla chercher des böreks au fromage, du pain, des haricots et les posa devant les jeunes. Quand ce rapide repas fut terminé, la vieille se leva, suivie du bonhomme qui, quand il ne lui obéissait pas, la suivait comme son ombre, et ils emmenèrent Milo dans une minuscule pièce où il y avait par terre une paillasse et des couvertures. La vieille le poussa rudement dans la chambrette, lui laissa une lanterne, lui souhaita bonne nuit et ferma la porte à clef. Milo sentit soudain la peur l'envahir. Il avait fait aveuglément confiance à cette fille, il avait sans doute été naïf, crédule, rendu fragile par la sentence qui pesait sur lui, par la solitude depuis des jours et la pensée de celle qui l'escorterait toute sa vie durant. Il se coucha sur les couvertures rêches qui sentaient la chèvre, prit dans son sac sa propre couverture et s'y enroula. Elle dégageait encore l'odeur de la roulotte, celle de sa famille. Chaque individu possède une odeur unique, mais c'est aussi vrai des familles. Le parfum de la sienne était contenu dans ce pan de laine, et serait bientôt chassé par celui de cette pièce, de ces gens, de ces étrangers.

Il était à la merci de cette femme excentrique et de son compagnon branlant et servile. Ils pouvaient aussi bien le vendre comme esclave, l'obliger à ramasser leurs pauvres rutabagas en l'attachant, ou l'assassiner tout bonnement dans son sommeil pour... le manger, éventuellement. Le découper et saler sa viande, en prévision du long hiver. La compagnie de Milo était un jour tombée sur des cannibales en Moldavie ; un village de vieilles gens livrés à eux-mêmes et qui proposaient le gîte aux voyageurs pour les tuer et s'en nourrir. C'est l'oncle de Faith qui avait découvert la grange où étaient entreposés les corps.

Entre la veille et le sommeil, Milo songe à la Baba Yaga vivant dans sa hutte d'ossements posée sur des pattes de poulets ; Baba Yaga, la sorcière qui le terrorisait quand il était petit. Sa mère racontait cette histoire avec beaucoup de talent, elle incarnait chaque personnage, mais mettait toute son âme à être une exceptionnelle Baba Yaga ; il entend encore sa voix contrefaite, si mystérieusement autre qu'il en était viscéralement et délicieusement dévasté, sa voix qui répondait à Vassilissa-la-très-belle demandant qui étaient ces cavaliers croisés sur son chemin : Baba Yaga disait : « C'est mon jour, vêtu de blanc... C'est mon soleil, vêtu de rouge... C'est ma nuit, vêtue de noir. » Milo adorait cette réponse, sans trop savoir ce qu'elle signifiait. Juste après avoir éteint la lampe, sa mère devait répéter le nom du dernier cavalier, mais cette fois de sa voix habituelle. « C'est ma nuit, vêtue de noir. »

Ω

C'est mon jour, vêtu de blanc, c'est mon soleil, vêtu de rouge... Son soleil, elle l'a perdu. Alors elle tricote, sans cesse, du matin au soir et parfois du soir au matin, elle tricote en parlant toute seule, elle se raconte les histoires de son enfance, celles que Milo lui disait pour l'endormir. C'est mon jour, c'est mon soleil, c'est ma nuit... Elle fabrique une écharpe, avec de la laine rouge et noire, le soleil et la nuit, des fils qu'elle mêle pour brouiller les pistes, pour tromper la mort, pour le protéger, garder le malheur à bonne distance. Tricoter pour maintenir la vie en lui, qu'elle continue à couler dans son sang, qu'elle alimente son cœur, son foie, ses reins, tricoter pour garder intact dans son corps et son âme l'envie de vivre, le désir de respirer encore, de manger, de parler, de dormir, de lutter et d'aimer. Car préserver la vie sans alimenter la volonté, cela n'a pas de sens. Il faut vouloir, furieusement, désespérément. Sans ça c'est inutile, et la vie s'éteint, rapidement ou très lentement, peu importe, mais elle s'écoule de l'être, le déserte et le laisse aussi sec qu'une carcasse de cheval sur la steppe.

Un Gypsy solitaire ne tient plus la vie en très haute estime, de cela elle est certaine. Les vieux de la compagnie assomment leurs ouailles de contes macabres à propos de bannis condamnés à errer de par le monde pendant des siècles sans jamais pouvoir s'arrêter ni se joindre à d'autres qu'eux. Des morts-vivants promenant un indicible et infini chagrin, si poignant et si palpable qu'on le sent arriver avant même de voir celui qui le porte, et qu'hommes, femmes et enfants s'enfuient à son approche, par crainte d'être contaminés. Contaminés par le chagrin. N'est-ce pas la plus belle et la plus triste des histoires inventées par des humains ?

Faith voudrait ne pas y penser, s'en moquer éperdument, la compter pour moins que rien, cette histoire. Mais une part d'elle y croit, même un peu. Et elle tremble comme un jeune saule dans la tempête, elle se met à claquer des dents en plein soleil, ses membres sont secoués de spasmes comme ceux des vieux, une femme vient la chercher et la ramène dans la roulotte. Et là elle reprend son tricot, la seule chose qui la calme un peu. Certaines nuits opaques où la lune ne se montre pas, elle retire de sa malle personnelle le vieux pull de Tom Boswell, le pull dont il n'a plus souvenance, celui qu'elle a été forcée de lui faire pour leurs fiançailles. Elle l'empoigne comme s'il s'agissait de son propriétaire et le tord violemment, l'étire, le mord, crache dedans et puis tout doucettement, comme s'il s'agissait de lui arracher un ongle, elle pince le fil là où il est libre, et tire, lentement, avec précision et dans un mouvement continu, elle tire, et la maille suivante se dénoue, et la suivante, et encore la suivante. C'est ma nuit, vêtue de noir... Les points se défont les uns après les autres, elle les sent lâcher sous ses doigts, et elle sait que chaque maille est un moment de temps volé, une tranche, si courte et insignifiante soit-elle, de la vie de son petit mari endormi contre elle, un peu de vie qui s'enfuit, comme ça, l'air de rien, qui le quitte, sans bruit, sans mal, mais inexorablement le quitte.

Le temps de chacun sur cette terre est compté, mais celui de Tom Boswell est raccourci, de cela Faith n'a aucun doute. Elle possède le don, elle a le pouvoir. Sa haine n'a pas de motivation. Tom ne lui a jamais fait de mal, jamais de bien non plus. Il est dans sa vie, comme la pluie sur la plaine. Elle est liée à lui selon les lois sacrées et ignobles du mariage, rien ne pourra jamais les séparer que la mort. Alors elle appelle la mort, de tout son être, de toute sa foi amalgamée dans ses petits doigts qui s'activent sur le chandail comme des insectes avides. Mais il ne faut pas être trop gourmande. Un peu à chaque fois, sinon le sortilège n'est pas efficace. Cela doit opérer comme un poison lent et indétectable. Encore une maille, juste une, et puis elle se remettra à tricoter l'écharpe de vie, comme une bonne abeille laborieuse, amoureuse, elle créera du temps pour Milo, au fur et à mesure que le chandail de Tom retourne au néant.

Ω

Voici la neige. Les premiers flocons de l'année. Je sors sur la lande, sans cape, laissant la porte ouverte. Je renverse la tête, je tire la langue, comme lorsque j'étais enfant. Les retrouvailles avec le goût minéral, incomparable. Je ferme les yeux et la nostalgie est si forte que je vacille, mon cœur fait des bonds et l'air me manque. J'ouvre les yeux sur le ciel cotonneux, comme zébré de veines bleutées, la tête me tourne et je m'effondre, me couche de tout mon long, bras et jambes écartés. La voix de Sol au-dessus de moi, je vais attraper froid. Non, Sol, je me sens bien, je ne me suis plus sentie aussi sereine depuis des années.

Je revois les jours clairs d'autrefois, la fête de la Première Neige au château, les danses et les chants en l'honneur du Nord Souverain, amant sacré de la Terre, gardien des bêtes, des plantes et des hommes qui la peuplent. Le Nord magnifique, frère ennemi du Sud coléreux et vengeur, qui embrasa le Vieux Monde et le réduisit en cendres. C'était la fête de l'année que je préférais ; comme une bonne fille du froid, je courais nue dans la nuit et la neige avec les autres enfants, je rapportais le rameau mort qui, décoré de cristaux dorés, allait orner la porte d'entrée du logis jusqu'au printemps.

Chaque année, des comédiens ambulants faisaient halte durant deux semaines et donnaient des spectacles racontant la lutte éternelle entre le Nord et le Sud, entre le feu et la glace. Je ne ratais pas une représentation. Assise au premier rang, je dévorais des yeux les acteurs et les costumes, m'appropriais les gestes et les paroles et les enfouissais dans un coin de ma tête pour pouvoir les convoquer lorsque je serais seule dans ma chambre avec Malachy, le fils du cuisinier irlandais, et que nous incarnerions tous les personnages. Malachy. Je garde le souvenir de la texture de ses lèvres avec autant d'acuité que celui du goût de la neige. C'est lui que je voulais épouser. C'était mon droit inviolable, mon privilège de femme et de reine. Mais ma famille en avait décidé autrement, depuis que ma grand-mère avait changé les lois. Mon père m'a imposé le fils du chef d'un clan vassal du Yorkshire. Un jeune homme franc comme l'or. Sa joie de vivre était si surprenante, si éloignée de mon caractère que cela a fini par me distraire, puis par me plaire. Je l'ai perdu au bout de huit ans, d'une maladie de cœur. Il m'a laissé un enfant, qui est né peu après sa mort. La sibylle de l'époque avait prédit une fille. Mais ce fut un garçon, joyeux, solaire, beau comme un dieu du Très Vieux Monde. Je l'avais appelé Fingal. Le peuple le vénérait, il était la fierté de mes parents, surtout de mon père, qui aurait donné sa vie pour la sienne. Le jour où il est sorti de mes entrailles, cet enfant m'a définitivement échappé. Fingal. Petit être doux et ferme, concentré de vie et d'amour, où erre ton âme qui n'a commis d'autre faute que celle d'habiter un corps d'homme ?

Sol est toujours auprès de moi, debout, inquiet. Je lui dis de rentrer au chaud, mais il décide d'aller voir comment se portent nos brebis, à l'abri dans une hutte de pierre. Je lui ai parlé de mon enfance, de ma mère, et puis j'ai couché cela sur le papier. Pourquoi donc ? Personne ne lira ces lignes, car personne ne prendra ma place le jour où je mourrai. Cette vision m'a visitée voilà quelques jours, alors que je méditais, assise sur une des colonnes de basalte de la Chaussée du Géant, face à la grotte des Oracles. Il n'y aura plus de sibylle dans les îles de l'Ouest. J'ai vu l'île inhabitée, entièrement nappée de blanc, étreinte par une mer de glace, hérissée çà et là de blocs acérés, dressés comme les chevaux de frise du fort Noir. La vision ressemble à La Mer de glace*, ce tableau sauvé du Vieux Monde. Mon père l'avait acheté à prix d'or à un marchand ambulant, un Gypsy probablement, il n'y a plus qu'eux pour dénicher de telles merveilles.*

Certaines personnes sont capables de se ruiner pour les objets contemporains de la Chute, surtout pour ces écrans sombres et opaques, de toutes tailles et de toutes formes, qui ne renvoient plus aujourd'hui que les visages hébétés fixés sur eux comme sur des surfaces magiques capables de prédire l'avenir. Ces objets ont été interdits dès la Renaissance. Ils étaient de toute façon devenus inutiles. La plupart ont été détruits, ensevelis sous des tonnes de terre ou jetés dans le chaudron d'un volcan, dit-on, un de ces volcans des Amériques encore en activité. C'est ce que racontent nos livres. Mais beaucoup de ces objets émergent mystérieusement, sortent du sol tels des revenants opiniâtres, témoins muets et opaques d'une humanité terrifiante et de plus en plus énigmatique au fur et à mesure que les siècles défilent. Les livres et les œuvres d'art sauvés du Vieux Monde nous montrent un autre visage de ces époques révolues, plus fraternel, même parfois d'une beauté fracassante et si proche. Beaucoup d'ouvrages se sont perdus ou ont été brûlés, pour les mêmes raisons que les autres vestiges. Nous sommes sans doute allés trop loin, moi la première. Mais où trouver l'équilibre lorsqu'il faut reconstruire sur les cendres d'une civilisation qui a œuvré à son propre anéantissement ?

Les flocons s'épaississent et tombent plus serrés. La brume cerne l'île et on ne distingue presque plus les silhouettes spectrales des Trois Guerrières. Sol revient chargé d'un seau de tourbe et d'un autre rempli d'algues, de rares pommes de terre et de chair d'oiseau séchée. C'est notre ordinaire depuis un mois. La récolte de légumes fut maigre cet été, et Sol est trop faible pour bêcher la terre et arracher les mauvaises herbes. Il piège encore les oiseaux marins mais n'est plus capable depuis longtemps de les chasser à mains nues sur la falaise. Il a excellé à cette activité pendant de longues années, et y prenait un vif plaisir. Non qu'il lui était agréable de tuer les animaux, mais il aimait escalader les parois à pic, se sentir en harmonie avec le monde autour de lui, la pierre et les lichens, le vent et les embruns, et les innombrables habitants du mur de basalte, qui offraient leur vie pour la nôtre. Jamais il ne m'a fait part de ces sensations, mais je les percevais lorsqu'il rentrait le soir, tout imprégné de la joie de faire corps avec la falaise, grisé par la peur de la chute, au milieu des rafales et des cris d'oiseaux. Il me ramenait un peu de ces heures de danger, de toute cette vie somptueuse et bouillonnante. Je serais incapable de faire la chasse aux oiseaux. Ce n'est d'ailleurs pas permis à la sibylle. Je peux m'occuper du potager et ramasser la tourbe. Mais je m'attelle à ces tâches trop peu souvent et sans plaisir. Je ne suis pas faite pour travailler de mes mains et me rompre le dos. Pourtant je sais que notre survie dépendra à partir de maintenant de mon seul labeur.

Les livres me manquent cruellement, bien plus que la musique, que les draps de fin coton et les vins d'Italie ou d'Espagne, que les bijoux, les armes et les fourrures, le sceptre, le poids parfait de la couronne sur ma tête, les hurlements de la foule acclamant mon apparition, les cris de guerre, la folle et délicieuse angoisse avant la bataille et l'odeur du sang. Car j'ai aimé combattre, jusqu'à la fureur, et je n'en éprouve aucune honte. Ceux qui prétendent que les femmes n'ont pas la passion de la guerre et répugnent à verser le sang de leurs propres mains se trompent. C'est une idée aussi ancienne que l'Ancien Monde, aussi inepte que les hommes qui l'ont défendue. Aussi dangereuse que ceux et celles qui ont espéré rebâtir une société plus juste et moins cruelle en confiant le pouvoir aux femmes. La nécessité de la guerre est ancrée en nous aussi solidement que l'orgueil, que le désir, la curiosité, que la fascination pour le pouvoir, pour la beauté ou le mal absolu. Et pourtant nous avons cru à notre supériorité. Nous avons été dupées par ceux-là et celles-là mêmes qui plaçaient en nous leur foi et leur dévotion. Après tous ces millénaires de domination masculine, nous nous sommes éveillées à notre immense part d'ombre, et avons bu au graal de la puissance et de la gloire. Et nous en voulons toujours plus. Sur chaque continent des femmes puissantes mènent d'inutiles combats contre d'autres femmes puissantes. Il n'y a que les peuples nomades qui ne soient pas esclaves de la volonté d'écraser, de dominer, de vaincre, de régner sans partage. Ce sont les filles et les fils préférés de la Terre.

Cette course mortifère est inévitable, il y aura toujours des peuples plus avides que d'autres, comme certains enfants qui veulent posséder l'espace autour d'eux et thésauriser les jouets, accaparer l'attention et l'amour, générer la crainte. Nous sommes aujourd'hui trop peu nombreux pour mettre de nouveau la Terre en danger et lui infliger des souffrances. À peine un demi-million d'humains, dit-on. À présent que les femmes imposent leur voix, la natalité a diminué, ce qui à terme pourrait même menacer notre espèce d'extinction. À présent, nous partageons l'espace avec les autres espèces animales et végétales ; de vastes espaces redevenus des mystères révérés par les hommes qui les traversent en tissant des rêves avec leur beauté et leur âpreté à peine devinées, des lieux qui nous échappent, nous terrifient et nous enchantent.

Les livres de la Renaissance nous enseignent que l'humanité avait cessé d'être après la Chute, et que le monde était entièrement vierge d'humains. Mais le Temps se plaignit : il devenait de plus en plus évanescent, et menaçait de disparaître, car il n'existait plus de conscience capable de le concevoir, d'éprouver son flux. Il est dit qu'à sa demande la Terre a accepté que naisse un être nouveau, enfin digne d'elle et de ses bienfaits, respectueux et noble. Le Temps la posséda et de leur union naquit une femme qui sortit de la grotte d'une île semblable à celle sur laquelle je vis ; le Vent du Nord féconda cette première femme et elle mit au monde des fils et des filles qui repeuplèrent la Terre. Ils avaient

« le pied léger et les cheveux au vent, toujours libres et mouvants comme les oiseaux migrateurs ». En réalité, ces hommes et ces femmes étaient sans doute semblables aux populations nées dans le Très Vieux Monde, qui avaient vécu longtemps en harmonie avec la Terre mais avaient presque disparu au moment de la Chute. Le Nouvel Homme doit être le descendant de ces communautés qui subsistaient péniblement dans les Amériques, en Asie, en Afrique.

Je ne crois pas que l'humanité ait jamais disparu de la surface du globe. C'est une fable inventée à la Renaissance afin de nous mettre en garde, de nous dire : « Vous savez ce que vous risquez si vous ne respectez pas les lois de la Terre sacrée, vous allez disparaître, et cette fois, à jamais. La Terre Mère ne vous laissera pas de seconde chance. » Cette dernière proposition est exacte. Mais ce ne sera pas une punition ou une vengeance. Quelle prétention est la nôtre de croire cela ? Notre extinction ne sera qu'un fugitif événement dépourvu de sens dans la marche des mondes.

Lorsque je descends dans la grotte des Oracles, je dois jeûner pendant trois jours et trois nuits, allongée sur la pierre-autel du fond de la nef. Il faut que j'en dise plus sur ce lieu étonnant où les sibylles se retirent depuis des temps immémoriaux. Il s'agit d'une anfractuosité gigantesque dans le basalte, une brèche dans les grandes orgues noires qui sertissent l'île. L'eau déferle à l'intérieur, lèche jusqu'à des hauteurs de plusieurs mètres les colonnes qui forment les parois de cette nef jusqu'à son cœur. C'est là que je suis étendue, sur une grande dalle toujours un peu humide, dans le bruit du ressac et du vent qui en s'engouffrant dans le boyau fait chanter la pierre. C'est là que mon esprit s'ouvre, s'éveille à la mémoire des siècles et aux temps à venir. Si les humains venaient encore me consulter, je serais bien en peine de les contenter. Je ne crois pas que je serais capable de nourrir leur curiosité étriquée, de répondre à leurs modestes et triviales questions. J'échouerais à les rassurer, à les bercer de contes évoquant leur mort et leur vie éternelle au sein de l'Âme du cosmos, encore moins à les consoler d'un deuil, à les protéger d'un charme, à leur prédire une naissance, à les mener à la guerre.

La voix de ma Mère me parvient toujours, mais comme venant de plus en plus loin, d'époques plus anciennes que l'humanité, que les forêts et les continents, que les volcans et les grandes failles océanes, que la Terre elle-même et les galaxies. Est-ce d'ailleurs sa voix qui me parle ? Elle résonne depuis des lointains cosmiques à peine concevables, avant le commencement, la singularité initiale, ou quels que soient les noms donnés aux origines par les hommes du Vieux Monde ; la voix murmure depuis l'avant, depuis le cœur de la matrice inconnaissable et impensable, préalable à toute présence, le néant, le rien. Ou peut-être est-ce là au contraire l'ultime présence, l'être existant de toute éternité, la négation du néant et de l'origine, la Reine ignorée des légendes. C'est peut-être là le mystère qui nous échappera toujours, jusqu'à ce que notre espèce ait disparu de la surface du globe terrestre. Car nous disparaîtrons. Et ce n'est pas bien grave. Voilà toute la maigre sagesse que j'ai été capable d'accumuler depuis que je vis sur cette île, depuis que mes songes inspirés se mêlent à tous ceux de mes sœurs prophétesses défuntes.

Tout est déjà blanc autour de moi. Je prends conscience du froid qui a engourdi mes membres à peine protégés, enserrés par une épaisse couche de neige. Combien de temps suis-je restée étendue sur le sol ? Et pourquoi le vieux n'est-il pas venu me dire de rentrer ? Peut-être l'a-t-il fait, et l'ai-je renvoyé sans ménagement comme cela m'arrive souvent. Il se le sera tenu pour dit et aura eu raison. J'ai très mauvais caractère et cette vie de recluse n'est pas pour améliorer cet état de fait. J'ai du mal à me relever, mes membres sont ankylosés, et l'arthrose dans le bas de mon dos me fait souffrir. Voici mon Sol qui vient à ma rencontre avec une couverture, et nous rentrons, cahin-caha, bras dessus bras dessous dans les tourbillons de blancheur. Dedans, ça sent les algues cuites et la tourbe. Le sentiment d'isolement m'étreint et fait monter en moi une espèce de panique. Il me semble entendre le rire clair d'un enfant, mais ce n'est sans doute que le cri d'une mouette. Je n'irai pas au fort. Je n'ai qu'un désir, dormir.

Ω

À l'aube, Milo avait entendu la clef tourner dans la serrure, et la silhouette filiforme d'Alyia s'était découpée dans l'obscurité. Elle avait ôté ses vêtements et s'était glissée nue contre lui, l'avait caressé. Il l'avait enlacée, embrassée, pénétrée sans passion. Elle ne lui plaisait pas réellement. Elle s'était habillée et était sortie, sans fermer la porte à clef. Il ne s'était plus rendormi, et avait passé deux heures à se demander pourquoi il avait cédé à cette fille. Il avait déjà repoussé les avances de quelques femmes ; cela ne lui posait pas trop de problèmes, elles proposaient, et lui disposait, c'était dans l'ordre des choses. Avait-il craint de lui déplaire, de l'offenser et qu'elle se venge ? Il était fragilisé par son statut de banni et d'errant solitaire ; dans ces circonstances, le corps peut s'avérer un objet de négociation précieux. Mais il n'avait rien demandé en échange de ce moment de plaisir sans ardeur, il n'y avait même pas pensé. Il aurait pu au moins exiger le cheval qu'elle avait évoqué.

Lorsqu'il s'était levé, la vieille était dans la cuisine, occupée à touiller dans une casserole d'où émanaient de puissants accords d'ail et de sauge. Elle l'invita à s'asseoir et lui posa rudement sous le nez une pleine assiette de haricots blancs au lard. Elle restait silencieuse pendant qu'il savourait le plat. Ils partageaient ce petit espace domestique et cette tranche de temps comme s'ils se connaissaient depuis des années. Milo se méprisa pour ses frayeurs nocturnes. Il demanda où était Alyia, et la vieille se contenta de hausser les épaules.

« Cette gamine ne tient pas en place. Elle n'est pas prête pour le pouvoir. Sa mère est partie trop tôt.

— De quoi est-elle morte ?

— Une vilaine plaie qui s'est infectée. Son sang s'est empoisonné. »

La vieille essuya ses mains noueuses à son tablier, détourna les yeux pour les poser sur le champ de graminées par la fenêtre. Sa carcasse maigre mais vigoureuse vacilla légèrement, elle s'appuya au dossier d'une chaise.

« Il y avait des antibiotiques autrefois, dit-elle, plus pour elle-même. Avec eux, elle aurait vécu.

— Qu'est-ce que c'est ?

— Des remèdes très puissants contre l'infection.

— Comme le miel ou l'ail ? »

La vieille le regarda et sourit avec l'air désolé, mais ne répondit rien. Milo vit que ses yeux étaient rouges et humides. Elle se passa la main sur le visage, soupira.

« Ça ne sert à rien de se plaindre et de ressasser. Il nous faut vivre avec ce que nous avons perdu. Ou plutôt sans. »

Elle posa une théière sur la table et deux petits bols, qu'elle remplit, but une gorgée. Puis elle se pencha et son buste osseux sembla s'allonger pour s'approcher de Milo, si près qu'il pouvait voir les poils gris courts et drus qui poussaient sur son menton.

« Sais-tu que les hommes du Vieux Monde croyaient à l'immortalité ? Ils pensaient que la science serait un jour capable de rendre l'homme éternel, en remplaçant ses organes malades. Tu ne me crois pas ?

— Vous avez lu ça dans vos livres ? »

Elle opina du chef. Milo laissa son regard errer sur les rayonnages, puis revint le planter avec morgue dans celui de la vieille femme. Il dit avec hauteur :

« Vous croyez tout ce qu'on dit dans les livres ? Vous avez tort. Ce sont des choses sans vie, emprisonnées sur ces pages depuis trop longtemps pour être encore vraies. La parole écrite est morte. Le souffle l'a abandonnée. »

La vieille hocha la tête, pensive. Puis elle eut soudain l'air las. Elle but encore une gorgée et se leva pour nettoyer ses ustensiles de cuisine, tournant le dos à Milo. Celui-ci se mordit la lèvre, s'en voulant de l'avoir fait taire. Il demanda :

« Mais... ils ne l'ont jamais atteinte ?

— Quoi ? »

La femme se retourna brusquement, le couvant d'un regard moqueur.

« L'immortalité...

— Ah, tu veux tout de même savoir, hein, Gypsy, ce qu'ils racontent mes pauvres bouquins sans vie ? Eh bien, non, je ne crois pas. Mais il y a une rumeur qui court, une légende qui n'est dans aucun livre, à propos d'une femme, une prophétesse, qui vivrait dans le Nord, sur une île au milieu des glaces. Une immortelle venant du Vieux Monde. On l'appelle la Songeuse. »

Un silence habité s'installa; chacun était perdu dans les images que faisaient surgir les mots prononcés. L'esprit de Milo était prompt à se laisser pénétrer par les visions, son imagination s'enflammait vite. Il voyait des paysages marins d'une blancheur aveuglante, d'une solitude somptueuse, dangereusement attirante. La Songeuse n'était pas vraiment une femme, mais une entité spirituelle, immatérielle, qui pouvait prendre forme selon sa volonté. Elle vivait au cœur de la terre glacée, et veillait sur le monde comme la lune sur la nuit.

«Je m'appelle Oksana, dit brusquement la vieille. Tu peux rester ici aussi longtemps que tu veux, Gypsy.

— Je ne m'appelle pas Gypsy, mais Milo», répondit-il fermement en lui tendant la main.

La vieille eut un mouvement de recul devant ce geste que les humains ne pratiquaient presque plus. Il avait quelque chose de contradictoire : à la fois solennel, distant et curieusement intime. Elle tendit néanmoins la main et Milo l'enveloppa dans les deux siennes et la garda un long moment. Oksana l'y aurait laissée pour l'éternité, de même qu'elle aurait noyé ses yeux dans ceux du jeune homme indéfiniment. Il y avait en lui une puissante chaleur, il savait d'instinct l'art de réconforter, l'empathie lui était aussi naturelle que l'ironie l'était devenue à l'esprit désenchanté d'Oksana. Il était aussi beaucoup trop confiant. Se laisser emmener par une jeune femme chez des inconnus, puis s'endormir sans broncher dans une chambre fermée à clef... Oksana l'avait enfermé par simple curiosité, pour voir si Milo rechignerait. Ces gens du voyage manifestent un si violent amour à leurs enfants et leur procurent un tel sentiment de sécurité que la hardiesse qui anime leur progéniture depuis le plus jeune âge est parfois la source de leurs problèmes. Ces gens se sentent investis d'une espèce de pouvoir, né de la conviction d'appartenir à une caste d'humains bénis des dieux, les bien-aimés de la Terre, comme on les appelle. Ils se perçoivent comme le peuple élu ; en des temps anciens, d'autres qu'eux s'étaient arrogé ce privilège. Mais il fallait reconnaître que cette belle assurance, cet air de ne douter de rien étaient d'une puissante séduction. Les êtres humains semblent si souvent trimballer d'affreuses casseroles dans leurs bagages, tout un cortège tintinnabulant de souffrances, de complexes, de regrets, d'envies mesquines, de petits crimes honteux qu'ils portent en bandoulière comme le marchand ambulant ses fonds de tiroir. Milo au contraire s'avançait dans la vie comme le soleil levant, vif et vrai, sans masque et sans calcul, dans toute la prodigieuse réalité de ses vingt ans. S'il devait mourir demain, se dit la vieille, il partirait léger et pur comme l'animal sauvage.

Oksana se souvient de la dernière fois qu'elle a vu sa fille avant sa mort, quelques mois plus tôt. En proie à la fièvre et à la douleur, enveloppée d'une odeur de charogne, elle s'était entourée de tous ses attributs de pouvoir, la tiare d'or et d'argent, la selle de la première khatan de l'Ouest après la Renaissance, son épée vieille de plus de trois cents ans, à la garde incrustée de morceaux d'os et de dents d'ennemis. De pathétiques babioles, inefficaces face au mal qui la rongeait et à sa peur abyssale devant la mort, des choses inanimées qu'elle n'emporterait même pas dans la tombe. On l'avait inhumée en compagnie de ses chiens et de son cheval favori. Oksana pensa avec dégoût aux cavaliers morts qui se balançaient sur la plaine, que se disputaient les corbeaux et les vautours.

La vieille femme avait quitté cette existence depuis bien longtemps et, malgré les années, la sédentarité, les travaux de la terre, la lecture, elle ressentait encore la répulsion, la peur et la lassitude qu'elle avait éprouvées la veille de prendre la place de sa mère à la tête de la Horde du Sang. Les préparatifs du couronnement allaient bon train, les invités arrivaient du lointain Orient. Elle avait fait des heures d'essayage pour la tunique de cérémonie, qui irait rejoindre celle d'Oksana la Première et toutes les autres tuniques portées par les femmes qui lui avaient succédé. Elle s'était enfuie de nuit, comme une criminelle, avec un bon cheval et une bourse remplie d'or, condamnant sa fille de onze ans à régner à sa place. Et depuis ce jour elle avait été honnie par son peuple, reniée par sa famille, maudite jusqu'au-delà de la mort. Sa fille ne lui avait jamais pardonné, et n'avait accepté de la revoir qu'une fois, peu avant de mourir. C'était le prix qu'Oksana avait payé pour sa liberté.

Milo replaça une mèche de ses cheveux derrière son oreille et lui offrit son sourire désarmant et édenté à gauche. Elle sentit monter dans sa poitrine une bouffée de tendresse. Lui aussi était proscrit, honni, voué à la solitude. Il désirait se rendre chez les Kazakhs, dans le clan de ceux qui lui vendaient des chevaux. Ce n'était pas une bonne idée. Ces gens sont capables d'une grande générosité durant la saison du commerce, mais il est peu probable qu'ils accueillent Milo comme un des leurs à long terme. Ils l'hébergeront et le nourriront, car l'hospitalité est sacrée, mais jamais Milo ne se sentira appartenir à ce peuple, quoi qu'il fasse pour cela, si long soit le temps passé à vivre avec lui.

« À quelle tribu appartiens-tu ?

— Appartenais, lâcha Milo. Les Britannia. »

Elle avait parfois rencontré des gens de cette souche, qui avaient traversé la Manche pour fuir les îles de l'Ouest. La raison de leur présence en Europe centrale n'était pas claire. Cela ne remontait pas à si loin, à une trentaine d'années tout au plus, peut-être même moins. Oksana avait entendu parler d'une maladie qui avait décimé les gens du voyage dans les îles. On racontait que les guerres entre le royaume des Hautes Terres et celui des Amazones étaient féroces depuis quelques décennies ; là était peut-être la raison de la migration des Gypsies vers le continent. Bien peu de nouvelles parvenaient des royaumes du Nord ; le froid les isolait un peu plus chaque hiver, mais cela était vrai de la plupart des territoires d'Europe. Le phénomène de glaciation s'intensifiait, semblait-il.

Contrairement à nombre de ses congénères qui présentaient des traits attestant du profond et ancien métissage des Gypsies des îles occidentales, Milo ressemblait à un Irlandais d'autrefois, avec ses cheveux cuivrés, sa peau laiteuse, ses yeux d'orage, d'un gris jaspé de mauve. Oksana avait lu que du temps du Vieux Monde, les roux étaient souvent mal aimés. Généralement considérés comme fourbes et malhonnêtes, ils étaient méprisés et rejetés. Ils étaient devenus si rares dans le Nouveau Monde qu'ils faisaient l'objet d'une curiosité exacerbée et craintive, toujours mêlée d'un peu de superstition. Milo était semblable à la braise bienfaisante qui rougeoie au cœur de l'hiver. Oksana fit le vœu qu'il aille son chemin avec la bénédiction du Ciel et de la Terre Mère.

À l'instant où elle jeta discrètement une pincée de sel derrière son épaule, elle eut un sombre pressentiment. Milo était assis sur une banquette, un livre dans les mains. Un ouvrage sur le cinéma de l'Ère ancienne, avec de grandes photographies en noir et blanc d'actrices aux yeux de chattes et à la chevelure crantée, d'acteurs au sourire enjôleur, une cigarette aux lèvres. Oripeaux dérisoires et merveilleux, armes de séduction et de pouvoir, masques destinés à transcender la pauvre et touchante humanité. Milo ne portait pas de masque ; il était un des êtres les plus transparents qu'elle eût jamais rencontrés. Mais au cœur de ce cristal veillaient d'étranges ténèbres. Une fatalité pesait sur sa vie depuis qu'il était entré en ce monde. Un secret dont il n'avait aucune connaissance, qui le rongeait doucement, sans bruit, comme un cancer. Sans savoir pourquoi, il apparut à Oksana que Milo devait retourner d'où venaient les siens, par-delà la Grande Mer de l'Ouest, sur les terres que sa tribu avait arpentées pendant des générations. C'est là qu'il s'arracherait à ce Tartare qui grondait au fond de lui.

Ω

La compagnie avait atteint l'ancienne ville de Chemnitz, dans le Land de Saxe. Hébergée dans la propriété du gouverneur, on avait pu se reposer du long voyage dans la steppe. La perspective de passer une partie de l'hiver en Saxe était tentante, il faisait déjà très froid, les vieux rechignaient à reprendre la route, et l'accueil du gouverneur était généreux. L'homme avait une profonde admiration pour les gens du voyage, et tous les nomades en général. À la tête des Länder de l'ancienne Allemagne étaient placés des femmes et très rarement des hommes, élus par le peuple pour dix ans, par l'intermédiaire de parlements. C'étaient là des reliquats des démocraties du Vieux Monde, mis à mal par les principautés et les royaumes voisins, qui ne toléraient de relations qu'avec un pouvoir absolu et héréditaire.

Le gouverneur de Saxe abritait déjà une troupe de comédiens et de musiciens venus de France et d'Italie, avec lesquels les Britannia ne s'entendaient guère. La rivalité entre les Gypsies et les artistes ambulants était séculaire mais on ne savait plus très bien ce qui l'avait motivée. Peut-être l'orgueil des Gypsies était-il partiellement responsable de cet état de fait, et aussi leur mépris à l'égard de ceux qui tenaient l'écriture en haute estime au point d'en faire le pilier de leur existence. Raconter des histoires et jouer des morceaux de musique dont chaque phrase ou chaque note était enfermée dans la graphie tenait, selon eux, de la plus parfaite aberration.

Le palais du gouverneur était un ancien musée de la ville, un des seuls bâtiments entretenus qui aient traversé les siècles. Les deux bandes pouvaient s'y tenir sans se gêner, sans même se croiser. Malgré les injonctions des anciens, les adolescents et les enfants de la compagnie gypsie allaient le soir assister aux spectacles de la troupe et en revenaient éblouis et rêveurs. Ils recevaient de petits fanions de couleurs vives, des sucreries et parfois l'un ou l'autre accessoire de théâtre avec lesquels ils joueraient pendant des années et qu'ils useraient jusqu'à la corde, sous l'œil navré des parents.

Ce soir-là, on avait donné *Hamlet*. Ce fut un tel succès que les applaudissements et les cris avaient résonné longtemps sous les hauts plafonds. Les corridors transportaient l'écho de la liesse jusqu'aux oreilles des vieux Gypsies contrariés et jaloux. Ils tentaient de se distraire avec leur musique, leurs chants et leurs danses, mais cela sonnait faux, la joie ne s'invitait pas dans le cercle magique où trônait le brasero. Faith était revenue tout enfiévrée, babillant, riant, contant à ceux qui ne voulaient pas l'entendre les frasques du prince de Danemark, de sa mauvaise mère et de sa fiancée devenue folle. Elle disait : « Ophélie, c'est moi ! Cette pauvre fille, c'est ma sœur, mon double, moi-même. » Elle avait hérité d'un chapeau à large bord rabattu sur un côté et maintenu par une grande plume rouge. Une lanterne à la main, elle errait dans les vastes salles en se pavanant avec son chapeau sur la tête et en chantant une chanson un peu scabreuse où il était question d'une très vieille femme qui se lamentait de ne plus pouvoir trouver le plaisir sexuel, malgré ses nombreux et jeunes amants.

Au milieu de la nuit, elle était toujours à gambader et à chanter dans le silence des hautes pièces glacées et nues lorsqu'elle trébucha sur un homme couché en travers de son chemin, endormi. Il remua à peine en grommelant. Elle approcha sa lanterne du visage et lui titilla encore les côtes du bout de sa botte, mais il se retourna en rabattant sa couverture sur son visage. Faith le secoua alors sans ménagement et il se releva en titubant, la prit à la gorge et l'accula contre un mur. Elle éclata de rire. L'homme resserra son étreinte.

Elle continuait de sourire, et sa dent d'or jetait des lueurs cuivrées sur sa lèvre humide, dans l'obscurité seulement déchirée par la flamme de la lanterne renversée à leurs pieds. Il ne devait jamais oublier ces secondes. Le défi dans son regard, son odeur de jeune lys, et, derrière, montant brusquement de sous ses jupes depuis l'intérieur de ses cuisses, des arômes puissant de goémons et de babeurre. Une odeur de prime jeunesse, de fille à peine pubère. Elle le toisait avec une ironie implacable. Il aurait voulu la battre comme plâtre ou la border comme un tout petit enfant. Il prit sa bouche, aussitôt rattrapé par l'idiotie et le caractère sacrilège de ce qu'il était en train de faire. Mais elle répondit au baiser, avec véhémence. Quand elle eut son saoul de danse de langues, de palpations et de frottements, elle le repoussa, se dégagea, ramassa sa lanterne et s'en fut dans la nuit. Avant de disparaître, elle se retourna et le dévisagea un moment avant de lui dire : « Demain, je viendrai, attends-moi. »

Tom Boswell était malade, alité depuis une semaine ; il ne subsistait de son chandail qu'un unique rang de point droit. Faith passa un linge imbibé d'eau fraîche sur le front brûlant de Tom, amena à ses lèvres un gobelet de vin épicé, s'assit à ses côtés. Il ouvrit les yeux, sa main exsangue chercha celle de sa jeune épouse, crapahutant sur la couette comme une vilaine fouine blessée. Surmontant son dégoût, Faith prit cette main, sourit à son petit homme moribond. Le regard du malade, d'ordinaire si dénué d'expression, s'allumait parfois d'un éclat étrange. Savait-il ? Avait-il deviné, en vertu de cette sublime et terrible prescience qui s'empare des plus demeurés à l'approche de la mort, que c'était elle qui l'envoyait rejoindre le rivage des disparus ? Une bouffée de pitié la submergea. Elle déposa la main répugnante sur la couette, le long du flanc de Tom. Trop faible pour garder les yeux ouverts, il laissa ses paupières recouvrir les globes vitreux et délavés, ces paupières qui ressemblaient à présent à deux immenses membranes diaphanes, ailes de bête nocturne tendues sur son visage squelettique. Il était si immobile, d'une teinte et d'un aspect tellement cireux que Faith crut un instant que c'était fini. Elle mit l'intérieur de son poignet contre les lèvres du mourant ; un infime filet d'air tiède atteignit sa peau. Ce serait pour cette nuit. Au plus tard demain. Elle alluma sa pipe, tira quelques bouffées puis alla ouvrir sa malle, plongea le bras dans le linge, farfouilla et exhuma la ligne de tricot encore intacte. Elle posa sa pipe, tira sur le fil d'un coup sec et ferma les yeux pour se laisser pénétrer de la sensation de cette dernière fois où elle éprouverait le dévidement de la laine, la métamorphose d'un vêtement utile en une matière informe, le passage de la vie à la mort.

Le matin, Tom Boswell rendait l'âme, seul dans sa roulotte, alors que Faith était partie faire la lessive ; elle le découvrit tout raide, un hideux sourire aux lèvres. Il s'était vidé dans son lit, et la roulotte empestait l'urine et les excréments d'un corps déjà avarié avant sa mort. Avant d'ameuter la compagnie, elle décida qu'il valait mieux faire le ménage. Elle poussa rudement le cadavre d'un bord à l'autre du lit pour ôter les draps, en mit de propres, enleva la chemise de Tom et lui en passa une nouvelle, ensuite elle l'installa dans une position appropriée, les mains posées l'une sur l'autre sur la poitrine. Elle ne l'avait pas lavé, et pour quelle raison se serait-elle donné ce mal supplémentaire ? Les flammes se chargeraient de cette mission purificatrice. Elle admira le travail : le bonhomme arborait toujours son sourire de dément. Elle tenta de lui fermer la bouche, mais comme il résistait, elle lui donna un grand coup de poing et la mâchoire claqua avec un bruit inoubliable, les lèvres recouvrirent enfin les grandes dents jaunes déchaussées par la fièvre, et le rictus disparut à peu près.

Elle décida de ne pas feindre le chagrin, elle n'aurait trompé personne. On mit le feu à la roulotte en début de soirée. Il commença à neiger. Faith se tenait immobile, indifférente, au milieu des siens possédés par la transe du deuil, hurlant, pleurant, criant le nom du mort, s'arrachant cheveux et vêtements. Le gouverneur avait tenu à venir en personne aux funérailles, ainsi que sa femme et un de ses fils. Ils assistaient, hébétés et un peu craintifs, à ce spectacle unique, à cette déferlante de chagrin collectif. La troupe de comédiens avait dépêché deux des leurs, une actrice et un musicien. Lorsque l'atmosphère fut plus calme, la comédienne qui incarnait Ophélie entonna quelque chose en italien, puis se joignit aux chants mortuaires. Tous se demandaient comment elle connaissait l'antique langue romani-shelta, mais personne ne voulut lui poser la question. Il était prévu que la veuve s'en retourne vivre avec son oncle et sa grand-mère, mais Faith décida de rejoindre Aberrama et Babik, ce qui était contraire à la tradition et risquait de porter malheur à tous les occupants de cette roulotte. Mais Aberrama l'accueillit comme sa propre enfant et fit taire les mauvaises langues.

Au milieu de la nuit, elle quitta furtivement la compagnie et s'engouffra dans le tréfonds du palais, courut le long des interminables couloirs, haletante, fébrile, le cœur battant follement. Il l'attendait, cet homme qu'elle avait choisi. Chaque soir elle guettait son entrée en scène, le ventre délicieusement remué ; sa voix rauque, chacun de ses gestes un peu las l'émouvaient profondément. Elle avait pris la décision de se donner à lui dès la première fois qu'elle l'avait vu jouer un des fossoyeurs dans la scène du cimetière.

En plus de cinquante ans d'existence, bien qu'il ne connût pas son âge exact, il n'avait jamais attendu rien ni personne comme il l'attendait, elle, comme si sa vie en dépendait, comme s'il allait la voir pour la dernière fois. Et en effet, chaque moment passé auprès de Faith avait une saveur ultime et déchirante, absolument unique, qu'elle seule, semblait-il, était capable de dispenser. Elle était de ces êtres qui vous renvoient impitoyablement à la beauté, à la fureur et à la brièveté de la vie. Il ne la touchait pas toujours ; certaines nuits elle parlait, lui racontait des contes ou chantait ces chansons de Bohémiens qui ne finissent jamais, où chaque histoire en contient une autre, à son tour la matrice de nouveaux récits et de nouveaux personnages, qui s'enfantent à l'infini sur un rythme hypnotique. Sa voix était voilée, son timbre très grave. D'autres nuits elle restait parfaitement muette et se laissait embrasser et caresser longuement. Il ne l'avait jamais pénétrée. Elle était mariée à un type de son peuple qu'elle n'aimait pas. Cet homme était mourant ; il était d'ailleurs peut-être mort, c'est du moins ce que laissaient présager les cris de bêtes et la musique dégoulinante de larmes au-dehors. Faith lui répétait qu'elle serait bientôt libre comme le vent, et voudrait-il alors partir avec elle et courir le monde ? Accepterait-il d'unir sa destinée à la sienne, le temps que durent l'amour et le désir, le temps d'une histoire ? Il répondait oui, tout ce que tu veux, mais quand il se retrouvait seul après son départ, il était perplexe.

Que ferait-il avec cette enfant fantasque à errer sur les routes en mendiant la pitance et le gîte ? Car il ne savait rien faire, lui, que jouer assez mal la comédie. Il avait été voleur de chevaux par le passé et marchand de ferraille, avait vécu un temps avec une femme du peuple de l'Orage, avant qu'elle décide de lui préférer quelqu'un d'autre, le chasse comme un mendiant galeux et le prive de leurs deux enfants. Il se fit la réflexion que sa fille devait avoir l'âge de Faith. Ce qui l'amena à faire de nouveau le constat qu'il vieillissait, que son dos et ses genoux le faisaient souffrir en hiver, qu'il buvait comme un chien sans dents et que la responsabilité d'un autre être réclamait une grande maîtrise de soi qu'il ne possédait plus. C'était tranché, il refuserait. Il se prépara, répéta quelques phrases tout bas, mais un froissement le fit taire. Il s'immobilisa, les sens aux aguets. Il venait d'entendre un bruit proche. Et si ce n'était pas elle, mais des gens de sa compagnie qui savaient et venaient lui faire la peau ? Il avait entendu des histoires sordides de vengeance de Bohémiens offensés. Le mariage était sacré et indissoluble pour ces fous furieux. Le bruit se fit entendre de nouveau, plus proche. Il soupira de soulagement ; c'était le frou-frou de ses nombreuses jupes superposées, le cliquetis de toutes ses babioles au cou et aux poignets – il y en avait pour une fortune d'or pur. Il ouvrit grands les bras et elle s'y blottit comme un chaton aveugle. Qu'avait-il prévu de lui dire ?

Ω

Alyia était revenue en visite chez sa grand-mère et avait emmené Milo à la chasse à l'aigle, loin au sud-est. Quatre hommes les accompagnaient avec les rapaces et campaient à distance. Alyia était désormais la khatan de la Horde du Sang, elle régnait sur un immense territoire couvrant une grande partie de la steppe pontique occidentale, depuis la mer Noire au sud jusqu'aux frontières de la Pologne à l'ouest et au fleuve Don à l'est. Quelque chose en elle avait changé ; Alyia n'était pas une jeune fille d'un naturel très gai ni très spontané, mais il émanait à présent de sa personne une gravité un peu solennelle qui la rendait encore plus distante. Milo avait accepté de la suivre sur la steppe parce qu'il était fasciné par la chasse au rapace, et parce qu'il en avait assez de dormir entre quatre murs.

Le froid devenait féroce, les nuits étaient sublimes, le ciel paraissait si vaste que Milo retrouvait ce sentiment de vivre en son sein, au milieu des étoiles fixes et des astres, lové dans l'espace comme dans le ventre d'une mère. La sienne venait de plus en plus souvent le visiter en rêve ; le début était envoûtant, pénétré de tendresse éperdue, d'un sentiment de sécurité qui semblait inébranlable, et qui se transformait peu à peu en une angoisse si vive qu'elle l'éveillait en sursaut, la gorge nouée et les yeux pleins de larmes. À chaque réveil brutal, il convoquait l'image de Faith, son odeur quand elle était bébé, qui ne s'était jamais vraiment volatilisée, la texture de ses cheveux, et sa voix, sa voix si profonde, sourde, comme venant de loin, grondant, vibrant sous sa cage thoracique étroite et gracile comme dans une caisse de contrebasse. Elle lui manquait horriblement, simplement, c'était une sensation constante, qui allait et venait entre sa conscience éveillée et celle qui était en sommeil. Comme une faim jamais rassasiée avec laquelle il apprenait à vivre.

Entre les rêves pénibles et le souvenir déchirant de Faith, il en venait à redouter le sommeil et restait longtemps assis près du feu, alors qu'Alyia dormait déjà sous la tente, au chaud enrobée de ses peaux. Il se demandait pourquoi son propre peuple, qui passait la plupart de ses nuits à la belle étoile, ne vénérait pas le ciel ; le peuple d'Alyia, depuis les périodes les plus lointaines, voyait en lui Tengri, le père de la création. Milo connaissait un vieux mythe qui attestait que le monde était né des amours de la Terre et du Ciel. Alyia, comme les khatans avant elle, était appelée « Fille du Ciel ». Milo repensait souvent à la Songeuse, cette prophétesse perdue dans les glaces dont lui avait parlé Oksana. Il aimait la savoir endormie au fond de sa grotte blanche ; elle rêvait, et de ses songes naissait le monde, animé par le mouvement et le souffle vital à mesure que les images se tissaient dans son esprit. Oksana lui avait-elle dit cela, ou cette idée avait-elle germé en lui ? Peu importait, car c'est sous cette forme qu'il raconterait à son tour l'histoire de la Songeuse, qui n'était pas une histoire, d'ailleurs, pas encore du moins, c'était un début, les prémices d'un récit fabuleux qui méritait de vivre et de se transmettre, de s'enrichir, de s'incarner dans d'autres voix, d'être porté par d'autres respirations. Mais peut-être était-ce là une réalité, et non une fiction rêvée par une vieille femme gavée de livres ?

Abruti de fatigue et un peu écœuré par le flot incessant de ses pensées, Milo finissait par aller se glisser dans ses propres peaux, tout contre Alyia. Souvent elle se rapprochait de lui dans son sommeil, et son dos venait se coller à son torse. Ils avaient encore fait l'amour une fois, la première nuit ensemble dans la steppe. La seule personne que Milo avait désirée avec violence était Faith, avec une violence à la mesure de l'interdit que leur union représentait, à la mesure aussi de quelque chose que Milo ne s'expliquait pas ; c'était un obscur pressentiment selon lequel l'amour physique avec Faith adviendrait comme une révélation qui les dépasserait largement. Aimer Faith charnellement révélerait Milo à lui-même. Cette perspective guidait ses pas sur le chemin hasardeux et solitaire où la jeune fille l'avait jeté. Il se demanda si Faith avait eu une vision avant de lui faire boire l'eau souillée. Elle devait sans doute pressentir des choses qu'il ignorait. C'était le cas depuis qu'elle était en âge de parler, et sans doute même avant.

La veille, l'aigle d'Alyia avait attrapé un jeune loup. Milo avait chevauché avec cet oiseau exceptionnel chaperonné sur le bras, et avait été transporté par cette sensation. Alyia avait insisté : « Reste, et tu pourras entraîner ton aigle et le faire chasser l'hiver prochain. Ma *babouchka* t'aime, et rien ni personne ne t'attend nulle part. » Elle avait cette manière un peu brutale et blessante de dire certaines vérités, et Milo ne voulait pas lui confier que la *babouchka* et lui-même avaient d'autres projets.

À leur retour, ils croisèrent une compagnie de Roms des Balkans qui venaient du nord et se préparaient à passer l'hiver sur les rives sud de la mer Noire. Alyia leur conseilla de faire halte en Crimée, où ils seraient reçus par son oncle, gouverneur de cette région ; ils pourraient y séjourner jusqu'au printemps. Une fillette observait Milo avec attention ; elle vint glisser une petite main sale dans la sienne. Sa gorge se serra et il lâcha la main, recula. Il eut la certitude qu'elle savait qui il était, même si son tatouage à la joue était caché par un pansement et qu'on ne voyait pas ses chaînes au cou, dissimulées par le haut col de son manteau de fourrure. À présent d'autres enfants, des adolescents arrogants et des femmes s'étaient approchés et le dévisageaient. Il avait longtemps cru être indifférent aux superstitions de son peuple, mais il ne pouvait se débarrasser de l'impression de mettre ses congénères en grand danger en se tenant simplement près d'eux, exposé à leur regard. Cette gosse était devenue impure en l'espace de quelques secondes. Intouchable. Et cette femme qui la prenait dans ses bras venait de le devenir à son tour, puis ce serait celui des frères et sœurs, et des membres de la famille, de la compagnie, et de tous les êtres croisés au hasard de la route, gens et bêtes, effleurés ou étreints, les chevaux, et jusqu'aux herbes le long du chemin, et à la Terre sacrée sur laquelle tous ces pieds trotteront, danseront à la nuit tombée. Où cette triste farandole s'arrêterait-elle ? La loi des Roms le dit-elle seulement ?

Une bouffée de rage le submergea. Il aurait voulu haranguer ces gens, leur hurler la vérité, provoquer l'un ou l'autre jeune gars plein d'assurance et se battre, puis s'enfoncer dans la terre et leur jeter à tous un sort d'amnésie. Alyia sentit ce tumulte en lui et coupa court à la conversation avec ces nomades qui déjà les invitaient à passer la soirée avec eux et à partager leur marmite. En ce jour ils célébraient l'anniversaire de la mort d'une vieille femme qui était une grande guérisseuse très aimée de son peuple, et célèbre dans toutes les tribus. On allait festoyer en son honneur la nuit durant, comme le voulait la coutume. Milo avait entendu parler de cette vieille Eurydice, qui lisait l'avenir dans un antique écran ; il se demandait s'il ne l'avait pas déjà rencontrée lorsqu'il était enfant. Un souvenir le traversa : des mains noires et tannées comme du vieux cuir, tatouées et baguées, dansent un ballet hypnotique au-dessus de son visage, les flammes projettent l'ombre des doigts sur une paroi de pierre, un chant se fait entendre dans la nuit, sa mère le serre contre elle.

Alyia déclina l'invitation des Tziganes et ils reprirent le chemin de la combe d'Oksana. De nombreuses fois Milo se retourna vers les lumières du campement, vers les sonorités de cette satanée musique qui faisait partie de lui et lui remuerait à jamais le cœur, les tripes et le sang, lui arracherait des larmes, éveillerait son désir, sa faim, ses regrets aussi longtemps qu'il traînerait sa carcasse en ce monde.

Monté sur un konik robuste, cadeau d'Oksana, Milo quitta les vieux trois jours plus tard, et s'enfonça dans le matin blanc et poudreux, vers l'ouest. Zoltan avait convaincu un jeune berger d'accompagner Milo pendant une partie du trajet. Il devait avoir une douzaine d'années et n'était pas bavard. Dans un silence oppressant, le berger les fit passer par des raccourcis tortueux et difficiles à travers les contreforts des Carpates ; ils devaient souvent mettre pied à terre et marcher. Une nuit, ils furent attaqués par deux hommes, faibles et mal nourris. Milo en blessa un, l'autre s'enfuit aussitôt. Le petit pâtre disparut dès le début de l'assaut et ne réapparut jamais. Était-il complice des bonshommes ? C'était très probable ; rien dans son expression torve et chafouine n'inspirait la confiance. Milo gagna un hameau lové contre le versant est de la montagne. Derrière la crête le soleil se couchait. La nuit promettait d'être glaciale, et Milo n'avait d'autre choix que de frapper aux portes pour demander le gîte, ce qu'il faisait pour la première fois de sa vie avec beaucoup de répugnance.

Après quelques tentatives infructueuses, un homme finit par entrouvrir sa porte. Il était méfiant et n'accepta de lui offrir le gîte que lorsque Milo ôta son pansement et afficha ses origines gypsies. Alors l'homme lui fit un profond salut et le fit entrer, puis conduisit son cheval à l'étable et le nourrit ; sa femme lui servit un bortsch honorable et, malgré ses protestations, lui prépara le lit conjugal. Ces gens simples ne s'étaient pas étonnés de le trouver seul sur la route. Ils ne posèrent aucune question indiscrète, se contentèrent de lui demander des nouvelles des régions du monde où il avait voyagé. Il passa une partie de la nuit à les informer et à les divertir. Deux enfants, un garçon et une fille de neuf et six ans, étaient venus les rejoindre autour de la table. Avant d'aller se coucher, ils lui demandèrent une histoire du Vieux Monde. Milo réfléchit longuement à ce qu'il avait vraiment envie de raconter à ces gosses et à leurs parents presque aussi émerveillés et candides que leurs enfants. Il se souvint des mains envoûtantes de la vieille chamane dont on célébrait la mémoire et choisit le conte du Très Vieux Monde qu'évoquait son prénom ; il partagea avec ces paysans l'histoire du poète Orphée et de son épouse Eurydice.

Milo prend son temps pour camper le décor de ces antiques régions ensoleillées, saturées de lumières crues et neuves, peuplées d'hommes-dieux, de muses, de nymphes et d'animaux fantastiques. Alors qu'il se replonge dans le récit, lui reviennent l'atmosphère de la roulotte chaleureuse, le visage passionné de Faith, les mouvements de son âme glissant sur ses traits comme les nuages au ciel, émotions pures dont la manifestation était toujours un spectacle désarmant chez cette créature étrange, rétive, farouche. La fille de ses hôtes était la plus captivée, ainsi que l'homme, grande brute apparemment assez fruste qui sembla pourtant bouleversé dès le début de l'histoire, dès le moment où Orphée tombe amoureux de la nymphe Eurydice, bientôt mordue à mort par un serpent. Orphée, désespéré, tente le tout pour le tout et traverse la frontière qui sépare les vivants et les morts ; il plaide sa cause devant les dieux d'outre-tombe, Hadès et son épouse Perséphone. Son chant les séduit et ils lui accordent ce qu'ils n'ont accordé à aucun mortel, la permission d'arracher Eurydice au Royaume des Ombres. Mais pour y parvenir, durant le trajet qui les ramènera à la lumière, Orphée ne pourra pas se retourner ni regarder son aimée, et ils devront garder le silence.

Alors qu'ils empruntent le sentier qui monte des Enfers, l'auditoire de Milo commence à s'agiter, la femme se ronge un ongle, les enfants se tortillent sur leur chaise. Milo sent grandir l'anxiété et l'attente autour de lui, et cette onde le parcourt tout entier, s'insinue sous sa peau, accélère son rythme cardiaque et lui donne l'impression, comme souvent, qu'il découvre lui aussi le récit pour la première fois. Orphée tient serrée la main d'Eurydice, entend son pas derrière lui, ils vont bientôt fouler la surface terrestre et seront de nouveau réunis, il pourra la contempler tout à loisir, la toucher et l'aimer sans contrainte, encore juste quelques secondes sans la regarder, sans lui parler, une infime portion de temps pour une vie avec elle... Milo ne voit plus que le visage de Faith à présent, ardent et plein d'effroi, les larmes qui se mettent à rouler sur ses joues parce qu'elle connaît l'issue, et que chaque fois elle espère que peut-être, peut-être cette fois sera celle où Orphée respectera la promesse de ne pas se retourner, qu'il sera moins fou, moins égoïste, moins amoureux, moins terrifié de la perdre à nouveau, *moins effrayé de la garder à jamais.* Parce que c'est cela que Faith avait évoqué un jour pas si lointain : Orphée craint une existence entière avec Eurydice ; il n'est pas certain de la vouloir à ses côtés pour toujours, c'est pourquoi il se retourne et la perd. Faith comprenait cela, car elle-même aurait préféré une fin tragique à un bonheur placide. Mais elle pensait cependant qu'Orphée avait été justement puni de son geste par une mort horrible ; déchiqueté, démembré, il avait fini dévoré par les Bacchantes et les Ménades pour avoir méprisé leurs attraits et être resté fidèle au souvenir d'Eurydice. « Si tu t'étais retourné, tu l'aurais encore autrement payé, disait-elle en lui prenant le visage dans les mains. Je serais venue te hanter et tu serais mort dans les tourments de la folie. » N'était-ce pas déjà ce qui était en train de se passer ?

La femme pousse un petit cri d'anxiété qui le ramène au présent. Il a fait une pause un peu longue, et elle s'inquiète, demande humblement qu'il continue. Milo l'envie, elle qui ne sait pas encore la fin, pas plus que ce grand homme rougeaud, leur fils un peu crâneur et leur gamine malicieuse. Il observe leurs visages tendus, avides ; ils redoutent l'issue fatale et l'appellent avec autant d'ardeur, car c'est la seule issue possible, la seule désirable, l'unique dénouement digne d'être conté et de traverser les âges. Le jour apparaît à travers le brouillard nappant le sentier qui monte du gouffre infernal, encore quelques pas et les amants seront libres, libres et vivants sous le soleil. Mais Orphée tremble d'impatience, il ralentit l'allure, n'y tient plus et se retourne. À cet instant, la malheureuse Eurydice, tendant les bras, luttant pour le saisir et pour être saisie, n'attrape que l'air inconsistant, s'éloigne dans un adieu, happée par le Royaume des Ombres.

Le silence est épais dans la petite pièce où les braises se meurent lentement en ronronnant dans le poêle de fonte. La femme soupire pensivement, va ajouter une bûche pour la nuit, puis tous remercient cérémonieusement Milo pour son récit, pour le rythme et la voix, les regards et les gestes éloquents, apanages des Fils et des Filles du Vent, princes des conteurs. La femme emmène Milo dans la chambre, lui ouvre le lit et pose au milieu une brique brûlante enveloppée de tissu. Il la remercie et ils restent un instant face à face, immobiles. Dans les yeux de la femme passe une lueur de jeunesse brusquement retrouvée. « L'amour plus fort que la mort », dit-elle, comme pour se convaincre. Milo ne sait quoi répondre, étant lui-même ébranlé par cette histoire dont le sens se dérobe à lui cette nuit plus que jamais. Elle sourit, radieuse et reconnaissante, et Milo comprend : demain elle filera la laine et chantera pour ses enfants, traira la vache, et durant la veillée, devant quelques voisins et parents venus tromper l'ennui des longues nuits d'hiver, ce sera elle qui fera surgir dans les esprits les images des amants, des dieux et des Enfers, ce sera sa voix rude qui fera revivre le mythe.

Ces heures suspendues en compagnie d'inconnus laissent à Milo un profond sentiment d'abattement. Il ne sait pas s'il sera capable de continuer à vivre loin des siens, de sa compagnie, de sa matrice. Avaler les distances, errer sans eux lui semble une absurdité, une souffrance d'autant plus dénuée de sens qu'il ignore la destination et ce qu'il cherche. Cherche-t-il vraiment quelque chose ? Il n'a plus de lui-même qu'une image fragmentée, incomplète, il se voit comme un estropié, un homme à qui il manquerait un membre, ou même un organe vital. Il n'est plus qu'une carcasse, jeune et saine certes, mais une carcasse dénuée de volonté, se laissant porter au gré du bon plaisir des hommes, du pas de son cheval et du temps qu'il fait.

Ω

Hier dans la grotte j'ai rêvé de Fingal. Mon fils Fingal. Comme il était lorsque la mort l'a pris à l'âge de deux ans. Sur sa bouche étroite flottait un demi-sourire, dans ses yeux vifs et francs l'espièglerie le disputait à une grande mélancolie. Pas de reproche en eux, aucune rancœur. Il se tenait à l'entrée de la grotte, petite silhouette robuste chancelant dans les bourrasques, si réel, si présent, indéniable. À mon réveil, la mer était calme, je suis sortie et je suis restée longtemps sur la Chaussée du Géant à contempler le large, la surface de l'eau, devenant implacablement la proie du froid. De vastes plaques de glace glissaient lentement autour de moi, semblaient se rapprocher afin d'emprisonner l'île. Le contraste entre le basalte d'un noir absolu et la glace d'un blanc bleuté était saisissant. Non loin de moi, un fulmar boréal semblait lui aussi fasciné par ce tableau en mouvement. On aurait dit que l'immense bouclier de falaises défiait le gel de toute sa masse vindicative. Qui accostera encore sur ces rivages ? J'aurais aimé revoir un autre humain que Sol avant de mourir.

Je n'ai semé que haine et terreur. Siobhan, ma grand-mère, disait : «Il ne faut jamais penser au souvenir qu'on laissera, Alba, c'est une préoccupation de faibles. La puissance, la grandeur n'ont que faire de la morale.» J'ai à mon tour lu Friedrich Nietzsche, aujourd'hui vénéré comme un prophète, et j'ai retrouvé à peu près la même idée, qui m'a parfaitement convenu, comme elle a convenu à d'autres despotes au cours de l'Histoire. Il est plus facile de pervertir, de simplifier une pensée géniale et complexe pour servir ses petits besoins triviaux que de l'appréhender dans toute sa lumière et sa force, de l'affronter pour ce qu'elle est véritablement. Nietzsche n'a jamais été véritablement compris.

À peine sur le trône, alors que je n'avais pas vingt ans, j'ai persécuté les Enfants du Vieux Monde, une secte puissante née en Espagne, qui s'étendait dans l'Europe entière. Ses membres croyaient que le progrès techno-scientifique était bon et noble, et que seule l'utilisation que les Anciens en ont faite était condamnable. Ils refaisaient l'erreur qui consiste à croire que l'homme est assez sage pour croître et prospérer sans saigner la terre. C'est un conte stupide qui a mené l'humanité à sa destruction et la terre à l'agonie.

Les membres de cette secte étaient par ailleurs des adorateurs du Crucifié, cette divinité dont le culte semblait avoir presque disparu après la Chute. Cela n'avait rien d'étonnant, puisque le progrès techno-scientifique avait entretenu un lien étroit avec le monothéisme des religions révélées, qui légitimait la domination de la nature et l'exploitation du vivant. Les Enfants du Vieux Monde avaient repris le développement de l'agriculture intensive et de l'élevage de masse. Des royaumes espagnols, italiens, grecs avaient passé des accords avec cette secte dont la structure et les agissements, sous des dehors respectables et pacifiques, étaient proches de ceux des anciennes mafias. On leur concédait des territoires de plus en plus vastes sur lesquels des milliers de vaches et de porcs attendaient la mort dans des conditions misérables, où des forêts immenses brûlaient afin de laisser la place à la culture du blé ou du maïs. Le spectre du Vieil Homme malfaisant et décharné étendait son ombre sur le monde.

J'ai fait emprisonner les adeptes de cette organisation, j'ai fait exécuter les plus fanatiques, j'en ai fait torturer certains afin de recueillir des informations et faire tomber les têtes pensantes, qui furent exécutées publiquement. Le monde civilisé m'a élevé des statues pour les avoir neutralisés, sans trop se soucier des moyens utilisés ni de ce que cette répression avait coûté en vies humaines.

Je croyais de toute mon âme que les Enfants du Vieux Monde étaient criminels ; j'avais une foi puissante en la nécessité de préserver la Terre, d'empêcher l'humanité de suivre le chemin qui avait mené à l'insondable douleur et à la destruction du vivant. J'avais encore un idéal. J'étais jeune. Cela ne m'exonère ni ne m'absout de rien. Certains vous diront que les premières années de mon règne ont été les plus sanguinaires et les plus cruelles. Ils ont tort. J'ai commis bien pire après. Mais oserai-je avouer ? Le moment est-il venu de révéler mon misérable secret ? Il m'a toujours paru que le jour où je me livrerais serait un de mes derniers.

Il est peut-être temps. Quelque chose me retient encore. Ce n'est pas la peur de disparaître, celle d'abandonner les merveilles sauvages de ce lieu inhospitalier et qui fut pour moi le plus rassurant entre tous. Ce n'est même pas Sol. Car je sais qu'il tient bon pour moi, et que le jour où je ne serai plus, il s'en ira sereinement. Sol est épuisé de vivre, c'est une réalité qui me peine chaque jour un peu plus. Et l'espèce de vénération qu'il me voue, l'intérêt qu'il prend à mes confessions ne peuvent suffire à préserver son désir de durer. Alors quoi ? C'est juste une impression très vague, aussi fugace et imprécise qu'une rémanence de souvenir trop enfoui pour se dévoiler dans sa plénitude, c'est comme une fulgurance à peine entrevue, aussitôt perdue. Ce miroitement est puissant cependant, il survient au moment où je ne l'attends pas, et m'intime de patienter encore.

Mon époux n'est pas mort d'une déficience cardiaque, comme je l'ai écrit – le mensonge m'est si familier que je le convoque sans nécessité. C'est moi qui l'ai fait assassiner. J'attendais mon fils, et la grossesse me rendait vulnérable ; j'écoutais volontiers les arguments de mon père en faveur de mon époux, et ce dernier, qui était resté docile et sans ambition jusque-là, se piquait soudain de politique extérieure, de lois, de finances et de guerres, alors que mon ventre s'arrondissait et que parfois la lassitude, une espèce d'indolence, de complaisance infantile que je croyais absolument étrangères à mon caractère, m'empêchaient de le remettre à sa place. Siobhan m'avait parlé de cet état si singulier, qu'elle avait détesté autant qu'elle l'avait apprécié, selon les jours et les humeurs, qui changeaient en elle aussi radicalement et brusquement que le ciel d'Écosse.

Toujours est-il qu'au bout de six mois de grossesse, durant lesquels je recueillis les preuves que tous les hommes de la famille s'étaient ligués contre moi pour m'ôter les rênes du royaume, je pris ma décision. Je connaissais une femme qui savait l'art des philtres qui tuent raisonnablement vite et sans traces. Je me félicite que mon époux n'ait guère souffert, car la mixture plongeait progressivement la victime dans un coma profond, tranquillement et sans douleur jusqu'à la mort. Seule ma grand-mère se douta de quelque chose ; elle ne m'en parla jamais mais se contenta de me lancer, un jour que j'étais maussade : « Parfois on les préfère morts que vifs, ce qui n'empêche pas les regrets. » Je crois que Siobhan était un peu jalouse de moi. La vieillesse lui rendait son époux odieux. Il souffrait d'une multitude de maux et geignait tout le jour. Je lisais le mépris et le dégoût dans le regard de ma grand-mère, mais aussi l'insupportable nostalgie des jours meilleurs avec cet homme qu'elle avait aimé, à sa façon. Si elle n'avait pas fait abroger la loi permettant aux reines des Hautes Terres de répudier leur mari, elle n'aurait pas eu à subir la compagnie d'un impotent dérangé, de même que je n'aurais pas eu à assassiner un homme qui, après tout, n'avait commis aucun crime.

Mon époux s'appelait Duncan. Ai-je regretté son absence comme le pressentait Siobhan ? Certes. Il était un compagnon et un amant agréable, un conseiller avisé aussi, jusqu'à ce qu'il attrape la folie des grandeurs et coure inconsciemment à sa perte. Il faut vous dire qu'autour de moi, dans les royaumes voisins, se rejouait depuis quelque temps le drame de l'usurpation par les hommes du pouvoir des femmes ; cette réalité se répandait partout, sauf chez les Amazones, les plus farouches d'entre nous.

Mon chambellan, Helle, était de ce peuple ; une des raisons pour lesquelles j'ai pu avoir une absolue confiance en elle, au point de lui confier la régence du royaume quand j'ai quitté le monde. Helle, ma splendide Walkyrie noire comme la nuit, indomptable et loyale, qui n'as jamais craint de mettre ta vie en danger pour moi, tu me manques bien plus que Duncan ne m'a jamais manqué. Je ne ressens rien lorsque je pense à lui, à sa peau, à son sourire, à son sexe. Mais l'évocation de tes hanches, du galbe de ta cuisse, de tes lèvres pleines et fermes me transporte encore, après tant d'années, en un lieu de plaisir, de bonheur à nul autre pareil. Je t'ai aimée, je ne dirais pas follement, il n'y a que le pouvoir que j'aie aimé ainsi, mais je t'ai désirée violemment, j'ai eu besoin de ta présence et de ta voix, de ton esprit brillant et vif, de ton humour qui était capable d'éclairer n'importe quelle sombre journée. Je n'aurais jamais pensé que deux esprits pussent à ce point s'entendre, rêver à l'unisson, se fertiliser mutuellement, échafauder un avenir en parfaite symbiose. Te rappelles-tu ces projets, la frénésie qui nous gagnait lorsque nous brossions le tableau des années à venir ? Je me voyais, souveraine invincible, à la tête d'un empire qui s'étendait des îles de l'Ouest à la Russie, plus vaste que ceux des grands rois du Vieux Monde ; dans ma vision, tu siégeais à ma droite, toi ma conseillère, ma guerrière, mon amie, mon amour. J'ai exigé de toi une chose inqualifiable. Et tu ne m'as pas abandonnée. Tu as fait preuve du courage qui me manquait. Je suis l'être le plus lâche, le plus vil.

Me revient en mémoire un poème d'Emily Dickinson, une des rares poétesses qui ait réussi à faire entendre sa voix dans le Vieux Monde : « Le remords est sans remède, c'est un mal que même Dieu ne peut guérir, car c'est son institution, le complément de l'enfer. » Dieu est mort. Quant à l'enfer, c'est autre chose... Il surgit encore dans la conscience de l'Homme nouveau, comme le cauchemar qui nous dit que nous ne sommes pas libérés de nos vieux démons. C'est là, en ce lieu que je croyais relégué dans les limbes d'un passé obscurantiste, que mon âme erre la plupart du temps. C'est en effet l'espace souterrain où prospère et s'épanouit, tel le ver rongeant le cadavre, le fameux remords. C'est ce remords qui m'a arrachée à toi, Helle, à ma couronne, au monde. C'est lui qui m'a emportée sur ces rivages oubliés. C'est lui, encore et toujours, qui m'envoie ce rêve où Fingal se dresse à l'entrée de la grotte, fantôme éblouissant semblable à la vie. Je voudrais le rejoindre, sais-tu ? Peut-être est-ce moi qu'il vient chercher, pour m'emmener au Royaume des Ombres. Nos croyances relatives à l'au-delà ne sont pas bien fermes. Un épais brouillard enveloppe la manière dont nous nous représentons la mort. Et pourtant de nombreux peuples entretiennent un culte des ancêtres ; ceux-ci reviennent aider ou châtier les vivants, veillent sur les communautés, et on dit qu'ils accueillent les morts parmi eux, et les aident à s'habituer à leur nouvel état. Ce culte est répandu sur la terre entière, semble-t-il, et les livres disent qu'il était commun aux premiers hommes. Il est rassurant de se sentir lié à ceux qui ont vécu à l'aube de l'humanité.

Personnellement, je ne crois pas posséder une âme autonome, capable de survivre à ma mort. Je ne pense donc pas que ce soit l'âme de mon fils qui vienne me visiter. L'enfer est au-dedans de nous, au-dedans de moi, il n'est constitué que de moi, de la somme de mes actes. De cette soupe noire et bouillonnante émergent les souvenirs, les images, la peine et la honte, le visage de Fingal dans la lumière du large.

*

Je viens de rentrer d'une longue marche. Je n'étais plus allée au nord de l'île depuis deux ou trois ans. J'avais un peu oublié le caractère farouche, hostile de cette côte, sa beauté sans concession. Je l'ai longée depuis le cap d'Ulysse – appelé ainsi car en hiver le vent, en s'engouffrant dans une des profondes criques, fait entendre un chant unissant plusieurs voix féminines – jusqu'au fort de l'Ouest. C'est une succession de falaises encore plus hautes que celles qui accueillent la grotte des Oracles sur la côte sud, une chaîne noire vibrant de la présence blanche de milliers d'oiseaux. En marchant le plus près possible du vide, on peut admirer les nombreuses pointes rocheuses qui fendent les flots gelés comme autant de gigantesques proues de navires. Il faut pour cela grimper et descendre, car la hauteur des falaises n'est pas constante. Lorsqu'on se déplace sur ces sommets, on sent l'île gronder, trembler sous l'assaut de l'océan, et on éprouve jusque dans sa chair les enjeux de la lutte immémoriale entre les éléments, une lutte qui est aussi une union, cela dépend des jours. Aujourd'hui était un jour de combat, et la succession de caps défiant les plaques de glace ressemblait à une flotte armée pour la guerre. Une bruine glacée s'est mise à envelopper le paysage, et ce voile givré lui donnait la puissance d'une vision fantastique, l'aspect d'un lieu qui appartiendrait à un autre monde, à une planète inconnue.

Lorsque je suis arrivée pour la première fois en ces lieux, j'ai d'abord été dévastée par une très grande peur. Je me sentais écrasée, à peine existante, parfaitement dérisoire. Je ne parvenais pas à aimer ce morceau de roche vindicatif comme je l'avais avidement espéré, comme mon sacerdoce m'y enjoignait. Et je regrettai amèrement mon choix de devenir l'Oracle de l'Ouest. Les choses se sont mues, progressivement ; mon tempérament impatient, brutal a été dompté par l'île. Je peux dire aujourd'hui qu'elle est mon seul maître. Sol m'a aidée, lui aussi, à faire disparaître cette sensation de vide, de solitude, d'absurdité qui m'étreignait chaque matin jusqu'à faire monter une angoisse insoutenable. Sa manière si naturelle de se déplacer, d'effectuer les gestes de la vie, de les suspendre soudain pour observer tranquillement, amicalement le monde autour de lui m'a rassurée, m'a permis d'entrer à mon tour dans un rapport fraternel avec l'île. Aujourd'hui cette relation est devenue plus puissante, plus profonde, plus violente aussi que celles que j'ai jamais entretenues avec aucun être humain. Sauf avec mon enfant. Son visage revient me hanter sans répit, c'est cette vision que je tentais de conjurer par cette longue et épuisante promenade dans l'air glacé. Mais ce spectacle écrasant de beauté m'a déchiré le cœur en me rendant Fingal encore plus présent. Arrivée au fort de l'Ouest, éreintée et en larmes, j'ai refermé mes bras sur le vide, en imaginant que je l'étreignais.

Une femme enceinte est un être surprenant, perméable au monde, en communion intime avec le vivant qui l'entoure et ses propres émotions, mais tout aussi aliéné par la nouvelle vie qui lui donne ce pouvoir. La présence en moi d'un autre être m'a fait me sentir plus puissante qu'aucune victoire militaire ou politique ; donner la vie nous investit d'une force indestructible. Et pourtant cela nous transforme en une motte de beurre au soleil. C'est ce paradoxe qui souvent finit par avoir raison de nous, de notre volonté, de nos désirs, de nos rêves, de notre identité même. Les hommes du Vieux Monde l'avaient compris depuis toujours, et c'est la raison pour laquelle ils nous ont asservies. Nous les femmes avons cru, après la Chute, qu'il nous était possible de conquérir notre souveraineté. Nous y sommes parvenues, partiellement. Cette victoire est fragile, c'est ce que notre corps rappelle à notre cœur chaque fois qu'en nous s'opère la genèse d'une nouvelle vie. Les mères du Vieux Monde avaient développé des névroses, nourries par le sens du sacrifice, par la pulsion de négation de soi, de dissolution dans l'enfant aimé jusqu'à la démence, jusqu'à la mort.

De toute éternité, sommeille en chacune d'entre nous un démon, le monstre d'amour. Cette perversion prend possession de nous à la seconde où le nourrisson vagissant sort de nos entrailles et atterrit sur notre poitrine, tout contre notre peau. Ce premier contact a un caractère foudroyant, il nous submerge, nous métamorphose, nous arrache des émotions inconnues, violentes, originelles, qui nous relient, tels d'infinis cordons ombilicaux, à toutes les femmes que la Terre a jamais portées, toutes les femmes qui, depuis l'aube des temps humains, ont donné la vie. C'est une beauté et une malédiction.

Les Amazones du Danemark ont tenté de se libérer de cette fatalité, de ce lien surpuissant. Tous les enfants à la naissance sont confiés à des nourrices et voient très peu leurs mères. Les filles, dès l'âge de sept ans, sont examinées par un comité de femmes d'âge mûr, comme les garçons l'étaient à Sparte ; ces juges sélectionnent les plus belles, les plus robustes et les plus vives d'esprit, qu'elles confient à une école de vie. Elles y apprennent la musique et la poésie, la danse, la botanique, l'histoire, la philosophie, mais aussi l'astronomie, la chasse et l'art de la guerre. Les garçons chétifs sont tués après quelques jours, les plus forts sont élevés comme soldats, mineurs, ouvriers agricoles, domestiques, esclaves. Ceux en qui s'allient les qualités physiques et intellectuelles deviennent des géniteurs, appelés à donner leur sperme aux femmes de l'élite. Ces mères ne vivent avec leurs enfants que très peu de temps. Cela n'empêche pas le lien de se créer, mais réduit la violence, l'amplitude du sentiment, et la vivacité des souvenirs. Et le temps, semblable aux maladies qui grignotent les cerveaux séniles, finit par effacer cela aussi sûrement qu'il efface tout.

Cette civilisation espérait, et sans doute espère-t-elle encore, faire plier tous les peuples à sa loi. Les guerres entre mon royaume et celui des Amazones ont commencé bien avant mon règne, du temps de Siobhan, alors qu'elle venait de donner les pleins pouvoirs à son époux. La reine Sif a envahi Ghost Island, cette île entre le Danemark et le Yorkshire qui appartient aux Hautes Terres depuis son immersion il y a presque deux cents ans. Et depuis quelques décennies, nous nous faisons la guerre pour cette langue de sable fertile et stratégique, qui semble apparaître et disparaître au gré des glaciations. Mon règne a connu la paix pendant un temps, quelques années durant lesquelles les Amazones ont cessé de réclamer la possession de l'île ; ma manière de gouverner leur convenait, et la présence d'Helle à mes côtés garantissait des relations à peu près cordiales.

Mais quand Fingal naquit, la déception générale se manifesta avec un mépris qui me bouleversa bien au-delà de mon attente. La réaction des ambassadrices des Amazones fut aussi hostile que celle de mon peuple. Je n'oublierai jamais ce jour de la présentation officielle. Selon la coutume, je tenais mon nourrisson nu à bout de bras, dans les premières lueurs d'une aurore glaciale, au-dessus d'un brasero, sur le balcon surplombant la terrasse du château. J'étais fière et radieuse, même si une fille avait été mon souhait le plus cher. Au lieu des acclamations et des vivats, un silence épais, menaçant, interminable répondit aux cris de mon fils. Je le ramenai contre ma poitrine, repoussai la servante qui venait le reprendre et le glissai moi-même dans son sac de fourrure. Puis je restai là, immobile, mon enfant dans les bras, devant ces visages butés, stupides à force d'être malveillants. Je les vouai au malheur, à voix haute, je laissai éclater ma colère, ma tristesse et ma haine. C'est à partir de ce jour que des foyers de révolte s'allumèrent au sud, et qu'Edda de Danemark se lança de nouveau dans une série d'expéditions militaires sanglantes destinées à s'emparer de Ghost Island et des régions orientales du royaume.

Je l'ai repoussée, par trois fois j'ai traversé la mer à la tête d'une armée pour lui faire rendre gorge, je l'ai traquée en vain, j'ai incendié des villages, des champs et des forêts. Ce conflit prenait des allures personnelles, ce n'était plus qu'un combat à mort entre Edda et moi, au nom duquel nous avons sacrifié des milliers de femmes et d'hommes.

Il y a quatre jours un navire danois a croisé au large de l'île. J'en avais rêvé la veille. Dans mon rêve, une femme seule était à son bord. C'était peut-être Edda, je ne pouvais voir son visage, caché par un long voile gris. Elle était debout près du grand mât, les rames semblaient se mouvoir d'elles-mêmes, car aucun galérien n'était visible. Le bateau était d'une étrange couleur de cendre, mangé des tarets, les voiles étaient en lambeaux.. Je savais que cette femme à bord ne venait pas pour moi, pour se venger ou pour mes prophéties, je lui étais même parfaitement indifférente, elle continuait sa route vers le nord, vers ce que nous avons recommencé à nommer le « bord du monde ».

Nous savons que la Terre est ronde, mais il se fait que, depuis quelque temps, les représentations que nous nous en faisons ont évolué, ont en quelque sorte régressé par rapport aux connaissances scientifiques consignées dans les vieux livres ; elles se sont rapprochées de notre conception symbolique, de notre vision mythologique. Ainsi donc, dans nos fantasmes, la Terre est semblable à un grand corps féminin. Certains contes apparus quelques décennies après la Renaissance évoquent des chutes colossales de nature volcanique, une sorte de gouffre au-delà du nord lointain ; aux confins du froid le plus extrême, jaillit le feu : c'est la chevelure de la Terre, déversant éternellement sa lave en fusion dans l'espace. De ces mèches incandescentes sont faites les comètes et les étoiles fixes, qui naissent et meurent sans cesse. Le visage de la Terre est ce qui existe de plus froid dans l'univers, et par conséquent de plus beau. De ce froid absolu naît le feu qui embrase le ciel et crée une partie des astres. Contempler la face de la Terre est l'expérience la plus sublime, mais impossible pour un mortel, et tous ceux qui ont essayé ne sont jamais revenus. Et pourtant cette femme, dans ce bateau, je le savais, allait vers cette frontière, vers la glace et la lumière brûlante. J'ai fait un signe de la main, et elle m'a répondu de même. Cela m'a réconfortée, étrangement, comme si ce geste échangé allégeait un peu la solitude, la sienne et la mienne. J'ai suivi des yeux le bateau jusqu'à ce qu'il soit avalé par l'horizon.

Le pot d'encre est presque vide. Il doit m'en rester deux ou trois dans la réserve. Il me faudra mieux rassembler ma pensée, être économe de mots, concise dans l'expression. Ne pas écrire pour ne rien dire. Ma grand-mère me répétait, quand j'étais petite : «Ne parle pas pour ne rien dire. Cela ôte du poids aux mots importants, cela sonne comme une musique futile et légère. Pense à la Majesté.»

À l'âge de six ans, j'imaginais la Majesté sous la forme d'une biche, immense, dotée de bois d'élan. Les biches n'ont pas de bois, et cela m'a toujours contrariée. Mais la Majesté en possédait, elle, cependant; quelque chose de merveilleusement, sensuellement féminin émanait de son allure, de la forme de son poitrail, de ses narines délicates. La Majesté courait les forêts et les landes à la vitesse de l'éclair, ses bonds lui permettaient de sauter d'une île à l'autre; elle traversait les Hébrides extérieures du nord au sud en deux

Ω

Gennaro était occupé à lui faire réciter les répliques. Elle qui ne savait pas lire possédait une mémoire prodigieuse, bien plus grande que celles des comédiens, pourtant habitués à mémoriser des textes considérables. Quand il s'en émerveillait, Faith lui répondait que c'était courant chez ceux de son peuple. L'écriture, disait-elle, tue la mémoire. Les peuples de l'écrit sont des vieillards séniles.

« On reprend à partir de "avec mes ongles cassés", dit-il fermement, car il sentait qu'elle avait envie de batifoler. Elle s'était rapprochée de lui et son pied se déplaçait sur son torse et se glissait dans ses poils. Il s'émut de la cheville cerclée d'or, la peau fine incrustée de poussière parce que Faith refusait la plupart du temps de porter des chaussures. Elle ne se concentrait jamais très longtemps, mais Gennaro n'arrivait pas à savoir si c'était parce qu'elle en était incapable ou parce qu'elle n'en avait pas envie. Il lui embrassa la plante du pied et le repoussa doucement.

« Pauvre Créon ! », commença-t-elle de sa voix rauque et profonde, comme pour elle-même.

Elle jouait de manière intime, presque confidentielle, et il fallait souvent lui demander de porter la voix. Elle poussa un soupir avant de continuer en plantant à présent son regard dans celui de Gennaro :

« Avec mes ongles cassés et pleins de terre et les bleus que tes gardes m'ont faits aux bras, avec ma peur qui me tord le ventre, moi je suis reine. »

Elle s'était retirée en un lieu très lointain au fond d'elle-même, et semblait pourtant entièrement, inconditionnellement présente, offerte. Comme si elle était en scène. Elle ne s'épargnait jamais, était incapable de ne pas être complètement dans le rôle, même pendant qu'il lui faisait apprendre le texte. Il se disait que cela devait être épuisant. Et que c'était sans doute la raison pour laquelle Faith ne tenait pas très longtemps en place pendant les répétitions. Elle avait commencé par jouer un très petit rôle dans le spectacle du moment, une fable récente sur la Chute du Vieux Monde intitulée *Les Lamentations de la Terre.* Et elle était si étonnante que le metteur en scène s'en était entiché et avait décidé de monter pour elle *Antigone.* Gennaro craignait que la jeune fille ne craque avant la première. Ou qu'elle ne se lasse. Ou qu'elle ne disparaisse brusquement, comme elle était apparue. À vrai dire, il vivait avec cette peur de la perdre depuis qu'il l'avait rencontrée. Il était chaque matin étonné et débordant de reconnaissance de la découvrir à ses côtés.

Elle l'observait avec une impatience boudeuse, les genoux repliés sous le menton, ses cheveux emmêlés piqués de plumes cachant à moitié son regard noir et cerné. Il s'aperçut qu'il n'avait pas dit sa réplique... Ce ne sera d'ailleurs pas lui qui la dira ; un de ses collègues plus talentueux jouera le roi Créon, le vieux Malcolm-aux-mains-de-feu, le plus âgé de la troupe, une légende vivante qui avait joué autrefois par-delà l'océan, dans les Amériques. Faith ne lui parlait jamais, mais elle restait des heures à ses côtés pendant les veillées après le spectacle, l'observait attentivement, lui prenait la main et tressait sa longue chevelure blanche. On attendait leur première rencontre sur scène avec une fébrilité un peu anxieuse. Ce serait pour demain ou après. Faith chassa une mèche de devant ses yeux. Elle reprit, plus fort et en articulant, comme si elle s'adressait à un sourd ou à un demeuré :

« ... avec ma peur qui me tord le ventre, moi je suis reine. »

Il la regarda intensément et répondit en souriant :

« Alors, aie pitié de moi, vis. »

Il lui sembla avoir été particulièrement juste sur cette phrase. Il y avait dans son ton ce qu'il fallait de sobriété et de densité, une tendresse un peu lasse, aussi. S'il jouait avec elle, peut-être deviendrait-il enfin vraiment bon ? Il ferait n'importe quoi pour qu'on lui accorde le rôle de Créon, pour être aux côtés de Faith sur scène, sentir toute l'énergie qui habite son corps mince et sec se déployer dans l'espace autour d'elle, venir s'insinuer dans son propre corps vieillissant et le régénérer mieux que l'amour physique. Il préférerait jouer avec elle cette pièce, n'importe quelle pièce plutôt que de pénétrer sa chair. Mais c'était là tout ce qui lui était permis. Elle s'abandonnait à lui sans désir, sans aucune passion. Alors qu'elle vibrait comme un instrument à cordes sous les doigts d'un Gitan lorsqu'elle jouait la comédie. Faith était imprévisible et changeante, fantasque et lunaire, elle pouvait être glaciale comme l'acier sous le gel et irradier comme mille soleils ; jeune et vieille, elle se dérobait absolument à lui et se déroberait toujours, dussent-ils vivre une éternité ensemble. Mais il savait, ou plutôt il sentait très intimement, presque charnellement, que cette fille appartenait à quelqu'un à qui elle avait voué sa vie, son corps et son âme, il y avait très longtemps de cela. Il l'observa qui trempait son petit index bagué dans le plat de purée de pois chiches pour le porter à ses lèvres. Ce n'était même pas ça qui l'excitait, ce n'étaient plus ces gestes d'innocente allumeuse qui le rendaient fou, mais ces lointains qu'elle retrouvait en elle-même, avec une espèce de lascivité triste, c'était cette intimité qu'elle partageait à l'envi avec son passé, avec cet homme, jeune ou vieux, ou cette femme, cet être enfin qui lui était attaché par de mystérieux et indissolubles liens. Il reprit la réplique interrompue :

« Le cadavre de ton frère qui pourrit sous mes fenêtres, c'est assez payé pour que l'ordre règne dans Thèbes. Mon fils t'aime. Ne m'oblige pas à... »

Elle le fit taire par un baiser et quitta la pièce, dans un doux bruissement métallique.

Faith alla errer un peu dans la salle des gardes, où quelques acteurs et musiciens se chauffaient près de l'âtre. Il neigeait depuis une semaine sans discontinuer. D'énormes congères s'étaient formées devant les portes de la caserne et il était devenu difficile de sortir. Faith se déplaçait dans le bâtiment comme un lion en cage certains jours, d'autres comme un spectre ; elle regrettait l'intérieur de la roulotte, si vite chauffé par le petit poêle de fonte, le spectacle de l'hiver derrière le carreau givré, le crépitement de la pluie sur le toit de bois renforcé de métal, l'impression de faire partie de cette torpeur blanche au-dehors, de cet alanguissement du monde. Le sommeil qui vous prend si aisément, plusieurs fois par jour car il n'y a rien d'autre à faire que dormir. Dormir et rêver. Faith rêvait moins depuis qu'elle avait quitté la compagnie. Du moins ses rêves étaient-ils moins précis, moins clairs, leur sens lui échappait. Milo y revenait souvent. Elle avait la certitude qu'il était en vie, et cela seul avait le pouvoir de la maintenir en vie elle-même.

Elle avait précipité leur séparation et provoqué leur malheur, mais elle ne regrettait rien ; elle aurait préféré mille morts plutôt que de vivre aux côtés de Milo comme une sœur, le voir un jour se marier, rire et chevaucher avec une autre, ensemencer un autre corps que le sien, vieillir, peut-être mourir dans d'autres bras que les siens. Seraient-ils un jour de nouveau réunis ? Nul ne pouvait répondre à cette question, pas même la vieille Charity, pas plus qu'Eurydice la Tzigane qui lisait dans l'Écran noir. Milo avait dit à Babik avant de le quitter : « Dis-lui que je la retrouverai. » Mais personne ne pouvait prédire cela. Il fallait vivre pour savoir. Il fallait supporter le passage des jours, des saisons, les visages et les voix, les hameaux traversés et les ciels qui filent, l'angoisse qui monte au ventre dans les nuits froides, l'envie de fuir, de chevaucher la Grise jusqu'à ce qu'elle s'écroule dans un grand râle d'écume. C'était tout ce que Faith avait emporté lorsqu'elle avait quitté la compagnie, cette jument splendide et rétive que Milo n'avait pas eu le temps de dresser.

Gennaro avait voulu Faith avec une impériosité désespérée à laquelle il lui avait été impossible de résister. Dès la première rencontre, il avait eu besoin d'elle comme d'eau ou de pain, et la sensation d'être indispensable à un autre être humain avait grisé la jeune fille au-delà de tout. Il lui plaisait, cet homme presque vieux qui pourtant jouait encore comme un enfant, à cache-cache ou au roi du silence ; elle aimait sa poitrine bombée parsemée de poils blancs, sa bouche fine qui dispensait de délicieux baisers. Elle aimait son désenchantement et sa candeur, sa bonté et sa violence, et cette manière qui n'appartenait qu'à lui de sourire alors qu'il était en colère. Gennaro était impulsif, volontiers querelleur, mais son cœur était fragile. Faith savait qu'il ne vivrait pas longtemps. Il semblait lui aussi posséder cette certitude, et cela le rendait précieux, désarmant. Faith n'avait jamais aimé qu'un seul être, Milo. Et cet amour-là était le plus absolu, le plus intransigeant, le plus pur. Mais quelque chose chez Gennaro faisait jaillir sa tendresse avec la force du lait qui monte aux seins des mères.

Il devait avoir cinquante-cinq ans, peut-être un peu plus. Orphelin dès la naissance, il avait été élevé dans une pouponnière pour les pauvres, avant d'être vendu comme esclave sur un grand domaine agricole en Italie. Il disait avoir vécu avec les chèvres et les moutons jusqu'à ce qu'il décide de fuir. Enfant privé de caresses et d'amour, abusé depuis toujours par des femmes dont il tombait facilement amoureux et pour lesquelles il avait tout risqué et beaucoup perdu, cet homme inspirait à Faith une immense compassion, et c'était bien la première fois de sa vie que la jeune fille éprouvait quelque chose de semblable. Elle n'envisageait rien d'autre que de passer du temps à ses côtés, en jouant les rôles qu'on lui proposait. Se laisser posséder par des êtres imaginaires lui était aussi naturel que de monter à cheval ou de tanner les peaux. Et tout le monde ici trouvait son jeu exceptionnel, son « travail », comme ils disaient tous. Faith ne savait pas en quoi consistait ce mot ; il était question d'effort, autre notion qui lui était à peu près étrangère. Lorsqu'elle jouait, elle s'absentait un moment, à moins qu'elle ne fût au contraire plus présente en elle-même que jamais, elle n'aurait su le dire. Une chose était indiscutable, elle sortait épuisée des répétitions, un peu moins lorsqu'elle jouait devant un public.

Elle alla enfiler ses bottes à contrecœur, bien que ce fussent celles que Milo lui avait confectionnées, et décida de sortir. Rien ne lui semblait plus désirable en cet instant que le contact de la neige sur sa peau, l'air ouaté, presque matériel, qui pénètre la gorge et emplit la poitrine, court dans le sang et le fouette, réveille le corps engourdi par une trop longue immobilité.

Ils sont à Brême depuis un mois, et jouent, devant un public nombreux, une fable comique italienne presque dépourvue de paroles où Faith interprète une jeune chèvre. L'ancienne bibliothèque de la ville est la résidence d'hiver de la princesse Gerda qui, avec l'appui de sa cousine Edda de Danemark, a renversé le gouverneur en place. L'atmosphère est très différente de celle de Chemnitz ; tout ici est plus tendu, les rires moins francs, les regards obliques. *Antigone,* ce sera pour plus tard, lorsqu'ils atteindront le Danemark. C'est le spectacle destiné à la cour de la reine Edda lors des fêtes en l'honneur du Nord, qui prendront cours au solstice d'hiver et dureront trente-deux jours. Même si personne dans la troupe ne semble ravi de séjourner au royaume des Amazones.

Faith ne connaît pas ce pays. La compagnie ne s'y rendait jamais au complet ; le printemps venu, on dépêchait quelques femmes de caractère avec les chevaux à vendre, et on campait à la frontière en les attendant. Les hommes fumaient en se rongeant les ongles, la mine préoccupée. Elle imagine une vaste étendue d'herbe, plate comme une femme sans seins, morne comme un jour sans vent. La terre, le ciel et l'eau qui s'unissent et se dissolvent pour former un grand banc hésitant entre le liquide et le solide, une langue mouvante, hérissée d'herbes hautes et d'oyats, que traversent avec fracas des escadrons de femmes à cheval harnachées de cuirasses, d'arcs et de carquois en os de baleine, leurs casques jetant des éclairs dans la pâle lumière baltique.

Petite fille, Faith rêvait parfois qu'elle fuyait et trouvait refuge auprès de ces guerrières qui lui enseignaient le combat, la témérité, la force tranquille ou explosive, et surtout, surtout, l'art sacré de la liberté. C'était cela qui les rendait redoutables et merveilleuses, bien plus que leur glaive ou leurs flèches, leur sexualité mystérieuse, leur cruauté légendaire. C'était bien là qu'ils allaient, tout au nord, où les deux mers se rejoignent et se mêlent. Skagen. C'était le lieu que les reines avaient choisi à la Renaissance pour y construire leur immense forteresse. C'était de cet endroit qu'elles avaient conquis une partie de la Suède, le sud des pays Baltes et le nord de la Pologne. C'était de là qu'elles lançaient leurs raids sur Ghost Island et l'Angleterre, la terre d'origine de sa tribu, qu'Aberrama, Charity et quelques vieux semblaient encore considérer comme la Terre promise.

Faith s'aperçut qu'elle avait marché jusqu'à l'écurie où était la Grise. Elle la caressait depuis un certain temps sans doute et lui murmurait à l'oreille l'objet de ses pensées. La bête semblait maussade. Elle avait besoin de se dégourdir les jambes, besoin de laisser s'échapper toute cette magnifique énergie qui l'habitait. Faith la sella et s'en fut vers le nord, elle voulait voir la mer. Un brouillard épais nappait tout d'un glacis grisâtre et poisseux. Peut-être à la côte l'air serait-il plus limpide ? Elle croisa deux hommes pressés, dont l'un poussait une brouette remplie de pommes de terre et de choux ; plus loin, une vieille femme et son vieux chien peinaient tous deux à avancer dans le froid humide. Sinon, le calme et le silence régnaient. Les bonnes gens se calfeutraient dans leurs maisons, ne sortaient que par nécessité, sauf le soir, quand le peuple arrivait de partout pour assister à la représentation. Pour une tranche de rire et de partage, les familles marchaient parfois longtemps et arrivaient gelées jusqu'aux os. De cela Faith ne se serait jamais lassée, dût-elle vivre cent ans avec les comédiens.

Loin sur la route, une longue file d'humains ondule dans la brume. Faith éperonne un peu sa monture et les rejoint. Ce sont des hommes en haillons, la plupart ont les pieds nus ou simplement enveloppés de linges crasseux ; ils se traînent, reliés deux par deux et les uns aux autres par d'épaisses chaînes attachées aux chevilles. Faith aperçoit les deux gardes qui chevauchent en tête de file, sans trop se soucier des hommes qui marchent comme des morts-vivants. L'un d'eux vacille dangereusement et finit par s'écrouler sur celui qui le précède, ce qui provoque des cris et un peu de pagaille dans la file, qui s'arrête dans un bruit de ferraille et de gémissements. On tente de remettre le type sur ses pieds, mais il s'effondre de nouveau. Son voisin le soutient un moment, mais il est trop faible pour le porter. Une voix épuisée appelle, puis d'autres se joignent à elle. Un des gardes finit par se retourner, fait faire une volte à son cheval et trotte jusqu'à l'endroit où l'homme refuse d'avancer. Le garde libère sa cheville, fait signe à deux de ses compagnons d'infortune de l'étendre sur le bord de la route. Il donne quelques claques au bonhomme, soulève ses paupières et découvre deux yeux vitreux. Il hurle aux prisonniers de reprendre leur marche. Le serpent humain est parcouru d'un douloureux soubresaut et se remet en mouvement, sans un regard pour l'homme moribond laissé dans le fossé. Hypnotisée par la scène qui se déroule sous ses yeux, Faith n'a pas remarqué une femme qui se tient non loin d'elle, à cheval elle aussi, vêtue d'une épaisse et splendide cape de fourrure et d'une toque assortie. Elles se dévisagent quelques minutes, et lorsque la file a disparu au détour de la route, la femme traverse et vient se placer face à Faith.

« Tu fais partie des comédiens, n'est-ce pas ? C'est bien toi que j'ai vue jouer avant-hier au palais ?

— C'est moi, répond Faith, méfiante et contrariée dans ce moment de solitude qu'elle n'est pas disposée à interrompre.

— Je suis Bella Poulchiek, du clan du Bison ardent, je viens de Pologne et je me rends au Danemark pour les festivités d'hiver.

— Bon », se contente de dire Faith négligemment.

Faith pose les yeux sur l'homme à terre. Elle se demande s'il ne serait pas utile de vérifier qu'il soit bien mort. Non qu'elle se préoccupe qu'il vive, mais elle n'aimerait quand même pas le laisser agoniser seul sur le chemin, se faire dévorer par les loups s'il résiste encore quelques heures. La femme semble avoir deviné ses pensées et descend de cheval, se penche sur l'homme, prend son pouls. Elle lève la tête et dit :

« Il est encore vivant. »

Avant que Faith ait pu répondre, elle a ôté ses gants et dégainé une petite dague dont elle tranche d'un geste vif et sûr la gorge du moribond. Le sang s'écoule, trop rouge dans ce paysage dépourvu de couleurs franches. La femme dépose la tête exsangue sur le sol avec beaucoup de douceur, et Faith est parcourue d'un frisson : au visage anonyme du mort se superposent celui de Milo, puis celui de Gennaro. La femme se relève, prend une poignée de neige et en frotte la lame de sa dague, puis ses mains avant d'enfiler ses gants.

« Il l'a sans doute mérité, dit-elle. Ces gars-là sont des violeurs ou bien ils battaient leurs femmes, leurs enfants, leurs animaux ou les trois.

— Où les emmène-t-on ? demande Faith avec, au fond du ventre, une terreur qu'elle ne s'explique pas.

— Ils vont rejoindre les galères danoises. Ou les mines de sel où sont enfouis les déchets du Vieux Monde.

— Et qu'est-ce qu'ils font là-bas ?

— Ils travaillent à empêcher la substance de sortir et de contaminer les eaux. Ils construisent des tranchées et les comblent de béton, de pierres ou je ne sais quoi. En deux à trois ans, ils meurent. »

Un chien aboie lamentablement dans le lointain. Faith a soudain très froid, elle regrette de ne pas s'être vêtue plus chaudement. La femme remonte à cheval.

« Si j'étais toi, je ferais demi-tour. Il n'y a rien à voir par ici, dit-elle avec un ton maternel.

— Je voulais voir la mer, dit Faith.

— La mer... Comment t'appelles-tu ? »

Faith redresse le menton, secoue sa chevelure, se fend d'un léger sourire en coin qui révèle sa dent d'or.

« Je suis Faith Lee, de la tribu des Britannia. »

La femme ôte sa toque et fait un profond salut de la tête. Elle se recoiffe, fait volte-face et met son cheval au trot rapide. Très vite, elle et sa monture ne sont plus qu'une silhouette mouvante, bientôt dévorée par le brouillard. Faith reste seule avec le mort, sur lequel s'est déjà posé un corbeau. L'animal est parfaitement immobile et observe la jeune fille. Il attend sans doute qu'elle disparaisse pour commencer son repas. Les corbeaux ont un caractère pudique.

Ω

Mère, entends ma prière ! Accueille Sol en ton sein, porte-le, embrasse-le comme ton fils bien-aimé, car il t'a aimée. Sa vie t'était dévouée. Une longue vie à arpenter ce modeste et splendide morceau de ton corps, à l'ensemencer et à récolter ses rares et précieux fruits, à le contempler avec l'émerveillement du premier jour alors qu'il n'était encore qu'un adolescent et qu'il accostait peut-être dans le vent furieux et les pluies torrentielles. Il a bien œuvré à ta santé et à ta beauté, Mère souveraine et toute-puissante, source de vie, toi qui as pardonné aux hommes et les a fait renaître après la Grande Désolation, toi qui les as guidés vers une nouvelle aube, un nouvel âge. Ô Mère entre les mères, Reine entre les reines, entends ma prière, accueille Sol en ton sein ! Le ventre de sa mère le façonna et le fit croître ; à présent, que l'océan le berce jusqu'à la dissolution et l'oubli.

Du haut du fort de l'Ouest, je fais basculer son corps dans le vide, enveloppé d'un drap de chanvre. Il est si léger, cela me bouleverse autant que lorsque je l'ai porté au sommet de la falaise. L'aigle-aux-yeux-ensoleillés s'est posé sur le mur, non loin de moi. Il se laisse approcher, et je suis autorisée à glisser ma main dans son cou.

Ce contact a sur moi un immense pouvoir consolateur. Le grand animal est immobile, et son expression est d'une solennité si à propos que je ne peux m'empêcher de laisser échapper un rire, qui résonne contre les parois de pierre en contrebas, dans le grand calme de cette fin de journée glaciale et sans vent.

La nuit avant sa mort, Sol m'a raconté qu'enfant il avait été mordu par un phoque, alors qu'il chassait sur la côte ouest de l'Irlande. On ne donnait pas cher de sa jambe, car la bête avait arraché une bonne partie du mollet. Une vieille voisine avait déclaré qu'il fallait prélever un morceau de la chair d'un phoque semblable à celui qui avait mordu Sol, un grand mâle adulte, et la placer dans la plaie, ce qui fut fait. La blessure guérit, et la jambe fut conservée. Sol était désormais un homme-phoque. Je comprenais enfin pourquoi il avait toujours refusé de tuer ces animaux qui se prélassent parfois sur la Chaussée du Géant, les soirs d'été. Ils auraient amélioré considérablement notre ordinaire, nous auraient fourni des peaux, de l'huile pour les lampes. Quand je lui posais la question, Sol prenait son air buté et disparaissait. Sacré vieux barbon.

J'aurais voulu que tu me racontes ta foi et tes doutes, ta solitude, le moment sacré où tu as fait, dans le secret de ton cœur d'enfant, le vœu fou de passer ton existence entière au service d'une femme, d'une vision. Car cette île, cette grotte aux Oracles, le chant de la sibylle qui y naît, uni au chant de la Terre, la sibylle elle-même, l'ensemble de ces éléments, sont une idée, une fiction. Ce lieu et ce qu'il représente n'est peut-être plus que cela pour nous autres, hommes inquiets en quête frénétique de sens et de pérennité. En réalité, c'est beaucoup plus que cela, car ce lieu existe, souverainement, absolument. Nous nous en souvenions, alors que notre espèce avait failli disparaître. Nous ne faisons que passer ici. J'ai en tête une phrase recopiée dans un carnet : « Chaque fois que nous demandons aux lieux d'être autre chose qu'eux-mêmes, nous manifestons le mépris que nous avons pour eux. »

J'aime assez la perspective de n'être qu'une idée. Cette réflexion me fait rire de nouveau, et l'aigle prend son envol. Je ris de plus en plus intensément, et c'est une véritable crise qui s'empare de moi, qui me secoue au point de manquer de me faire rejoindre Sol. Bientôt les larmes affluent, et c'est un déluge qui me brouille la vue, mon corps se met à trembler, mes jambes se dérobent et je m'écroule sur l'antique pavement monumental, la pierre est froide, elle adhère en brûlant à la main sur laquelle je prends appui, mon regard erre au loin, espérant trouver quelque chose à quoi mon esprit puisse s'arrimer pour ne pas sombrer, pour ne pas se laisser envahir, déborder par l'image qui vient de naître et que je muselle depuis vingt longues années. Ô Mère, prends-moi aussi, s'il faut que je me souvienne de ce jour-là ! Je croyais que ma présence ici maintiendrait l'amnésie. Que ma dévotion effacerait le souvenir du crime. « Connaître ce que j'ai fait ! Mieux vaudrait ne pas me connaître moi-même » ; ce vers de Macbeth, *je me le suis répété comme un mantra durant les jours qui ont suivi la mort de mon fils. L'aigle plane en cercles au-dessus de ma tête avec urgence, ses battements d'ailes me pressent de me soumettre à l'assaut de ma mémoire.*

Fingal. Je te tenais contre moi et je te berçais en chantant, heureuse de pouvoir profiter de ce moment du coucher, trop rare, habituellement réquisitionné par mon père ou par la nourrice dont je ne suis jamais parvenue à me débarrasser. La lumière chaude filtrait à travers le volet entrouvert et zébrait l'espace où flottait ton odeur. Je n'avais rien prémédité, je désirais juste être avec toi, dans le calme du soir, te mener à la porte des rêves. Tu étais un peu agité. Afin de t'apaiser, j'ai pris sur ton lit cette étole de coton avec laquelle tu dormais et je nous en ai enveloppés, comme pour nous faire un abri ; tu as ri doucement et j'ai voulu mourir avec toi. Ta main jouait avec la lumière sous le tissu, ta joue cherchait la mienne. Si je devais choisir de revivre un moment pour l'éternité, ce serait celui-là.

Je suis sortie de sous l'étoffe, et je l'ai pressée sur ta bouche. Tu l'as repoussée, de toute ta prodigieuse force de vie, tu as rué contre ce qui te privait d'air et de mouvement. Je n'aurais pas pu prévoir que tu lutterais autant, mon fils. Lorsque je t'ai libéré, tu as cessé de pleurer rapidement, pour me dévisager avec une expression à la fois innocente et lucide. Tu avais deux ans, et tu en avais cent. Je sortis précipitamment de la chambre comme ton grand-père y entrait. Il t'a pris dans ses bras et caressé la tête en me lançant des regards de reproche, comme presque chaque jour, comme si j'avais commis précisément ce que je m'apprêtais à commettre. Je l'ai haï très fort, et je t'ai haï presque autant que je t'aimais. Trois jours plus tard, je te confiais à Helle pour qu'elle te donne elle-même la mort. Et puis j'ai vécu. J'ai accepté que mon cœur infâme continue de battre, que mon cerveau malade continue de penser. J'ai vécu, dans le fracas et la violence, jusqu'à l'ivresse, jusqu'à la démence que procure le pouvoir sur ceux et celles qui le vénèrent.

Et un jour je me suis réveillée de cette transe. Pourquoi ne me suis-je pas tuée alors ? Je ne suis pas de celles qui ont le courage de mettre fin à leurs jours. Je n'ai le courage de rien. Mais j'ai le don. Je l'ai toujours eu. Depuis que l'arbre m'a enlevée. Je pensais que je serais plus utile vivante que morte ; je voulais croire que l'on peut se racheter. C'est ce que l'ancienne religion du Crucifié prétendait. Nul crime, si abject soit-il, qui ne puisse être lavé, son responsable, sauvé. J'ai trouvé cela commode, il faut croire, moi qui abhorrais cette religion d'hypocrites. Mais puisque je ne croyais pas à son dieu, qui pouvait me donner l'absolution ? L'humanité ? Mon fils, par-delà la mort ? Toi, ma Mère ? Ou bien seulement moi-même, grâce à la pathétique complaisance qui est le propre de l'homme ? Ce doit être cela : je me suis donné l'absolution, je me suis permis de respirer encore un peu en ce monde, en me retirant en ce lieu peu à peu oublié, un lieu qui n'a que faire de moi ou de quiconque, et qui existe dans la plénitude de sa réalité absolue. Je crois pourtant encore percevoir le murmure de la Terre dans le creux de la roche, je crois entendre sa voix sortir par ma bouche et délivrer le langage des siècles. Orgueil. Ce n'est que mon orgueil démesuré qui remonte le long de ma gorge, prend corps dans ma voix et persifle des insanités, des délires hallucinés. Ma Mère m'a abandonnée il y a bien longtemps. Et je ne suis plus rien. Peut-être est-ce là l'ultime révélation, qu'il me faut comprendre et accueillir sans passion, moi qui ne fus dominée que par elle.

Le ciel est vide. Plus d'aigle, pas de nuages. Je t'ai assassiné, Fingal, mon enfant, parce que tu étais un obstacle. Le trône te serait revenu, bien avant ma mort.

Non pas seulement à cause de ton grand-père qui s'était déjà octroyé le pouvoir et manigançait de te le donner, mais à cause de moi ; l'amour m'aveuglait au point de croire que tu serais meilleur chef que n'importe quelle femme. J'étais prête à trahir la Terre, à renier le pacte sacré qu'elle passa avec l'humanité en nous confiant le monde. Et par-dessus tout, j'étais prête à renoncer à mon désir le plus puissant, à mon rêve, à moi-même enfin.

J'ai annoncé au peuple que tu t'étais noyé, et il m'a crue. Au début. Quelques jours après les funérailles, des cortèges de plus en plus nombreux et éplorés se rendaient sur le lieu de ta sépulture. On entendait des chants funèbres résonner par toute la ville, et ces chœurs sinistres montaient jusqu'à ma chambre et venaient accompagner mes nuits sans sommeil, mes jours torpides et oisifs. Il a fallu toute la formidable autorité de Helle pour me faire émerger des ténèbres. Nous décidâmes d'interdire les processions et les commémorations en ton honneur, enfant solaire qui avais gagné ces cœurs rétifs par ta gaieté et ta curiosité, ta gentillesse, une qualité que je n'ai jamais possédée et qui me mettait profondément mal à l'aise. Le peuple m'en a voulu de l'empêcher de te pleurer. Le ressentiment se transforma bientôt en haine à mon égard. Et toi tu continuais à briller pour eux d'un éclat plus puissant qu'avant ta mort, tu étais leur étoile disparue, l'enfant roi sans couronne, le prince trépassé, celui des contes, qui aurait apporté la fortune au royaume pendant mille ans.

Je m'approche du bord de la falaise, me penche au-dessus du vide, qui me chante sa chanson de paix, sa chanson d'oubli. Une brise se lève à l'est et me pousse doucement, je tangue dans l'air blanc et je ferme les yeux. Quand je les rouvre, j'aperçois le corps de Sol dans son linceul, qui ondule lui aussi au gré du faible courant, tache blanche infime au milieu de cette nappe bleu outremer où flottent les icebergs immaculés, qui l'entourent comme pour lui souhaiter la bienvenue. Mère, entends ma prière ! Ne prolonge pas mes jours davantage. Donne-moi la force de sauter.

DEUXIÈME PARTIE

Ω

Ils longent le Rhône depuis quelques heures, se rendent au nord de Lyon, sur les terres d'un seigneur viticulteur qui les reçoit presque chaque année. À gauche du convoi, de l'autre côté du fleuve, se dressent les ruines des cheminées d'une centrale électrique. Gennaro pense à ce que ces monstres de béton réalisaient autrefois : dispenser la lumière et la chaleur à des milliers de foyers, à des hôpitaux et des écoles. La terre entière scintillait de mille feux chaque nuit. On se promenait nu dans les maisons en plein cœur de l'hiver. Quand il travaillait sur le domaine Di Lauro près de Palerme, ce luxe d'autrefois lui semblait la chose la plus désirable au monde. Depuis qu'il avait été acheté à l'âge de cinq ans, ses propriétaires lui avaient bourré le crâne de ces fantasmes ; à coups de taloches ou de fouet, on lui enseignait la nécessité de travailler dur, afin de retrouver cette grandeur et ce confort, de se vautrer à nouveau dans la débauche d'énergie. Le seul moyen, lui répétait-on, d'échapper à jamais à sa vie de misère qui n'était que la conséquence de l'idéologie barbare de ce nouveau monde arriéré. Dans le plus grand secret, en Italie, en Espagne, en France et dans d'autres coins du monde, des chercheurs avaient fait de considérables progrès dans la connaissance des énergies fossiles, en partie grâce aux livres sauvés des autodafés de la Renaissance. On était sur la voie de la Gloire et de la Puissance ressuscitées. Bientôt sonnerait l'heure de sortir des ténèbres.

Le domaine couvrait un bon quart de la Sicile, et s'étendait comme un chancre à une vitesse vertigineuse. Gennaro y passait son temps au milieu des veaux et des poulets, entassés dans d'immenses hangars sans lumière, à se marcher et à se chier dessus. Il les nourrissait, les comptait, les dépouillait de leurs parasites, les achevait quand c'était nécessaire, en compagnie de dizaines d'autres jeunes gamins, orphelins comme lui, ou fils de familles pauvres chassées de leurs terres par les marraines de la secte benoîtement appelée les Enfants du Vieux Monde. Plus tard il fut affecté aux expulsions, parce qu'il était réputé cruel et inflexible. On le surnommait Sans-Cœur. En réalité il était parfaitement indifférent au sort d'autrui. Il n'y avait pas la moindre once de méchanceté en lui, mais une incapacité à se mettre à la place de quelqu'un d'autre. Il avait dû lui manquer quelque chose dans l'enfance, ou bien la fréquentation permanente d'animaux en souffrance l'avait-elle dépossédé de son empathie. Alors il arrivait sur son vieux cheval de trait, entrait sans frapper, ordonnait un départ précipité en cassant un meuble ou une porte, afin qu'on comprenne bien qu'il ne rigolait pas, ressortait dans la lumière aveuglante et remontait en selle pour faire la même chose un peu plus loin.

Un beau matin, tout cela prit fin pour lui. Dans la cour de la ferme où il venait d'entrer, une jeune femme plumait une belle volaille dodue, aussi dissemblable de celles dont il avait la garde que peuvent l'être un chat malade et un tigre des cavernes. Quand elle leva les yeux vers lui, il resta cloué sur place. Isabella allait partager sa vie et lui donner une petite fille, qui mourut à l'âge de quatre ans, assassinée par les anciens patrons de Gennaro, en représailles de sa démission et de sa fuite. Le couple n'y survécut pas et se sépara, après que Gennaro, qui n'avait pas oublié les lois qu'on lui avait inculquées, eut étranglé de ses mains le meurtrier de sa fille. À partir de ce jour, il se traîna dans l'existence comme un gars à qui il aurait manqué un morceau de cerveau. En revanche, il avait retrouvé – ou peut-être enfin trouvé – son cœur, qui se révéla plutôt sanguinolent mais de belle taille, et où ses amis et ses femmes puisèrent à l'envi, certaines ne se gênant pas pour y mordre à belles dents et le mettre en lambeaux. L'organe était de santé fragile, et les quantités astronomiques d'alcool ingurgitées chaque jour n'amélioraient pas cette condition, mais qu'importe, Gennaro n'avait jamais envisagé de vivre très longtemps. Ainsi lorsque Faith apparut dans sa vie, il accepta sans réserve la perspective de se laisser consumer jusqu'à la cendre par cette fille merveilleuse ; ce serait sans aucun doute son dernier et son plus grand amour. Quel homme serait assez sot pour tourner le dos à cela ?

Et il se posa de nouveau cette question en observant le profil racé et mutin de la jeune fille qui marchait à côté de la roulotte des costumes en bavardant avec la violoniste. Ses seins étaient apparus, ses hanches s'étaient arrondies, et il arrivait à Gennaro de regretter le corps maigre et nerveux, qui se donnait sans savoir, en pensant à autre chose, sans rien attendre. Une offrande sauvage, détachée et cruelle. Une chair qui se réservait, en quelque sorte, qui disait : « Tiens, prends, je m'offre de bon cœur, mais sache que ce que tu cherches ici n'est pas pour toi. » Il savait à présent que Faith aimait ailleurs, elle le lui avait révélé après qu'ils eurent joué *Antigone* ensemble pour la première fois. Rien ni personne n'était de taille à rivaliser avec ce qu'elle éprouvait, ce qui les unissait, ce jeune homme et elle, depuis l'enfance. Alors Gennaro souffrait discrètement, et se mettait à vénérer sa souffrance autant que la femme qui la lui causait ; il aimait tout d'elle, et jusqu'à l'homme qui la lui dérobait. Si Milo débarquait là, devant lui, avec sa tignasse de rouquin et son sourire édenté, il lui ouvrirait les bras et l'étreindrait comme un être cher et familier. Il lui semblait d'ailleurs que Milo vivait à l'intérieur de Faith, à tel point que parfois il devinait dans ses gestes, dans sa démarche, ses regards, les manières du jeune homme. C'était un phénomène étrange auquel il s'était accoutumé avec la bonne mesure de philosophie qui l'escortait depuis la perte de sa première enfant.

Faith était devenue une célébrité. Ils avaient tourné avec *Antigone* pendant près de deux ans dans l'Europe entière, et jusqu'en Irlande, devant le roi Ronan. Ce dernier n'avait pas trop bien accueilli l'histoire de cette gosse qui refuse l'autorité du roi son oncle. La position de Ronan semblait très fragile, de toutes parts menacée par les reines du Nord, et par sa propre nièce, qui attendait sans se cacher le soutien de la régente du royaume des Hautes Terres. La troupe n'était pas restée là longtemps, s'empressant de rejoindre le continent, où elle joua trois mois sans interruption. À la mort de Malcolm-aux-mains-de-feu, ce fut Gennaro qui reprit le rôle de Créon.

Ils se préparent à rester un peu chez le maître vigneron, à boire des vins puissants, à flâner sous les platanes et à savourer des fruits sur la terrasse de la Grande Maison, en lisant ou en jouant aux cartes ; le soir, ils donneront leur nouvelle pièce, *Othello*. Lui-même interprète le Maure, et c'est là la réalisation d'un de ses rêves les plus fous, un rêve qu'il n'avait même jamais vraiment formulé. Jusqu'à ce qu'il rencontre Faith. Faith. Il murmure son nom très bas, comme pour en faire éclore toute la force agissante. Foi, confiance. Le mot fait exister la chose, c'est la croyance des nomades avec qui il a vécu.

Chez le peuple de l'Orage, pendant le rituel qui précédait les grandes chasses d'hiver, les femmes dansaient en cercle autour d'un feu en scandant les noms des animaux qu'elles espéraient prendre, elles les répétaient à l'infini : cerf, ours, loup, tigre, cerf, ours... C'était si envoûtant et si réel à la fois qu'il lui semblait parfois, saoulé par le mouvement des corps et par les voix, voir apparaître le gibier ; un cerf se dressait au-dessus du feu, naissant des volutes de fumée, et se transformait en ours ou en tigre. Faith. J'ai foi en toi. En nous, même si je sais que je ne te suis pas grand-chose et que je ne marcherai pas très longtemps à tes côtés. Étonnante créature. Il aimait lui donner ce surnom ; *creatur,* c'était le mot qui signifiait « enfant » dans l'antique dialecte de la région de Naples. C'était là qu'il était né, s'il devait en croire le peu qu'on lui avait raconté de ses origines. On l'avait trouvé en sanglots dans un ravin, non loin d'une maison presque en ruine, où gisaient les cadavres d'un homme et d'un autre enfant plus jeune. Morts de la fièvre, sans doute. Peut-être un peu de misère aussi, ou simplement de tristesse. Il imaginait plutôt cela, sans aucune raison. De tristesse.

Il avait senti, sans avoir besoin de regarder, que Faith était à ses côtés. Son odeur et le murmure de toutes ses breloques l'avaient annoncée. Elle glissa sa main sous son bras, se serra contre lui en enfouissant son visage dans sa manche. Il sortit la fiole d'eau-de-vie de sa besace et s'envoya une bonne rasade. Le soleil chauffait agréablement, le fleuve majestueux les accompagnait, donnait le rythme à la progression du convoi. L'automne s'annonçait doux, il y avait encore de beaux jours devant soi, avant le rude hiver. Il imaginait les gens des villages arriver nombreux, dans la nuit qui monte, leurs visages réjouis, leurs yeux qui brillent à la lueur des torches, alors qu'ils avancent, un peu impressionnés, dans l'allée bordée d'arbres, vers la scène pas encore éclairée, le saint des saints, le lieu de tous les possibles, de toutes les régénérescences, qui lavera la dure journée aux champs ou à la chasse, la sueur et les larmes, les deuils et les angoisses d'avenir. Les paysans venaient les plus nombreux.

Les peuples nomades, eux, avaient leurs propres veillées, agrémentées de danse, de contes, de fêtes diverses. Lorsqu'il vivait avec les chasseresses, il ne s'était jamais autant diverti. Même les soirs où il ne se passait rien de festif, l'atmosphère de la forêt était en soi une expérience absolument unique, d'une richesse infinie. La vie des arbres l'émouvait par-dessus tout, leur présence bruissante, gorgée de celle de milliards d'organismes vivants. Mais les arbres déployaient, sous cette couche visible, sous ce niveau de réalité, un mode d'existence plus profond, originel, un maillage d'artères qui s'étendait sur la Terre entière ; c'était comme une gigantesque et puissante toile d'araignée, vivante et bavarde, un réseau de communication merveilleux, qui prenait sa source à l'aube des temps, et durerait pour l'éternité.

Il avait été initié à tout cela par Lune d'hiver, une femme fière et redoutable qui lui avait enseigné des choses précieuses. Gennaro n'avait jamais véritablement compris pourquoi un beau jour elle l'avait rejeté. Peut-être cherchait-il trop loin ; elle ne l'aimait plus, voilà la vérité toute simple que Lune avait tenté de lui faire entrer dans la tête. Mais lui ne voulait pas l'entendre. Il aurait pu s'installer dans un autre clan, trouver une autre femme, ou rester là et vivre avec la grand-mère, lui faire son feu et ses repas ; c'était le sort des hommes répudiés dans cette société, un sort assez enviable en comparaison de ce qui se passait ailleurs. S'il l'avait accepté, il aurait pu continuer à voir ses enfants. Mais il avait préféré partir, tout quitter, tout recommencer, comme il l'avait toujours fait. Chaque fois, ces ruptures, choisies ou imposées, lui laissaient de grands trous dans l'âme, des béances par où s'engouffraient tous les vents coulis, les bises du nord et la pluie, l'essorant et le laissant naufragé et détruit.

Et chaque recommencement rafistolait ses voiles trouées, et le voyait embarqué dans une nouvelle odyssée. Celle qu'il vivait avec Faith avait un goût de crépuscule, et le grisait encore plus pour cette raison même. Il s'aperçut qu'il transpirait, malgré l'air frais qui soufflait de l'est ; il quitta Faith pour aller rejoindre sa jument en bout de convoi.

Faith l'observait depuis un moment, perdu dans ses pensées, peut-être dans ses souvenirs, si nombreux qu'ils lui faisaient l'effet d'appartenir à plusieurs individus. Il avait besoin de repos avant de commencer les représentations d'ici à quelques jours. Le soleil disparaissait derrière les Monts-d'Or, laissant place à l'humidité qui montait du sol. La troupe venait de passer deux mois dans le Sud au bord de la mer, et Faith se languissait des paysages et des lumières du Nord. Les sempiternels pins parasols qui se découpent avec une acuité presque agressive sur le ciel trop bleu et uniforme, la mer paisible et les tuiles rouges, les amas de végétation rabougrie qu'on appelle « forêt », et qui dépassent à peine un homme de bonne taille, tout cela avait fini par la lasser, par alimenter sa mélancolie.

Elle espérait rencontrer la compagnie l'hiver venu, là où ils s'étaient retrouvés l'année précédente, sur la côte des Pays-Bas. Elle avait passé cinq jours avec eux, en partageant comme autrefois la roulotte d'Aberrama et de Babik, qui s'était marié et avait un bébé. Personne n'avait de nouvelles de Milo. Aberrama souffrait horriblement de son absence, et ni le mariage de Babik ni la naissance de sa petite-fille n'étaient parvenus à atténuer chez le vieil homme la douleur de l'avoir perdu. Il fondit en larmes lorsqu'il aperçut

Faith qui approchait de la roulotte. L'hiver avait été difficile, deux femmes et un enfant avaient perdu la vie à cause de la grippe, la nourriture avait manqué. L'hospitalité des communautés rencontrées, autrefois prodigue, devenait plus économe et offerte de moins bonne grâce. Les Roms et les Gypsies semblaient ne plus être tenus en si haute estime, et on leur reprochait de vivre aux crochets d'autrui. Une fois, un gamin les avait traités de parasites sur une place de village. Il avait été bien puni par son père, le chef de la communauté, qui l'enferma pendant une semaine dans un cellier sans manger après qu'il eut fait ses excuses en public ; mais c'était là un acte qui exprimait la crainte plus que la volonté d'appliquer la justice ; les Gypsies étaient redoutés, on n'aurait pas risqué d'être frappé par une de leurs malédictions.

Faith était heureuse d'avoir retrouvé le goût de sa vie d'autrefois, elle avait dansé et chanté plusieurs nuits entières, jusqu'à ce que ses pieds soient en sang, que ses jambes ne la portent plus, que son esprit ait perdu tout repère temporel et spatial, toute notion de la réalité autour d'elle, excepté le regard brouillé de Gennaro arrimé à elle, qui seul la retenait de fuir et de se cacher définitivement au milieu des bois. Elle s'y était réfugiée un jour de l'automne précédent, avait vécu de petits animaux piégés, de baies et d'un sac d'avoine qu'elle mélangeait à la graisse de cuisson. Aucune créature humaine n'avait croisé son chemin, et cela lui avait procuré un très vif plaisir. Son campement était composé d'une tente en peau de bison disposée au pied d'un gigantesque chêne, dont les racines lui faisaient une espèce de nid. Son sommeil n'avait jamais été aussi profond ni aussi hanté que lorsqu'elle dormait lovée dans ce creux qui lui faisait l'effet de bras aimants. Il lui arrivait de rester assoupie si longtemps qu'elle ne voyait pas le soleil se lever ni se coucher ; elle s'éveillait au beau milieu de la nuit, avec le sentiment délicieux et terrifiant d'avoir été retenue prisonnière pendant que l'arbre lui murmurait à l'oreille des choses aussi importantes qu'évanescentes, qui ne lui laissaient qu'un subtil et indéfinissable goût en bouche, la trace d'une douceur dans sa paume, aussi ténue que l'impression du sable qui s'échappe de la main. Elle n'a jamais parlé de ces moments en compagnie de l'arbre, pas même à Gennaro. C'est son secret.

Elle a hâte que le spectacle reprenne. Desdémone lui a donné accès à des lieux en elle-même où elle ne pensait jamais se rendre, de vastes pans de son être qu'elle croyait ne pas exister. Durant les répétitions, Desdémone la décontenançait profondément ; comment cette femme avait-elle pu poser un acte d'une telle liberté en épousant Othello, pour finalement se dissoudre dans la folie et l'aveuglement de cet homme et se soumettre au sacrifice dans le silence ? Faith s'était débattue avec sa dernière réplique ; à Emilia qui lui demande qui l'a tuée, Desdémone répond : « Personne. Ce fut moi-même. » Faith la détestait pour ces mots. Et un soir, devant un public peu nombreux mais très attentif d'une bourgade de la côte, elle a compris : à l'approche de la mort, Desdémone prend du recul et évoque sa propre vie. Ce qu'elle dit, c'est : « Je ne fus rien. Tout ce que j'ai entrepris, ce en quoi j'ai cru est détruit. J'ai transgressé les règles et j'en paie le prix. J'ai joué et j'ai perdu. » Ce soir-là, elle sentit le public très ému ; Gennaro lui avait serré la main si fort en saluant qu'elle en avait gardé la marque des jours après.

Chaque représentation les rapprochait d'une manière singulière, incomparable à aucun autre aspect de leur vie ensemble. L'Othello incarné par Gennaro était fragile, féroce et désespérément seul ; chaque soir il creusait plus profondément son sillon dans l'âme de ce personnage abyssal et complexe, comme s'il y trouvait des réponses à ses propres failles, à ses errances, à ce qui avait fait de sa vie celle d'un paria, d'un éternel étranger au monde et à lui-même. Les démons d'Othello étaient en partie les siens, et Faith ne savait parfois plus très bien de quel homme elle tombait amoureuse. Car elle tombait amoureuse, c'était indéniable. Gennaro, sans rien attendre, sans rien exiger, et peut-être précisément pour ces raisons, était venu à bout de ses réserves, de sa volonté. Qu'en était-il de sa loyauté envers Milo ? Faith préférait ne pas y penser.

Ω

Il s'éveille brutalement, se dresse en poussant un cri étouffé. Dans son cauchemar, il retrouvait Faith dans une immense salle en pierre, il courait vers elle et, quand il arrivait à sa hauteur, les yeux de la jeune fille le dévisageaient fixement comme s'ils ne le reconnaissaient pas, il passait la main devant eux et s'apercevait qu'elle était aveugle. Ce rêve récurrent vient le visiter depuis quelques semaines seulement, et le laisse un peu hagard le jour entier. Il faut toute la pétulance et l'humour de Bathsheba pour que l'angoisse le quitte à la nuit tombée et qu'il parvienne à trouver le sommeil dans l'unique pièce qu'il partage avec la vieille femme. Elle lui chante parfois une chanson dans sa langue maternelle, qu'elle destine habituellement aux abeilles. Lorsqu'un soir, à sa demande, elle la lui traduisit dans le mélange de langues qu'ils partageaient à peu près, il regretta sa curiosité : « L'eau sans bruit coule, coule, l'eau tout doucement s'en va, toi qui m'abandonnas, jamais tu ne reviendras... »

Ses yeux rencontrent ceux de la vieille ; elle crochète un châle en laine à l'autre bout de la pièce, assise en tailleur à même le sol, tout près de la seule fenêtre de la maison par où se glisse un rayon de lumière terne. Ils se dévisagent quelques secondes, puis elle prend un air très grave pour lui annoncer que trois de ses ruches sont vides. Milo hausse les épaules sans beaucoup d'intérêt et se prépare à se recoucher ; la vieille dépose son ouvrage, se lève avec agilité et vient lui donner une grande claque sur l'épaule en l'insultant. Milo se protège en riant. Elle se redresse, pose ses mains sur ses hanches et le toise en lui disant :

« Tu devrais t'inquiéter, Oiseau-des-îles, car le jour où toutes mes abeilles auront disparu sera celui où je m'en irai.

— Tu m'as déjà dit ça cent fois ! Et où pourrais-tu bien aller ?

— Rejoindre ma fille Esther. Au pays où le soleil se couche. »

Milo soupire et s'allonge sur le côté, le menton dans la main. Il joue avec le chat qui vient de lui sauter dessus et fait des bonds pour attraper ses pieds sous la couverture. Il soulève l'animal et l'oblige à s'étendre contre lui, ce qu'il consent à faire d'assez mauvaise grâce, les oreilles couchées en arrière et l'œil mauvais.

« Le soleil se couche partout, et se lève partout, qu'est-ce que tu me ramages, Bath ? dit-il en caressant le chat.

— Je te dis qu'il est un pays où il ne fait que se coucher.

— Mais il faut qu'il apparaisse avant de disparaître, tête de bois !

— Oh, et puis laisse-moi avec ta logique, homme de peu de foi. »

La vieille prend un air bougon, se passe la main sur les yeux, réajuste son foulard et repousse à l'intérieur quelques longues mèches d'une couleur indéfinie. Elle va verser deux tasses de thé et en apporte une à Milo, avec un morceau de pain. Tout en mangeant sa collation, Milo se demande si la vieille n'a pas raison, au bout du compte. En tout cas, il devrait cesser de la contredire, cela ne sert à rien, qu'à la plonger dans une humeur noire. Milo ne sait pas ce qui est arrivé à sa fille. Parfois il doute qu'elle ait même jamais existé. Il ne peut imaginer Bathsheba avec un enfant. C'est un être ne ressemblant en rien aux humains qu'il connaît. Elle a sans doute plus d'affinités avec une rivière ou une montagne, une chose qui aurait duré très longtemps, bien plus que ce qui est concédé aux hommes. Ses enfants sont ses abeilles, pour lesquelles elle s'inquiète sans cesse.

Milo ne sait pas exactement depuis combien de temps il a élu domicile dans la petite maison de pierres au milieu de la forêt, cela doit se compter en mois, peut-être un an, deux ? Le temps ne passe pas ici comme ailleurs. La vieille lui a raconté qu'elle l'avait trouvé inconscient dans un fossé sur le bord d'une route, aux alentours de Kosice. Il se demande par quel miracle elle a réussi à le traîner jusque chez elle. Il s'était éveillé après une fièvre de plusieurs jours, amaigri, épuisé et amnésique. Pendant des semaines, il ne se rappelait rien de sa vie, c'était absolument, désespérément vide dans sa tête, un grand néant intérieur qui le plongeait dans le désespoir et le mutisme. Il ne savait plus son nom, n'avait aucune idée de ses origines ni de ce qu'il faisait au beau milieu de cette région de Slovaquie. Bathsheba le surnomma Oiseau-des-îles, parce que c'est l'image qui s'était imposée quand elle avait observé son visage.

Chaque jour Bathsheba l'emmenait faire une très longue promenade, et elle lui parlait, de tout et de rien, mais principalement de ses abeilles ; elle lui racontait des histoires merveilleuses, l'entretenait de gens et d'époques révolus, du temps de sa jeunesse, ou même plus ancien, ce n'était jamais clair. Mais ces bavardages avaient le mérite de le distraire de sa mémoire défaillante, d'empêcher son esprit de battre la campagne et de se laisser gagner par la folie. Et il aimait les inflexions de voix de la vieille, ses formules très vivantes et souvent drôles, ses récits qui se dévidaient avec aisance, dont le rythme même et les sonorités finirent par éveiller en lui un embryon de souvenance, une impression très vague mais vive, qui ne le quitta plus. Cette impression finit par se transformer en couleurs, en sons, en odeurs, et un jour lui revint, aussi brutalement qu'un coup sur la tête, l'image du convoi de roulottes, progressant lentement dans la poussière, épousant parfaitement la cadence de la voix de Bathsheba qui lui contait une histoire de jeune femme séduite par un ours. Il fallut quelques jours pour que des visages habitent cette vision, et plus tard encore les noms vinrent éclairer les visages, qui se mirent à lui rendre leur histoire et la sienne. Faith surgit en premier, et Milo fut si bouleversé qu'il courut comme un perdu dans la forêt et se baigna dans la cascade alors que l'eau était presque gelée. Les êtres qui avaient peuplé sa vie se massèrent dans son souvenir, se bousculant comme des badauds devant un cortège funéraire. Bientôt se détachèrent Aberrama, Babik, et un visage féminin qu'il connaissait mieux qu'aucun autre mais dont l'identité lui échappait.

Il fallut de nombreux jours encore pour que son passé plus récent se rappelle à lui. D'abord le séjour chez les gardiens de chevaux de la steppe hongroise ; il avait passé là quelques mois dans un haras, parmi les Csikos, à sortir les animaux, à les faire galoper et les rentrer le soir venu. Il avait partagé la vie de ces hommes solitaires, participé aux concours équestres, appris le jeu du fouet et les figures traditionnelles, la plus prestigieuse, celle de la poste hongroise, où un cavalier debout, chaque pied posé sur la croupe d'un cheval, en conduit plusieurs autres et les lance au grand galop. Il se souvenait d'avoir été capable d'en diriger quinze. De cela, oui, il se souvenait parfaitement, de même que du caractère grisant, addictif de l'exercice parfaitement inutile et d'une beauté fracassante ; cela et arpenter la steppe avec le troupeau durant des jours était ce qui l'avait rattaché à la vie. En revanche, il ne savait plus rien des humains qu'il avait rencontrés, des autres Csikos, des femmes qui avaient partagé son lit de temps à autre. Rien non plus ne subsistait des raisons pour lesquelles il les avait quittés. Il s'était retrouvé parmi eux après avoir vécu quelques jours dans une famille de paysans, des gens étranges qui voulaient à tout prix le garder auprès d'eux, qui avaient même tenté de le retenir de force et voulaient le marier avec une vague nièce. Et avant cela ? Tout se dissolvait dans l'oubli. Il voyait seulement un tertre funéraire, des cavaliers momifiés souriant hideusement dans la plaine ; lui revenait une odeur de peau féminine, un aigle en vol, un ciel bas et tourmenté mouvant sans cesse. C'était tout. Pourquoi avait-il quitté sa compagnie ? Impossible de répondre à cette question. Le temps passait sans lui apporter d'éclaircissement.

Ils sortent dans le matin cru et se mettent en route pour visiter les ruches dans la montagne. Ils les avaient déplacées à l'aube quelques mois plus tôt, avaient marché presque toute la journée pour arriver à l'endroit élu par Bathsheba, en haut d'une falaise longée par un sentier très étroit qui disparaissait parfois, et obligeait à s'accrocher avec les mains à la paroi rocheuse. Ils portaient chacun trois ruches de belle taille, et Milo ne savait trop s'il appréciait d'être ainsi couvert d'abeilles, enveloppé par ces essaims vibrants qui, malgré l'habitude, continuaient à lui inspirer de la crainte ; il fallait être très précautionneux, ne pas leur faire subir de choc, un exploit dans les paysages accidentés qu'ils devaient traverser. Bathsheba se déplaçait avec l'agilité d'une jeune femme en excellente santé, ses membres secs effectuaient des gestes coulés et harmonieux, et la regarder grimper au flanc de la montagne et emprunter le sentier dangereux avec l'adresse d'un cabri était un spectacle magnifique. Milo ne pouvait lui donner d'âge ; elle-même disait qu'elle ne le connaissait pas, mais que si sa fille avait vécu, elle aurait trente-neuf ans ; son calcul était le suivant : elle ne devait pas avoir mis cette enfant au monde avant l'âge de dix-huit ans, ce qui lui donnait approximativement cinquante-sept ans, elle arrondissait à soixante, et cette semi-vérité lui convenait parfaitement.

Quand Milo lui demandait qui était le père d'Esther, elle répondait qu'elle ne s'en souvenait plus. Il ne put jamais rien apprendre de ce qui l'avait amenée à s'occuper des abeilles, seule dans ce lieu. Bathsheba gardait précieusement dans un coffret de bois une sorte de ceinture blanche terminée par des franges. Elle prétendait que cet objet avait appartenu à son père. Par ailleurs, dans le coin le plus obscur de la maison pendait une lampe en cuivre ornée d'une étoile ; la vieille se souvenait que l'objet était lié à une sorte de culte. Milo avait rencontré des communautés de Juifs un peu partout au cours de ses voyages, et il tenta d'en parler à la vieille, mais elle l'écoutait d'une oreille distraite, comme si ces gens ne la concernaient pas, n'avaient rien à voir avec elle. Dans la lampe de shabbat, elle faisait brûler de l'huile parfumée par les nuits de pleine lune. Car Bathsheba vouait un culte à l'astre des nuits, disait que c'était vers lui que montaient les âmes des morts. Milo lui demanda si elle savait que les hommes du Vieux Monde s'étaient rendus sur la Lune, et qu'ils n'avaient trouvé qu'un morceau de caillou désert et froid, parsemé de cratères. La vieille se moquait bien de tout cela, elle lui répondit : « Ils ne savent pas regarder. »

La vieille s'arrête, pose très délicatement ses ruches sur un espace recouvert de mousse et s'assied sur une souche dont les immenses racines plongent dans la rivière. Elle sort de son sac un quignon de pain, du fromage de brebis et deux gros oignons. Ils mangent en silence, dans le bruit de l'eau et les chants d'oiseaux. Le regard de Bathsheba est attiré par des traces au sol. Elle se lève et se penche pour mieux voir.

« Des empreintes de chaussures », déclare-t-elle, contrariée.

Milo prend soudain conscience qu'il n'a plus vu d'autre être humain depuis qu'il partage l'existence de la vieille femme. Il avait même éprouvé, certains jours d'hiver neigeux où tout semble figé, où l'impression de désolation vous étrangle, le sentiment d'être seul au monde avec elle. La terre devait s'être dépeuplée, débarrassée de ses humains, comme lors de la Chute ; mais cette fois, pour une raison absurde, deux personnes avaient survécu, oubliées quelque part au milieu des montagnes. Bathsheba et Milo, les sans-mémoire.

Milo s'approche à son tour du sol ; ces empreintes de bonnes chaussures de peau à semelles souples, semblables à celles que portent les populations de chasseurs de ces régions, lui procurent une émotion très forte. Le pied doit être celui d'une femme, ou d'un adolescent. Milo reste là, immobile, fasciné par cette simple figure dans la terre, comme s'il s'agissait d'une pépite d'or.

Après plusieurs heures de marche, la vieille est la première au sommet de la falaise. Milo la voit de loin qui passe lentement d'une ruche à l'autre, petite silhouette agitée, elle lève les bras dans un geste de désespoir et finit par s'affaler par terre et se prendre la tête dans les mains. Il a compris : les ruches sont vides ici aussi. Lorsqu'il la rejoint, il remarque que ses joues creuses et mates sont baignées de larmes. Elle se balance d'avant en arrière et chantonne une triste mélopée à peine articulée. C'est plutôt une plainte semblable à celles des pleureuses lors d'une cérémonie funéraire. Tout autour d'eux, à perte de vue, les crêtes dorées des montagnes s'étagent et se fondent dans l'horizon rougeoyant de la fin du jour. Un faucon les survole en poussant un cri. Milo fait alors une chose qu'il n'a pas le souvenir d'avoir faite depuis des lustres : il entoure la vieille de ses bras et la serre contre sa poitrine. Il est surpris qu'elle se laisse faire, qu'elle se laisse glisser dans l'étreinte aussi aisément ; il l'entend soupirer profondément et ravaler un sanglot.

Le jeune homme sait que quelque chose est sur le point de s'achever ici. Il ne veut pas encore comprendre de quoi il est question, si c'est le départ de Bathsheba ou le sien qu'annoncent cette fin de journée, ces ruches désertées, cette empreinte humaine sur le chemin. Il aimerait revenir en arrière, aux jours sans nuage de leur vie simple. Il a eu le sentiment, sans doute pour la première fois de sa jeune existence, d'appartenir, non pas au lieu ni à Bathsheba, mais à un morceau d'espace et de temps fait de cette femme, de ses gestes et de sa voix, d'une certaine lumière, du passage des heures perçu comme un bien, un apaisement, et non plus comme une course effrénée vers la mort ou le gouffre de l'inconnu. Il avait enfin eu envie de s'arrêter, de poser son corps et son âme, de cesser de chercher quelque chose dont il ignorait la nature. La seule personne qui lui manquait était Faith, mais il s'était dit qu'un jour, plus tard, quand il aurait trouvé une forme de paix, il partirait à sa recherche et la ramènerait ici, auprès de cette femme et de ses abeilles.

Quand ils redescendirent, la vieille était plus lente et moins agile, elle trébuchait parfois, s'arrêtait pour reprendre son souffle. Ils repassèrent à l'endroit des empreintes de pieds, et Bathsheba voulut les suivre, même si cela les éloignait du logis. Milo dut la soutenir, et ils finirent par arriver lentement auprès d'une source qui coulait en cascadant vers un bassin parfaitement lisse et blanc. Ils y burent et se reposèrent un peu avant de poursuivre plus avant dans la forêt ; à quelques mètres du bassin, sous un chêne, se dressait un petit monticule de pierre, recouvert de fleurs. Aux branches basses du chêne pendaient des morceaux de tissus de couleurs vives, qui frémissaient dans la brise. Quand Milo lui demanda qu'étaient cette construction et ces rubans, Bathsheba lui répondit qu'elle n'en savait rien, mais que c'était un endroit qu'elle aimait. C'était probablement un arbre sacré du peuple du Lynx des Montagnes, dont le territoire de chasse s'étendait dans ces parages. Elle prit un ruban mauve à l'arbre et l'attacha aux cheveux de Milo.

« Ceci te fera penser à moi de temps en temps, Oiseau-des-îles. C'est presque de la couleur de tes yeux. »

Bathsheba se retourna et entreprit de chercher sur le sol un bâton de marche. Elle choisit une belle branche de bouleau encore verte, et se remit en route.

Le lendemain, quand Milo s'éveilla, il était seul. Il sortit pour chercher Bathsheba près des ruches, l'appela, fit de longues marches dans toutes les directions autour de la maison, elle n'était nulle part. Le chat aussi avait disparu. Après trois jours et trois nuits, il décida que, où qu'elle se fût rendue, elle n'en reviendrait pas. D'abord, il lui en voulut et pleura amèrement. Il hurla sa rage. Combien de fois devrait-il subir cet abandon ? Le troisième jour, alors qu'il faisait ses ablutions devant la maison et qu'un rayon de soleil oblique venait caresser et réchauffer son épaule, il trouva en son cœur de quoi se consoler, et museler sa colère et son chagrin. Il prépara un baluchon avec de la nourriture et emporta une couverture, un bon couteau à dépecer, mit de l'ordre dans l'humble intérieur comme Bathsheba l'aurait fait, tira le rideau de crochet devant la fenêtre, ferma la porte, prit une grande respiration et tourna le dos à cette tranche de vie, pour porter le regard vers l'ouest, où la route l'attendait.

Ω

Depuis la mort de Sol voilà presque deux ans, je n'avais plus vu d'être humain. Jusqu'à avant-hier. Perchée sur le mur du fort Noir, j'ai aperçu un petit navire toutes voiles dehors s'approcher dangereusement de la côte, particulièrement menaçante à cet endroit. Mon cœur a bondi dans ma poitrine quand j'ai vu des gens sur le pont. Je leur ai fait de grands signes, espérant qu'ils comprendraient qu'il fallait qu'ils contournent l'île pour accéder au seul endroit à peu près abordable, à quelques mètres de l'entrée de la grotte, là où les colonnes de basalte sont plus basses et offrent une espèce de jetée naturelle. Je ne sais s'ils ont saisi quelque chose à mes gesticulations hystériques, mais ils ont fini par arriver au bon endroit, où je les ai rejoints. Comment décrire ma joie et mon agitation ? Je pensais être parvenue à ce point où la solitude n'est même plus perçue comme une condition aléatoire, un choix ou une obligation. La solitude m'était devenue consubstantielle, je ne pouvais même plus me considérer hors d'elle. J'étais solitude, j'incarnais cette notion, avec l'île tout entière, le ciel, la mer et les oiseaux, je ne faisais plus qu'une avec tout cela. Je n'étais même plus certaine, par moments, de percevoir encore les limites physiques entre mon être et celles de mon environnement. J'étais redevenue le très jeune enfant qui n'a aucune conscience d'exister indépendamment de sa mère.

Je ne me suis pas précipitée dans le vide pour y trouver la fin à laquelle je croyais aspirer ; j'ai jeûné durant une semaine, allongée au fond de la grotte, espérant recevoir la vision qui justifierait que je continue à vivre, ou me donnerait l'oubli définitif. J'ignore encore aujourd'hui comment je dois interpréter ces images et ces sensations. J'ai vu une jeune fille se tenir au bord de la falaise, au fort Noir. Je ne parvenais pas à distinguer ses traits. Était-ce moi jeune ? Elle levait les bras comme pour embrasser le ciel, son geste était victorieux, presque joyeux, et je l'enviais terriblement. Ses cheveux immenses flottaient tout autour d'elle, enveloppaient son corps pâle, et je me suis aperçue qu'elle était nue. Puis l'aigle-aux-yeux-ensoleillés est apparu, s'est approché de moi, je me suis retrouvée sur son dos, et il a pris son envol, la jeune fille devenait de plus en plus petite sur la lande, elle semblait parfaitement à sa place au bord de l'abîme, radieuse et solide ; sa chair laiteuse se devinait entre les mèches noires, et prenait des reflets bleutés d'opale. Elle a disparu de ma vue, car l'aigle s'était éloigné de l'île et nous survolions à présent l'océan infini, en route pour le Nord. Cette vision m'a rassérénée, peut-être parce qu'elle semblait démentir la certitude que ce lieu sera désolé et oublié après mon départ.

Mes visiteurs. La capitaine, une femme encore jeune et qui parlait l'anglais avec un accent assez similaire à ceux de mon pays, avait sous ses ordres un équipage de trois personnes : la seconde, un mousse et un cuisinier d'âge mûr. Ils accompagnaient un homme et une femme. Lui n'était plus jeune, mais d'une impressionnante stature, et dégageait une autorité naturelle. Sa compagne gisait, inconsciente, sur une civière. Elle était d'une beauté telle que je n'en avais jamais vu de semblable. Cette femme très grande et mince, presque maigre, présentait des traits fins et racés, typés jusqu'à l'abstraction, comme ceux d'un masque ; son visage était d'une harmonie, d'une perfection qui aurait pu manquer d'âme si un certain tourment ne s'était dégagé de cet ensemble ; malgré le sommeil cataleptique, ou peut-être à cause de lui, son expression était empreinte de colère, de sauvagerie et de tristesse ; tout un monde intérieur de sombres turbulences semblait se déployer derrière les longues paupières mates ; il émanait d'elle, par-delà les voiles de l'inconscience, quelque chose de tout à fait rare et paradoxal, que je n'avais jamais contemplé que chez ma grand-mère, et qui me l'avait rendue si douloureusement nécessaire : cette étrangère elle aussi semblait à la fois proche, intime et cependant inaccessible, irrémédiablement lointaine, perdue. J'étais si troublée par cette créature que je pensai qu'elle venait me remplacer, et son état ne parvenait pas à contredire ce pressentiment ; la vision de la jeune fille sur la falaise ne me quittait pas et je me disais que c'était peut-être elle que la mer m'apportait. Mais celle que je gardais en mémoire avait la peau blanche et semblait trop jeune pour être cette femme à laquelle par ailleurs il était impossible de donner un âge.

Ces voyageurs me dirent venir d'au-delà de la Grande Mer de l'Ouest, de la partie septentrionale des

Amériques. J'avais du mal à croire cela, car voilà bien longtemps que plus personne ne croise dans les eaux entre l'Europe et le continent américain. Aussitôt sur la terre ferme, l'homme s'agenouilla et l'équipage en fit autant. Ils restèrent ainsi, immobiles et silencieux, le dos courbé, de longues minutes durant lesquelles je fus aux prises avec un malaise profond. Les visiteurs qui venaient sur l'île pour me consulter personnellement ou me demander de rendre les oracles ne faisaient pas tant de manières.

Ces nouveaux venus m'évoquaient les croyants d'autrefois, chrétiens, juifs ou musulmans, qui se prosternaient devant leur Dieu, certains d'entre eux jusqu'à baiser le sol. L'homme et la capitaine murmuraient des mots que je ne parvenais pas à comprendre. Enfin il releva la tête, sa main prit la mienne et il la baisa solennellement. Le contact de sa peau tiède me fit frissonner et, l'espace d'une seconde, je vis cette large main d'homme pressée sur mon flanc. Depuis combien d'années n'avais-je plus éprouvé le contact d'une main d'homme ? Je tentai de résister, de lui reprendre ma main, mais il y avait tant d'urgence dans son geste, de nécessité et d'espoir, que je décidai de la lui laisser aussi longtemps qu'il la voudrait. Après tout, rien ni personne ne m'attendait autre part, il n'y avait pas de marmite sur le feu, pas de tempête qui menaçait, pas l'ombre d'une autre chose à faire que d'être ici, ici et maintenant, ma main dans celle de l'inconnu.

Je me demandai à quoi je pouvais bien ressembler. Il n'y avait plus de miroir dans la cabane, et la dernière fois que j'avais aperçu mon reflet, ce devait être dans une mare, voilà des mois. Je chassai le souvenir que j'en gardais : tignasse échevelée, partiellement blanchie, yeux si étranges qu'ils m'avaient fait l'effet d'appartenir à quelqu'un d'autre, cou décharné et trois dents de devant cariées. J'émis un petit raclement de gorge. L'homme n'avait toujours pas bougé, ma main dans la sienne. Cela commençait à durer, même pour moi qui n'avais sans doute pas la même perception du temps.

L'homme me lâcha, se releva, suivi de ses compagnons. Il me raconta que sa femme avait sombré dans le coma quatre mois auparavant, et qu'il avait consulté de nombreuses guérisseuses sans succès. Elle était prisonnière de ce sommeil de mort et semblait souffrir. Il me suppliait de faire quelque chose pour elle. Sans beaucoup de conviction, je les invitai à entrer dans la grotte, fis placer la civière sur la pierre-autel du chœur et demandai au mari et à l'équipage de me laisser seule avec la femme, d'aller m'attendre à la cabane dont je leur indiquai le chemin par le sentier le long de la falaise. Je n'éprouvais nul désir de me pencher sur la vie de cette personne, d'entrer dans son passé, d'accéder peut-être à son futur, de soulever le voile et de découvrir ce qui bouillait derrière les yeux clos. Quelque chose me rendait soudain méfiante. Mais l'homme avait généré chez moi une puissante compassion, et cela était assez rare pour ne pas être négligé.

J'attendis que la lumière baisse ; je voulais de la pénombre, néanmoins je regrettai de ne pas avoir allumé les flambeaux avec le feu des visiteurs. La chaleur des flammes m'aurait certes aidée dans mon voyage au cœur de cette femme. Je pris sa tête dans mes mains, et je fus immédiatement parcourue par une onde de froid sépulcral, une odeur d'outre-tombe s'échappa de l'abondante chevelure que la mer venait lécher au rythme du ressac. Je luttai contre ma répulsion et posai cette belle tête lugubre sur mes genoux. Je ne sais combien de temps je restai là, avec la tête contre moi, mais il me parut infini avant que quelque chose naisse de ce contact. Je vis une nuée d'oiseaux noirs tourbillonner dans un ciel opaque; je vis une rivière en crue charrier une boue dégageant une odeur de charogne, de vastes étendues desséchées et brûlées par un soleil ardent, hérissées de souches mortes dont les racines s'étendaient sur plusieurs mètres alentour, comme des bras décharnés cherchant de l'aide; de longues files d'hommes marchaient dans la chaleur, transportant sur leur dos des planches, des centaines, des milliers de planches de bois jeune et fort, des morceaux de chairs d'innombrables arbres, sur les milliers de dos ployant sous l'effort. D'innombrables arbres massacrés et débités, laissant la terre écorchée, hurlant dans le silence son deuil et sa colère, hurlant aux oreilles des hommes sourds.

Le front de la femme se crispe, tout près de son œil droit une veine émerge et se met à battre. Les paupières tremblent. Je peux l'entendre gémir très doucement. Et soudain sa peau est parsemée de veines qui pulsent, partout sur son visage, son cou, ses bras, des veines bleues forment une toile vivante, se mouvant au rythme des battements de son cœur allant crescendo. Et je vois alors se superposer à ces tatouages animés le sol forestier aux troncs amputés, aux racines orphelines. Et je comprends. Je comprends que cette femme s'est rendue responsable de quelque chose d'odieux et qu'elle paie pour ce crime. Non que les arbres qu'elle a fait couper se vengent sur elle en lui infligeant une sorte de mort avant la mort, la Terre n'agit pas ainsi. C'est la conscience de cette femme qui, incapable de trouver la paix, paralyse son corps. Je devine la souffrance indescriptible de cet être prisonnier du silence absolu et du souvenir. Car je sais, aussi sûrement que je sais que le soleil se couche et se lève chaque jour, que c'est cela son enfer, se souvenir, voir et revoir et revoir encore ce que j'ai vu, les images insoutenables de la mort et du désespoir.

Je ne sais pas si je suis capable de la ramener à la vie, je ne sais même pas si j'en ai envie. Il fait presque nuit dans la grotte. Je ne distingue plus que de flottantes lueurs qui accrochent les arêtes des fûts sombres. Je pourrais mettre au moins fin à ses souffrances. Je place mes mains autour de son long cou délicat, et je commence à presser. Elle remue faiblement, je serre encore, et c'est à peine si son corps se révolte. La volonté de vivre a déserté cette femme. Que faire ? Je la laisse sur la pierre et m'en vais chercher ses compagnons. Il fait presque nuit, mais derrière les Trois Guerrières rougeoie un mince et aveuglant lambeau de soleil liquide. Je pense à Fingal, je donnerais tout pour le serrer contre moi.

Le mari est dévasté. Il s'est effondré en sanglots contre ma poitrine, et je ne sais pas comment apaiser ce grand corps si robuste complètement abandonné. Je vois de nouveau sa main sur ma hanche, et ma gorge se serre. Émergeant de mes bras, et de ses larmes, il me regarde longuement avant de murmurer tristement : « Tu n'es pas la Songeuse... n'est-ce pas ? » Je ne sais pas qui est la Songeuse. Je réponds à de multiples noms, suivant les endroits du monde. Peut-être existe-t-il un lieu où l'on m'appelle ainsi. C'est un beau nom. Je ne sais vraiment pas. Je suis désolée. Pour lui. Pas tellement pour elle. Il l'aime désespérément. Il me dit qu'elle est propriétaire d'immenses forêts et de cultures. Je sais cela. Il se fiche, lui, de la richesse. Il ne veut qu'elle. Il n'est rien sans elle. Du moins il le croit. Ce qui revient sans doute à la même chose. Il donnerait sa vie pour celle de cette femme au visage de divinité. Il endurerait joyeusement ce qu'elle endure. Il n'a pas besoin de le dire. J'en suis convaincue. Et je suis jalouse. Face à ce vieil amoureux éploré, je me demande si l'amour, un si grand amour ne pourrait pas vaincre la mort... Je ne sais vraiment pas. Je ne sais plus. Pardon, lui dis-je. Je garde longtemps ma paume contre le front de la femme. Je voudrais qu'ils restent, encore un peu, entendre leurs voix humaines, voir leurs yeux humains briller à la lueur des chandelles, lire dans leurs esprits humains, et deviner leurs rêves et leurs peurs, celles de cette femme capitaine qui passe sa vie en mer et que personne n'attend sur terre, de ce jeune garçon qui aimerait revoir sa sœur malade, de cet homme rongé d'amour. Mais les voilà déjà repartis, tanguant sur la mer qui devient méchante, en route pour les lointaines Amériques, si lointaines qu'elles en sont devenues mythiques pour nous autres gens d'Europe. Au grand mât du navire, vient d'apparaître un drapeau blanc, le son d'une corne de brume me parvient. Cela signifie-t-il qu'elle s'est éveillée ?

Me revoici seule. Avec la mer, le vent et les nuages, l'aigle, la tourbe, les lapins et les oiseaux. Et mon bouc, qui me suit à bonne distance vers la cabane. Il est apparu voilà deux mois, c'était au début de l'été ; je l'ai vu gambader sur la Chaussée du Géant un soir d'orage.

C'est un animal fiable et courtois. Il vient me saluer chaque matin avant mon départ pour le fort de l'Est. Il frappe quatre coups de cornes contre la porte, puis racle le sol de son sabot. Quatre coups. Pas plus, pas moins. C'est un bouc intelligent. Je devrais dire un bouc dont une des formes d'intelligence nous est accessible, parce qu'elle ressemble de loin à la nôtre. Mon bouc me salue donc, et puis m'accompagne au fort. Il reste à bonne distance et m'observe attentivement, la tête légèrement penchée, comme s'il attendait que je fasse un tour ou un petit spectacle. Parfois je danse ou je chante pour lui. Pour manifester son contentement, il racle le sol de son sabot. Un certain matin, alors qu'il s'était rapproché de moi et que je pouvais tout à loisir contempler ses yeux, je fus frappée par leur ressemblance avec ceux de Sol.

Ω

Bathsheba était morte cinq ans auparavant. C'est ce que lui apprirent les gens du clan du Lynx, qu'il rencontra quelques jours après son départ. Les femmes l'emmenèrent au lieu de sépulture de celle qu'elles surnommaient la Mère des Abeilles, un tertre qui n'était autre que le monticule de pierres proche de la source et du chêne auquel Bathsheba avait prélevé un ruban mauve qu'elle avait noué aux cheveux de Milo. Le soir, on évoqua l'histoire de la vieille femme et on chanta ses louanges. Elle s'était installée dans cette vallée perdue il y avait bien des années, et seuls les plus vieux se rappelaient son arrivée. Chassée d'une communauté juive pieuse pour une raison qu'elle n'avait jamais révélée, elle avait dû abandonner son époux et sa fille, qu'elle n'avait jamais revus depuis. Elle avait été recueillie à moitié morte de froid par les hommes-chasseurs et avait vécu un temps avec les gens du clan du Lynx, avant de décider brusquement de prendre ses quartiers dans la vallée, en compagnie des abeilles. Elle échangeait parfois son miel contre de la viande, des légumineuses et des peaux ; une fois par an, on obtenait qu'elle participe à la fête des Morts. Les populations des montagnes alentour la considéraient comme une espèce d'esprit de la forêt et continuent d'honorer sa mémoire et de décorer sa tombe ainsi que l'arbre qui la veille.

Personne ne sembla trouver étrange que Milo ait vécu avec le fantôme de la vieille Bathsheba pendant près d'un an. Au contraire, tous se réjouirent de ce grand prodige. Milo était béni. Il passait des heures la nuit à se remémorer les moments avec la vieille femme. Il pouvait faire surgir son rire, son odeur de laine et de sauge fraîche avec laquelle elle frottait son linge, le toucher de ses mains fortes et chaudes, tout cela qui lui était encore si présent, si vivant, n'avait en réalité que l'épaisseur d'un songe. Il faillit devenir fou à force d'y penser, de ressasser chaque souvenir, chaque impression, les mots qu'elle avait prononcés. Sa raison chancela encore plus lorsqu'il évoqua la perspective qu'il fût lui-même l'auteur de cette histoire, de ces visions, que son propre esprit en proie à la solitude et à la folie ait fabriqué ce conte. Alors il se raccrochait au fait indiscutable, comme le naufragé à son radeau : le ruban mauve qui ne quittait pas ses cheveux. Bathsheba avait bien existé et avait habité précisément le même endroit où lui avait vécu avec ce qui restait d'elle, elle n'était pas le personnage d'un mythe ou d'une fiction inventée par les peuples chasseurs, ni par son propre esprit dérangé.

Elle et Milo avaient occupé le même espace, mais peut-être pas la même portion de temps ? Il tenta de se représenter le temps. Il se souvenait d'Oksana qui lui parlait de l'espace-temps tel que le concevaient les hommes du Vieux Monde : une réalité à quatre dimensions, qui existe de toute éternité. Le temps ne file pas, c'est nous qui nous déplaçons sur une ligne qui n'est pas soumise à un flux temporel. L'impression d'écoulement est un leurre, une illusion, disaient certains vieux livres. La réalité existe au sein d'un espace-temps qui ne s'écoule pas. Comment nommait-elle cela ? L'univers-bloc, un objet parfaitement statique, où le passé existe et le futur aussi, *en même temps.* Ils coexistent de toute éternité. Il tenta d'installer son aventure avec Bathsheba par-delà la mort dans cet univers, et n'y parvint pas. Cela lui donnait la nausée, ou plutôt un vertige puissant où chaque sens était malmené, rendu débile par la contemplation d'un abîme infini.

Il aurait préféré trouver une explication à son expérience dans une hypothèse scientifique d'autrefois, plutôt que d'accepter que la vieille dame se fût manifestée sous la forme d'une revenante. Il aurait voulu que ce fût là, dans les replis de la science en grande partie perdue, que se trouvât la clef du mystère de sa rencontre avec la morte. Ses hôtes du clan du Lynx ne comprenaient pas pourquoi les mois passés avec Bathsheba le plongeaient dans un tel gouffre de perplexité et de mal-être. Pour eux, cette aventure faisait partie de la vie des plus chanceux, ceux que la Terre Mère avait dotés de dons particuliers, comme celui de communiquer avec les morts. Milo les enviait pour leur perméabilité aux mystères du monde. Il s'en voulait pour sa méfiance, son besoin de tout remettre en question, de placer la luxuriance merveilleuse de l'invisible sur le gril de son scepticisme.

À plusieurs reprises, la vieille Juive lui apparut en rêve. Elle l'entretenait de ses abeilles et de choses familières, comme la beauté de la lune et les caprices du climat dans la montagne. Ces visites étaient toujours un moment de bonheur. Mais lorsque Bathsheba se taisait brusquement, que son visage se fermait et qu'elle se mettait à fixer ses galoches, une grande angoisse étreignait Milo, car c'était le signal du départ imminent de sa vieille amie. Il la suppliait de rester, tentait de la prendre dans ses bras, mais il ne touchait que de l'air, comme Eurydice voulant s'accrocher à Orphée, et bientôt Bathsheba était elle aussi aspirée par le Royaume des Ombres.

Une jeune veuve du clan du Lynx avait accueilli Milo dans sa tente, où elle vivait avec deux enfants en bas âge – une fille de quelques mois et une autre de cinq ans – ainsi que ses parents. Il aimait la peau et le rire de cette femme, sa façon de bouger, il y avait une harmonie, un synchronisme presque hypnotique dans ses mouvements, et l'observer pétrir le pain ou avancer dans la forêt à l'affût du gibier était un spectacle dont Milo s'émerveillait inlassablement. Et puis Rafales de Neige ne l'assaillait pas de questions auxquelles il aurait été incapable de répondre. Car si les êtres qui avaient peuplé sa vie jusqu'à ce qu'il rencontre Bathsheba s'étaient rappelés à lui, il ignorait encore les raisons qui l'avaient séparé des siens. Il tentait de retrouver une certaine qualité de lumière, une odeur qui lui rendraient le passé, de glaner dans son nouvel environnement le moindre signe qui lui ramènerait ce moment qu'il ne pouvait imaginer que comme une déchirure. Cette journée où son destin avait basculé. Avait-il commis une faute, un crime, avait-il transgressé un tabou ? Il ne respectait guère les règles de son peuple, ne les avait jamais respectées, aussi loin qu'il s'en souvienne. Avait-il commis une folie ? Si oui, il ne l'avait fait que pour elle, que pour Faith.

Il se souvenait de sa lassitude à son égard, de l'épuisement qui le prenait quand il la voyait passer, quand il entendait sa voix de basse enrouée. Un épuisement infini, une tristesse sans fond, parce qu'il avait déjà trop brûlé pour elle, s'était consumé d'un amour et d'un désir interdits, impossibles. Il se souvient de ses séjours passés loin d'elle, chez des Gadjés où il se reposait de ce qui le liait à Faith, de ce qu'elle lui prodiguait d'attention dévorante, de tendresse éperdue, d'un désir qu'elle ne prenait même plus la peine de dissimuler aux autres. Était-il parti de son plein gré, usé par tout cela ? Aurait-il abandonné Aberrama et Babik ? Ou alors c'est Faith qui avait fait quelque chose d'impardonnable, ou qui était partie, l'obligeant à disparaître à son tour... La possibilité qu'elle eût mis fin à ses jours l'avait empêché de dormir et de manger. Et il avait fini par être capable de vivre avec cette éventualité. Il ne nourrissait plus qu'un désir, celui de la retrouver par-delà la mort, de la serrer contre lui comme il avait serré Bathsheba. Fallait-il pour cela espérer un autre tour de magie de l'espace-temps ? Ou bien envisager de descendre au Royaume des Ombres, si un tel lieu existait...

Il s'aperçut que sa nouvelle famille le considérait comme un des siens ; il semblait remplacer véritablement l'époux de Rafales de Neige, mort éventré par un sanglier. La mère du défunt venait lui apporter des vêtements qu'elle tissait elle-même, elle lui prenait la main et la gardait longtemps dans la sienne, et s'était beaucoup tourmentée lorsqu'il avait cessé de s'alimenter et qu'il ne parvenait plus à dormir. Elle passait des heures près de la couche de Milo, lui chantait des berceuses enfantines. Il crut d'abord que cette femme était juste folle de douleur d'avoir perdu son enfant, mais Rafales de Neige lui expliqua que l'adoption, courante chez son peuple, répondait à des impératifs, dont le plus important était que le nouveau membre de la communauté prenne symboliquement, puis affectivement, la place du disparu auprès de ses proches, et du clan en entier. Si la mère adoptive de Milo semblait heureuse de son nouveau « fils », il n'en était pas ainsi du frère du mort, qui vouait à Milo une haine farouche, sans doute alimentée par la jalousie que lui inspirait la tendresse très démonstrative de sa mère.

Milo s'était pris d'une grande affection pour Nana, la fillette de cinq ans. Elle avait reçu le nom de « Parle Beaucoup », mais le détestait et ne répondait qu'à celui qu'elle s'était choisi, Nana. Milo l'emmenait pour de longues balades dans les bois, jouait avec elle à toutes sortes de jeux. Le préféré de Nana était celui qu'elle appelait « Je meurs d'amour ». Elle incarnait une princesse prisonnière d'un dragon. En haut de la plus haute tour du château, elle attend son prince qui viendra la sauver. Mais il tarde, et la princesse dépérit.

Quand enfin il arrive, combat le dragon, répond correctement aux énigmes et accède à la haute tour, il est trop tard, la princesse est morte. Alors le prince pose un baiser sur ses lèvres déjà bleues, et elle ressuscite. Milo devait incarner à la fois le cruel dragon qui la terrorise chaque nuit, ainsi que le prince sauveur. Nana se plaçait dans un arbre creux qui faisait office de chambre perchée, et attendait. Milo la laissait un peu dans cette impatience fébrile, puis il soupirait bruyamment, et déjà l'enfant se mettait à hurler en entendant son souffle profond et rauque, son souffle de dragon, puis il parlait avant d'apparaître, d'une voix terrible, et Nana faisait des efforts pour se calmer, elle serrait ses petits poings, l'attendait de pied ferme, bien décidée à lui opposer toute la résistance possible s'il faisait mine de vouloir la manger ou la réduire en fumée. Souvent les discussions entre le dragon et la princesse n'en finissaient pas. Le dragon posait des énigmes et la princesse y répondait, parfois en donnant la mauvaise réponse, alors il soufflait et menaçait, et elle se jetait à genoux et suppliait. Le dragon se radoucissait, et ainsi de suite jusqu'à ce que la petite fût tellement dans le rôle qu'elle se mette à pleurer. Alors arrivait le prince, il passait les épreuves, se battait avec le dragon qu'il terrassait, montait quatre à quatre l'escalier en colimaçon, mais la jeune princesse venait de rendre son dernier soupir. Milo soulevait le petit corps abandonné, il observait le visage grave qu'elle tentait de garder parfaitement inexpressif et immobile, les yeux qui ne pouvaient s'empêcher de bouger derrière les paupières frémissantes, les lèvres si rouges, entrouvertes, et il avait envie de rire, de rire et de pleurer à la fois. Nana l'emplissait d'un bonheur fou qu'il n'avait connu qu'en compagnie de Faith quand elle avait le même âge et que lui n'était encore qu'un enfant.

Ω

Antigone est bientôt de retour ! C'est ce qui se dit en ville, et dans les murs de la forteresse de Skagen, là où les mers s'unissent. Ce sont les mots que l'on murmure dans les campagnes, dans les maisons de pêcheurs et dans les tentes nomades, que les enfants chantonnent le long des grèves. Antigone sera de retour, et avec elle sa suite d'acteurs et de musiciens, et les fanions, les flambeaux, les costumes et les lourds rideaux de velours, les veillées tardives malgré le froid, que l'on repoussera grâce aux braseros géants qui brilleront dans la nuit, grâce surtout à la chaleur qui émanera des corps emmitouflés fleurant l'alcool, serrés fraternellement les uns contre les autres sur les gradins du cirque de pierre. Dans l'arène joueront les comédiens, se battront les gladiateurs, courront les athlètes, chanteront les aèdes, durant ces trente-deux jours de festivité en l'honneur du Nord, père des Amazones et protecteur de l'humanité.

Les fêtes commenceront dans deux mois. Edda ne parvient pas à cacher son impatience à la perspective de revoir la Fille du Vent, si insolente et si douée, cette gamine aux dents d'or qui lui a mis le cœur en charpie et les sens à vif un an auparavant, 323 jours précisément. Elle avait tenté de la garder, elle, son vieux mâle ivrogne et toute sa troupe, Edda était d'accord d'héberger tout le monde, aussi longtemps qu'on voudrait et dans un luxe royal. Mais la fille avait dit non. Tout simplement, non, avec son demi-sourire qui donnait à Edda l'envie de l'enlever et de la mettre aux fers, de la baigner dans le lait, de lui offrir l'impossible. « Non. » Merveilleuse petite garce. Voilà un an qu'Edda rêve d'elle, de son corps mince et tonique, mais surtout de sa voix, sa voix unique, caverneuse, lézardée, qui résonne au milieu de ses songes comme l'appel des sirènes devait résonner aux oreilles d'Ulysse.

Tout est blanc. La forteresse n'est plus, de loin, qu'un mystérieux monticule balayé par la neige, on dirait un tertre géant, le tombeau d'un dieu antique, ou un monstre marin échoué – Edda aime cette idée. Toutes les cheminées et les poêles turbinent à plein régime. Des quantités énormes de bois sont nécessaires pour alimenter les feux innombrables. Du bois qu'il faut aller chercher loin, parfois acheter ou échanger contre des armes, des denrées alimentaires, aux royaumes voisins. Un jour il ne sera plus nécessaire de marchander : les Amazones étendront leur domination sur l'Europe et toute la Scandinavie. Il existera un immense territoire qui vivra sous la loi des Filles du Nord. Ce ne sera sans doute pas du vivant d'Edda, mais qu'importe. Sa fille prendra la relève ; Elmina est encore jeune, elle n'a pas encore montré ses dispositions à gouverner. Elle préfère la danse et la poésie. Mais rien ne presse. Edda ne peut envisager que sa chair et son sang n'aient pas hérité de son génie.

Et Elmina ne porte-t-elle pas un nom prédestiné : «Celle qui tranche, qui décide»? Ce nom l'investira de la force nécessaire quand l'heure viendra.

Ce matin, Edda se sent mélancolique. Peut-être parce qu'elle éprouve le poids du temps sur son corps pourtant vigoureux. Sa jambe droite la fait souffrir plus que de coutume. Une lance a percé sa cuisse de part en part lors d'une bataille sur Ghost Island, voilà presque trois ans. Cette île est son obsession, son fantasme. Même la jeune Gypsy à la dent d'or n'a pas réussi à la distraire de ce bout de terre qui flotte entre son royaume et celui des Hautes Terres. Elle veut Ghost Island, comme elle n'a jamais rien voulu de sa vie. Le lieu est fertile, peuplé, sa faune et sa flore sont luxuriantes, mais tout cela n'est rien, elle désirerait s'en emparer même si c'était un caillou aride et desséché. Cette île, que la mer engloutit ou offre au gré de sa fantaisie, est un symbole, celui du bras de fer qu'Edda a tenu avec cette vieille Alba des Hautes Terres; l'île était déjà l'enjeu majeur de la lutte entre la mère d'Edda, la terrible Sif, et l'usurpateur qui a précédé Alba sur le trône, ce fat boiteux et rusé, cet homme sans honneur et sans parole; il avait tendu à Sif le plus odieux des pièges, et fut responsable de sa mort. Edda se souvient des funérailles nocturnes, du navire en feu sur la mer dans laquelle il se réfléchissait comme en un miroir. Le vaisseau royal était trop éloigné pour qu'elle pût rien distinguer, cependant elle savait à quoi ressemble un corps qui brûle, et elle avait longtemps été visitée par l'image de celui de sa mère, d'abord indemne au milieu du brasier, torche magnifique aveuglant les ténèbres, se transformant en une carcasse dégoulinante de graisse, le visage liquéfié comme la cire, le crâne chauve et boursouflé de peau grésillante. Elle avait voulu rester sur le rivage jusqu'à ce qu'il n'y ait plus la moindre étincelle à l'horizon. Cette nuit-là, elle avait juré de venger Sif en tuant de ses mains le faux roi. Mais il était mort de maladie. Sa fille, Alba, paierait pour son crime. Mais jamais Edda n'avait réussi à terrasser la sorcière des Hautes Terres, comme on l'appelait, même parmi son propre peuple. Elle s'était retirée sur l'île des sibylles de l'Ouest depuis quinze ans. Edda avait eu maintes fois envie d'aller la rejoindre et de prendre sa vie. Mais la sibylle est intouchable, elle est la voix de la Terre Mère.

Edda devait s'incliner devant cette sacralité, et devant le sort qui la privait de sa vengeance. Alors elle s'inclinait, mais son esprit rebelle ne s'abîmait pas jusqu'à terre. Il restait aux aguets, prêt à bondir à la moindre occasion, à la plus infime brèche que lui offrirait la vie de croiser encore une fois, une ultime fois, la route d'Alba. Elles se retrouvaient souvent en rêve. Il suffisait de si peu, parfois, pour que le rêve devienne réalité...

Sigrid, sa chambellan et sa favorite, peigne sa chevelure avant de la tresser, et le contact des longues mains agace soudain Edda. Il y a une espèce de mollesse lascive qui la dégoûte dans le geste trop lent, trop déférent. Elle se dégage brusquement. Sigrid recule, pose calmement la brosse et soupire. Elle n'est plus jeune, mais encore très belle. Oui, très belle, doit se répéter Edda chaque jour, parce que cette beauté parfaite, symétrique, régulière, a fini par la lasser. Beaucoup de choses l'ennuient, il faut dire, depuis quelque temps.

Elle n'a plus envie de faire l'amour, pas tellement non plus de faire la guerre. Les femmes l'exaspèrent, toutes les femmes qui l'entourent, depuis Sigrid, en passant par ses ministres, ses servantes, ses écuyères, ses chasseresses et ses guerrières, les guérisseuses et les prêtresses, même sa fille, toutes, toutes, elle les enverrait bien au diable, comme on disait autrefois. Peut-être sont-elles trop nombreuses ? Il semble à Edda que le château n'est plus qu'un caquètement, qu'un pépiement hystérique, qu'un rire étouffé. Les voix perchées la rendent folle.

Seule la jeune Gypsy serait capable de l'intéresser véritablement, durablement, et de raviver son désir. Mais cette fille aime les hommes, c'en est même troublant, cette façon qu'elle a de les aimer, de les regarder, de leur parler, comme s'ils étaient les animaux les plus nobles et les plus beaux de la Terre, mais fragiles, ayant besoin qu'on les guide et qu'on les rassure. En réalité, elle ne manque pas d'une certaine condescendance tendre envers eux, qui excite la curiosité et ajoute à sa séduction. Bien sûr cette enfant nomade a grandi dans un monde passéiste et patriarcal, elle n'a pas été initiée aux préceptes de l'Ère nouvelle, elle n'a pas été imprégnée de la supériorité du principe féminin. Ces Gitans ont beau se prendre pour le peuple élu, ce sont encore des sauvages.

Edda a porté les enfants de deux hommes, lesquels sont sans doute morts aujourd'hui. Des procréateurs de première classe, des merveilles de la nature. Ils l'ont pénétrée alors qu'elle avait été droguée ; elle ne se souvient de rien, si ce n'est ceci : l'un d'eux l'avait regardée très intensément, juste avant de jouir.

Quelque chose dans ses pupilles dilatées l'avait ébranlée, avait provoqué une brusque montée de plaisir, elle s'était sentie « possédée », c'était le mot, possédée par cet homme qui n'était rien, sur lequel elle avait le pouvoir de vie ou de mort. Il était en elle et à cet instant où son regard plongea dans le sien, elle se sentit lui appartenir. C'était stupide, honteux, heureusement aussi fugace que ce regard échangé.

Elle demanda à sa favorite de la laisser. Par la fenêtre, elle voyait défiler la nouvelle cargaison de galériens et de gladiateurs, des criminels pour la plupart, du moins c'était la version officielle. Beaucoup d'entre eux avaient été capturés hors du royaume ou ratissés dans des geôles étrangères, car les mâles commençaient à faire cruellement défaut au pays. Malgré la menace de la peine de mort, certaines femmes tuaient leur bébé si c'était un garçon, d'autres, pour lui éviter l'esclavage ou la mort, le confiaient à des familles de l'autre côté des frontières.

Dans la cour, les hommes se traînaient, enchaînés deux par deux. Les plus misérables étaient ceux que l'on destinait aux galères. Ceux qui suivaient, mieux vêtus et en meilleure santé, allaient commencer les entraînements pour les combats des Jeux de l'Hiver. Ils s'entre-tueraient là où quelques minutes plus tard les comédiens joueraient leur pièce. Que serait-ce, cette année ? On parlait d'*Othello*... Edda ne savait si c'était un choix judicieux. Cette pièce était un plaidoyer contre la tyrannie des hommes, elle condamnait leur jalousie maladive et mortifère, leur assimilation de l'amour à la possession, leur violence innée ; néanmoins c'était une véritable et superbe histoire d'amour, et certains pouvaient y voir une espèce d'encouragement. La fascination pour les hommes grandissait à mesure qu'ils étaient de moins en moins présents dans la vie publique, que leurs droits et leurs libertés étaient chaque jour réduits. Ce qui est interdit fascine, c'est toujours la même bonne vieille histoire. L'humain désire ce qu'il ne peut posséder. Edda était bien obligée de constater que la femme n'était, pas plus que l'homme, immunisée contre cet adage.

Et comme pour confirmer ses pensées, des femmes étaient sorties pour observer les prisonniers. Malgré l'interdiction et les bourrasques de neige, elles se massaient dans un coin de la cour, enveloppées de fourrures et de châles. L'une d'elles sortit de sous sa cape un paquet enveloppé de ficelle. Elle se précipita vers un des hommes de la file, un des plus maigres et des plus loqueteux, et lui fourra le paquet dans la poche, puis regagna ses congénères. « Jeune idiote ! Je pourrais te faire enfermer et fouetter pour ce geste imbécile et parfaitement inutile », murmura Edda. Elle n'en éprouvait aucune envie cependant. L'élan de générosité de la femme la plongeait dans une perplexité douloureuse, et augmentait encore la lassitude qui l'étreignait depuis le matin. Elle tira d'un geste sec la tenture devant la fenêtre. Le regard du père d'Elmina revint la poignarder.

Ω

Le 1er novembre était le jour de la fête des Morts dans l'Ancien Monde. Aujourd'hui, dans une grande partie de l'Europe, c'est le jour de la Joyeuse Entrée de l'Hiver. Dans le vent mauvais, la pluie ou les premières neiges, s'annonce le règne du Froid salvateur et exigeant, qui demande aux humains de montrer de quelle étoffe ils sont faits ; c'est la saison de la lutte, de l'endurance et de la patience. Seuls les plus forts y survivent. Beaucoup de vieillards succombent, et on les retrouve à l'aube tout raides dans leur lit. Les enfants fragiles restent collés à la peau de leur mère, nuit et jour, et les plus forts sont initiés au bain de mer glacée, le rite qui en fera de puissants Enfants du Froid.

La plage de l'île frisonne est noire de monde ; le vent soulève les cheveux qui forment des couronnes mouvantes autour des visages des femmes, créant autant de faces de Méduse exaltées, où l'inquiétude le dispute à la fierté. Les hurlements des nourrissons se mêlent aux cris des mouettes, et cette cacophonie animale couvre le fracas des vagues. Les pères se tiennent un peu en retrait, raides et anxieux. Les officiantes vêtues de rouge s'avancent dans la mer jusqu'à la taille et tendent les bras en direction des femmes portant les enfants, dans un geste de bienvenue. Les mères se mettent en mouvement ; et c'est une immense vague humaine qui va à la rencontre de la mer, la plage ondule lentement vers le large dans une grande clameur. Bientôt on voit se lever des bras, et au bout de ces bras, des nouveau-nés nus, taches claires gesticulant au-dessus de l'eau écumante, prête à les accueillir. Un cri assourdissant résonne, une espèce de hululement poussé par les officiantes, et les enfants sont plongés dans la mer. Le silence est presque immédiat et complet, l'espace de deux secondes où le temps semble épais et dense comme de la chair, avant que l'on voie émerger ces centaines de vies rougeaudes, hurlant à pleins poumons. Les mères serrent leurs petits trempés contre elles, se dépoitraillent pour les réchauffer, certaines les allaitent sans attendre, d'autres sortent de l'eau en courant et vont retrouver leurs compagnons.

Au moment de l'immersion, Faith s'est soudain mise à courir vers les mères et leurs enfants, mais Gennaro l'a rattrapée. Il la tient encore serrée contre lui. Il n'est permis à personne d'autre qu'à une mère et son bébé de se joindre au groupe. Assister à cette cérémonie n'est généralement pas autorisé aux étrangers, mais la comtesse frisonne a fait une exception, parce que la représentation d'*Othello* lui a plu, parce qu'elle compte bien impressionner les nomades, qui doivent se rendre chez Edda des Amazones à qui il n'est pas judicieux de déplaire. Grete de Frise tient bon depuis dix longues années face à cette reine ivre de conquête qui tente de faire main basse sur son petit État. Elle temporise, négocie, offre : des présents, des guerrières, des hommes à mettre aux fers, il a bien fallu aussi abandonner quelques îles… Il est bon que des étrangers puissent témoigner du respect que manifeste le peuple frison aux traditions et aux rites sacrés ; le baptême de la Mer est un des plus importants. Rares sont les pays, excepté le Danemark, où il est encore pratiqué selon les coutumes ancestrales de la Renaissance ; les mères se contentent d'élever l'enfant nu au-dessus des flots, mais ne vont pas jusqu'à l'immersion. La reine Edda est très sensible au respect des coutumes, et est capable de laisser la Frise respirer tranquillement encore un petit moment en apprenant cette attitude irréprochable.

Pendant qu'il la tenait contre lui et tentait de calmer son désarroi et sa colère, Faith a mordu le plastron de cuir de Gennaro si fort qu'un bouton a sauté et que l'empreinte de ses dents orne le bord droit du vêtement. Elle reprend son souffle peu à peu, Gennaro essuie ses joues maculées de morve et de larmes, dégage les cheveux de son visage, tente de remettre de l'ordre dans sa mise. Le petit groupe composé de la comtesse Grete et de sa suite n'a rien perdu de la scène, depuis la dune où elles se sont installées.

« Qu'est-ce qui t'a pris ? », demande-t-il à Faith en frottant le bord de sa paupière pour effacer une coulure de maquillage.

Faith reste silencieuse. Gennaro l'observe attentivement, tentant de comprendre ce qui s'agite sous son front soucieux et de démêler des nœuds qu'elle-même ne parvient pas à défaire. Faith est de plus en plus souvent la proie d'élans incontrôlables, de désirs brutaux, celui d'être dans tel endroit, en compagnie de telle personne; elle a chaud puis l'instant d'après elle claque des dents. Jouer la comédie avec elle devient très compliqué, car elle ne contrôle plus ses émotions. Lors d'une des dernières représentations, elle continuait à parler alors que Gennaro venait de l'étrangler; elle refusait de mourir et improvisait des mots d'une violence folle, le frappait. On devait partir pour Skagen d'ici à deux mois, et c'était dans la crainte que la troupe appréhendait de se présenter devant Edda des Amazones, avec un spectacle menacé par son actrice hors de contrôle. Gennaro aurait voulu que Faith passe du temps avec sa compagnie gypsie, comme elle l'avait fait l'année précédente. Ces jours l'avaient profondément rassérénée. Mais le groupe voyageait en Allemagne, et n'arriverait en Frise que des semaines plus tard. Et il n'y avait aucune chance de les rencontrer au Danemark, c'était un territoire que les Gypsies évitaient autant que possible.

Il y avait à peine un mois, la troupe résidait encore dans la vallée du Rhône. Gennaro se revoyait dans la Grande Maison, à bavarder et à jouer aux cartes sous les treilles, à faire l'amour dans la lumière abricotée de la fin du jour, avant de se préparer pour la représentation, dans la joie et la sérénité. Cela paraissait si loin, presque une autre vie. Vivre avec Faith, c'était cela aussi : avoir sept vies comme les chats, ou plus. Il fallait s'adapter constamment, envisager le changement comme un bienfait, pour ne pas devenir fou, ou dépressif.

Elle lui fait un sourire triste, et sa dent luit doucement dans la lumière grise. Il l'embrasse fiévreusement, comme s'ils étaient seuls. Les familles quittent la plage et vont se préparer aux festivités du soir, rejointes par les comédiens. Mais Faith veut rester encore. Elle retrousse ses jupes et va tremper ses pieds dans l'eau, lui fait signe de la rejoindre. Quand il arrive à sa hauteur, elle l'éclabousse et se met à courir. Il est déjà trop imbibé de vin pour pouvoir jouer avec elle, alors il la suit à distance. Elle s'arrête brusquement, la mine contrariée, entre dans l'eau jusqu'aux genoux. Il ne sait plus ce qu'il est censé faire ou dire. Ivre et malheureux, il se sent perdu sur cette plage immense, comme lorsque enfant il se retrouvait dans les gigantesques champs de maïs, à récolter les épis durant des heures. Il travaillait avec la peur au ventre, terrifié de rester prisonnier de ce labyrinthe végétal et de finir comme ces enfants que l'on retrouvait morts, de chaud et de soif. Son regard se perd au large. De l'autre côté de la mer, à l'est, les attend le royaume d'Edda, sa forteresse titanesque creusée de salles froides et obscures, hantée de chuchotements apeurés, ses arènes d'un autre âge où ils joueront sous la lune, où se battront des hommes réduits à l'état d'esclaves, obligés de défendre leur vie en prenant celle d'autres infortunés, pour le plaisir d'une bande de hyènes despotiques. Il voudrait dire à Faith : « Partons, quittons la troupe, retournons vers le sud ! » Mais elle aspire à ce rendez-vous avec les Amazones, il ne comprend pas ce qui l'attire là, mais rien ne pourra la convaincre de ne pas s'y rendre. Il aimerait qu'elle lui offre son regard, que ses yeux noirs émaillés d'or fassent fondre son sentiment de solitude et d'incompréhension, lui rendent la confiance.

Faith se tourne vers lui. Voici, je te donne ce que tu désires, voici mes yeux. Mais les tiens sont aveugles.

Aimants et aveugles. Tu ne sais rien, ne vois rien, ne sens rien. C'est désespérant, un homme ! Est-ce que Milo comprendrait, lui ? Est-ce qu'il aurait senti le sein plus lourd et plus tendu, l'odeur du corps, du sexe, qui change, le teint altéré, lumineux ou brouillé, est-ce qu'il saurait, rien qu'en échangeant un regard avec elle, comme autrefois lorsqu'elle avait soif ou faim, quand elle était fatiguée, triste ? Elle doit le dire à Gennaro, mais n'y parvient pas. Parce qu'elle ne sait même pas ce qu'elle éprouve. Elle ne parvient pas à découvrir ce qui se passe en elle. Sa mère est morte trop tôt... Et si elle-même connaissait le même sort, ou si elle perdait la vie en couches, comme tant de femmes ? Si jamais elle survit à la naissance, quel genre de mère sera-t-elle ? Elle ne sait que les gestes de Milo, qui était sa mère, son père, son frère, son amour. Plonger avec ces petits êtres vagissants dans l'eau glacée lui avait semblé la chose à faire, afin de s'éveiller à ce qui lui arrivait. Elle voudrait hurler, que Gennaro la laisse seule un moment sur la plage. Pourquoi reste-t-il là, à quelques pas derrière elle, immobile, stupide d'ignorance et complètement impuissant ? Elle s'éloigne dans le sens opposé, et quelques mètres plus loin, le voit qui retourne vers l'intérieur de l'île, d'une démarche d'enfant puni.

Ω

Il y a un mois, un jeune garçon est arrivé du continent. Mon nouveau servant. Un bateau de pêche l'a débarqué sur l'île par un jour calme. Ewan a treize ans. Chaque heure qui passe en sa compagnie me fait l'effet d'un cadeau inestimable. Regarder vivre Ewan, contempler la lumière de l'île dans ses yeux vifs, l'observer qui s'imprègne avidement de tout ce qu'il découvre me plonge dans un état béat, une espèce de bienheureuse prostration. J'ai entendu trois coups à ma porte, et non les quatre habituels de mon bouc, que je nomme à présent Sol, parce que, pour la première fois de ma vie, je veux bien croire qu'une âme humaine ait quitté un corps pour un autre. J'ai ouvert, et Ewan se tenait là, souriant dans le matin clair. Je restai muette de surprise, je croyais être en transe – ou en plein rêve – ces derniers mois, je ne sais pas toujours si ce que je vis est réel.

Ewan est né sourd et muet. La première chose qu'il a faite en entrant chez moi fut de me donner à lire une lettre de sa mère, qui décrivait, dans une langue maladroite et touchante, l'enfance d'Ewan, la vision qui l'avait conduit à prendre la décision de devenir servant de la sibylle alors qu'il avait onze ans, puis les deux années passées à l'École des servants sur l'île de Harris, avant d'être choisi parmi quinze autres jeunes garçons. «Ewan sait lire et écrit bien mieux que moi, disait sa mère, et il pourra communiquer avec Votre Sainteté par ce moyen-là, enfin, sauf si ça n'est pas nécessaire, à cause des dons de Votre Sainteté.» Et cela n'est pas nécessaire, en effet. Je saisis ce qu'Ewan désire me transmettre presque aussi rapidement que se formule ce désir en son esprit. Mais ce qui est beaucoup plus troublant, c'est que lui aussi peut lire ma pensée. Il m'arrive de me demander s'il n'a pas accès à des pans que je préférerais garder secrets. Étrangement, cela ne me gêne pas. Cet enfant m'inspire une absolue confiance, il semble ici pour solliciter ce qu'il y a de meilleur en moi, du moins le peu qui reste.

Je me suis mis dans la tête de lui apprendre à parler. Je n'en ai pas le droit, depuis qu'une sibylle du siècle dernier a décidé que les sourds, muets, aveugles, culs-de-jatte, manchots et autres dépossédés avaient été élus, et que leurs déficiences devaient être considérées comme des fardeaux donnés par la Terre à certains d'entre nous, qui paient pour les péchés commis envers elle avant la Chute. Une ignoble rémanence de la morale judéo-chrétienne, exaltant la culpabilité et la haine de soi. L'humanité n'aura-t-elle jamais fini de justifier toutes les avanies et tous les bienfaits qui la frappent en invoquant un dessein supérieur, une volonté transcendante ? Ne cesserons-nous jamais de chercher un sens à la vie ? La vie n'a d'autre sens qu'elle-même, elle est le principe originel, ultime, et notre rôle dans cette dynamique éternelle n'a pas plus ou moins d'importance ou de signification que celui de la fourmi ou du roseau. C'est ce que l'Homme nouveau est censé avoir appris depuis la Chute. Mais cette conception demande du cran, une bonne dose d'humilité et de courage qui finit toujours par nous faire défaut.

Ainsi donc, en invoquant le nom sacré de Notre Mère, en la réduisant à une antique déité stupidement semblable à l'homme, une pauvre illuminée a un jour décrété qu'il était interdit de tenter d'améliorer le sort de quelques malheureux, et le monde a dit : « Bien, qu'il en soit ainsi. » Mais qui peut m'interdire quoi que ce soit, à moi ? Je suis, selon l'ancienne formule des marins, « seul maître à bord après Dieu », sur mon vaisseau de pierre. Et mon bon sens me dit que ce garçon serait plus heureux s'il pouvait sentir sa voix vibrer dans sa poitrine, délivrer ce que contient son esprit brillant et poétique, de surcroît doté d'un humour rare. Le rire n'est pas quelque chose qui fut très en vogue sur cette île, on l'aura compris. Sol n'avait aucun esprit, et s'il m'arrivait parfois de rire seule, c'était souvent amer et toujours pathétique. Mais depuis près de deux semaines, grâce à Ewan, je ris avec joie, et je provoque à mon tour l'amusement, que je vois luire au fond de ses prunelles.

Quand le froid n'est pas trop vif, nous nous installons sur un affleurement rocheux au milieu de la lande à l'extrémité méridionale de l'île, où pousse l'orpin parsemé d'abeilles et de bourdons, et nous ouvrons le petit livre qu'Ewan a emporté avec lui ; c'est un volume des poèmes de Max Sturgess, usé jusqu'à la corde, dont la manipulation me procure un immense plaisir. Je n'ai plus feuilleté de livre depuis que je vis ici, la texture des pages imprimées et l'odeur du papier me procurent un émerveillement enfantin. Ewan connaît le langage des signes, et bien que cela ne me soit pas nécessaire pour le comprendre, c'est un spectacle merveilleux de regarder le ballet de ses mains devant son visage, d'où sortent toutes sortes de figures étranges. Avec mon aide, Ewan tente de produire des sons, puis des mots, et à mon tour j'apprends à traduire les mots en gestes semblables aux siens.

Ces poèmes de Sturgess sont d'une beauté hallucinée, la plupart du temps très obscure. On a dit qu'il avait déjà sombré dans la folie bien avant de publier ce recueil, vers l'an 128 après la Chute ; c'est le seul de ses ouvrages qui nous soit parvenu. On y voyage dans des visions hantées par de vagues rémanences de l'Apocalypse biblique, influencées par les poèmes d'Arthur Rimbaud, un Français de l'Ère ancienne qui a cessé d'écrire très jeune pour errer en Afrique. Sturgess décrit des mondes froids et dépeuplés, constitués d'astres moribonds, perdus en un grand songe cosmique : ils attendent l'avènement d'êtres mystérieux, non humains, qui viendront les embraser de leur conscience.

Ewan progresse rapidement. Il travaille seul dans sa cabane le soir venu, lorsque nous nous séparons après le repas et la veillée. Son bagage contenait aussi trois pièces de théâtre d'un Anglais nommé Ben Jonson, un roman contemporain de Juan Pazarro, un Espagnol dont j'ai lu autrefois des nouvelles, et le traité d'un chercheur du XX*e* *siècle à propos de l'avenir de l'humanité et de l'intelligence artificielle. Je lui ai emprunté ce dernier livre et le parcours la nuit venue. La sibylle n'est pas censée posséder de livres, encore moins son servant. Cette prescription me semblait avoir un sens au début de mon sacerdoce, je trouvais salvatrices cette nudité,* *cette rupture radicale avec le monde des hommes ; cela m'apparaît aujourd'hui aussi inutile que l'interdiction d'apprendre à Ewan à parler. Et de toute façon, qui se soucie encore de la manière dont nous menons notre vie ici ? J'avais espéré qu'Ewan m'apporterait des nouvelles de Helle, un signe qu'elle ne m'oubliait pas. Quelle imbécile présomptueuse je suis encore ! Voilà des années qu'elle ne s'intéresse plus à mon sort. Je dois me contenter de savoir qu'elle est malade et ne quitte plus guère le vieux château sur le volcan.*

Je dors peu, hantée par le souvenir de Helle, par la perspective de sa souffrance. Afin d'y échapper, je me plonge dans le livre de cet historien du Vieux Monde. Les hommes qui vivaient juste avant la Chute croyaient que l'humanité connaîtrait une mutation importante grâce à l'avènement d'une forme d'intelligence non humaine, mais créée par l'homme. Est-ce que ce changement, qu'ils pensaient inéluctable, était perçu comme un bienfait ou une calamité ? Ce n'est pas très clair dans cet ouvrage ; ces projections remplissaient les hommes du Vieux Monde d'un effroi qui n'avait d'égal que leur fascination.

L'île opère un attrait puissant sur mon jeune compagnon. Il l'arpente sans relâche, observe la faune, la flore, les marées, les vents, prend des notes et me pose de nombreuses questions. En observant ses joues encore imberbes aux courbes douces mais volontaires, ses yeux d'un bleu presque noir aux pupilles naturellement dilatées, comme le sont celles des êtres curieux, sensuels, à l'activité cérébrale intense, je me demande si Ewan a déjà été amoureux. Il me semble contre-nature que ce jeune homme désire vivre cette vie d'ascète à jamais. Un jour que nous

nous rendions au fort Noir pour acclamer le soleil couchant, je lui fis part de mes doutes. Il me dévisagea longuement avec une expression que je ne pus interpréter, puis se tourna vers la mer et prit une profonde inspiration. Je sus alors qu'il aimait, non pas une femme ou un homme, peut-être pas encore, mais il aimait l'idée de l'amour, il en était même consumé, comme je l'étais à son âge. Et cependant il était ici, sur ce rocher, avec une vieille folle hirsute aux dents cariées. N'est-ce pas la preuve la plus manifeste de l'absurdité de l'existence humaine ? Ou peut-être de son énigmatique et rare grandeur ?

Ω

Milo ne sent plus ses pieds ; il craint parfois de ne pas les voir au moment de les sortir de la boue : plus rien au bout de ses jambes, que des moignons à moitié rongés par l'humidité et le froid. Si c'était le cas, le collier qui lui enserre la cheville gauche ne servirait plus à rien et il serait libre. « Oui, avait répondu Novak, son voisin de chaîne, libre, mais sans pieds, cela ne t'avancerait guère. » Les hommes sinuent péniblement dans une plaine marécageuse, sur la rive sud du fleuve Barycz, aux confins occidentaux de la Grande Pologne. Ils forment une chaîne qui doit compter deux cents individus mâles, de quinze à cinquante ans, attachés deux par deux. De temps en temps un homme s'écroule dans la vase pour ne plus se relever ; il est alors détaché de son voisin et disparaît lentement, happé par les eaux visqueuses et verdâtres qui évoquent la bave de reptile. La plupart du temps, ils se laissent aller sans lutter, comme s'ils attendaient ce soulagement. Sous la surface glauque et nauséabonde, de part et d'autre de la piste, des visages apparaissent parfois, partiellement décomposés ou au contraire frais et lisses, translucides comme l'albâtre, animés de regards blancs, auréolés de cheveux qui, au passage des prisonniers, se mettent à ondoyer comme des tentacules de poulpe. Tout un peuple de morts les salue, depuis un monde aqueux où tout est apaisé, où les corps évoluent librement dans un infime et éternel mouvement ondulant. Une fois passée la révulsion, leur contemplation provoque une sorte de fascination hypnotique.

Novak est un gars d'une trentaine d'années qui en paraissait dix de moins trois semaines plus tôt. À l'intérieur de lui, Novak est une femme. Il se sent, d'aussi loin qu'il s'en souvienne, pleinement, indubitablement féminin. Et a très tôt décidé de mener sa vie comme si la nature lui avait donné le corps qui correspondait à son identité vraie. Mais dans sa communauté rurale, cette disposition est considérée comme un délit très grave. Novak a bien tenté de rejoindre un groupe de chasseurs nomades qui considèrent les hommes-femmes comme des êtres sacrés ; mais les siens sont venus le rechercher et l'ont vendu comme esclave. Les prisonniers n'ont pas encore été soumis à la sélection qui décidera à quelle tâche ils seront affectés et à quel endroit. Certains traverseront la Baltique jusqu'au royaume des Amazones, d'autres seront envoyés en Prusse, d'autres encore resteront sur les terres de la voïvode de Grande Pologne, vassale d'Edda de Danemark.

Novak est de constitution fragile, et Milo ne donnait pas cher de sa peau lorsqu'ils se sont rencontrés. Le corps maigre et dépourvu de tonus du jeune homme est enveloppé de ce qui a dû être un riche jupon de laine brodé de perles de verre, celui-ci superposé à un pantalon étroit, comme en portent les femmes de sa région. Sous sa veste sans manches en fourrure, sa blouse trouée et délavée bâille au niveau de la poitrine, car elle est conçue pour un buste pourvu de seins. Tout un attirail de breloques en argent, en verre et en corne tintinnabule à ses minces et élégants poignets, ainsi qu'à son cou trop long et à ses oreilles. Si Novak n'a pas encore été dépouillé de ses bijoux, c'est sans doute parce que le mépris n'est pas le seul sentiment qu'il inspire à ses geôliers. Ils doivent probablement le craindre aussi, car la rumeur veut que les hommes-femmes possèdent le don de jeter des sorts.

Au début de leur association forcée, Milo s'était dit qu'il n'avait sans doute pas tiré le meilleur numéro : Novak n'allait pas tarder à traîner la savate, à s'essouffler et à ralentir la progression, et à attirer sur eux le fouet du garde ; et il est vrai que Novak manque d'endurance, mais il est un compagnon étonnant qui ne cesse de surprendre Milo par sa ruse et son humour, ce qui compense parfois avantageusement ses piètres ressources physiques. Milo doit souvent lui venir en aide, le soutenir physiquement ou l'exhorter à avancer en lui promettant une partie de sa ration du soir ; et il y eut cette fois où il crut bien perdre Novak. La chaîne avait fait une halte dans une clairière, au beau milieu d'une forêt de feuillus, dans laquelle ils marchaient depuis une éternité. Novak s'était éloigné sous l'œil d'un garde pour faire ses besoins, et on avait vu le garde revenir seul. Quand Milo avait demandé où était son compagnon, il n'avait reçu pour réponse qu'un haussement d'épaules. La chaîne s'était remise en route, sans Novak. Milo espérait qu'il avait réussi à s'enfuir, bien qu'il fût peu probable qu'il pût survivre seul et affaibli dans ces bois. Novak n'avait jamais piégé le moindre gibier de sa vie, il ignorait quelles plantes, baies ou racines étaient comestibles. Il savait à peine faire un feu. Il ressemblait à quelqu'un qui aurait vécu toute sa vie dans une des immenses villes d'autrefois. Au milieu de la nuit, Novak était revenu se glisser près de Milo. Son visage était tuméfié, il avait des hématomes partout sur le corps. Le garde l'avait battu et laissé pour mort. En découvrant ses traits contusionnés pourtant éclairés par un sourire malicieux, Milo eut la gorge serrée. Il prit conscience à cet instant que Novak était son ami. Son premier véritable ami qui ne fût ni un cheval, ni un parent, ni une vieille femme morte. Le lendemain au réveil, les gardes firent comme si la présence de Novak était parfaitement normale. Celui qui l'avait battu alla se poster en queue de chaîne et on ne le vit plus durant des jours. Novak n'était pas en état de marcher longtemps, et Milo le porta sur son dos une partie du trajet.

Chaque matin en s'éveillant, Milo se voit écorcher Chardon. Durant les premières secondes de conscience, avant même qu'il ouvre les yeux et redécouvre l'horreur de sa situation, avant qu'une pensée claire s'articule dans son esprit, il se représente très précisément la manière dont sa lame soulèvera les couches de peau, découvrant les chairs à vif jusqu'aux muscles, il entend les cris du supplicié, se berce de sa douleur, se nourrit de son agonie fantasmée. Il a vu pratiquer cette torture en Turquie quand il était enfant et n'a jamais oublié. Il lui semble aujourd'hui comprendre l'ultime raison d'être de cette vision dont Aberrama a tant regretté qu'elle ne lui ait pas été épargnée. Il sait pourquoi il portait en lui ce spectacle durant toutes ces années. Parfois la vie paraît fugitivement revêtir une forme de logique, de dessein cohérent.

Il aurait dû se méfier, être attentif aux signes au moment de la mort de la vieille Giroflée. Durant les jours qui avaient précédé son agonie, quand elle tolérait encore sa présence, Chardon passait tout son temps avec sa mère, la couvrant d'attentions, l'enveloppant de gestes et de paroles obséquieux. Plus la mère semblait lasse, plus elle suppliait qu'il la laissât tranquille, et plus le fils répandait son miel malsain sur l'esprit et le vieux corps moribonds, incapables de se rebeller contre ce traitement redoutable. Car il semblait que ce fût une espèce de châtiment que Chardon désirât infliger à Giroflée ; il lui faisait sans aucun doute payer les années à attendre le geste ou le mot tendre qui ne venait jamais, les jours de solitude à observer son frère cadet faire l'objet d'une tendresse débordante, dont le spectacle était sans doute aussi insupportable pour Chardon que l'était pour Giroflée celui de son dévouement veule. Giroflée finissait invariablement par appeler Milo à son chevet et congédier Chardon, non sans avoir préalablement témoigné à Milo les manifestations les plus écœurantes de tendresse. Étrangement, l'expression de sa souffrance rendait la vieille femme encore plus odieuse à Milo. Il avait parfois envie de la frapper ; pas de lui balancer une gifle, mais de la battre, de la cogner de son poing jusqu'à ce que ses os cassent, que ses dents sautent, que ses chairs se déchirent. Les cauchemars de Milo étaient hantés par Giroflée, il priait la Terre de la reprendre et d'abréger son propre calvaire. Il aurait pu quitter le clan, retourner à son errance sans but, il n'était pas attaché à Rafales de Neige. Mais Nana l'avait envoûté. Elle seule le retenait de céder à l'appel de la route.

Il convoque inlassablement le souvenir de leurs derniers instants ensemble, qui étaient aussi ses dernières heures de liberté : la petite gambade devant lui sur le chemin qui mène au cimetière forestier. Son grand chien trotte à ses côtés. Ils avancent tous trois silencieusement dans la nuit brumeuse qui semble monter du sol. Bientôt se devinent les corps posés dans les arbres et enveloppés de linceuls, qui ressemblent à des fantômes endormis. Le vent fait frémir les cimes des feuillus, parfois un craquement indique que l'un d'eux se penche doucement, comme pour veiller sur les morts dont il a la garde. Ils passent à proximité de l'arbre où repose Giroflée, dont les os iront rejoindre la Terre une fois qu'ils seront dépourvus de chair. Nana ne fait même pas le signe consacré, elle passe sans même lever le nez, continue d'avancer entre les troncs, s'arrête devant un petit monticule de pierres semblable à celui qui abrite les ossements de Bathsheba. Elle s'agenouille et embrasse le cairn.

« Il est là, mon père, dit-elle très bas.

— Il est seul ? demande Milo.

— Oh non. Pour être seul, il faut être au moins une cheffe de clan, ou une chamane. »

Nana jette un regard inquiet alentour, sur les arbres et les tertres funéraires gagnés par l'obscurité. Elle dit tout bas :

« Moi je n'aimerais pas être seule.

— Alors tu ne veux plus devenir cheffe ?

— Si, mais... »

Nana baisse les yeux, absorbée dans une intense réflexion. Milo observe un cadavre au creux d'une fourche ; un lambeau de linceul tremble sous un souffle d'air. Quand Nana relève la tête, ses yeux brillent d'un éclat triomphal, comme si elle était venue à bout d'un dilemme douloureux.

« Je serai cheffe, et je serai seule », dit-elle gravement.

Elle se lève la première, tend la main à Milo pour l'inviter à faire de même ; un peu intimidé, il reste là un instant, un genou en terre devant l'enfant, droite et solennelle dans la nuit vibrante. Mais bien vite elle se meut, redevient la fillette joyeuse, tire sur la main de Milo et lui lance, soudain espiègle de nouveau :

« Le dernier au camp a un gage ! »

Le chien a senti le jeu qui s'annonce, il bondit déjà, aussitôt suivi par Nana. En deux secondes, elle a dépassé le muret qui marque la limite du cimetière. Milo ne la voit même plus derrière les futaies, il n'entend que sa course vive qui s'éloigne. Il se lance à sa poursuite comme si sa vie en dépendait, comme lorsqu'il était enfant, de toute la vitesse de ses jambes, de toute la vitalité de son cœur et de ses poumons, il court et des larmes commencent à inonder ses joues ; il lui crie, de sa voix de dragon : « Attends un peu, petit démon, si tu crois que tu vas m'échapper ! » ; un rire cristallin lui répond, une cascade sonore d'une pureté tranchante, presque irréelle au sein de ces épaisses ténèbres, compactes comme une fourrure. C'est le dernier souvenir que Milo gardera d'elle : ce rire pur lacérant la nuit. Juste avant que son crâne explose et qu'il perde connaissance.

Souvent, alors qu'il lutte contre l'épuisement, qu'il tente de continuer à mettre un pied devant l'autre sans se laisser glisser sur le côté de la piste pour y attendre la mort, alors qu'il empoigne Novak qui vacille dangereusement, et le maintient sous l'épaule en lui murmurant des encouragements, éberlué de se tenir encore debout, le visage de Chardon vient percuter son regard intérieur, ce visage tel qu'il l'a contemplé pour la dernière fois, avec son demi-sourire triomphant, son regard ivre de joie méchante. Milo venait de s'éveiller du coma dans lequel Chardon et ses deux acolytes l'avaient plongé durant sa course à la poursuite de Nana. Il se trouvait allongé par terre au milieu des gardes, et on lui scellait le collier de fer autour de la cheville. Non loin, dans une grange ouverte à tous les vents, attendaient les prisonniers, le regard tourné vers Milo. Chardon se tenait debout à deux mètres de lui ; en retrait derrière sa silhouette corpulente, deux hommes du clan gardaient le regard baissé. Sur le poitrail massif de Chardon, entre le col largement échancré de sa vareuse, luisaient la roue d'or, l'agate maternelle et la médaille d'Aberrama. Milo se toucha machinalement la pommette droite et ce contact éveilla une douleur aiguë ; à l'endroit de son tatouage, il découvrit une plaie qui laissa sur ses doigts une traînée de sang. Il lui fallut quelques secondes pour comprendre : Chardon avait pris soin de faire disparaître la preuve de ses origines avant de vendre Milo à ses geôliers ; on ne mettait pas volontiers aux fers un Fils du Vent.

Milo se demanda ce que cela avait rapporté à Chardon. Quelques armes, un peu d'ambre, peut-être un objet d'or ? Rien en comparaison de la triste revanche que prenait Chardon sur la vie, du plaisir amer d'envoyer ce message à sa mère dans l'autre monde : « Voilà, tu vois, ton fils préféré, je l'ai réduit à néant. Il n'est plus rien. Regarde-le bien, et souffre comme moi j'ai souffert. » Chardon, comme ceux de son peuple, croyait que les morts erraient parmi les vivants et les regardaient vivre, comme sur une scène de théâtre. Le visage buriné et mutin de Bathsheba vint visiter Milo, juste avant qu'on le relève sans ménagement et l'envoie rejoindre les autres prisonniers. Où es-tu, ma vieille compagne des jours légers ? Peux-tu, toi aussi, être le témoin muet et impuissant de ce qui m'arrive ? Chardon observa la file d'hommes s'éloigner, Milo se retourna et se tordit la nuque pour le voir le plus longtemps possible, jusqu'à ce qu'un garde fasse claquer son fouet près de son oreille pour l'obliger à regarder devant lui.

Demain soir, ils arriveront à Gdańsk, où on les départagera en fonction de leurs aptitudes. Gros Marek, géant borgne à l'esprit légèrement dérangé, qui s'adresse toujours à son interlocuteur en utilisant la troisième personne, avait dit à Milo : « Lui, il donnera sa semence, oui, oui, le Balafré, il donnera, puis... Zou ! », et il faisait le geste de se trancher la gorge. Milo connaissait cette tradition chez les Amazones :

garder les hommes jeunes, vaillants et pas trop demeurés pour la reproduction, avant de les tuer. Il n'y avait cru qu'à moitié, car il attribuait souvent les rumeurs les plus effrayantes à l'imagination. Et jusque-là il avait eu raison. Malgré l'angoisse, la faim et le froid, il éprouvait une espèce de joie malsaine à la perspective d'entrer pour la première fois au royaume des Amazones. Il était étonné de ressentir encore de la curiosité pour quoi que ce soit. Depuis son bannissement plus de deux ans auparavant, il se dissolvait peu à peu, fuyait de partout comme un vieux toit, se perdait, se répandait au long de ses errances ; il finirait par ne rien rester de lui, et cela le faisait rire intérieurement. Il ne savait plus qui il était, se demandait même s'il l'avait jamais su. Le Milo sauvage, capricieux, indomptable, qui ne respectait pas grand-chose, le garçon qui s'éclipsait selon son humeur pour goûter à la plus complète liberté était un personnage inventé, une doublure destinée à tromper, à compenser son manque de consistance. Celui qui avait élevé Faith, l'avait aimée follement pour finalement se débiner, la délaisser et accepter docilement d'être banni à jamais, ce gars-là se révélait être un fantoche, une marionnette, un imposteur, une pâle et répugnante version de l'individu qu'il avait cru être.

La mémoire lui avait été rendue un matin, alors qu'il marchait dans la brume glacée de l'aube, Novak titubant de fatigue à ses côtés. Le jeune homme ne pouvait s'empêcher de s'appuyer parfois au corps robuste de Milo, et sa tête, qui dodelinait vers son épaule, finit par s'y poser. Un garde s'était approché et avait donné une violente claque à Novak. C'est à cet instant que Milo s'était éveillé à son tour de l'amnésie qui le frappait depuis son passage chez Bathsheba. Son dernier souvenir de Faith déferla en lui avec la violence d'un barrage qui lâche, il vit son visage plus pâle que la mort avant qu'elle s'évanouisse au milieu des leurs, il vit l'expression effarée d'Aberrama, les regards hostiles qui pesaient sur lui comme les rayons d'un soleil de plomb, et il entendit résonner dans sa tête la sentence. Bannissement. Bannissement à vie.

Alors que la nuit tombe sur le sinistre paysage plat et liquide, que la peau de ses pieds et de ses mollets brûle comme si elle était parsemée de plaies imbibées de vinaigre, que l'air entre avec peine dans ses poumons, que son ventre hurle de faim, il comprend une chose : il est un lâche. Il a abandonné Faith, l'être qu'il aime plus que tout en ce monde. Avant qu'elle le piège, il a méprisé son offrande. Il donnerait tout pour revenir à ce moment dans la forêt, alors qu'ils faisaient halte chez le peuple de l'Orage. Il mourrait volontiers demain pour revivre ces instants, pour contempler le visage dévoré de désir et de confiance, les seins tendus, dressés comme des promesses dans la clarté lunaire, la peau qui vibre, dont chaque pore frémit d'impatience. Il lui avait semblé le voir s'offrir, cet épiderme, s'ouvrir à lui sous ses yeux, semblable à la surface de l'étang qui s'évide pour recevoir un corps. Il a tenté de chasser de sa mémoire le souvenir de leur unique baiser, de ses mains sur elle, du mystère entrevu de sa chair, de cette certitude enfin : il n'y a pas de vie pour lui en dehors d'elle.

Ils se sont arrêtés de marcher ; il se tient debout, un peu hagard, au milieu des hommes affalés. Novak se masse la cheville entravée en l'observant, l'air inquiet.

« Ding, dong ! Reviens parmi nous, ami, il est l'heure du festin, de la bouillie bien gluante et sans goût, accompagnée d'eau saumâtre. Mon compère, tu n'as pas l'air en appétit ! »

Milo lui sourit vaguement. Il ne peut chasser l'image de Faith. Elle pulse en lui comme un cœur, et ses yeux pailletés d'or irradient comme ceux d'un rapace nocturne. Lui qui pensait que ses traits perdaient leur précision, que le temps effaçait lentement son image ! Elle est tellement présente, si implacablement nette qu'il pourrait la toucher. Et d'ailleurs elle l'appelle, elle lui fait signe, son regard l'invite à la rejoindre, je viens, je te suis, regarde, je marche dans tes pas, attends, attends-moi.

« Milo, arrête ! Bon sang de merde ! »

Il est au sol, couché sur le dos, le poids de Novak sur son torse. Gros Marek lui tient les bras au-dessus de la tête.

« Si lui donne des bébés aux Aza... mones, ils seront tous fous ! »

Novak ne rit pas. Deux gardes sont arrivés, le fouet claque, très près. Milo semble revenir à lui. Novak fait signe à Gros Marek de lâcher les poignets de son ami. Il aide Milo à se relever. Les gardes s'éloignent.

« Qu'est-ce qui t'a pris ? souffle Novak, et l'air chuinte désagréablement entre ses belles dents blanches.

— Je ne sais pas. J'ai cru...

— C'est la faim, pour sûr. Les hallucinations... »

Ils s'asseyent par terre, sur un morceau d'herbe plus ou moins sec, détachent les gamelles et les tasses en fer de leurs ceintures. Un prisonnier passe avec une marmite attachée au cou et tape de trop maigres louchées dans les ustensiles tendus. Un autre suit avec l'eau. Ils commencent à manger, dans un silence religieux ; on n'entend plus que le bruit des mâchoires et des déglutitions. Parfois un homme tousse d'avoir avalé trop vite. Les gamelles se vident en quelques minutes. Le bois des cuillères racle le fer-blanc pour grappiller la moindre miette de l'indigent brouet.

« Tu m'emmenais où comme ça ? Au bal ? demande Novak.

— Ça ne t'aurait pas intéressé, répond Milo, sourire en coin. Chez une fille que je connais.

— Qui a dit que je n'aimais pas les filles ? »

Milo le dévisage avec des yeux ronds.

« J'aime aussi les femmes, tu sais, enfin, ça dépend.

— Et elles, elles t'aiment ?

— Je n'ai pas à me plaindre. Cette fille, elle est comment ? »

Milo soupire, regarde le fond de son écuelle, tourne machinalement la cuillère. Il lève les yeux et les porte au loin, et Novak a l'impression que ce regard cherche à libérer le corps enchaîné pour le transporter, par la seule force de son désir, dans les airs, par-dessus la plaine et les marais, les forêts et les villages, jusqu'à cette fille qui occupe sa pensée. Un Fils du Vent en captivité, cela ne devrait pas être, pense Novak. Il pose sa longue et élégante main sur l'épaule de Milo. Le son d'une flûte se fait entendre. Ce soir, les gardes n'ont pas envie d'interdire au musicien de jouer. Eux aussi semblent mélancoliques.

« Faith, murmure Milo. Son nom est Faith. »

Novak ne trouve rien à répondre. Le prénom, envoûtant, lui fait l'effet d'un soupir languide, d'un courant d'air chantant dans des ruines, du vent qui monte le long d'un gouffre, et vous enveloppe pour vous ramener, consentant, dans l'abîme.

Ω

Skagen. La forteresse apparaît, animal fabuleux endormi dans son manteau de neige. Les chevaux et les gens sont épuisés, le voyage fut pénible, rendu parfois impossible par le vent du nord qui soufflait en rafales et semblait décidé à ralentir le convoi. Des torches brûlent au sommet des tours, seuls points lumineux contre le ciel sans étoiles. Faith est descendue de la roulotte, rejoint Gennaro qui voyage à cheval. Il la hisse devant lui, et elle se blottit contre son torse ; il a ouvert son manteau pour que sa peau diffuse mieux sa chaleur. Bientôt des silhouettes bougent au loin. Edda a sans doute dépêché une ambassade pour les accueillir. On encourage les chevaux, on chante pour se donner du cœur afin de franchir les derniers mètres qui séparent de l'abri, de la chaleur, des victuailles. Gennaro a posé la main sur le ventre de Faith. Il ne sait toujours pas. Elle ne peut pas le lui dire. Elle en est incapable. Elle ne peut pas lui déclarer qu'elle aurait voulu que cet enfant fût d'un autre. Pourtant elle aime cet homme qui a semé cette nouvelle vie en elle. Mais elle n'a jamais pu imaginer qu'un autre que Milo réalise ce prodige.

Elle avait même eu la superstitieuse bêtise de croire que son ventre ne pouvait pas accepter un enfant qui ne fût pas de lui. Alors elle se tait, couve en silence son secret. Elle l'aime déjà, pourtant, cet embryon, cette amorce d'individu. Elle craignait de ne rien éprouver qui ressemblât à de l'amour. Mais elle sent monter pour lui, depuis chaque parcelle d'elle-même, ses entrailles, son cœur, sa tête, et depuis cette chose qui est en elle mais qui parfois la quitte pour vivre sa vie, cette chose mystérieuse qu'on appelle l'âme, elle sent monter de tout cela qui est son être tout entier, une coulée de lave douce comme le miel, puissante comme sa volonté. Elle n'aime pas cet enfant à naître. Il n'y a pas de mot pour dire ce qu'elle ressent. Dans aucune langue. Et cela lui fait peur. Que peut bien devenir une femme qui aime comme cela ?

Le convoi s'est arrêté. Une dizaine de femmes montées sur d'immenses chevaux frisons caparaçonnés s'avancent à sa rencontre. Quatre d'entre elles portent des flambeaux montés sur des torchères dorées. Les riches fourrures claires qui enveloppent les cavalières frémissent dans la bise, les toques de renard arctique auréolent les visages graves d'une pâleur presque surnaturelle. Au milieu, un peu en avant, chevauche Edda en personne. Les comédiens mettent pied à terre, ceux qui étaient restés dans les chariots sortent, tous mettent un genou dans la neige et s'abîment dans une profonde révérence. Une main caresse la joue de Faith, lui prend doucement le menton et le redresse. Les yeux verts d'Edda luisent comme ceux d'un carnassier, ses lèvres s'entrouvrent en une espèce de sourire, son haleine s'exhale en un nuage bleuté, la bouche va former un mot, se ravise et se ferme. Faith se relève, Edda lui tend la main afin de l'aider à la rejoindre en selle. Elle fait faire une volte à son cheval, s'en retourne vers la forteresse, suivie de ses compagnes.

La chambre est bien chauffée, des troncs entiers se consument dans l'âtre. Edda est couchée sur le lit niché dans l'alcôve, un bras replié sous la nuque ; elle observe Faith qui mange un pigeon farci. La jeune fille, barbouillée de graisse, suce ses doigts avec volupté. Elle n'a même pas pris la peine de se laver avant de se mettre à table. De sous ses jupes montent des odeurs de voyage, d'épices et de transpiration, d'homme aussi, et de sexe. Lorsqu'elle a touché sa joue, Edda a légèrement vacillé, un vertige l'a prise au moment où Faith a planté ses yeux dans les siens. Plus rien n'avait d'importance à cette seconde, que la joie vorace de la savoir auprès d'elle, de nouveau. Elle pourrait la prendre et la renverser sur le lit, plonger le visage entre ses cuisses et goûter le fruit convoité depuis deux longues années. Elle pourrait la violer sans manière. Mais elle ne veut pas de cela. Ce qu'elle espère, ce qu'elle réclame, c'est éveiller le désir de Faith. Elle connaît le désir des femmes aussi intimement qu'elle connaît son royaume. Elle sait que cet élan de la chair ne survient que lorsque l'esprit est ravi. Cela peut se produire au premier regard. Car il n'est pas besoin de longs discours pour séduire par l'esprit. L'âme, dans son infini mystère, se révèle parfois dans la fulgurance de la simple présence physique. Elle irradie soudainement à travers la chair, frappe et consume, avec la vitesse et la brutalité de la foudre. Alors l'âme et le corps de l'autre s'enflamment à leur tour. Edda a succombé à Faith, à Faith tout entière, dès l'instant où elle l'a aperçue. Mais Faith n'a pas répondu. Il faudra encore du temps. C'est cela : une question de temps. Edda est convaincue que le destin de Faith est d'être sienne. Cette prescience n'a-t-elle pas été confirmée par le miroir de Freyja ? L'eau a montré l'avenir. Elle ne ment jamais.

Edda s'était rendue de nuit dans cet endroit de la forêt où personne ne s'est jamais aventuré autrement que les yeux bandés. Le mulet était venu la rejoindre au pied de l'immense frêne à la lisière des bois. L'arbre était supposé aussi vieux que les derniers jours du Vieux Monde. Tel Yggdrasil, l'arbre des anciens mythes, le frêne laissait voir trois racines monumentales. Comme le veut la coutume, Edda s'était lovée entre les deux plus grosses en attendant sa monture. Elle ne s'était jamais sentie aussi ridicule qu'assise sur cet humble animal ; ses jambes traînaient presque par terre. Ils avaient chevauché à l'allure nonchalante du mulet ; il ne servait absolument à rien de l'encourager à accélérer l'allure, de toute manière elle n'aurait pas osé. Elle avait tremblé pendant une partie du trajet, s'était maudite pour cela. Elle replongeait en enfance, craignait avec autant d'intensité qu'autrefois de réveiller les puissances d'en bas, les dangereux habitants du royaume de Nibelheim. En grandissant, elle avait ri de ces antiques récits, que les hommes de l'Ère nouvelle avaient tant bien que mal tenté d'harmoniser avec le culte de la Terre Mère. Mais cette nuit-là, montée sur le paisible mulet, Edda voulait bien croire que sous ses pieds, loin au cœur de la Terre, s'étendaient de véritables univers, des royaumes cachés, hébergeant des êtres fantastiques capables de faire basculer le cours des choses.

Après un temps qui lui sembla impossible à évaluer, l'animal s'arrêta dans une clairière. Le bassin était là, creusé dans une grande pierre lisse, empli d'une eau si sombre et si luisante qu'elle ressemblait à de la poix. Comme si elle accueillait la venue d'Edda, la surface aqueuse sembla onduler, se distendre telle une matière solide. Edda s'approcha et observa. Et rien ne se produisit. Ou plutôt tout. Aucune image n'apparut, comme Edda s'y était attendue. L'eau était à présent immobile et opaque. Mais Edda sut. Elle fut parcourue par une sorte de chaleur, de caresse intérieure. Un contact d'une indescriptible douceur, mais d'une fermeté implacable. Cela lui fit penser à sa mère, lorsque celle-ci la consolait en l'étreignant, et qu'elle lui enjoignait en même temps de ne plus commettre l'erreur responsable du chagrin ou de la colère qu'elle devait apaiser. Edda sentit les larmes envahir ses yeux. Sif lui manquait cruellement. Chaque jour l'absence se faisait aussi douloureuse que le jour précédent. Il n'y avait pas de consolation. Elle savait qu'elle devrait vivre une vie entière avec cette plaie saignante. C'est au moment où l'image de sa mère était la plus vivace que surgit Faith. Non sous la forme d'une représentation visuelle. C'était plutôt la notion de Faith qui vint se superposer au visage de Sif dans l'esprit d'Edda. Et cette idée s'accompagnait d'un sentiment de plénitude absolue. Edda ne pouvait envisager qu'une telle impression ne fût pas le présage d'une union, d'une possession. Son esprit conquérant, despotique, ne pouvait concevoir autrement cette vision.

Faith essuie grossièrement ses mains graisseuses à la nappe, avale une gorgée de vin, se lève et se presse vers le cabinet de toilette. Edda entend le jet d'urine chanter contre le vase d'étain. Elle se lève à son tour et s'approche ; Faith n'a pas fermé la porte. Elle est là, jupes retroussées, accroupie au-dessus du récipient, ses cuisses musclées en tension, son visage concentré comme si elle devait résoudre une équation complexe. Elle se secoue pour évacuer les dernières gouttes, se redresse et baisse ses jupes ; ses impossibles superpositions de jupes chamarrées, partiellement décousues ou déchirées, Edda se demande combien pèse ce fatras, qui l'excite au plus haut point. Elle avait oublié que Faith ne porte jamais de culotte. Que fait-elle durant ses règles ? Elle lui prend le bras, approche son visage de celui de la jeune fille, presque à l'effleurer, dans les effluves d'urine tiède. Elle reste un moment tout contre Faith, qui ne la repousse pas, mais ne l'invite pas non plus. Quelle emmerdeuse ! Edda souffle, s'éloigne et se retourne, lui souhaite bonne nuit sans la regarder et sort de la chambre.

De l'autre côté de la porte, le vieil amant est endormi sur un banc contre le mur. Des fois que sa chérie coure un danger. Abruti d'alcool comme il l'est, Faith pourrait se faire défoncer par une armée entière sous son nez, il n'en saurait rien et continuerait de ronfler. Edda prend tout de même quelques secondes pour l'observer. Il n'a pas rajeuni depuis l'année dernière, pour sûr. Encore un peu plus poché, plus empâté. Ses bajoues ressembleront bientôt à celles d'Erik, son mastiff préféré. Un brave type, pourtant. Intègre, courageux, franc comme l'or. Si Edda devait faire confiance à un homme, ce serait à celui-là, à cet ivrogne affalé sur son banc. Et si elle avait envie de sentir une vraie bonne queue en elle, ce serait peut-être bien la sienne. Mais tout ça, c'est de l'histoire ancienne. C'est Faith qu'elle veut. Personne d'autre.

En traversant l'aile est pour rejoindre ses appartements, elle reconnaît les accents d'une voix familière. Et se souvient alors qu'on lui a annoncé l'arrivée de Helle des Hautes Terres. Quand donc était-ce ? Il y a bien trois heures. Il faisait encore clair. Mais elle n'est pas allée lui souhaiter la bienvenue. Le convoi des comédiens approchait, et elle n'a pas résisté à l'envie de le rejoindre. Et puis Helle est sortie de sa tête. Mais voilà que sa voix s'échappe par une porte entrebâillée. Edda s'approche, mais sans se montrer. La régente sermonne la femme qui l'accompagne parce qu'elle a oublié d'emporter un remède. La voix est bien celle de Helle, sans conteste, mais voilée, assourdie, fatiguée. La voix d'une femme malade. Edda est très surprise que la régente ait accepté son invitation aux Fêtes d'Hiver.

Le silence s'est installé dans la chambre. Edda entend un soupir, puis un gémissement ténu, des draps que l'on froisse, des oreillers que l'on tasse. Encore cette plainte retenue. C'est pire qu'un cri ou qu'un sanglot, ce pauvre filet de voix, pudique et brave, qui laisse entrevoir toute l'insupportable souffrance qu'il s'ingénie à dissimuler. Edda est prête à entrer, juste pour faire cesser l'intolérable geignement. Elle sait qu'en sa présence Helle se conduirait comme si elle allait parfaitement bien ; cette femme serait capable de donner le change pendant des heures s'il le fallait. C'est encore une Amazone. Et ce ne sont pas ses années dans le lit de cette charogne d'Alba, ou sur son trône, qui y changeront quelque chose. Edda s'est toujours sentie un peu intimidée par la prestance de Helle, par son mystère, tissé de toute sa somptueuse, lumineuse noirceur. Une vague puissante de respect et d'empathie submerge Edda. Elle pourrait congédier la servante, border elle-même la régente, lui apporter un peu d'opium pour la soulager, lui assurer qu'elle est si heureuse de la revoir, après tant d'années, et ce ne serait même pas un mensonge.

Cela faciliterait peut-être aussi les négociations. Helle n'ayant pas d'héritière, il n'y aura plus personne pour monter sur le trône des Hautes Terres après sa mort, qui arrivera sans tarder. Helle a toujours refusé de céder la couronne à Edda. Mais le temps a passé, la fin approche, et livrer le royaume d'Alba au chaos ne doit pas la réjouir. Edda promettra tout ce qu'on veut, elle sera une bonne mère pour ses nouveaux sujets, respectera les valeurs soi-disant défendues par Helle et Alba, comme l'égalité des sexes en matière d'accès aux hautes fonctions administratives, de formation intellectuelle et artistique, de soins aux enfants en bas âge... Elle est même prête à jurer qu'elle maintiendra l'abolition de l'esclavage. Tout ce qu'on voudra. Helle saura qu'une fois morte Edda s'empressera de trahir ses promesses, tout cela est couru d'avance, et c'est de bonne guerre, car ce qui importe, ce qui justifie toutes les trahisons, tous les parjures, c'est ceci : la mission d'Edda en ce monde est de répandre la seule loi qui vaille la peine d'être respectée, celle de son pays, celle qui devait prévaloir sur la Terre entière à la Renaissance. Le Nouveau Monde appartient, par la grâce de la Terre sacrée, aux femmes. Il leur revient d'y faire régner leur volonté, d'établir une société qui les élève et relègue l'homme, par nature inférieur, au rang d'individu de second ordre. La femme, méprisée, enchaînée pendant des millénaires, doit prendre sa revanche et gagner la souveraineté universelle qui lui revient. C'est là son devoir sacré.

Ω

Et si Desdémone était enceinte ? Si ce crétin de grand gosse d'Othello avait tué la mère et l'enfant, sans savoir ? Faith ne peut penser à autre chose depuis la dernière nuit. Elle avait rêvé que durant la scène finale, au moment où Gennaro la lâchait, morte sur le lit, le public poussait une grande clameur horrifiée ; elle ouvrait les yeux et se redressait, pour s'apercevoir qu'elle baignait dans le sang, du vrai sang, son propre sang, qui s'échappait à flots de son vagin. Voilà trois heures qu'ils répètent dans cette salle souterraine humide et sombre, et elle n'y est pas tout à fait, hantée par les images de la nuit. Gennaro, au contraire, est complètement habité. Elle doit souvent refouler ses larmes en le voyant jouer. Des larmes qui affluent aux moments inopportuns, des larmes de nerfs malades, d'angoisse hystérique. Encore deux jours de répétitions. Et le lendemain, la fosse aux lionnes... Ce sera la grande soirée d'ouverture des Fêtes, qui commencera par le défilé des plus valeureuses guerrières dans le crépuscule ; puis aura lieu le rituel de soumission au Nord, les danses des jeunes filles nues autour du grand feu où seront ensuite immolés les enfants mort-nés au cours du dernier mois. L'année précédente, le feu en avait dévoré douze. Douze petits corps raides comme des blocs de glace, car laissés dehors dans le gel durant des jours, emmaillotés de blanc, sans visage, jetés aux flammes, comme autant de branches ou de briques de tourbe.

On racontait que tous ces bébés n'étaient pas morts de mort naturelle, et qu'Edda n'hésitait pas à écourter la vie de certains mâles nouveau-nés afin de satisfaire la divinité du Froid, mais chacun se disait que c'était son propre plaisir assassin qu'elle assouvissait, et sa haine des hommes. On racontait tant de choses au cœur de ces murailles. Tant de rumeurs y erraient ; certains jours, elles étaient semblables aux bancs de brume de l'aube, épais, presque palpables, et qui, au fur et à mesure que le jour s'avance, se dissolvent en ne laissant qu'un vague souvenir, une impression ténue, mais qui vous tient, vous colle à la rétine et baigne toutes les heures claires d'un halo étrange, jusqu'à ce que la nuit revienne et les chasse.

Après l'immolation des bébés viendrait la représentation d'*Othello,* un des temps les plus forts des Fêtes, disait Edda, mais Faith savait que la reine aimait au moins autant voir s'étriper les hommes dans l'arène. L'année précédente, Faith avait attentivement observé ses narines dilatées pendant les combats, la veine apparaître et battre à sa tempe, un filet bleu en forme d'éclair, qui se manifestait aussi lorsque Edda était sexuellement excitée ; cette veine devait surgir alors qu'elle se préparait à livrer bataille. Comment Faith était-elle parvenue à lui résister tout en restant dans ses bonnes grâces ? Elle garde le souvenir d'une nuit où elles étaient grises, et où la reine l'avait enlacée de ses beaux bras blonds et fermes, l'avait attirée contre ses seins en lui caressant les cheveux, dans un geste si doux, si plein de tendresse et de chaleur que Faith en avait d'abord été effrayée. Elle s'était détendue et avait cédé au plaisir de s'abandonner, de répondre à cet élan d'affection, absolument dénué de concupiscence. Elle avait par ailleurs eu à lutter contre les assauts répétés d'Edda, l'expression violente, souvent même cruelle, frustrée, désespérée, de son désir. Parfois cela la terrorisait, mais cette impression lui était devenue agréable, flattait sa vanité, qui, elle s'en apercevait avec effroi, était immense. Voilà ce qui la poussait à revenir auprès de cette grande malade ; Edda était ce que Faith avait rencontré de plus dangereux au monde, mis à part sa propre force de vie. Vivre aux côtés d'Edda était comme danser au bord d'une falaise. Danser avec le vide, avec la mort. C'était grisant. Mais à présent qu'un nouvel être grandissait en elle, Faith n'était plus certaine de vouloir prolonger cette expérience. Or elle n'avait plus le choix ; elle avait tant répété qu'elle voulait en être, de ces Fêtes, qui la baignaient de lumière, la couvraient de gloire ; elle l'avait connue partout ailleurs, la gloire, mais ici le mot n'avait pas tout à fait le même sens, pas la même résonance, le même scintillement... Le succès avait une saveur absolument unique en ce lieu, la foule en délire n'était comparable à aucune autre ; et Faith aimait l'atmosphère de violence mystique de ces cérémonies, qui semblaient la relier à quelque chose de très ancien, de sombre, d'inéluctable qui lui ressemblait. Mais tout cela n'avait plus la même importance, ou était un peu moins vrai pour elle à présent... Il faudrait jouer cette pièce un soir sur deux durant trente-deux jours. Trente-deux jours dans cette forteresse qui lui faisait à présent l'effet d'un immense tombeau.

La revoilà en scène, couchée sur le lit, prête pour son immolation, c'est cela qu'elle pense, alors que jamais ce genre d'idée ne lui est venue à l'esprit jusqu'ici ; d'habitude, elle songe à la lutte pour la vie. Entre Gennaro ; il s'approche lentement d'elle. « C'est la cause, c'est la cause, ô mon âme ! Laissez-moi vous la cacher, à vous, chastes étoiles ! C'est la cause... » Faith ne l'écoute plus, les mots ne sont plus que des sons incarnés dans cette belle voix fatiguée, cette voix qu'elle aime et qui pourtant, ce jour, crée entre eux une distance qui semble infranchissable. D'ordinaire, elle suit chaque inflexion de cette voix, où elle puise ce qui lui donnera l'énergie du combat final, lui insufflera la rage de tenter de ne pas mourir. Car la Desdémone de Faith est une sauvage, elle ne se laisse pas tuer si aisément, son corps hurle autre chose que sa bouche, que les mots d'effroi, de désespoir et de résignation que le poète lui fait dire. Elle rue, use de ses charmes, puis se débat avec une vigueur et une fureur chaque jour au rendez-vous. Mais pas aujourd'hui. Elle s'aperçoit que Gennaro attend sa réplique. Elle lui répond. N'est toujours pas dans le personnage. Une inquiétude l'étreint, dont elle ne peut identifier l'objet. Est-ce qu'elle craint la manière dont cette pièce sera reçue par Edda et sa cour de fanatiques ? Est-ce la peur qu'elles s'en prennent, dans un moment de folie comme il en existe parfois au théâtre, à Gennaro-Othello le tueur de femmes ?

La tension a augmenté depuis leur dernière visite l'hiver précédent. Autrefois, on aurait dit qu'il y avait de l'électricité dans l'air. Faith ne sait pas à quoi correspond ce mot. Elle imagine un déploiement d'énergie semblable à ce qui se dégage d'une foule devant les moments forts d'une pièce, devant un combat de gladiateurs ou lors d'une fête parmi les Gypsies. Gennaro a posé ses mains autour de son cou, fait semblant de serrer. Elle voit la question dans ses yeux. Pourquoi n'es-tu pas avec moi ? Pourquoi ne me résistes-tu qu'à peine ? Où es-tu ?

Une porte qui claque les fige, puis des pas, le martèlement de bottes sur la pierre. Gennaro lâche Faith, ils se redressent pour découvrir Edda, seule, debout dans la pénombre. On ne distingue pas son expression. Lucas, le metteur en scène, et les autres acteurs s'agenouillent. Edda ne leur accorde aucune attention. Ses regards sont aimantés par le couple enlacé dans l'étreinte de mort ; elle s'approche lentement, en ôtant ses gants.

Faith est furieuse. Comment la reine ose-t-elle entrer sans s'annoncer au milieu d'une répétition ? Le théâtre est sacré, au moins autant que ses fêtes mégalomaniaques et cruelles. Les acteurs au milieu d'une performance sont intouchables, portés par le souffle de leur art, inspirés, comme des oracles ou des chamanes, et rien ne peut interrompre le cours de leur voyage intérieur. C'est elle-même, Edda, qui répétait cela il n'y a pas si longtemps, c'est elle qui a fait fouetter une de ses ministres, dit-on, pour avoir gâché une représentation lors des mêmes Fêtes, sept ans auparavant. Faith est descendue de l'estrade et est venue se planter devant elle, sans prendre la peine de la saluer, de faire la protocolaire génuflexion. Elles se dévisagent en silence.

Edda peut voir la colère briller dans les yeux de Faith. Elle est en tort. Faith a raison. Eh quoi ? Ces règles antiques ne sont pas pour elle. Elle, Edda des Amazones, est au-dessus de cela. Faith ne le sait-elle pas ? Elle pourrait payer pour cet affront. De la vie de son vieil amant. Par exemple. Une fois les Fêtes terminées, lorsque cet homme ne sera plus considéré comme une espèce de génie inspiré, qu'il redeviendra l'alcoolique invétéré amateur de chair fraîche, le gamin prétentieux dans la peau d'un vieillard, le mâle destructeur sous les dehors d'un brave type, il sera à nouveau, simplement, un homme, prêt à disparaître. En attendant, ne pas se laisser submerger par sa propre fureur devant cette arrogante, cette peste magnifique.

Edda la prend par l'épaule, l'entraîne avec elle vers la porte en lui murmurant à l'oreille : « Je voudrais te montrer quelque chose. » Faith se laisse guider à contrecœur à travers les interminables couloirs, elles empruntent des escaliers, se retrouvent dans la grande cour centrale, qu'elles traversent pour se rendre aux écuries royales. Les gardes de faction devant la porte ouvrent et l'un d'eux précède les deux femmes, muni d'une lanterne. Un grand calme règne là, Faith se laisse enivrer par les odeurs et les bruissements, les exhalaisons sonores, tout ce que l'on ne voit pas en longeant les stalles mais que l'on devine dans l'ombre, les épidermes qui frémissent à l'approche de l'homme, l'attente, ou le repos profond et les rêves qui défilent sous les crinières. La colère est tombée, la respiration de Faith est paisible, elle a envie de se blottir contre un de ces grands corps chauds, de s'endormir pour longtemps, comme dans la forêt au creux de l'arbre-fée, partir pour un grand voyage, hors du temps et de l'espace, entrer en un vaste songe sans limites, accompagnée de ce nouvel être en elle.

Mais Edda la ramène à la réalité ; elle la prend par l'épaule, la pousse doucement à l'intérieur d'une stalle, où les a précédées le garde. Deux femmes sont déjà là, attentives et silencieuses, elles font un rapide salut devant Edda, et retournent à leur préoccupation : une immense jument noire est occupée à mettre bas ; deux jambes sortent de ses entrailles, un museau apparaît entre les membres tendus et visqueux. La jument est couchée sur le côté, elle ne semble même pas souffrir, elle est calme et patiente. Edda est émue, elle tremble légèrement sous son épaisse cape de fourrure, son souffle bleuté frôle le col clair, à intervalles de plus en plus rapides. Le cheval change de position, mais le poulain ne bouge pas. Une des femmes lance un regard interrogateur à sa compagne, qui s'approche de la jument, s'empare des jambes du poulain et se met à tirer. L'autre femme dégage les naseaux du petit, recouverts partiellement de l'amnios. Edda tourne la tête vers Faith, la regarde longuement avant de poser la main sur son ventre. Faith se raidit, empoigne à son tour cette main pour la chasser, mais Edda résiste, les yeux toujours plongés dans ceux de Faith.

« C'est une fille.

— Je ne crois pas », répond Faith avec acrimonie.

Edda émet un petit rire.

« C'est l'enfant du vieux ?

— Ce n'est pas votre affaire. »

Les femmes sont toujours occupées à aider la jument dans son travail d'expulsion. Edda pose les yeux sur elle, soudain inquiète. Elle fait un pas nerveux vers l'animal, mais une des femmes lui fait signe que tout va bien. Edda revient à hauteur de Faith, lui dit :

« Elle s'appelle Hrimfaxi, "Crinière de givre". C'est le nom donné par nos peuples du Nord au sombre et sauvage cheval qui tire le char de Nott, déesse de la nuit. »

Sa voix s'est faite très grave et d'une inhabituelle douceur. Elle parle sans quitter des yeux la jument qui peine pour mettre au monde son petit. Les deux femmes qui l'aident semblent de plus en plus désemparées.

« Je préfère les chevaux aux humains, et celle-ci a ma préférence. Elle m'a aidée à gagner plus de batailles que tu n'as d'années. »

Le travail se poursuit trop lentement. La jument s'est relevée et montre des signes de nervosité. Edda ôte ses gants d'un geste rapide, s'approche des femmes et leur enjoint de s'éloigner. Elle se dévêt de sa cape, retrousse les manches de sa veste de daim et se met à son tour à tracter les jambes du poulain, tout en prononçant des phrases dans sa langue, sur un ton apaisant, plein d'une compassion, d'une tendresse que Faith ne lui connaît pas. Dans cette litanie presque musicale, Faith reconnaît quelques mots, il est question de crinière gelée par le froid de la nuit, de repos auprès de l'arbre sacré, le frêne Yggdrasil, de feu nocturne et de folles chevauchées. Edda répète souvent les mots « *min smukke* », qui signifient « ma superbe ». Le poulain glisse enfin, atterrit dans la paille avec un bruit mat. Edda le débarrasse de ce qui reste du sac amniotique, puis le laisse réagir sans plus le toucher. Elle prononce encore très bas quelques paroles à l'adresse de la jument, s'éloigne, ramasse un peu de paille avec laquelle elle s'essuie les mains, fait un signe presque imperceptible à l'une des deux femmes qui porte sa cape, et celle-ci la pose aussitôt sur ses épaules. Le poulain se met à bouger, se redresse, sa mère se retourne et le respire.

Faith se sent légère, douce en dedans, comme si les paroles d'Edda lui avaient été destinées et étaient venues caresser ses organes, ses muscles, l'enfant au cœur de son corps. L'espace de quelques minutes, elle n'a plus fait qu'une avec la jument et son poulain délivré au monde, avec Edda et ses mains expertes, sa voix magique, les deux femmes palefrenières recueillies devant leur reine et cet animal fantastique qui l'a propulsée dans le sang et la guerre, cheval cosmique au nom mystérieux, porteur de vie et annonciateur de ténèbres et de mort. Edda revient vers Faith, les yeux brillants, le teint lumineux à la lueur des torches, heureuse et fière. Elle pose à nouveau la main sur le ventre de Faith et celle-ci ne l'en chasse pas. Elle lui est reconnaissante pour ce moment d'intense communion, de célébration de la vie. Il lui est offert comme une préfiguration de ce qui leur adviendra bientôt, à elle et à son enfant à naître.

Le poulain s'est dressé maladroitement sur ses jambes. Il se met à trottiner en vacillant autour de sa mère.

« Tu dois le lui dire, à ton vieil amant. Il mérite bien ça, lâche Edda avec un sourire dans la voix.

— Je sais », répond Faith.

Avant de sortir de la stalle, Edda se retourne vers les deux femmes, leur fait un signe qui ressemble vaguement à un remerciement.

« Je sais », ajoute Faith, plus pour elle-même, alors qu'elle suit la reine dans la cour couverte de neige d'une blancheur presque aveuglante.

La voûte céleste est scintillante, Faith pense au cheval mythique qui transporte la nuit, et dont la crinière constelle le ciel d'étoiles. Elle a envie de serrer Edda dans ses bras, et cette impulsion la déconcerte tant qu'elle chancelle et doit s'arrêter pour ne pas tomber. Edda se retourne, comme si elle avait senti le trouble de Faith. Celle-ci ouvre la bouche pour parler, mais Edda lui pose un doigt sur les lèvres. Le contact se prolonge, la peau claire d'Edda semble respirer, elle réverbère la lumière de la lune, aussi intensément que la neige à leurs pieds, son doigt contre la bouche de Faith est tiède, dégage encore furtivement les effluves des entrailles du cheval. Faith observe le grain de beauté au-dessus de la lèvre supérieure d'Edda, une petite sphère parfaite en relief, non pas noire mais d'un bleu de nuit profond, comme la robe de la jument Hrimfaxi. Le grain se rapproche, les lèvres de la reine effleurent les siennes, son haleine embaume le clou de girofle et la cardamome, sa langue a le goût de la neige.

*

L'aube est d'un gris plombé, le soleil ne se lèvera pas. Faith dort encore profondément, la main repliée sous le menton. Une auréole humide s'étend sur l'oreiller, sous ses lèvres entrouvertes. Edda n'a pas dormi, elle veillait son sommeil dans la nuit, ne cesse de la contempler depuis que la lumière a pénétré dans la chambre ; elle ne peut détacher son regard de cette fille qui lui a donné plus de plaisir que n'importe qui ou n'importe quoi, un plaisir qu'elle croyait inatteignable. Edda n'est pas de ces femmes qui jouissent facilement. L'orgasme ne lui a jamais été familier. Trop en contrôle. Trop peur de l'abandon, de la fragilité qui est son inéluctable conséquence. Faith avait ouvert une porte, et Edda désire s'y engouffrer sans retenue, sans méfiance. Pour la première fois de sa vie, en quelque cinquante années, elle veut se donner à l'amour de tout son être. Avec autant de foi et de courage que dans la bataille. La jeune fille ouvre un œil, fixe un instant Edda sans bouger. Un regard que la reine n'est pas capable d'interpréter. Et dans sa poitrine s'ouvre une plaie qui se met aussitôt à suppurer l'insécurité, le doute, aussi violemment que la confiance quelques secondes plus tôt.

Faith met un petit moment à se remémorer pourquoi et comment elle a fini dans ce lit, aux côtés de cette femme qui la regarde comme si elle était la sibylle sur le point de lui révéler le mystère de la mort ou de l'éternité. Elle n'aurait pas dû céder, se laisser gagner par le désir de l'autre, si puissant qu'il finit par vous envahir à votre tour et vous fait croire, l'espace d'une seconde, qu'il est né en vous. Faith ne savait pas que le désir pouvait être aussi contagieux. Que de choses lui sont encore inconnues en ce monde. Elle se sent merveilleusement jeune et forte. Elle a envie de rire. Et ne se gêne pas pour le faire. Edda se raidit, son beau visage s'affaisse, comme si elle prenait vingt ans en quelques instants. Faith mesure immédiatement le gouffre qui les sépare, ce que cette nuit signifie pour Edda, ce qu'elle représente pour elle. Une espèce de miracle pour la vieille. Une première expérience savoureuse pour la jeune. Elle a aimé le corps d'Edda, la texture de sa peau, l'odeur de son sexe qu'elle a exploré de sa bouche comme on goûte à un mets rare et inconnu. Elle a senti l'être entier d'Edda fondre dans ses bras, elle a compris que cette femme se rendait, complètement, peut-être irrévocablement. Et cette pensée lui ôte soudain l'envie de rire. Elle caresse la joue d'Edda et fait réapparaître son sourire, chasse l'ombre de l'inquiétude de son front. En réalité, ce que Faith a adoré, ce qu'elle a voulu célébrer la veille en s'unissant à Edda, c'est ce moment parfait dans l'écurie, ce qu'elle avait éprouvé là, cette communion autour de la naissance du poulain ; elle voulait manifester sa gratitude à Edda pour cela. Elle s'était pourtant juré de ne jamais céder au désir de la reine. En plongeant dans le regard vert plein d'adoration posé sur elle, elle mesure son erreur.

Ω

Helle se lève, elle a besoin de se mouvoir, la position assise immobile pendant plus de deux heures est une véritable torture pour son corps rongé par quelque chose qui doit s'apparenter à un cancer des os. Elle souffre depuis déjà deux ans, et aucun médecin, aucune guérisseuse n'est parvenu à ralentir la progression du mal ni son intensité. Elle ne peut s'empêcher de rêver à une époque où ce genre de maladie pouvait se soigner, parfois même se guérir ; une époque où la médecine garantissait à une petite partie de la population mondiale une existence plus longue, et moins de souffrances. Aujourd'hui les vieillards qui dépassent soixante-dix ans sont devenus une rareté. Enfin, de cela il ne faut peut-être pas se plaindre. On peut se demander à quoi ressemblait l'existence de ces pauvres vieux qui atteignaient parfois cent ans dans l'Ancien Monde. Il semble qu'on les rassemblait dans de grandes maisons, où quelques étrangers étaient payés pour les nourrir et soigner leurs nombreux maux. Leurs journées se passaient à ne rien faire, le nez collé aux écrans animés qui peuplaient les habitations humaines. Rien qui vaille vraiment la peine d'avoir des regrets. Helle mourra bientôt, alors qu'elle n'a pas cinquante ans, mais entourée de ceux et de celles qu'elle aime, et parmi ceux-ci ses deux chiens, Mara et Vlad, le couple de lévriers irlandais qu'elle a vus grandir, ses plus fidèles amis. Elle ouvre le pendentif qui pend entre ses seins, et caresse du doigt les portraits miniatures des colosses qui se font face.

Le spectacle qu'elle venait de voir était excellent, c'était sans doute la meilleure mise en scène d'*Othello* qu'elle ait jamais vue. Et cette jeune Faith, qu'on disait d'origine gypsie, faisait merveille. Edda en était folle, Helle avait pu s'en rendre compte en observant la reine pendant la représentation. Quelque chose la consumait dès que la jeune fille entrait en scène. Othello était formidable lui aussi, il fallait l'admettre. Son jeu était déchirant, et Helle ne pouvait s'empêcher de penser qu'il n'en avait plus pour longtemps à vivre, et que c'était cette réalité qui conférait à sa présence, et à toute cette sombre histoire, une urgence incandescente. Physiquement et moralement épuisé, cet acteur incarnait paradoxalement un homme intense, qui inspirait la méfiance et la jalousie, comme tant d'êtres dont l'aura, la puissance vitale forcent une fascination qui n'a d'égale que la frustration de ne pas leur ressembler.

Helle s'est rendue péniblement jusqu'à sa chambre, où elle espère se reposer avant l'ouverture des jeux de l'arène. Elle s'assied devant le miroir de la coiffeuse, un meuble délicat en bois de merisier, sculpté de motifs abstraits et de nervures plaquées de cuivre qui ressemblent à des racines, et reste là devant son image.

Voilà des mois qu'elle ne fréquente plus les miroirs, ils la dépriment ; son aspect a tellement changé. Ce qu'elle découvre la surprend un peu tout de même. Là où elle pensait trouver un regard cave et épuisé par la douleur, elle observe deux yeux qui ne sont pas encore ceux d'une moribonde. Il y a de la vivacité dans ces yeux, quelque chose d'un peu espiègle qui n'a pas encore totalement disparu, et qui plaisait tant à Alba, parce qu'elle trouvait que cette malice juvénile ne s'accordait pas avec le physique sculptural de Helle, ses proportions parfaites, athlétiques, ses muscles longs et élégants sous la peau sombre, homogène et moirée comme la surface d'un lac très profond, selon les termes d'Alba. Cette peau abrite à présent un squelette qui n'est plus qu'un objet de douleur, par moments si intolérable qu'il fait espérer une mort immédiate. Helle pourrait mettre fin à ses jours, elle y a songé bien des fois. La seule chose qui l'en empêche est l'espoir stupide de revoir Alba. Prendre la mer une dernière fois vers son île, et la serrer dans ses bras. La serrer et lui murmurer la vérité au creux de l'oreille, la vérité avec laquelle Helle vit depuis vingt ans et qui pèse bien trop lourd dans son cœur de vieille femme malade.

Mais avant cela, il faut qu'elle mette en ordre le royaume : écraser la révolte dans le Sud en dessous de York – une vaste région qui veut regagner son indépendance et dont les sujets se sont mis dans la tête d'installer une capitale à Londres afin d'y sacrer leur nouveau chef. Assurer la protection de Ghost Island et raffermir son lien avec les Hautes Terres. Et veiller à sa succession. Helle devrait abandonner la régence, à présent. Elle le sait. Laisser monter sur le trône la nièce de Ronan d'Irlande, Deirdre, qui, avec l'aide de Helle, vient de renverser son oncle. Elle serait une reine acceptable, à défaut d'avoir un esprit très éveillé. Helle connaît l'un ou l'autre mâle du clan d'Alba qui aurait fait un monarque plus éclairé que cette gourde irlandaise... Mais elle s'interdit d'y penser, sinon elle serait tentée de refaire la même erreur que tant d'autres… Réfléchir à tout cela l'épuise. Elle se lève, s'allonge sur le lit et s'assoupit aussitôt. Quand sa chambellan la réveille, une heure s'est écoulée. La cérémonie d'ouverture des Jeux a déjà commencé et la reine est contrariée de ne pas voir Helle à sa place dans la tribune royale. On a allumé les torches, fait l'offrande du Sang-des-Femmes à l'étoile du Nord. Le liquide frais et épais s'est transformé assez vite en un bloc de glace rouge dans la vasque de pierre, ce qui est de bon augure. Les tambours annonçaient l'arrivée des premiers combattants lorsque Morag a quitté la tribune pour venir chercher Helle.

La régente se redresse. Un élancement dans le bas de son dos la fait grimacer. Elle a de la peine à respirer, ses poumons semblent pris dans un étau qui se serre à chaque respiration. Ce foutu cancer a dû migrer un peu partout, depuis le temps, et elle est presque certaine qu'il se promène dans ses organes respiratoires. Elle avait lu quelque part que c'était fréquent. Morag verse des gouttes d'opium dans un petit verre d'eau, que Helle avale rapidement. Le soulagement est presque immédiat, mais très partiel. Le remède fait de moins en moins d'effet. Prise de panique, Helle empoigne fébrilement la main de Morag.

« Promets-moi, si jamais... murmure-t-elle dans un spasme, de ramener mon corps au pays.

— Je promets », répond Morag.

Elles se regardent longuement, sachant toutes deux que cet engagement ne vaut pas grand-chose sur le sol d'Edda des Amazones. Helle connaît sa chambellan, jamais elle n'osera s'opposer à la volonté d'Edda. Le cadavre de Helle ne regagnera les Hautes Terres que si c'est là le bon plaisir de la reine. Cette femme a rendu le Danemark odieux à Helle. Ce pays qui l'a vue naître, qu'elle a aimé passionnément, dont elle a porté les couleurs avec fierté, dont elle a embrassé les lois avec foi, lui répugne à présent. Il est devenu un État terrorisé par une semi-folle sanguinaire. Helle aurait dû écouter Morag qui lui enjoignait de ne pas accepter l'invitation d'Edda. Mais il lui semblait alors que la refuser aurait provoqué une nouvelle guerre. Et Helle en avait assez des guerres.

Morag s'impatiente à côté d'elle. Alors Helle consent à se mouvoir. Voilà, voilà, ma chère, je me lève, une nouvelle fois j'irai affronter cette monarque indigne, j'irai assister à ces jeux de massacres qui devraient avoir disparu avec le Vieil Homme, je regarderai couler le sang sans ciller, comme la brave Amazone que je suis restée, celle du moins qu'Edda croit encore déceler en moi, malgré les ans, la maladie, le désenchantement. Ce mot résonne en elle comme les cloches des églises d'Italie, dans le lointain, au moment de la fin des combats. Alors qu'elle traquait les Enfants du Vieux Monde et découvrait les bêtes agonisantes, les forêts brûlées, les esclaves terrifiés et hâves disséminés dans les champs. Désenchantement.

C'est le mot de la fin, le mot qui succède à tous les autres, celui d'après la colère, d'après la révolte, le mot qui dit la foi en allée, la calme et claire lucidité prenant enfin sa place, face à la folie humaine.

Morag soulève le rideau de velours damassé et laisse pénétrer Helle la première dans la tribune royale. Edda lui lance un regard de reproche, mais Helle a décidé de ne pas présenter d'excuses. Elle garde la tête haute et prend place. Son regard se porte dans l'arène, où un homme d'âge mûr mais très robuste est occupé à fatiguer un jeune gars avec une très lourde épée à deux mains. L'assailli pare les coups comme il peut, mais on sent bien qu'il ne tiendra pas longtemps. Et en effet, un instant de faiblesse où il ne change pas de position assez vite et la monumentale lame l'embroche aussi aisément que s'il était en cire. Son visage prend une expression de surprise, puis retombe sur sa poitrine. Il n'est plus. Les acclamations de la foule célèbrent le vainqueur, qui salue, la mine importante. Il brandit son arme au-dessus de sa tête comme un gamin une épée de bois. Il rayonne, il profite de sa petite minute de gloire. Helle sait que certains hommes s'enrôlent de leur plein gré parmi les gladiateurs, pour cette minute, qui vaut tous les risques.

Ne dit-on pas que les hommes restent des enfants leur vie entière ? Helle ne connaît pas assez les hommes pour confirmer cet adage. Et elle le regrette. Il faut aimer pour comprendre intimement quelqu'un. Helle n'a jamais aimé de mâle. Elle n'éprouve aucune répulsion à leur égard, c'est juste qu'elle ne s'y est jamais intéressée. Ils peuplent son quotidien, laquais, cuisiniers, lavandiers, palefreniers, écuyers et veneurs, paysans et soldats, quelques rares officiers, l'un ou l'autre clerc, artiste, maçon, tous autant de pions sur son jeu d'échecs, sans visage, anonymes. Comme autrefois les femmes dans la vie des hommes. Alba les aimait, elle, ils lui étaient familiers. Vers la fin de son règne, elle rêvait d'une société plus égalitaire où hommes et femmes vivraient en harmonie. Une utopie. Et Helle avait tenté d'être fidèle à sa promesse de faire régner, autant que cela fût possible, une très vague équité. Plus par amour pour sa reine que par réelle conviction.

Le vainqueur quitte l'arène sous les hourras. La voisine de Helle, une petite grue à l'air de vestale pudibonde, lui explique que cet homme a déjà remporté plusieurs victoires l'an dernier. Il aura donc droit à un luxueux repas, à la visite d'une femme, une de celles qui se portent volontaires pour satisfaire sexuellement les gladiateurs victorieux. Helle ne connaît que trop cette coutume, qu'elle trouve parfaitement hypocrite. Elle plonge son regard de panthère dans les yeux insipides de la fille, et y voit flotter quelque chose de compassé, de veule et même d'un peu libidineux qui ne lui plaît pas. Elle aurait préféré être assise à côté de la jeune actrice, mais Edda la garde pour elle, bien cachée entre le trône et la cloison de la tribune.

Il est un peu tard pour devenir sentimentale, se dit Helle avec un ricanement intérieur. Les hommes n'ont que ce qu'ils méritent, après avoir saigné la terre. Leur concéder trop de droits menacerait le monde d'une nouvelle phallocratie. Elle sait que la lutte n'aura jamais de fin, et que l'égalité est une dangereuse chimère. Elle se redresse sur son siège à haut dossier trop raide. Son corset est un peu serré, mais il lui permet de tenir assise. Et droite. Voici que les tambours résonnent à nouveau sous la voûte céleste constellée. Un ciel de peinture, ou d'ancienne photographie, pense Helle. Un ciel sublime qui happe un instant son attention et dans lequel elle aimerait se fondre, pendant que les combattants suivants entrent en piste.

Son regard quitte à regret l'espace étoilé et tombe sur un des deux gladiateurs. Rouquin, pâle. Familier. Soudain son cœur fait un tel bond dans sa poitrine qu'elle croit défaillir. Une brusque suée inonde ses tempes. Le jeune homme marche très calmement vers le centre de l'arène, se met en position face à son adversaire, et chasse ses cheveux de son visage d'un mouvement de la tête. Sous l'emprise d'un grand vertige, Helle doit lutter pour ne pas se lever et s'enfuir. Et pourtant ses yeux restent accrochés au jeune homme à la cuirasse dorée frappée d'un soleil et d'une lune noirs. Ses yeux s'insinueraient en lui s'ils avaient ce pouvoir, ou bien l'absorberaient tout entier pour éclaircir le mystère. Helle a la sensation de savoir très intimement, très viscéralement qui est cet homme, elle sait la texture de sa peau laiteuse et parsemée de taches de rousseur, elle pourrait décrire le toucher de ses cheveux longs, d'un blond ardent, cuivré, bouclés et emmêlés, elle devine même son odeur. Il est une chose que Helle se félicite de ne pas pouvoir bien saisir à cette distance : le regard, car cela ne pourrait que lever définitivement le doute.

Toutes ces sensations l'assaillent avec une implacable brusquerie, comme certaines images de rêve.

Mais ceci n'est pas un rêve. Helle quitte une seconde l'homme dans l'arène, puis revient à lui, comme si ce mouvement avait le pouvoir de le faire disparaître, ou de balayer cette certitude qui devient de plus en plus inexorable : elle reconnaît ce garçon prêt à se battre. Soudain une autre personne apparaît à travers lui, une personne qui lui ressemble : Alba, dans la clarté et la vigueur de ses vingt ans. Helle doit retenir un cri.

Les combattants se sont interrompus, lançant des regards vers la tribune royale, d'où venait le hurlement. Helle se demande une seconde si c'est de sa propre gorge qu'est sortie cette plainte terrifiante qui a figé tous les spectateurs, les a transformés en statues. Mais un bruit sourd lui parvient du bout de la tribune, celui d'un corps qui s'affaisse dans les couches de tissu. Edda s'est levée, se penche, relève la jeune Faith, à présent inconsciente. Était-elle la source du cri ? Deux gardes la transportent hors de la tribune, suivies par Edda. Sigrid, la chambellan, annonce que les combats sont suspendus jusqu'à nouvel ordre. La foule maugrée, s'agite, les gradins se dépeuplent lentement. Helle fait un grand effort pour s'extraire du fauteuil sans l'aide de Morag. Elle se sent toute chose, perdue, fragile. Elle se fait penser à ces vieux séniles que l'on trouve parfois au détour d'un couloir, l'air hagard, incapable de savoir ce qu'ils font ni où ils sont. Elle doit se tromper, ce jeune gladiateur lui est aussi étranger que n'importe quel autre. Elle a été impressionnée par le contexte, elle est victime de sa conscience tourmentée, de l'âge, de la maladie. Sans doute aussi de l'opium qu'elle s'envoie comme de l'eau et qui doit lui grignoter sérieusement l'intérieur du crâne. Que ferait ce garçon parmi les esclaves d'Edda ? On ne met pas aux fers un Fils du Vent. Va te coucher, ma vieille, c'est encore ce que tu fais de mieux. Demain il n'y paraîtra plus. Le jeune rouquin aura rejoint les limbes de ta mémoire, peuplés de visages croisés en route et aussitôt oubliés. Il sera sans doute mort, d'ailleurs. Pauvre gars. Tant de force et de beauté. Et il y avait quelque chose dans sa manière d'avancer vers son destin, avec une assurance à la fois désabusée et insouciante, quelque chose... Pauvre gars, vraiment. Morag a laissé le remède sur la table de nuit. Helle hésite, elle ne souffre pas assez pour prendre une dose maintenant. Mais sans cela elle ne dormira pas. Ou elle fera ce cauchemar, toujours le même, celui où ses chers chiens lui dévorent le cœur.

TROISIÈME PARTIE

Ω

Il est enfermé, seul, depuis la veille, depuis l'interruption du combat. Dévoré de frustration, de honte, de sidération hébétée. Il avait enfin fini par accepter son sort, mieux : à l'embrasser sans réserve. Tant qu'à se battre à mort contre ses frères humains sans aucun motif, tant qu'à être un esclave tueur, autant que ce fût ici, à Skagen, devant Edda des Amazones. Comme il n'avait pas le courage de se laisser trucider, et qu'il semblait doué pour ce qu'on attendait de lui, il avait un beau matin pris la décision d'être celui qui gagnerait les Jeux d'Hiver, le dernier gladiateur à sortir de la piste de ces arènes mythiques, centre du monde pour un temps, espace sacré où se jouait le grand cycle cosmique. Depuis sa capture, plus rien n'avait d'importance, il était donc nécessaire de s'approprier furieusement ce que la vie mettait à sa disposition. Alors il s'était rué dans la gladiature comme un forcené, comme un ascète. Il s'était entraîné d'innombrables heures, avant et après les combats publics, la nuit, le jour, il refaisait indéfiniment les mêmes gestes, les mouvements qui conservent la vie et donnent la mort, il se battait comme on se punit, comme on prie, comme on cherche à s'ancrer en soi-même, à se mesurer à soi-même, à se traquer. Sans doute espérait-il enfin se trouver, habiter véritablement son être, s'appartenir. Sa vie n'avait été qu'un égarement, qu'un malentendu, une espèce de songe sans consistance. Elle finirait autrement qu'elle n'avait commencé, qu'elle ne s'était dévidée, au gré du vent, des rencontres, de la bienveillance ou de la malveillance des autres, de ses propres lâchetés. Elle finirait dans la seule chose qui semblait avoir une quelconque réalité : le sang et la douleur.

Après la sélection à Gdańsk, lorsqu'il s'était retrouvé dans le groupe destiné à la gladiature, sa vie était devenue une longue nuit sans fin. On les avait fait attendre trois jours dans un hangar non chauffé, avec trop peu de cette nourriture infecte et souvent avariée qu'ils recevaient déjà durant la longue marche dans les plaines polonaises. Novak avait encore réussi à lui arracher un rire en trébuchant dans la file à cause des bottines trop petites qu'on lui avait données. Et puis on les avait triés, mesurés, on avait tâté leurs muscles, observé leurs dents, testé leur rapidité et leur endurance ; on avait hésité un peu sur la destination de Milo, galères ou gladiature, et la capitaine des gladiateurs avait eu gain de cause, on en manquait cruellement pour les Jeux d'Hiver. Milo avait insisté pour que Novak reste avec lui, il ne savait trop pourquoi, le pauvre garçon n'avait aucune des qualités qui lui permettraient de survivre à un combat dans l'arène. Il l'avait embarqué, comme ça, sans doute par pur égoïsme, pour ne pas se retrouver seul. Il avait dit : « Si c'est du spectacle que vous voulez, il y a mon copain qui est pas mal aussi, c'est vous qui voyez, mais vous ne serez pas déçue, je vous le garantis. » La capitaine, une grosse femme pas commode, l'avait fouetté de sa badine pour son impertinence, mais avait appliqué le conseil. Novak n'aurait sans doute pas mieux supporté les mines de sel ou la gestion des déchets radioactifs, c'est ce que Milo lui donna comme raison pour justifier qu'il l'ait lié à son sort. Et puis, la ruse et la drôlerie de Novak avaient sauvé sa peau au cours des trois seuls combats qu'il avait eu à livrer. À présent, il était dispensé de se battre, et n'entrait dans l'arène que durant les intermèdes pour amuser le public. Finalement il aurait pu avoir moins de chance.

Milo semblait né pour cette occupation, comme d'autres sont taillés pour être bûcherons, musiciens ou guérisseurs. Ce n'était pas une découverte très réjouissante, ni même surprenante pour un Gypsy habitué aux combats, mais c'était déjà quelque chose, une qualité qui le définissait, lui dont l'identité ne semblait jamais s'être révélée. Il s'en était aperçu lors de son premier vrai combat, dans l'arène mobile du château de Kronborg. Le type face à lui avait déjà un an de pratique, une assez bonne technique, et cependant il s'était fait avoir au bout d'un petit quart d'heure. Milo l'avait fait courir, l'avait épuisé par des feintes, une attitude arrogante, désinvolte de jeune merdeux, et cette comédie exaspérante avait fini par provoquer la colère de l'autre ; il commettait de plus en plus d'erreurs, perdait sa concentration. C'est ainsi, très peu élégamment, que Milo avait été vainqueur : un moment de distraction, et il lui avait coupé un bras. Il avait été lui-même sidéré par la facilité avec laquelle la lame avait tranché la chair. Pressé par la foule, il fut obligé d'achever le blessé. À partir de là, il avait gagné quinze duels sur dix-huit, et avait trois fois été sauvé par le public, qui lui accordait une sympathie immédiate et quasi inconditionnelle. Hors de l'arène, il était devenu taciturne, voire odieux. Lui autrefois si sociable s'était fermé aux autres, s'était immunisé contre la compassion et la pitié. Il ne parlait à personne, ne s'attachait pas à ses compagnons d'infortune, pour ne pas avoir à hésiter au moment de les égorger, pour n'avoir aucun remords de l'avoir fait. Il ne tolérait que la présence de Novak. Mais depuis la veille et le combat avorté, Milo restait muré dans un silence borné, hostile. Il aurait voulu que Novak disparaisse, lui aussi, qu'il aille rejoindre les êtres aimés qui avaient déserté son existence.

Depuis sa capture, Milo avait tenté de faire le vide en lui, en commençant par chasser de son esprit, de son cœur, de sa chair le souvenir de Faith, et avec lui les visages d'Aberrama, de Babik, de sa mère, de Bathsheba, de Nana. La présence de Faith en ce lieu lui fait l'effet d'un mirage absurde et cruel, d'une pathétique chimère. Éveillé depuis près de vingt-quatre heures, il se demande si c'est bien elle qui s'était levée, qui avait hurlé et s'était affaissée dans la tribune. Personne n'était venu lui rendre visite, rien ne lui confirmait que c'était elle qui respirait quelque part dans cette forteresse, non loin de lui, elle en chair et en os, et non une pâle copie, une inconnue qui lui ressemblerait de loin, un avatar destiné à le confondre, à le rendre fou, ou alors son fantôme.

Il a fait défiler chaque instant de la scène de nombreuses fois : il avait perçu le surgissement de la silhouette rouge à la périphérie de son regard, du côté de la tribune royale ; elle s'était dressée comme une proue de navire qui émerge des flots, dans un mouvement impérieux et légèrement tanguant. Il avait d'abord tenté de ne pas y accorder d'attention, de ne pas se laisser distraire. Continuer les mouvements lents, les pas légers et circulaires à bonne distance du type en face de lui, faire en sorte que se maintienne l'arrêt du flux temporel, que le moment reste suspendu, moment où l'on se jauge, où l'on se mesure, où l'on se hume à distance, car la peur a une odeur, la confiance aussi, le courage, ou le désir de mort. Le vent ne lui apportait rien encore, il fallait être patient, ne pas céder à l'impétuosité, tempérer. Mais la silhouette avait bougé de nouveau, elle avait juste frémi, et ce frémissement s'était répercuté jusque sous la peau de Milo, et il avait su, avant de la distinguer clairement, que cette figure rouge debout au milieu de la tribune était Faith. Il s'était détourné de son adversaire. Il s'était détourné vers elle, pourpre et frémissante sous le dais royal, palpitante, vivante, réelle. Rien ne lui avait jamais semblé si réel. L'autre avançait derrière lui, il le sentait approcher, l'homme frapperait bientôt, mais Milo était incapable de se mouvoir, rivé qu'il était à l'apparition de Faith. Et elle avait crié. C'était glaçant, affreux, semblable à la plainte d'un chat qui déchire la nuit ; tout s'était figé. Puis le silence, dense, chargé, et elle qui vacille un instant avant de s'évanouir dans un bruissement ; elle qui tombe au creux du silence, est avalée par lui. Là où elle se tenait une seconde plus tôt, des gens s'affairent. Il ne les voit pas vraiment, seules leurs gesticulations forment un ballet dépourvu de sens devant ses yeux, et il reste là, immobile. Il ne se souvient plus de rien après, il sait juste qu'il est assis dans cette geôle depuis des heures. Tout est noir en lui. Noir et silencieux. Il est semblable à une pierre de schiste, humide et froide, le mutisme et la résistance faits matière.

Faith ne fait plus partie de sa vie, elle n'y a aucune place, il l'en a bannie bien avant son propre bannissement de la compagnie. Il a eu peur d'elle, de ce qu'il éprouvait pour cette enfant terrible qui voulait tout et tout de suite, qui dévorait la vie comme si elle était sans cesse travaillée par la faim, une immense et inexhaustible faim. Un ogre habitait Faith, et Milo n'avait pas eu le courage d'affronter cette créature à la fois généreuse et exigeante. Il donnerait tout pour ne pas la revoir, pour éviter de soutenir son regard, de supporter d'être devant elle le pauvre type qu'il a accepté de devenir. Mais elle viendra, sans aucun doute, elle viendra. Milo chasse cette perspective et s'absorbe dans la contemplation du monolithe sombre qui habite son tréfonds. Il veut combattre. Tantôt, très vite, il faut entrer dans le cirque, et y mourir.

Ω

Faith marche dans les corridors souterrains de la forteresse, escortée par un garde. L'odeur de la pierre humide et du salpêtre lui prend la gorge. L'air vicié pénètre au cœur de ses os. Derrière une porte, un gémissement. C'est une voix masculine, très jeune, trop jeune. Plus loin, une toux, et plus loin encore, un rire forcé. Le geôlier s'arrête devant une porte semblable à toutes les autres, l'ouvre d'un tour de clef, se place dans l'embrasure et, de sa main gantée, fait signe à Faith d'entrer. Elle prend une inspiration, pénètre dans la cellule obscure. Elle ne distingue d'abord rien, que la pierre suintant autour de la flamme de la torche fichée dans un anneau au mur. Elle se retourne au bruit sinistre que fait la porte en se fermant derrière elle. Quand elle pose à nouveau le regard devant elle, Milo est là, elle a à peine le temps de le découvrir qu'il lui tourne le dos, avance de deux pas vers le mur, qui se fissure et se creuse en un couloir très étroit et sombre. Milo y pénètre, elle le suit. Ce tunnel semble ne jamais devoir finir, ils marchent longtemps en silence ; soudain Milo a disparu. Aucune lumière, rien ne s'annonce plus devant elle, elle ne voit que les parois de pierres grises et moites qui tolèrent à peine la largeur de ses épaules. De loin lui parvient un bruit de va-et-vient, la mer qui s'approche et s'éloigne, un puissant ressac. Faith se met à courir vers le tumulte. Elle se trouve dans une salle souterraine, une grotte naturelle. Au bout d'une galerie bordée de marches d'une pierre très noire, se révèle une échancrure de ciel marin, et au-dessus du ciel, la houle, la mer qui ondule, les crêtes des vagues bordées d'écume, qui se meuvent comme de grandes ailes d'oiseaux blancs. La mer est sur le ciel... N'est-ce pas le contraire qui se voit dans la nature ? La question ne fait qu'effleurer sa conscience, bien vite chassée par le sentiment que tout ici est à sa place, vrai, puissant et pur. L'eau entre avec de plus en plus d'impétuosité dans la grotte, lèche les parois sur une grande distance, de haut en bas. Cela ruisselle et forme des figures qui signifient quelque chose que Faith comprend mais qui est intraduisible dans un langage humain. Elle est assise au fond de la salle, le dos contre la pierre ; celle-ci dégage une douce chaleur, qui se répand dans ses reins et jusqu'au creux de ses entrailles. Faith entre en elle-même pour retrouver son enfant. C'est un phénomène qu'elle peut provoquer à l'envi, même à l'état de veille, lorsque le désir lui prend. Au cœur de sa chair, le bébé dort paisiblement, un vague sourire aux lèvres. Elle lui dit mentalement : « C'est ici que tout doit finir, et recommencer. » D'un battement de cils, elle caresse son crâne lisse sillonné de veines où court la vie, elle sent sa peau répondre à son contact. Au-dehors, le ciel a repris place au-dessus des eaux.

Au réveil Faith doit affronter le visage d'Edda. Edda qui lui refuse de voir Milo. Demain aura lieu le second combat auquel participera le jeune homme depuis l'évanouissement de Faith. Celui de la veille s'est déroulé alors que Faith dormait, droguée de force. Un spectacle médiocre, sans véritable enjeu, lâche négligemment Edda. Milo a eu raison de l'autre en quelques minutes : «Il a plié l'affaire comme s'il avait un lièvre à courir.» Edda gratifie son bon mot d'un petit rire. Enfin, la chute a compensé le reste, ajoute-t-elle : on pensait Milo perdu, il était à terre, désarmé, et semblait bizarrement indifférent à son sort. La foule devenait presque démente à force de le presser de se battre. Et soudain il était debout, son bouclier en main ; il l'avait ramassé et lancé avec une telle vivacité que personne n'avait eu le temps de rien voir ; l'arme a percuté la tête de l'adversaire, qui s'est effondré sur le coup, inconscient. La foule voulait sa mort, mais le Fils du Vent a lâché le bouclier, a pris le temps de chasser la poussière de ses habits, ensuite il est sorti de l'arène. Comme ça, sans saluer, calmement, il a marché vers le soupirail, et on ne l'a plus vu. Une première. Passible de la mort. Mais Edda est plutôt amusée, le Fils du Vent a bien choisi son jour pour jouer au plus malin. Demain elle aura sans doute changé d'humeur. Le public, contre toute attente, était ravi et a accueilli le départ de Milo par des hourras. Le peuple est un animal aussi imprévisible qu'elle-même.

La reine tente de jouer la désinvolture. Mais elle guette sur le visage de Faith une expression, si fugace soit-elle, qui révélerait la vraie nature du lien qui la lie à ce jeune homme. Est-elle prête à affronter ce qu'elle cherche à faire surgir, cet amour qu'elle s'autorise à peine à deviner, cette force sublime et monstrueuse qu'elle a vue s'emparer de Faith dans la tribune ? Cette chose bien plus puissante que tout ce dont elle est capable, elle, Edda des Amazones, que tout ce qu'elle possède, que son propre amour, que son propre désir. Pauvre amour, en vérité. Il lui paraissait encore si incomparable, infini et transcendant, quelques jours auparavant, avant que surgisse ce blanc-bec dans son arène. Ce qui se jouait entre Faith et ce garçon lui était et lui resterait à jamais inconnaissable, hors de portée. Et cette certitude lui faisait paraître ses propres sentiments médiocres, sa personne indigne. Il lui semblait soudain qu'un être incapable d'éprouver un tel amour ne méritait même pas de vivre. Edda avait perdu Faith. Elle le savait. Elle ne l'avait même d'ailleurs jamais possédée. Pas même cette nuit-là, la nuit de la naissance du poulain de Hrimfaxi. Elle pourrait tout aussi bien la laisser descendre dans les geôles sous terre, y retrouver le jeune homme. Elle pourrait même les libérer et les laisser partir. Plus rien n'a vraiment d'importance depuis qu'elle n'a plus le droit de se mentir et de s'illusionner sur les sentiments de Faith à son égard.

Elle observe la jeune fille qui fait des efforts surhumains pour ne pas lui arracher les yeux avec ses ongles. Faith est silencieuse, figée dans sa résistance et consumée par sa volonté rageuse de sauver cet homme. Elle n'a rien mangé depuis deux jours, et a à peine bu. Edda se surprend à craindre qu'elle se laisse mourir de faim, comme certaines femmes à qui on enlève les bébés mâles chétifs pour les immoler par le feu. Edda prend le bol de céréales aux fruits secs sur la table de chevet, en remplit une cuillère qu'elle place sous la bouche de Faith. Mais celle-ci se détourne. Puis elle plonge son regard dans celui d'Edda et dit : « Laisse-moi le voir. Après je ferai ce que tu veux. » La main d'Edda s'est abattue sur la joue de la jeune fille, qui s'est couchée en chien de fusil sur le lit auquel elle est attachée par un poignet. Edda se maudit, songe à sortir la dague qui ne quitte pas sa ceinture, et à faire taire Faith, à la rendre à jamais muette et dépourvue de volonté, et de cet amour qui ne lui est pas destiné. Et ensuite à mettre un terme à sa propre souffrance.

Elle se lève, fait quelques pas indécis dans la pièce, croise son reflet dans un miroir, prend le temps de l'observer sans complaisance et de détester ce qu'elle voit au fond de ses yeux, dans les plis amers autour de ses lèvres, puis sort. Le vieil amant est derrière la porte. Ils restent un moment face à face. Il plonge son regard dans celui de la reine, et pour la première fois elle découvre l'expression de ses yeux, à la fois jeunes et vieux, où la lucidité et la lassitude le disputent à un reste d'innocence. Elle attend ce qui ne viendra pas : l'homme ne fait pas mine de saluer ; pas de révérence, à peine un hochement sec de tête accompagné d'un « Majesté » presque inaudible, qui semble lui arracher la gueule. Qu'il aille au diable ! Qu'ils soient tous maudits, anéantis par ce qu'ils vénèrent, réduits en cendres par leur dévorant feu intérieur, par l'abandon de leur être, leur dissolution dans l'autre, cet amour qui est un mensonge, en réalité, une fiction destinée à rendre la vie plus supportable, et à faire paraître l'humain sous un jour plus favorable. Sans ce fameux amour – et tout le cortège des fausses vertus qu'il trimballe avec lui, bonté, compassion, abnégation – l'être humain ressemblerait au monstre qu'il est en réalité. L'amour, cette relique odieuse du Vieux Monde et de ses chimères. Edda a toujours assumé être un des plus éloquents spécimens de cette espèce destructrice, cruelle et égoïste qu'on nomme *Homo sapiens.* Jusqu'à cette nuit dans les bras de Faith, elle n'avait pas envisagé que le doute pût s'insinuer en elle, et avec le doute la faiblesse, la vulnérabilité et d'étranges fantasmes d'abandon.

En prenant place dans la tribune, sous les hourras et le son des tambours et des cuivres, Edda se félicite de fermer à jamais la porte qui vient de s'ouvrir en elle. Des tunnels menant aux souterrains commencent à monter les grands fauves, éclairés par les torches le long des murs ; lions des cavernes, panthères et tigres des steppes apparaissent sous la voûte céleste tendue de nuit, splendides et sauvages incarnations de la vie et de la force, qui font monter les larmes aux yeux d'Edda. Les bêtes bientôt recevront leur pitance, sous la forme de quelques rebelles chrétiens capturés en mer Méditerranée alors qu'ils tentaient d'atteindre l'Afrique. Depuis les jeux romains, l'Histoire se répète. Un éternel retour... Elle laisse dériver ses pensées vers ce philosophe allemand étudié à l'école de vie. Et se souvient de sa profonde joie à la découverte de sa théorie selon laquelle chaque instant d'une existence individuelle se répète, se revit à l'infini. Elle ne sait si cette perspective la plonge aujourd'hui dans la plus grande angoisse ou une vraie sérénité. Autrefois, c'était la sérénité qui prédominait. Ou plutôt une exaltation joyeuse, née de la certitude de la souveraineté de la force vitale, de la volonté de puissance entendue et vécue comme suprême réalité, affirmée à jamais ; elle était enivrée par l'acceptation pleine et entière de sa propre destinée, revécue volontiers éternellement, parce qu'il n'y aurait rien à regretter, rien qui parût devoir être changé. Mais l'âge lui montrait cette perspective sous un jour moins lumineux ; il vous rend toute audace menaçante, inaccessible et fantasque. À moins que la très grande vieillesse ne vous fasse don de l'égalité d'âme, et d'une espèce de vision assumée et tragique du devenir. Un effet de l'éternel retour.

Ces chrétiens qui se débattent dans l'arène sont des adeptes de la secte des Enfants du Vieux Monde. Le visage d'Alba des Hautes Terres revient s'imprimer dans l'esprit d'Edda. C'est elle qui a définitivement brisé cette organisation criminelle. Pour cela Edda lui sera à jamais reconnaissante, malgré tout ce qui les oppose. Son regard glisse négligemment sur ces hommes affaiblis, ces épaves apatrides qui se pressent contre les murs de l'arène comme des cancrelats. Des proies trop faciles. Voilà qu'on les pousse au milieu des fauves. Le festin des animaux ne durera que quelques minutes et, chaque fois qu'elle assiste à ce spectacle, Edda se demande si les victimes ont enfin appris la leçon : l'humain n'est pas l'aboutissement de la création, le plus parfait des êtres vivants sous le soleil. Il peut au contraire se révéler le plus maladif, le plus lâche, le plus méprisable. Une panthère ronge un bras avec volupté, alors que son propriétaire vit encore, quelques mètres plus loin. Deux hommes attachés ensemble tentent d'effrayer par leurs gestes et leurs cris un grand lion qui les observe avec condescendance en se pourléchant les babines. Soudain Edda en a assez et se lève. Elle fait un signe de la main en direction de sa chambellan et aussitôt le public se dresse comme un seul homme et la salue, les deux bras levés, paumes offertes. Dans l'arène, le carnage continue au milieu de l'indifférence générale. Bientôt les bêtes seront relâchées dans la nature, là où on les a piégées. Edda songe à interdire la capture des prédateurs pour les Jeux d'Hiver. Elle ne supporte plus de priver ces animaux de liberté, ne fût-ce que quelques semaines. L'an prochain, c'est décidé, les condamnés à mort seront exécutés par leurs semblables.

Elle en a un peu assez des combats, du sang, des cris d'agonie. Il y a bien eu d'innombrables pièces dansées et mises en musique, des concerts aussi. Mais le théâtre lui manque. La troupe a remplacé Faith un soir, mais l'autre actrice était tellement moins talentueuse, les autres comédiens moins intenses sans la présence de Faith, qu'Edda a préféré interrompre les représentations. Elle donnerait beaucoup pour voir à nouveau Faith en scène, au moins une seule fois. Elle pourrait négocier. Une visite au gladiateur contre une représentation. Voilà une idée.

Ω

Helle ne quitte plus le lit. Son dos n'est plus qu'une tranche de chairs assiégées par la douleur. Elle rêve parfois qu'elle se défait de son dos comme d'une cuirasse. Elle l'ôte et la jette aux orties. Et se sent mieux. Mais ce morceau d'elle complètement gangrené par le mal l'accompagnera jusqu'à la fin. Ce sera sans doute la seule part d'elle qui, paradoxalement, lui rappellera qu'elle est toujours vivante.

À présent le doute n'est plus possible, cet homme est bien Fingal, le fils d'Alba, l'enfant mâle destiné à périr des mains de Helle. Elle est hantée par cette journée. Aucune confusion dans ces souvenirs, aucune imprécision. Chaque image prise isolément, et l'enchaînement de toutes ces images en un tout chronologique et sans lacunes, est implacablement clair, limpide, cohérent. Alba lui avait confié le bébé la veille. Helle avait passé la nuit avec lui. Il était agité, s'éveillait souvent, la regardait quelques secondes avec inquiétude, ses yeux luisant comme des pierres de rivière dans l'obscurité. Elle savait qu'elle serait incapable de faire ce qui lui était demandé. Elle l'avait compris dès que sa mission lui avait été confiée, et n'avait eu aucune hésitation. Pourtant elle n'était pas très attachée à ce bébé, elle en était même jalouse, tant il rayonnait et captait l'intérêt et la tendresse des membres de la famille, des domestiques et du peuple. Tant il forçait les digues d'Alba et régnait chaque jour un peu plus sur son cœur. Il semblait à Helle que c'est au plus fort de son adoration pour son fils que la reine avait décidé sa perte.

Juste avant l'aube, elle avait emmené l'enfant au campement des Britannia. Ils avaient séjourné au château pendant deux semaines avant de reprendre la route vers le sud. Ils comptaient embarquer pour le continent où ils passeraient quelques mois d'hiver. Helle les avait convaincus de quitter le pays à jamais. Elle n'a pas oublié comment cette jeune femme avait accueilli Fingal, la défiance qui irradiait d'elle, une espèce de résistance farouche ; ce bébé était un dangereux fardeau, c'est la pensée qui la taraudait alors qu'elle le prenait dans ses bras à contrecœur. Fingal l'observait avec perplexité, puis il avait souri et posé les mains sur le visage de la Fille du Vent ; elle s'était un peu détendue, et l'enfant avait laissé courir ses menottes comme celles d'un aveugle, réalisant les gestes qui feraient de cette inconnue sa mère. Au moment où Helle allait le quitter, les bras du bambin s'étaient tendus vers elle, les immenses yeux gris s'étaient remplis de larmes. Elle s'était enfuie en ravalant les siennes et était retournée auprès de sa reine infanticide.

Souvent depuis elle a imaginé la compagnie, errant des plaines de l'Est aux côtes occidentales de l'Europe, bercée par les souvenirs de la Grande Île au-delà de la mer ; Helle devinait les réminiscences lancinantes, serrant les âmes déracinées avec la passion triste de la musique unique de ce peuple. Ces nouveaux princes de la Terre avaient renoncé au vieux pays pour ce jeune prince réprouvé, pour cet enfant mâle devenu indésirable dans ce monde soumis aux lois de femmes puissantes, avides et terrifiées. Terrifiées... Helle le comprend à présent, au seuil de la mort, cela lui apparaît comme une évidence. Le fantôme du Vieux Monde ne cesse d'exhaler son souffle funeste sur le Nouveau. Le pouvoir gagné de haute lutte par les femmes est fragile, parce que ces dernières, tout au fond de leur cœur, demeurent incrédules à l'égard de leur position dominante. Rien de plus vulnérable que celui ou celle qui ne parvient pas à croire en sa force, qui ne peut donc en mesurer l'étendue, ni l'exercer en toute sérénité et sans l'ombre d'un scrupule, sans une once, si infime soit-elle, de culpabilité. Rien de plus méfiant, de plus fébrile, de plus cruel que cet humain qui ne peut sortir de la sidération d'être enfin devenu le maître. Les hommes d'autrefois n'avaient pas besoin de tuer leurs filles et leurs femmes pour les écarter du pouvoir et les réduire à néant. Leur puissance était ancestrale, et ils la croyaient aussi méritée que l'air qu'ils respiraient.

Helle ne peut rien pour Fingal. Il n'est pas en son pouvoir de préserver sa vie une seconde fois. En éprouve-t-elle même l'envie ? Elle repousse la question et se dit que révéler son identité à Edda signerait l'arrêt de mort du jeune homme, ou pire. Helle a quand même tenté d'adoucir la reine, d'obtenir la grâce de Fingal, mais lorsqu'elle lui parle de mansuétude, l'autre ricane, prétend que Helle a été polluée par la morale des faibles, qu'elle est devenue l'ombre d'elle-même. Ce en quoi elle a sans doute raison, d'un certain point de vue. Helle est à l'agonie, toute énergie l'a quittée. À présent tout lui est égal. Elle n'ira jamais étreindre Alba sur son île. Il est bien trop tard. Elle a reporté indéfiniment cette rencontre, alors que c'est la seule chose qui lui semble aujourd'hui encore valoir la peine d'être vécue. Son existence loin d'Alba n'était qu'une longue suite de jours sans saveur. Elle ne sauvera pas la vie de Fingal. Puisqu'elle ne peut pas vivre, elle, qu'importe ce que deviennent les autres, tous les autres ? C'est cela vieillir, sans doute : ne plus se soucier du devenir du monde, puisqu'on n'a plus rien à y faire. Après moi le déluge ! Elle aurait quand même bien voulu connaître la réponse à cette question qui la taraude depuis vingt ans : Alba espérait-elle sans se l'avouer que Helle désobéisse à son ordre et sauve l'enfant ? La régente l'a parfois cru, les dernières années, écrasée par la solitude et le poids du secret. Aujourd'hui elle penserait plutôt le contraire. Alba était absolument résolue dans sa volonté assassine, bien qu'incapable de tuer. La compagnie d'Edda rappelle à Helle à quel point Alba était dure, elle aussi. Edda et Alba sont de la même étoffe. Ce sont des reines toutes neuves, au regard de l'Histoire, encore prisonnières de leur sidération.

Ω

Les gradins sont noirs d'une foule compacte, parfaitement immobile, une foule qui retient sa respiration. Jamais Faith n'a joué devant une assemblée aussi tendue. Elle-même est nerveuse, la sueur descend le long de son dos et vient se répandre là où ses jupes se massent autour de ses reins, sous la ceinture trop serrée ; elle étouffe malgré le froid ambiant. Elle aimerait se dévêtir, changer de costume, mais n'en a plus le temps. Dans quelques secondes aura lieu la scène du mouchoir. La veille au même moment, le trac lui est tombé dessus comme une averse violente, accompagné de pertes de mémoire. Gennaro lui est venu en aide, a meublé très habilement les silences par des gestes, des répétitions si à propos que le public n'y a vu que du feu. Elle s'était brusquement sentie perdue, traquée comme une bête sauvage, mise à nu, dépossédée de la moindre emprise sur les battements affolés de son cœur, sur les pensées qui venaient se presser en désordre dans sa tête, magma d'images et d'idées fugaces qui embrumaient, puis chassaient les mots et les émotions de Desdémone. Dans ce magma, le visage de Milo émergeait comme celui d'un noyé, calme et livide, déchirait sa poitrine, lui lacérait la tête, juste derrière les yeux. C'était la première fois qu'elle jouait depuis qu'elle l'avait reconnu dans l'arène. Elle ne l'avait toujours pas revu. Mais il n'avait pas combattu depuis que la pièce avait repris.

Le soir, lorsque Edda rejoint Faith dans la chambre où elle a élu domicile depuis quelques jours, elle est enjouée, se comporte comme si elle partageait avec Faith un merveilleux secret, quelque chose de précieux et de rare, qui les lie plus profondément, plus inéluctablement que tout, une espèce de pacte sacré que rien ne peut rompre. Faith sent vaciller la santé mentale de la reine chaque jour davantage. Elle ne comprend pas les sous-entendus d'Edda, ses œillades, ses allusions. Elle ignore tout de ce lien né dans la raison altérée de cette femme et tissé sans son propre accord, et cependant elle en sent le joug, qui pèse chaque seconde sur son corps et son esprit, et ne la quitte qu'une fois en scène.

La voix de Iago lui parvient ; elle lui fait penser, cette voix au timbre métallique et trop aigu, à celle de son défunt petit mari, Tom Boswell. Elle hait cette voix, alors que Dimitri, l'acteur qui en est si tragiquement affublé, est un bon gars ; il susurre à présent à Othello, perfide sous la bonne foi : « Je suis à vous à jamais. » Dimitri sort, lui lance un regard inquiet en la croisant, lui pose une main fraternelle sur l'épaule. Le bouffon et Emilia entrent en scène, Faith soupire, se passe la main sur la nuque, les rejoint. Elle arpente l'estrade en parlant au bouffon ; entre Gennaro, et Faith a soudain envie de disparaître avec lui comme par enchantement, un clignement de paupières, et ils se trouveraient hors de scène, loin de la forteresse, ensemble, comme il en avait rêvé, comme il l'en avait priée, lors de la halte en Frise. Elle avait hésité, et quelque chose de très puissant, un appel clair et ferme, l'avait poussée vers le nord, vers Edda et ses Jeux somptueux et cruels. L'appel de la gloire, mais pas seulement. Faith sait à présent ce que signifiait cette injonction intérieure : son destin l'attendait là, car la vie y avait amené Milo, par de mystérieux chemins.

Sa main est à présent dans celle d'Othello ; « Chaude, chaude et moite », dit-il presque sur le souffle, mais Faith est certaine qu'on l'entend au dernier rang des gradins. Chaude et moite, en effet, cette main, alors que celle de Faith est habituellement froide et sèche. Il réclame le mouchoir, elle ne l'a pas sur elle, alors il insiste, sur un ton si tranchant, si amer, plus amer et tranchant qu'hier, plus... Quoi ? Déçu, c'est ça, déçu. Il est déçu par elle, il est las aussi, sans doute, ne voit plus l'utilité de se battre pour elle, de vouloir pour elle, pour une menteuse liée à un autre. Il raconte ces histoires de magie, d'Égyptienne qui aurait ensorcelé le mouchoir avant de le donner à la mère d'Othello ; on sent la suspicion ironique dans son ton, il joue le texte comme si Othello ne cherchait pas à cacher qu'il ment en contant des balivernes, juste pour effrayer sa femme, la terroriser... Ou bien Faith est-elle seule à percevoir cela ? Et soudain, ces maléfices ne lui ont jamais semblé si crédibles. Elle est véritablement terrifiée, elle tremble et se liquéfie ; elle n'a jamais joué cette scène ainsi ; sa Desdémone ne se laisse pas impressionner, elle rit intérieurement de ces menaces. Mais pas ce soir. Gennaro continue, sombre, à propos du mouchoir : « Il fut teint avec un fluide provenant des cœurs embaumés de jeunes vierges. » « En vérité, cela est-il vrai ? », demande-t-elle, comme une enfant prise de panique. Et c'est bien la panique qui continue son sournois cheminement en elle, lui chatouille la gorge pour faire déraper sa voix, lui brouille la mémoire, de nouveau. Gennaro trahit un instant son inquiétude ; il garde sa main prisonnière de la sienne, alors qu'il devrait la lâcher.

Et soudain elle comprend. Elle a une vision claire de ce qui se joue ici. La vie de Milo est entre ses mains chaque soir, c'est là le pacte macabre fantasmé par Edda : Faith joue, et Milo reste en vie. Une vague de colère s'empare d'elle, une espèce de coulée presque solide, qui inonde sa tête et sa poitrine. Elle arrache sa main à celle de Gennaro, regagne son emprise sur elle-même. Ne savent-ils pas à qui ils ont affaire ? Ni le Maure, ni Edda, ni personne ne la manipulera si facilement. Elle aussi a quelques sortilèges de derrière les fagots, sa jeunesse, son innocence trouble, son pouvoir d'attraction sexuelle, sa témérité sans limites, de quoi rivaliser avec cette Égyptienne jeteuse de sorts ; pas plus égyptienne que Faith, mais bien gypsie, comme elle ; une femme de son propre peuple, une sœur à travers les siècles, qui prédit l'avenir, ensorcelle les objets et les cœurs, fait et défait les destinées. C'est le rituel auquel Faith est tout entière dévouée à partir de cette seconde : repousser la mort. Telle une Parque, elle tisse les fils de la vie, dans sa voix et ses gestes, dans son abandon total et miraculeux chaque soir réitéré.

Faith sent irradier de nouveau la force, le feu, la fragilité contrôlée à présent, et cette qualité qu'elle ne parvient ni à identifier, ni à nommer, ni à provoquer et qu'elle est seule à posséder dans cette troupe ; cette qualité qui ne doit sous aucun prétexte lui faire défaut, au risque de décevoir Edda et sa foule extatique, et de vouer Milo au combat et à la mort. Alors elle contre-attaque, elle se bat, à toutes les questions d'Othello, elle oppose farouchement la défense de Cassio, et, comme le sculpteur son bloc d'argile, elle façonne bravement son propre destin, magiquement lié à celui de Desdémone ; Desdémone, son double vertueux, son avatar angélique, Desdémone, avec toute son imbécile candeur et son ahurissante franchise, son obsession pour la justice, sa confiance totale en cet homme et surtout en elle-même – bien trop probe, trop amoureuse pour susciter le moindre soupçon d'adultère – persiste à faire valoir sa volonté, à avoir le dernier mot. Elle sait, elle voit bien qu'elle le torture, qu'elle le transforme en monstre aveugle, et une part d'elle jubile de le voir ainsi souffrir, de contempler l'immonde métamorphose, c'est la part de l'enfant joueuse que Faith partage avec le personnage, celle qui chante sa comptine infernale et ininterrompue. Elle danse, tel un démon, elle danse au bord du gouffre, et scelle son sort.

Othello est dévasté, en réalité déjà vaincu par sa passion, il commence à se haïr de ne pouvoir taire la voix qui s'éveille en lui. L'espace d'une seconde, à la fin de la réplique où il lui ordonne de partir, elle surprend quelque chose d'affreusement sincère chez Gennaro, quelque chose qui lui appartient à présent : la jalousie. Il a compris à son tour ; il sait que c'est pour Milo qu'elle joue, lui seul est cause de cette transfiguration.

Faith n'éprouve aucune compassion en cet instant pour Gennaro, c'est ainsi que les hommes vivent, et souffrent, et se consument, puis meurent. Il faut au moins qu'il tienne, qu'il endure encore, son vieux saltimbanque, qu'il excelle à endurer soir après soir, jusqu'à la fin de ces satanées fêtes. Edda doit jouir plus violemment à chaque représentation, et le peuple avec elle.

Ω

Le ciel semble démesuré au-dessus de sa tête. Sur la mer un navire tangue au loin, une galère norvégienne, à en juger par son drapeau. Gennaro prend une grande goulée d'air. Ces quelques heures de solitude lui font l'effet de la promenade du condamné, ce lieu est une vaste prison ; ses murs ont des oreilles et des yeux, l'air que l'on y respire semble empoisonné, chaque mot que l'on y prononce peut décider de votre vie ou de votre mort. Gennaro ne sait pas le matin s'il sera capable de jouer le soir. L'alcool ne suffit plus à le soutenir, il a le sentiment de sombrer dans une sorte de démence torpide, tant la frontière entre le personnage d'Othello et lui-même s'amenuise, jusqu'à disparaître de plus en plus souvent, le laissant perdu et terrifié, en proie aux passions destructrices du Maure. Il pourrait la tuer, lui aussi. Il serait capable de le faire. La veille il l'a serrée si fort qu'elle a roulé des yeux fous, s'est accrochée à lui de toute sa rage, l'a même frappé. Pour la première fois, il l'a trouvée laide. Elle ne lui a rien dit après le spectacle. Elle ne lui parle plus vraiment. À ses rares questions elle répond par des gestes vagues. Elle ne le touche plus, ne se laisse plus toucher. Elle s'est métamorphosée en une machine de guerre, une machine de jeu, un redoutable dispositif dévolu à l'incarnation d'un être qui n'existe pas et mené, sous les accents de la plus poignante sincérité, de manière absolument martiale et fanatique. Et toute la troupe s'embarque soir après soir dans cette danse de guerre, sans la moindre résistance. On dirait que Faith a tacitement persuadé tout le monde que ce n'est pas seulement la vie du Gypsy qu'elle défend, mais celle de tous ceux qui partagent la scène avec elle. Ils jouent comme si c'était la dernière fois, le feu et la peur au ventre, semblables à des possédés. C'est ce qu'ils sont, lui y compris, car sa lucidité ne l'exonère de rien : des possédés, des envoûtés. Faith les tient sous un charme. Gennaro ne sait plus très bien ce qu'il redoute le plus : la folie dangereuse de Faith ou celle de la reine.

Au centre de toute cette agitation, ce garçon étrange avec sa moue un peu butée, ses yeux revenus de tout, ce garçon qui est sa vie à elle, son homme à elle. Elle l'a voué au désespoir, jeté sur les routes, privé des êtres aimés, pourquoi ? Elle est incapable de dénouer ce maillage de raisons obscures et superstitieuses. Et à présent, elle mourra si elle ne parvient pas à le sauver. Faith avait raconté un jour à Gennaro comment un homme manifeste qu'il veut une femme pour épouse dans la tradition ancestrale des Roms. Il enlève sa fiancée, à cheval, et l'emmène en voyage loin de la compagnie, en un lieu perdu et sauvage où ils seront seuls, et lorsqu'ils reviennent parmi les leurs, alors seulement le mariage est célébré. Gennaro avait parfaitement compris que Faith ne lui contait pas cela pour qu'il procède de cette manière avec elle. C'était une histoire qui ne le concernait pas, ne le concernerait jamais, dût-il vivre mille ans avec Faith. C'était ce jeune homme qui venait dans ses rêves, monté sur un cheval nerveux ; il enfonçait la porte de sa roulotte, l'empoignait, elle ruait et se défendait comme il convient à toute fiancée qui se respecte, mais il la maîtrisait et la portait sur l'épaule comme un sac de grains, la jetait sur la selle et chevauchait à bride abattue vers les steppes où l'horizon ne finit jamais. C'était lui qu'elle avait guetté chaque nuit, derrière l'ombre des arbres au crépuscule, dans les lointains neigeux, dans les traces des sabots des chevaux sur les routes poussiéreuses. C'était cet homme maudit, déchu par sa propre faute, à cause d'un tabou transgressé, une histoire d'eau polluée.

Il songeait souvent, ces derniers temps, dans le silence nocturne, alors que le vin finissait par assoupir un peu la souffrance et le dépit, il songeait aux débuts de leur histoire, quand il entendait son petit pas affirmé, presque agressif, marteler les grandes dalles de pierre du palais, son petit pas qui la lui apportait, comme un présent, comme une récompense pour toutes les années d'indifférence et de sentiment de ratage et d'abandon. Il écoutait le bruit de ses pas comme les chrétiens écoutent celui des cloches de l'église sonnant minuit le soir de Noël. Il attendait le retour de son corps comme eux s'apprêtent à ingérer celui de leur Sauveur. Il avait été chrétien, autrefois, dans une très ancienne vie de servitude. Il n'avait que cela pour accorder un semblant de sens à sa misérable existence d'enfant perdu, que ces moments du rituel hebdomadaire, les paroles du prêtre, la promesse d'un au-delà qui rachèterait toutes les humiliations de cette vie. Comme il avait brûlé alors pour ces mensonges, pour ce morceau de pain qu'un geste avait miraculeusement transformé en chair sacrée, en corps adoré, rédempteur. Faith avait été sa seule et unique rédemption, sa source de foi, de joie, elle l'avait lavé de ses péchés, réconcilié avec lui-même, avec l'enfant sans famille trouvé dans un fossé et mis aux fers, avec le mercenaire sans pitié, le père faible et négligent, avec le lâche, l'amant soumis, transi, à jamais consentant. Elle avait opéré ce prodige. Que lui apporteraient dès lors quelques années, quelques mois de plus à ses côtés ? La vie de Faith est ailleurs désormais, hors du cercle magique et bienheureux qui fut un jour leur couple. Où la mèneront ses petits pas téméraires, vers quel rivage ? Il n'est pas en son pouvoir de le savoir, il n'est donné à personne de percer ce mystère.

La galère se rapproche, lutte contre le courant qui la pousse vers la terre ; Gennaro imagine les rameurs enchaînés, suant dans la bise du nord. Quelques minutes plus tôt, il ressemblait à ces hommes, esclaves et envieux, pétris de ressentiment. Un fulmar boréal traverse le ciel blanc. Gennaro jette un dernier regard au large, laisse ses poumons se remplir longuement d'air gorgé d'embruns. Jamais la vie ne lui a semblé aussi inéluctable. L'homme a ceci de stupide et touchant : il a bien du mal à se représenter la vie aller son cours et le monde tourner en dehors de sa petite conscience prétentieuse qui refuse de disparaître, comme la tique refuse de lâcher la peau. C'est peut-être ce qui a perdu les grandes civilisations d'autrefois.

Mais il faut sans doute croire que c'est encore ce qui perdra les sociétés nouvelles, car le temps a beau passer, les civilisations s'effondrer et renaître, rien ne changera. Les humains devraient n'avoir de cesse de cultiver l'accès à la part sacrée et innocente qu'ils partagent avec tout ce qui vit. Il avait connu cette manière d'être au monde chez le peuple de l'Orage. Mais il y aura toujours des Faith pour marteler la terre de leur petit pas décidé, dominant, invincible. En cet instant, Gennaro a le sentiment qu'il faut malgré tout célébrer cela comme le soleil levant, ou l'entrée de l'Hiver souverain, comme le vol du fulmar, et la jalousie du Maure. Le petit pas de Faith...

Ω

Edda est sortie pour une chevauchée, seule avec sa fille. Elles vont rendre hommage à leurs ancêtres, non loin à l'est de la forteresse. Sous le tertre, au cœur de la terre, dort le gigantesque navire de pierre, monument funéraire des reines des Amazones depuis la Renaissance. Aucun ossement royal ne gît dans la carène ; les corps ont brûlé en mer, sur des navires de plus petites dimensions ; leurs cendres se sont mêlées au grand océan. Les restes humains qui jonchent le pont sont ceux de quelques esclaves masculins. Scellés dans une cache à fond de cale, veillent les armes et les regalia : le sceptre et la couronne, la bague de Lagertha, la première femme à être remontée sur le trône après la Chute. Au doigt d'Edda luit la réplique de ce bijou mythique et fruste : un morceau d'ambre, grossièrement enchâssé dans une bague en fer. Le ciel est bas, frôle de ses lambeaux grisâtres le sommet du tertre recouvert de neige. Le bord de mer non loin est pris dans les glaces ; il est presque impossible de distinguer l'étendue d'eau du rivage.

Edda et Elmina descendent de cheval et s'agenouillent au pied de l'éminence encerclée de pierres dressées. Edda dit tout bas la prière des morts. Puis elle se lève, suivie par sa fille, et elles empruntent la rampe qui pénètre sous la terre, poussent la lourde porte basse surmontée d'un linteau sculpté de deux grands yeux aux paupières fermées; elles laissent la porte entrouverte pour que la lumière du jour les éclaire. Au bout du couloir flanqué de monolithes lisses et pâles, s'ouvre la salle du navire, immense espace surmonté par une voûte de pierres en encorbellement, percée de fenêtres fermées par des plaques de verre fumé, récupérées lors de la démolition de la bibliothèque de Copenhague près de quatre siècles plus tôt. Le navire, colossal, construit dans un marbre d'un noir profond provenant du même bâtiment de l'Ancien Monde, déploie ses formes pures et élégantes, on le dirait léger, prêt à appareiller pour l'éternité dans l'espace astral.

Edda aime ce lieu. Chaque fois qu'elle s'y trouve, lui prend le désir intense d'y être ensevelie. Mais ce n'est pas la tradition de son peuple. La chair morte doit disparaître par le feu, et ensuite retourner à la Terre, nourrir le vivant, le réinvestir de son énergie et de sa mémoire, se fondre dans les éléments et perpétuer le grand cycle de la vie. Enterrer les corps dans des caveaux de pierre était bon pour le Vieil Homme présomptueux, qui croyait son âme immortelle, et ne se souciait pas de puer et de pourrir indéfiniment dans des lieux clos et viciés, des espaces morts. L'homme n'a pas d'âme, pas plus que les animaux ou les arbres. Il est une mystérieuse combinaison de matière sentiente, pensante, et lorsque cette matière meurt, elle se recombine à la matière vivante, se recycle et continue une autre forme de vie.

Elmina fredonne un air mélancolique, sa voix claire et juste résonne sous la voûte ; elle va s'asseoir près de la figure de proue, passe la main sur le calamar géant, dont les tentacules de marbre s'entrelacent amoureusement à la coque, s'étirent sur le plancher, étreignent le mât. Les yeux de l'animal, sertis de pierres précieuses, étincellent dans l'ombre. Il semble onduler comme une créature de chair. Edda doit faire un effort pour se soustraire au charme funèbre de l'endroit et se concentrer sur ce qu'elle est venue chercher ici.

Ce soir a lieu la dernière représentation d'*Othello.* Demain les Fêtes prendront fin, on fera une ultime offrande au Nord, sous la forme qu'aura choisie la reine. Ce sera une exécution, un dernier combat, un spectacle, ou simplement rien, et chacun rentrera chez soi avec un goût de trop peu, de frustration, l'impression de ne pas avoir satisfait la divinité honorée, avec au ventre la crainte que quelque chose se détraque dans la splendide mécanique universelle qui garantit la vie et protège du feu. Le petit monde qui grouille à l'intérieur et autour de la forteresse cherche à deviner ce qui germera dans le cerveau fantasque d'Edda.

Ce sera un combat. Elle pensait opposer le Sibérien au Fils du Vent. Une trahison. Car Edda avait promis la grâce de Milo au terme des représentations d'*Othello* et des Jeux. Et c'est à présent le terme. Le peuple attend une clôture en apothéose. Personne n'a rien perdu de ce qui se jouait sur la scène, de ce qui pulsait sous les vers de Shakespeare, de cet autre récit se glissant sous celui des amours du Maure et de Desdémone ; la vie et la mort, mais pour de vrai. Jamais les Fêtes d'Hiver n'avaient eu autant d'éclat. C'était la quintessence du don aux dieux, l'archétype de l'offrande, c'était la perfection même. Et on ne pouvait douter que la divinité du Froid, en ses mystérieuses contrées hyperboréennes, fût touchée par ces soirées placées sous le signe de la ferveur et de la tragédie, et que l'ordre du Nouveau Monde s'en trouverait réaffirmé.

Helle a tenté de sauver le Gypsy de ce combat qui lui sera sans doute fatal, avec une insistance qui a un instant désorienté Edda. Pourquoi le sort de cet anonyme lui importe-t-il tant ? Elle lui demandait de mettre fin à ce jeu macabre. Mais l'idiote ramollie ne comprend-elle pas qu'il ne s'agit absolument pas d'un jeu ? Ce n'en est un pour personne dans ce cirque de pierre ! C'est la plus exaltante expérience jamais vécue. Car ce que Helle ne peut pas comprendre, c'est qu'Edda est sincère lorsqu'elle se promet de mettre le jeune homme à mort le matin et que, le soir venu, le jeu de Faith l'ébranle tant qu'elle est incapable de faire exécuter celui qui la transfigure ainsi. Elle n'a aucun intérêt pour cet homme. Il est une icône, une espèce d'Apollon rayonnant et lointain, un corps, un symbole. Des femmes et des hommes se pâment lorsqu'il apparaît, certaines se pressent devant la porte de sa cellule, espérant lui parler, le toucher. Mais Edda a formellement interdit tout contact entre lui et quiconque depuis des jours. Afin de garder intact le mystère. Edda n'éprouve aucune curiosité pour lui, mais bien pour ce qu'il forme avec Faith, l'espèce de monstre à deux têtes qu'ils incarnent. Elle se sent désespérément aimantée par cet être double, et à la fois infiniment étrangère à lui, à jamais exilée de cette réalité. Tout le royaume est suspendu au dénouement de la tragédie qui se joue dans l'arène. Et Edda sait que son peuple éprouve, soir après soir, un lien intime et puissant avec tous les acteurs de ce drame, elle y comprise. Mais il n'appartient qu'à elle et à elle seule, Edda de Danemark, d'en imaginer l'issue.

Elle avait donc envisagé que le jeune Apollon mourût de la main de son meilleur gladiateur. Mais voilà que le vieil amant de Faith lui offre la possibilité d'une fin autrement intéressante, autrement déchirante, et bien supérieure à ce à quoi l'imagination d'Edda peut prétendre. Quelques heures plus tôt, Gennaro avait demandé audience. L'homme voulait se battre à la place du Fils du Vent. Ce type imbibé, décrépit, ravagé, était prêt à perdre la vie pour préserver celle de son rival. Edda avait tout de même salué la folle audace, et lui avait témoigné son admiration. Il demandait à entrer dans le cercle magique où se jouent les destinées. Et face à un combattant de tout premier ordre. C'était héroïque, mais dépourvu du moindre intérêt. Absolument aucun enjeu à espérer dans ce duel inégal, pas de tension insoutenable en vue, de spectateurs au bord de la crise de nerfs, aucun spectacle enfin. Alors Edda a envisagé un raffinement : Gennaro se battra, certes, mais contre le Fils du Vent. Elle n'est pas près d'oublier son expression lorsqu'elle lui a annoncé cela. Elle a bien failli le trucider sur place pour le regard de mépris absolu qu'il lui a lancé comme on cède à un méchant enfant capricieux ; et au-delà du mépris, une espèce de pitié ironique.

Ils se rencontreront demain. L'arène sera décorée pour l'occasion, torchères gigantesques brandies par les porteurs-de-lumières, et braseros contenant des troncs entiers. Edda imagine avec une sorte de ravissement froid les deux hommes dans leur cellule respective quelques heures avant l'affrontement : des prêtresses accomplissent les gestes rituels sur leurs corps, les enduisent de graisse pour les protéger du froid, peignent leur chevelure et la constellent de poudre d'or, tracent les traits de khôl autour de leurs yeux, strient leurs joues d'éclairs, enveloppent leurs mollets de jambières de peau renforcée, leurs bras de poignets de force. Edda peut sentir les vapeurs du breuvage qu'on offrira à leurs lèvres, qui affûte les sens et abolit la peur. Une potion puissante réservée aux guerrières avant la bataille. Ces hommes vont illuminer la nuit mieux qu'un incendie. Cette image en fait surgir une autre dans l'esprit d'Edda : celle du grand incendie de Rome, dans le Très Vieux Monde ; elle en avait lu autrefois une description, d'après un auteur contemporain des faits ; un doute planait sur les causes de ce brasier qui avait détruit une ville de huit cent mille habitants ; presque un million d'hommes, de femmes et d'enfants, c'était à peine moins que la population de l'ensemble du Royaume. Edda était intimement convaincue que Néron en était l'auteur, et cela l'emmenait en des rêves délirants qui portaient au paroxysme son excitation d'adolescente.

Chaque année à l'approche des Jeux, sa mémoire la ramène à ces heures claires, à ses fantasmes qui ne rencontraient aucun obstacle en son esprit neuf, avide, n'obéissant à aucune contrainte, ne respectant aucune limite d'ordre moral ou pratique, ne ployant sous le poids d'aucune tragédie intime. L'esprit radieux d'une jeune femme à l'orée d'un monde qui lui appartenait déjà. Edda n'est plus cette fille de quatorze ou quinze ans, mais elle rêve, elle projette, elle désire, elle s'en rend compte depuis qu'elle se trouve dans ce ventre de pierre, cette nef originelle et ultime ; Edda aspire encore... À quoi aspire-t-elle ? Elle n'en sait rien avec précision. Mais cela viendra. Les souverains visionnaires ont aussi leur moment privilégié avec les Muses. Ni plus ni moins que les artistes, que ces acteurs vénérés tels des dieux. Elle aussi est capable de transfigurer le réel, de transcender son humaine condition, et d'élever les créatures qui lui sont confiées. N'est-ce pas le but suprême de ces fêtes sacrées, assurer la place de l'homme dans la marche des mondes, lui qui avait été balayé de la surface de la Terre ? Il appartient aux souveraines comme Edda d'affirmer la nécessité de la renaissance de l'Homme, la légitimité de sa présence dans l'univers.

Elmina parle, très bas, sa mère peut reconnaître les vers de cette poétesse dont elle s'est entichée à l'école de vie, une femme d'un milieu modeste, fille de pêcheurs, mais possédant un talent indéniable. Edda s'approche de sa fille, se place derrière elle et lui embrasse les cheveux. Leur odeur n'a pas changé depuis la petite enfance. Il faut rentrer, mon amour, il faut retourner dans l'arène, affronter les hommes, leur frénésie, leur bêtise, leur jugement, leur lâcheté et leur grandeur. Elmina est si légère, si pleine d'insouciance qu'Edda a bien de la peine à l'imaginer régner. Sa fille n'a pas hérité de son caractère, de son goût du pouvoir, ni de sa force, ni de grand-chose qui fasse un monarque. Une onde de froid la saisit soudain, et elle reconnaît le doute, ce vieux démon qui vient la visiter de plus en plus souvent, aux moments les moins opportuns. Edda lâche sa fille, regagne le grand jour et les chevaux, tente de se réchauffer au contact de sa jument.

Ω

Milo se tient devant elle, harnaché comme un cheval de guerre. Elle a peine à le reconnaître sous les couches de peinture, qui accentuent le changement que le temps et l'angoisse ont imprimé à ses traits. Il a grandi ; il la domine de deux bonnes têtes à présent. Les yeux de Faith balaient la pièce où règne la pénombre : le lit dans un coin, la fenêtre haute d'où tombe un triste rayon de lune, une table basse et deux sièges, un tapis. Elle ferme les yeux, incapable de faire un geste ou de dire un mot. Elle attend, elle ne sait même pas quoi. Qu'il la prenne dans ses bras ? Qu'il se détourne d'elle et aille s'allonger pour glaner encore quelques minutes de repos avant le combat qui l'attend ? C'est tout ce qu'elle mérite, en vérité. Elle l'a condamné, puis a échoué à le sauver. Son jeu si prétendument unique et capable d'opérer des miracles n'a même pas réussi à convaincre Edda de tenir sa promesse. Son jeu... Des foutaises. Mais elle n'a pas dit son dernier mot, elle n'a pas tenté sa dernière botte... Il faut qu'elle chasse ces pensées de son esprit. Ces quelques minutes qu'Edda leur accorde leur appartiennent. Il est hors de question que cette créature les empoisonne par le spectre de son ombre malfaisante. Lorsque Faith ouvre les yeux, Milo est assis sur le lit, contre le mur, le visage dans l'ombre. Ses cheveux forment une auréole de clarté fauve autour de sa tête. Faith s'approche, s'assied à ses côtés.

« Tu te souviens... », dit-il d'une voix rauque, semblant émerger du sommeil ; il l'éclaircit avant de continuer. « Tu te souviens du petit poêle ? »

Le petit poêle de fonte, si ancien et tout cabossé, qui distribuait une chaleur de forge et ronflait comme un homme. C'était une espèce de personne qui vivait parmi eux lorsque Faith était enfant. Les habitants de la roulotte d'Aberrama croyaient qu'il ne fallait pas contrarier le poêle ; ils l'entretenaient avec autant de tendresse, de précautions que s'il s'agissait d'un cheval. Lorsque Milo racontait à Faith une histoire pour l'endormir, il lui arrivait de s'interrompre pour écouter avec attention le souffle rauque du poêle, comme s'il s'agissait d'un vieillard qui a des difficultés respiratoires. Et il reprenait le récit, en baissant un peu la voix, pour ne pas troubler les songes de l'objet. Il disait à Faith que ces rêves étaient la mémoire de la compagnie, qu'ils transportaient des images vieilles de plusieurs siècles, antérieures même à la Chute, des images du Vieux Pays, de bien longtemps avant l'exil. Parfois, certaines nuits, la fonte émaillée semblait diffuser des odeurs d'autrefois, des effluves de grèves et d'embruns, de fumée de tourbe et de laine mouillée. Et la fillette voyageait en pensée, continuait la route imaginaire vers les géographies interdites des origines. Faith ne lui répond rien mais prend sa main dans la sienne.

Elle se revoit dans la forêt, deux années auparavant, au retour de la lessive, au moment précis où elle avait présenté à Milo la bassine dont elle venait de retirer son linge. Elle ressent encore dans tout son corps la seconde d'hésitation avant de lui tendre la vasque souillée, et elle le voit, aussi clairement que si c'était hier, y plonger le visage avec une volupté presque trop manifeste, comme s'il savait, et qu'il embrassait de tout son être le sort auquel elle le vouait. C'était faux, évidemment, cela n'était qu'un fantasme d'enfant, un mensonge qu'elle s'était parfois répété pour ne pas mourir de chagrin, pour compenser la perte, la culpabilité. Que seraient-ils devenus si elle n'avait pas posé ce geste ? Que seraient-ils aujourd'hui ? Faith ne parvient pas à se rappeler pourquoi elle avait désiré le bannissement de Milo. Certaines raisons émergeaient vaguement à l'époque, confuses et dénuées de toute forme de logique. Pas même des raisons, mais plutôt des impulsions qui correspondaient alors très profondément aux soubresauts, aux effusions chaotiques, aux déchirures de son âme, à ses craintes les plus enfouies, celle de ne jamais pouvoir être unie à Milo, celle de n'être pas assez aimée de lui, ou de le lasser, de se lasser elle-même. Et sans doute y avait-il, inconsciente et implacable, cette souffrance née d'une passion trop violente et qui vous brûle tant que l'anéantir vous semble la seule manière de lui échapper. Avait-elle tenté de tuer son amour en vouant Milo à l'exil ? Elle se souvient de l'histoire d'Orphée. Elle aussi s'était retournée. Avait-elle déjà perdu Milo à jamais ?

Il se tourne vers elle, l'observe un long moment.

« Tu attends un enfant », dit-il avec un sourire où flotte encore une trace d'innocence.

Gennaro n'aurait jamais deviné si Faith ne le lui avait pas annoncé juste après sa décision de remplacer

Milo dans l'arène. Il avait appris la nouvelle avec un étrange détachement, comme s'il était déjà dans une autre dimension. Comme si cet enfant à naître n'était pas le sien ; et en un sens il ne l'était pas, du moins ne l'avait pas été jusqu'à cet instant dans l'esprit de Faith. Cet éloignement qu'elle savait irréversible lui avait rendu Gennaro de nouveau désirable, avait fait affluer les moments heureux de leur union, éveillé la volonté de réconcilier enfin la vie qui grandissait en elle avec celui qui en était la source. Avant la séparation, avant le combat et la mort probable. Mais il était trop tard. Gennaro avait basculé, corps et âme, dans un lieu en lui-même duquel rien ni personne ne pouvait plus le ramener. Un instant, au milieu des bouillonnements de sa tendresse retrouvée, vint se glisser en Faith la certitude absolue, catégorique, inéluctable, de désirer la mort de Gennaro plutôt que celle de Milo. C'était une pensée froide et nue comme la plus froide et la plus nue des vérités. Qui ne lui procurait aucune honte, mais une espèce de sentiment de plénitude écrasante que donne une implacable lucidité. Il l'avait fait asseoir sur ses genoux comme une bonne fille sage, une enfant. Faith avait posé ses paumes sur ses paupières lasses et avait soufflé doucement dessus, comme elle le faisait avant la nuit, pour chasser les cauchemars qui se préparaient à envahir son esprit en sommeil. Il se laissa faire et le moment dura. Puis il la repoussa doucement, se leva et sortit sans un mot.

Des voix résonnent au-dehors. On met la main aux derniers préparatifs. Le temps est à la neige, Milo lève les yeux vers la fenêtre haute, il peut entrevoir le grand velum de toile enduite qui représente la carte du ciel d'après un globe rescapé du Vieux Monde ; les constellations y apparaissent, peintes en couleurs chatoyantes, éclairées par les braseros posés en haut des gradins. La chevelure de Bérénice ondule doucement sous la bise accompagnée de grésil. Les cordes se tendent, et la vaste toile claque comme une voile, dans un ample bruit sec. Faith est parcourue d'un frisson. Elle se presse instinctivement contre lui.

Milo est vide, incapable de ressentir quoi que ce soit. Chaque soir depuis deux semaines, la reine l'a fait amener dans une petite pièce nichée au deuxième étage des gradins et percée d'une meurtrière d'où il avait une bonne vue sur la scène. Chaque soir il subissait la torture de revoir Faith, le plaisir infini de la revoir. Il avait su qu'elle était enceinte la toute première fois qu'il l'avait vue jouer. C'était comme une vision, de celles que cherchent les nomades chasseurs lors de leurs transes, une perception de l'œil intérieur, une certitude qui vient s'inscrire en vous comme la faim ou la joie, non pas une image, juste une conviction intime.

Il n'a aucun désir de se battre contre l'amant de Faith. Cet homme doit vivre et connaître sa descendance. On le dit malade et au bout de ses forces. Milo est peut-être le plus épuisé des deux. Il a le sentiment que son existence n'est qu'une sinistre mascarade. Il ressent la chaleur qui irradie du corps de Faith très proche du sien. Il voit que leurs mains sont toujours unies. Il devrait lui dire des choses, mais il ne sait plus lesquelles. Tous les mots qu'il lui destinait depuis leur séparation ont déserté sa mémoire, un beau jour, sans qu'il s'en aperçoive, ils ont quitté son être pour prendre le large. Les mots, les histoires qu'il voulait lui raconter, celles glanées auprès d'étrangers au fil de son voyage, les siennes, celles vécues en rêve, ces rêves hantés par l'image de Faith, ruisselants de lumière dans l'ombre des nuits. À présent il imagine ces mots se déployer dans le ciel, en bandes ordonnées, comme de grands oiseaux migrateurs. Mais il a le sentiment que les mots ne reviendraient pas à leur point de départ, si l'été revenait. Ils sont perdus à jamais. Il lui reste son corps, ses bras, sa poitrine, ses mains, son sexe, pour dire à Faith ce qu'il a tant voulu lui dire. Mais comment lui parler dans le profond silence obstiné de son corps vide et froid, son corps d'esclave-tueur qui ne sait plus rien de l'innocence ni de l'amour ? Et elle qui est là, tendue, en attente, suspendue à ce corps fermé et insensible, cette grande carcasse mutique qu'il incarne de plus en plus vaguement, sauf dans le combat. Elle est si proche, si loin de lui pourtant, avec son ventre vivant qui se devine plus rond sous la robe. Là dort une promesse, là veille la force, l'élan, le vouloir-vivre d'un être nouveau, né de Faith et de cet homme vieux et désespéré qui s'est offert en sacrifice pour l'amour d'elle. Milo doit se convaincre que l'enfant de Faith est aussi celui de cet homme avec qui il va croiser le fer bientôt. Pourquoi cela lui semble-t-il si incongru, si improbable ? Faith, mon impossible Faith, je voudrais te libérer de tout ceci, par un enchantement je voudrais te transporter loin d'ici, par-delà la mer, vers notre terre abandonnée et promise, tu retrouverais les lieux et les lumières, tu entendrais les voix des ancêtres sourdre de la terre odorante ; elles berceraient ton sommeil et te raconteraient les origines et la Longue Errance avant la Chute. Tu accueillerais ton enfant au cœur de notre ancien monde. Tu as joué avec le feu, Faith, en te laissant aimer d'Edda. Elle ne te laissera pas vivre. Car Edda te préfère morte que perdue pour elle. Ma Faith, ma folle de Faith. Me faudra-t-il vaincre et vivre pour te garder du danger ? Je pensais que tu n'avais plus besoin de moi depuis le temps où je te portais sur mon dos et te donnais la becquée. As-tu jamais eu besoin de quiconque ?

Les premiers spectateurs se font entendre. Une mélodie s'élève dans le silence à peine troublé par quelques voix lointaines, le rire d'un enfant, la toux d'un vieillard. Faith sent qu'elle devrait partir, le laisser seul. Mais a-t-il seulement envie d'être seul ? Comment apprivoise-t-on l'idée de son imminente disparition ? Il fut un temps où elle savait tout ce qui agitait les pensées de Milo, elle ressentait le plus infime mouvement de sa vie intérieure, alors que parfois lui-même n'en avait qu'une très vague notion. À présent il lui est devenu opaque. Il est là, son corps charpenté jalousement replié sur le mystère de ses pensées. Dans quelques minutes ils seront séparés. Et elle n'ose rien tenter. Tout lui semble dérisoire, inopportun. Alors elle garde sa main dans la sienne, contemple son profil devenu plus aigu. Le nez affiné, les lèvres plus minces, un peu méprisantes, le menton très présent, la pommette marquée de la cicatrice, là où autrefois se voyait le signe du vent stylisé. Elle s'approprie chaque battement de cils, chaque frémissement de la peau, elle veut se souvenir de ces instants, les incruster dans son cerveau et dans sa chair pour le temps qui lui reste à vivre.

*

Helle ne sortira pas de son lit ce soir. Et elle est presque reconnaissante à la maladie de lui interdire le spectacle qui s'annonce. Elle n'aura pas à voir mourir Fingal. C'est l'issue qu'ont prévue les oracles. Étrange, si l'on considère que le jeune homme est dans la force de l'âge, de constitution robuste, et qu'il a eu l'occasion de pratiquer le combat dans l'arène à de nombreuses reprises. Demain Helle aura pris la mer. Tout cela ne la concernera plus. Mais il faut que sa carcasse tienne jusque-là, et au-delà. Qu'elle supporte la traversée, les cahots des mauvais chemins, le froid, il faut que son vieux cœur s'accroche encore un peu. Elle peut entendre les cordes diffuser leur mélodie allant crescendo, bientôt rejointes par les cuivres, à leur tour soutenus par les tambours. Helle devine, peut presque sentir à distance l'onde d'exultation s'enfanter au cœur de la foule ; c'est comme l'origine d'un séisme. Un tremblement au creux de la terre, les profondeurs qui s'ébranlent, la lave qui se fraie un chemin depuis les entrailles vers l'air et la lumière. Ils se sont mis à scander le nom de « Fils du Vent ». Tout le monde semble avoir oublié ce que signifie ce nom, chacun préfère ne pas se souvenir que la présence dans l'arène d'un homme issu de ce peuple élu est un outrage aux lois de la Terre sacrée. Mais Edda s'en moque. Parce que son cerveau malade se croit au-dessus des lois. Le délire dans lequel l'a plongée cette aventure lui fait perdre la tête au point de croire que ces Jeux agréeront les puissances du cosmos.

*

Faith est sortie. Des traces de sa présence habitent encore l'air ambiant, tout imprégné de ses gestes et de son silence fraternel, de la couleur de son être, cette teinte indicible et ardente qui l'enveloppe depuis l'enfance comme un halo. Il flotte aussi, dans cette cellule sombre et exiguë, l'impondérable présence de cet autre en elle, qui émeut Milo et l'emplit de regrets, d'une tristesse rageuse qui le surprend.

Il faut émerger à présent, reprendre place dans l'ici et maintenant et lui concéder le poids, la valeur d'une espèce de réalité, en se laissant pénétrer du vacarme tout autour, des cris de la foule au rythme des tambours. Les trois mots résonnent dans l'arène, ces mots qui le désignent sans le nommer. Même cette appellation anonyme ne dit aucune vérité le concernant, puisque Fils du Vent, il ne l'est même plus. Les milliers de voix, unies en une seule, évoquent un animal monstrueux, avide de sang et de mort, un animal jamais rassasié, qui vous anéantit et vous grise chaque seconde davantage. Milo tressaille ; comme chaque fois, une intense chaleur s'empare de lui, à laquelle succède un froid sépulcral. Il resserre machinalement les cordons de ses bracelets de force, et prend une profonde inspiration.

*

La camériste coiffe les cheveux de la reine en d'innombrables tresses qui prennent naissance tout contre le cuir chevelu. Edda a enduit son visage de blanc, comme sur ce portrait d'une des grandes reines du Vieux Monde, lointaine ancêtre des souveraines des Hautes Terres. Le tableau faisait partie du butin du dernier raid de Sif contre la Grande Île. Il orne à présent le hall d'apparat de la forteresse. Mais au contraire d'Élisabeth, Edda a fardé ses yeux de pigment noir, luisant et opaque, qui s'étend des pommettes aux sourcils. Ses prunelles y étincellent comme des étoiles. Elle se lève, et une servante lui enfile ses cuissardes, puis lace dans son dos le corset de métal couvert d'or, arrange sur ses épaules les nombreux plis de la cape en loup qui bruisse en traînant lorsqu'elle marche. Elle sort, bientôt suivie de sa chambellan et de ses premières dames ; elle arpente les corridors qui mènent aux arènes, ils ne lui ont jamais semblé si longs, c'est comme un infini boyau qui l'oppresse et lui fait l'effet d'un utérus monstrueux dont il faut qu'elle sorte si elle veut vivre. Les battements de son cœur s'accélèrent en même temps que son pas, elle courrait si elle pouvait, mais enfin l'immense clameur de la foule retentit au-dessus d'elle, par-delà les murs épais et les tapisseries, cela enfle comme un fleuve en crue, ça s'insinue en elle et gonfle sa poitrine, réchauffe ses veines, irradie dans son ventre et son sexe, pulse en même temps que son cœur qui s'apaise.

Le Fils du Vent n'est pas encore là, Edda le sent, et cela la contrarie. Elle avait ordonné qu'il apparaisse le premier, afin qu'elle et elle seule reçoive de la foule l'ultime élan de frénésie qui précède le combat. Elle monte les marches de pierre qui mènent au septième étage des gradins, pénètre dans la tribune, avance jusqu'à sa place au centre. Le vaste chœur augmente en puissance alors qu'elle salue, mais pas assez à son goût. Il y a une insoutenable attente dans l'air, qui n'a rien à voir avec elle ; la foule est presque folle de curiosité, elle veut que lui soit rendu le guerrier qu'on lui a dérobé, désormais caché à sa vue, et d'autant plus avidement désiré, jeunesse souveraine et adulée bientôt immolée sur l'autel de la jalousie. Radieux soleil autour duquel semble désormais tourner le monde. Edda comprend alors ce qu'elle a fait : elle a revêtu l'homme, le mâle, de ses anciens oripeaux, elle l'a réinvesti d'un attrait irrésistible, elle a réveillé dans le cœur des mères la vénération pour le fils, dans celui des sœurs la confiance absolue dans le frère, dans la poitrine des pères la fierté retrouvée devant l'héritier mâle, dans les reins de chaque femme l'amour et la soumission. Le Fils du Vent cristallise tous les désirs refoulés, réveille tous les vieux démons de l'Ancien Monde. S'il meurt ce soir, il accédera au panthéon des héros, des Immortels, et son histoire gonflera, se ramifiera, s'habillera de lumière et vivra à jamais.

Son regard balaie l'arène ; elle pourrait aussi bien ne pas être présente. Pour la populace qui gronde autour d'elle, elle n'est plus qu'un pathétique démiurge abandonné par ses créatures. Une incommensurable lassitude lui serre la poitrine. Elle adresse un regard à Faith, elle aimerait en recevoir un en retour, fût-il gorgé de haine à l'état pur, mais la jeune fille est d'une impassibilité de marbre. Edda sent la solitude peser sur elle comme un manteau de plomb. C'est son lot depuis toujours, elle l'accepte volontiers. Mais ce soir elle se sent ployer sous son poids comme jamais.

Brusquement, la foule ondule, comme une mer houleuse ; de son tréfonds monte un profond soupir. Le temps semble se dilater. Edda s'assied, ferme les yeux et se laisse griser par ce phénomène très rare et presque inquiétant. La foule se tait d'un coup. Le jeune homme vient d'apparaître et marche vers le centre de la piste. Le silence qui accompagne ses pas est épais, vibrant d'expectative, d'empathie et de cruauté voluptueuse, de rêves à peine formulés. Sans avoir besoin de la regarder, Edda sent soudain Faith se matérialiser à ses côtés. Avant cette seconde précise, la jeune fille n'était pas vraiment là, il n'y avait que son corps, droit et immobile, attendant que son esprit vienne en prendre possession. Mais elle est bien présente, dans une espèce de chatoiement anxieux, un peu dément. Edda craint que Faith n'ait sombré dans la folie.

Edda sursaute : une voix hystérique de femme a hurlé un mot incompréhensible. Le Fils du Vent vient se planter devant la tribune, son beau visage pâle sous les zébrures sombres exprime une solitude terrible et une résolution désenchantée ; l'espace d'une seconde, Edda ressent cela comme si elle était lui, en elle monte une bouffée de pitié insupportable ; et si elle arrêtait tout, rendait ces trois humains à la liberté et les vouait à d'autres destinées ? Se couvrirait-elle de grandeur, ou de ridicule et de lâcheté ? Ce qui la tracasse en cette minute n'est pas la réaction de son peuple, mais bien la sienne. Quelle femme, quelle reine serait-elle à ses propres yeux ? Mais le temps est en marche et avec lui le destin, cette voie du destin dans laquelle Edda est cette reine jalouse, cruelle et rancunière qui se venge ; elle frappera donc, par amour et par désespoir, et peut-être surtout parce qu'elle en a le pouvoir. Qu'il en soit ainsi. Faith a un très léger mouvement du buste vers la rambarde. Il semble à Edda que tous peuvent voir le lien invisible entre elle et le Fils du Vent, cette chose lumineuse qui s'échappe de leurs poitrines pour s'élancer vers le corps de l'autre. Edda se sent s'effriter en dedans, une part d'elle mourra ce soir. Voici enfin le vieux comédien magnifique, qui vient se placer de son pas ancré et cependant légèrement incertain aux côtés de Milo. Allons, que l'on en finisse. Lentement, Edda lève une main blanche et désincarnée, un membre sans vie que l'on dirait fait d'ivoire. C'est le signe du départ, et les deux hommes se font face.

*

Novak n'est guère inquiet : Milo ne fera qu'une bouchée de ce vieil épouvantail au pas mal assuré. Son ami pourrait mettre fin au combat en quelques secondes. Mais il rôde autour de l'autre comme un fauve inquiet. L'acteur est très calme, il pivote sur lui-même afin de ne pas perdre Milo de vue, mais il le fait sans peur, dirait-on, et avec un dangereux décalage. Frappe ! murmure Novak. Mais frappe donc, quelle idée de tergiverser ainsi, de te fatiguer pour rien. On ne peut pas savoir de quoi sera fait l'après, économise tes forces pour ce qui viendra et qui est encore inconnu, même pour cette reine aliénée. Tue ce type, pour commencer. C'est toi qui disais qu'il ne fallait rien gaspiller, agir utile. Novak s'étonne que la reine n'ait pas mieux équilibré le duel, en donnant un avantage au comédien par exemple, ou en limitant le pouvoir d'action de Milo. Cela s'était vu au cours de ces Jeux, quand le Sibérien avait affronté un grand homme à la peau noire qui ressemblait à un arbre, léger et inexpérimenté.

Le Sibérien était affublé d'une armure très lourde et d'un casque qui réduisait la vue. L'autre avait bien failli remporter la lutte à cause de cela... Rien de tel aujourd'hui. Un combat inégal, dans une mesure presque comique, ou crapuleuse, cela dépend du point de vue. Le public s'impatiente car rien ne se passe; les deux hommes s'observent, à présent face à face. Milo donne l'impression de s'ennuyer. Toute son attitude dit : «Je suis vraiment désolé de cette mascarade, je n'ai pas envie de prendre ta vie, alors je piétine, j'atermoie, je danse un peu la gigue pour faire passer le temps.» Mais le voilà qui attaque, enfin! Il fait sa botte de merdeux, comme l'appelle Novak, un coup d'esbroufe, qui ne sert bien souvent qu'à énerver l'adversaire. Quel besoin de ça ici? Un bon coup d'estoc dans l'abdomen ou au-dessus de la clavicule, et emballé c'est pesé, on peut voir venir. Car il y aura encore des surprises, c'est moi qui te le dis. Le comédien a paré assez efficacement, quand même, faudrait pas le sous-estimer trop vite. C'est lui qui se fend à présent, avec aisance et rapidité, et assez de précision. Il sait se battre, on dirait. On n'aurait pas cru, à le voir tituber... Merde, alors! La foule apprécie, la reine aussi. Novak peut voir Faith au bout de la tribune, raide comme une colonne, et pourtant toute chiffonnée, racrapotée en dedans. Elle est l'ombre de celle qui interprétait Desdémone. On raconte qu'elle a tenté de poignarder Edda la nuit dernière.

Le vieux Gennaro a décidé de tenter de vivre encore un peu, on dirait. Et Milo riposte sans conviction. Cling clang, ça ferraille, sans engagement réel.

Assez pathétique, finalement, au vu des attentes et des répercussions cosmiques prévues... Le dieu du Nord doit s'emmerder ferme. Milo esquive, se déplace mollement, alors que l'autre le poursuit et déjà s'essouffle. Le public commence à huer. La reine trépigne sous le dais, enrage, élabore sans doute des représailles, des suites enfin dignes de son délire. L'acteur s'est appuyé au mur pour reprendre sa respiration. Milo marche tranquillement un peu plus loin. On pourrait aller se préparer un thé et revenir, ils seraient toujours là à se balader. En d'autres circonstances, on les aiguillonnerait par le fouet, ou on les ferait déguerpir et on sommerait Novak de venir animer l'intermède ; il aurait singé chacun des gladiateurs, tout le monde aurait bien ri et on serait passé à autre chose. Mais pas avec ces deux-là en piste. Ces deux-là sont des cas à part, pas question d'humour avec eux, pas la moindre ironie en vue. L'heure est grave. Le monde retient son souffle, la Terre frémit d'impatience, l'univers entier ralentit sa course pour les contempler. Il faut donc que l'univers en ait pour sa peine. Alors battez-vous, bon sang, et toi, Milo, il est presque temps de décider si tu veux vivre ou mourir. Ce gamin fait peine à voir, il erre sur cette terre comme un chien perdu. Novak pensait pourtant que les retrouvailles avec Faith lui apporteraient un apaisement et lui donneraient une bonne raison de ne pas disparaître.

On entend quelque chose du côté des soupiraux, les grilles se lèvent dans un formidable bruit de poulies. Novak craint le pire : les fauves. La foule gronde de curiosité. Quatre guerrières à cheval arrivent au galop, comme crachées par le ventre du cirque ; quatre cavalières en fourrure armées de lances. Elles fondent sur les hommes et les acculent au centre de la piste, jouent avec eux comme des chats avec des souris. Les lances se fichent dans le sol, à un cheveu de l'un ou l'autre gladiateur. Le vieux fatigue sérieusement, alors que le jeune au contraire semble se lancer véritablement dans la bataille. Il est clair que les cavalières ont pour consigne de ne pas blesser gravement les deux hommes ; mais bien de les égratigner, les déstabiliser, de les mettre en colère, de les exhorter au combat. Elles les ramènent sans cesse l'un vers l'autre, en hululant comme des rapaces nocturnes. Novak se dit que la reine a été bien inspirée de lâcher des cavalières ou n'importe quoi d'autre à cheval dans l'arène face à un Gypsy... Et à peine s'est-il fait cette réflexion que tout s'accélère. Une des Amazones est à terre, et Milo galope déjà sur le cheval libre, la lance récupérée, dressée au-dessus de sa tête. Les trois autres femmes sont à ses trousses, l'une tente de lui barrer la route en le prenant à revers, mais autant essayer de battre un guépard à la course. Milo l'esquive, s'approche à toute allure de la femme à terre, lance sa javeline, qui se fiche dans la poitrine de l'Amazone. Les gradins tremblent, la foule se déchaîne, secouée d'impulsions contradictoires face au crime qui vient d'avoir lieu sous ses yeux, le plus abominable entre tous : celui d'une femme par un homme, un esclave de surcroît. La sidération plane sur l'arène.

Milo fait un demi-tour de piste puis revient près de la femme transpercée, empoigne la lance et l'arrache au corps encore vivant. Il se rapproche de la tribune royale, brandit l'arme en cabrant son cheval. La reine s'est levée, frémissante et pâle ; le public retient son souffle. Dans le regard de la reine, passe une seconde l'ombre du doute, puis elle a un imperceptible hochement de tête, et se rassied lentement, libérant d'un coup l'exultation des spectateurs, qui se dressent comme un seul homme dans une puissante clameur. Contre le mur, le comédien semble paralysé. Plus personne ne prend garde à lui. C'est comme s'il était frappé d'invisibilité. Son regard perdu erre du côté de la tribune, sans doute le pauvre bougre cherche-t-il celui de Faith, qui semble complètement absente.

Et voilà que Milo descend de cheval, tient sa lance à deux mains, les jambes bien plantées dans le sol, solide, immobile, en attente des cavalières. Celles-ci le chargent, lances pointées sur lui ; il esquive le coup de la première et la frappe dans le dos ; elle tombe de cheval, inconsciente. Milo attrape au passage la jambe de la deuxième attaquante et se laisse traîner par elle sur quelques mètres. Bientôt, celle-ci aussi se retrouve à terre, et Milo en selle. Il galope jusqu'à l'épée que le vieux comédien a laissée au centre de la piste, la ramasse en se penchant sans ralentir l'allure de son cheval et charge la dernière femme encore en selle. Ils s'affrontent, et la guerrière envoie l'épée de Milo au loin d'un coup de lance et, presque dans le même geste, le perce à la cuisse ; la pointe de javeline a dû atteindre le flanc du cheval, qui se cabre et s'effondre. Milo se dégage de sous sa monture au moment où la guerrière arrive sur lui, épée au poing. Il empoigne son arme au passage, parvient à la lui dérober, l'embroche dans le bas du dos, juste sous la cuirasse. Elle reste droite, sa cuisse bientôt baignée de sang, qui goutte au rythme du trot de sa monture. Le cheval continue son tour de piste, alors que le beau corps oscille mécaniquement, comme s'il s'était déjà rigidifié. Milo s'approche en boitant du cheval, l'arrête, en fait glisser la cavalière, qui s'étale comme un pantin désarticulé dans la poussière, et monte en selle, le visage déformé par une grimace de douleur. Sa jambe droite est imbibée de sang jusqu'au pied. La dernière femme en vie a repris connaissance, s'est relevée et s'approche d'un cheval libre, mais Milo, déjà lancé au galop, l'épée brandie, l'égorge en passant à sa portée. Elle met les mains à son cou d'où jaillit une gerbe de sang ; Milo augmente la vitesse des foulées de sa monture, bientôt suivie par les trois coursiers libres ; le cheval blessé s'est redressé et ne semble pas souffrir. Il vient prendre naturellement sa place derrière les trois autres. Les animaux sont parfaitement synchrones les uns derrière les autres, comme s'ils avaient travaillé des heures à un spectacle bien rodé. Leur allure s'accélère, ils roulent des yeux farouches, écument et leurs robes noires luisent comme de l'onyx. La foule exulte dans un terrifiant fracas. On voit des vieux se boucher les oreilles, sans se départir de leur mine extasiée.

*

Edda n'a plus de voix ; des larmes d'exaltation inondent ses joues. Le tableau de ses guerrières gisant dans leur sang n'a pas l'effet attendu. Elle s'en moque, n'est pas capable d'éprouver autre chose que de l'indifférence. Elle aurait dû empêcher le massacre et faire exécuter le Fils du Vent dès le premier crime. Elle se sent dépassée, gagnée par une hébétude incrédule, et par une immense et coupable jubilation. Le peuple est possédé par un délire dont elle n'a jamais été témoin. Quand le Gypsy a terrassé la dernière cavalière et que les trois chevaux l'ont suivi librement, elle a bien cru que les gradins de pierre allaient céder sous le poids de la foule gesticulante. À ses côtés, Faith n'a pas bougé d'un pouce. Son visage semble mort à nouveau. Peut-être a-t-elle perdu définitivement la raison... Et maintenant, comment sortir de cette situation ? Comment clôturer ce moment ? Elle ne peut pas envoyer plus de guerrières dans l'arène. Il faudra pourtant bien que cela cesse, que le Gypsy tue l'autre, ou l'inverse, ce qui est très peu probable, et que chacun rentre chez soi. On ne peut pas laisser ce gamin faire son numéro de cirque pendant toute la nuit. Edda a l'impression qu'il pourrait chevaucher pour l'éternité ; on assisterait à une course sans fin, qui accompagnerait le lever du soleil jour après jour, son coucher soir après soir ; quel spectacle magnifique : un marathon dont l'issue serait la mort du cavalier, qui finirait par tomber d'épuisement...

Le Fils du Vent a adopté le trot, les trois chevaux en liberté toujours alignés derrière lui, et la foule scande de nouveau le nom adoré, vénéré à présent comme celui d'une divinité. C'est le retour d'Apollon hyperboréen, éternellement vainqueur, le jour s'imposant à jamais à la nuit, la lumière aux ténèbres, la glace au feu. « Par-delà le Nord, les glaces et la mort... » Les phrases de Nietzsche chantées chaque jour à l'école de vie lui reviennent, au rythme de la cavalcade.

« Notre vie, notre bonheur... Nous avons découvert le bonheur, nous en savons le chemin, nous avons trouvé l'issue après des milliers d'années de labyrinthe... Plutôt vivre parmi les glaces qu'au milieu de vertus modernes et autres vents du sud ! » Et voici que les cuivres résonnent, accompagnant la voix assourdissante de la foule.

On pourrait mourir en une nuit comme celle-ci. Un instant, Edda est la proie de visions de carnage, ses guerrières entrant par dizaines dans l'arène et donnant la mort aux spectateurs consentants, pendant que le Fils du Vent continuerait sa chevauchée flamboyante et infernale. Edda accepterait alors le coup fatal de la petite main de Faith. Elle l'accueillerait même avec volupté. La dernière chose qu'elle verrait serait le regard de Faith, qui lui renverrait l'image de sa propre disparition, sur fond d'apothéose sacrificatoire.

Le Gypsy est descendu de cheval. Il semble épuisé et en souffrance. Déjà muni d'une épée, d'un geste las, il en tire une autre du fourreau d'une guerrière gisant à terre, et se dirige vers le comédien à qui il tend une des deux armes. L'autre la prend, et ils recommencent à croiser le fer. Des spectateurs hurlent : « Tue ! Tue ! » Le comédien fait de grands gestes désordonnés, il se déplace à présent comme un bourdon maladroit, lance des attaques de plus en plus imprécises, presque clownesques, chancelle ; Milo, qui a du mal à reprendre sa respiration, s'est un moment éloigné, il marche en se traînant, les yeux au sol, comme un homme qui se demande ce qu'il doit faire. Il s'offre sans défense à son adversaire, et Gennaro tente sa chance, il se jette sur son flanc, Milo a le réflexe de pivoter, et l'autre vient s'empaler sur son épée. La foule exhale un ample mugissement. Les combattants restent enlacés, un long moment ; enfin, avec infiniment de précautions, Milo dépose doucement le comédien au sol, comme s'il s'agissait d'un enfant ; il lui murmure quelque chose à l'oreille ; son bras droit tient toujours l'épée prisonnière des chairs de Gennaro ; d'un geste sec et sûr, Milo la retourne et la déplace vers le haut. L'autre est parcouru d'un mouvement convulsif, ses membres se relâchent progressivement dans les bras de Milo. Le public est silencieux, soudain frappé d'un calme un peu bougon, comme s'il n'avait pas particulièrement apprécié la fin de ce combat, trop vite et mal expédié. A-t-il une seconde de pitié, de regret pour celui qui lui a offert un inoubliable Othello ?

Milo vient lentement se planter devant la tribune. Il couve Faith de ses yeux luisants, baignés de sueur ; il ne regarde qu'elle, il n'attend rien de personne, sauf d'elle. Edda est contrariée : c'est étrangement déplaisant, la manière qu'a ce garçon de nier tout ce qui n'est pas Faith, de parvenir à vous faire sentir que vous n'existez pas. Il vous raye de la réalité, comme on chasse une mouche. Non, comme on tue une mouche. Mais Faith ne semble toujours pas le voir. Un ample cri ébranle le public, on ne sait ce qu'il signifie ; est-ce un encouragement, une expression de colère, impossible à dire. Edda croise le regard de sa chambellan, et comprend : ce tumulte lui est destiné. C'est à elle, à présent, de prendre les rênes. Qu'elle fasse un choix, la vie ou la mort du Fils du Vent, de Faith, leur grâce, leur libération, ou autre chose. Edda aimerait tant faire exécuter cet arrogant ; mais elle sait que la foule ne le lui pardonnerait jamais. Il est devenu aussi sacré que le plus sacré des enfants de la Terre, que le plus merveilleux animal ou qu'un arbre séculaire. Il a gagné. Indiscutablement.

Faith a bougé. Edda a senti son corps se mouvoir. Son visage s'allume brusquement, comme enfin libéré d'un sort, ou d'un songe, et voilà qu'elle se lève lentement, un sourire douloureux s'épanouissant sur son visage livide. Faith enjambe la tribune, Edda l'observe, tétanisée. Personne n'ose s'interposer. La jeune fille descend l'escalier qui traverse les gradins, à son passage des mains éperdues se tendent pour frôler sa jupe, ses cheveux, ses mains, des femmes et des hommes lui adressent des suppliques, mais elle n'y prête pas attention, continue sa progression fragile vers la piste ; elle marche vers Milo, mais soudain s'arrête, vacille, renverse la tête vers le ciel. La toile colorée vient de claquer bruyamment au-dessus des têtes, attirant tous les regards vers elle. Les feux des braseros géants s'animent sous le souffle du vent, projetant des ombres monstrueuses sur le tissu peint ; Faith reste immobile, le visage tourné vers ce qui se joue dans les hauteurs mouvantes. Milo la rejoint, soulève son corps et l'emporte vers la rampe de sortie, sous les regards médusés. Ils ont disparu de la vue de la reine, qui accueille ce départ sans réaction, sans qu'elle-même sache très bien ce qu'elle ressent, ni ce qu'elle veut.

Le vent se renforce, et amène des rafales de neige, qui recouvre progressivement le velum. Le ciel derrière semble soudain plus noir, plus opaque, comme s'il avait été dépossédé en une seconde de toutes ses étoiles. Edda a l'impression qu'au-delà de la toile, autour du bâtiment, il n'y a rien, que le vide intersidéral. Le cirque de pierre flotte dans ce vide, pour un voyage incertain, comme un navire de l'espace, un de ces vaisseaux dont rêvaient les hommes d'autrefois. Une arche semblable à celle de la Bible, dont elle serait la capitaine. Une arche pleine de gens et d'animaux à sauver de la colère divine. Que signifie cette tempête de neige ? La puissance hyperboréenne manifeste-t-elle sa désapprobation, ou est-ce le contraire ?

Un bruit terrifiant éclate au sommet des gradins. C'est le velum qui craque et se déchire sous l'assaut des bourrasques. Un pan de ciel répand ses ténèbres sur une moitié du public, qui commence à s'agiter. Les gradins se dépeuplent, on hurle et on se rue à bas des escaliers, on s'engouffre dans les rampes d'accès vers l'extérieur. Des objets volent, traversent l'air et viennent percuter ceux qui fuient. Un enfant est soulevé à une hauteur de plusieurs mètres, reste une seconde en suspens, puis est plaqué violemment au sol ; la panique est complète. Le dais royal se détache à son tour et s'affaisse sur les occupantes. Des gardes viennent aider Edda à se dépêtrer du lourd tissu. Le velum aux constellations s'arrache complètement de ses piquets de métal, et, dans une opulente ondulation, se dépose sur les murs de pierre, comme un grand manteau d'apparat, animé de croupes d'animaux fantastiques, de pans de fourrures, d'yeux, de queues et de lettres gigantesques, qui vibrent comme s'ils étaient vivants, agités par les gens prisonniers en dessous ; tout un monde de signes célestes enveloppe le monde terrestre comme les ailes d'une bête nocturne désireuse de cacher la terre aux puissances astrales. La neige à son tour recouvre bientôt cette immense cape, et, partout alentour, chaque parcelle d'espace exposé aux éléments reçoit sa mesure de blancheur givrée. Les rafales sont si fortes qu'il est presque impossible d'y voir. Une silhouette de femme titube dans la tourmente avant de s'affaisser ; une autre la relève et l'aide à gagner la sortie. Mais d'autres corps jonchent le sol, qui ne se relèveront pas. Comme cet enfant, par exemple, cet enfant très beau et très calme sous la couche de neige qui s'amoncelle sur sa frêle poitrine.

Edda contemple ce cataclysme depuis le poste de guet de sa cheffe des gardes. Les arènes sont vides à présent, du moins de créatures en vie. On a évacué les blessés. Edda peut rejoindre la chambre qu'occupait Faith, dans l'aile opposée. La traversée de la forteresse lui semble épuisante. Ses jambes, son dos ont vingt années de plus, soudain. Elle aimerait s'arrêter de marcher et s'allonger là, reposer sa mauvaise jambe qui s'est remise à la torturer, s'étendre juste là, sur ce banc-coffre le long du corridor, et qu'on la laisse tranquille. Elle dormirait une heure ou deux, avant d'aller se sustenter aux cuisines, comme le font les serviteurs ou les gardes, des anonymes sans visage que l'on croise sans les voir. N'être personne, pour une heure seulement... Mais ce n'est pas son lot. Edda des Amazones doit marcher droite et fermement ancrée dans le sol qui lui appartient, le regard perdu au loin, trahissant un cerveau toujours en activité, un cerveau surpuissant, capable d'anticiper le pire et d'y parer ; une fois dans la chambre, au cœur même de son refuge, elle devra encore souffrir les gestes obséquieux des servantes et de la chambellan, qui fera une dernière inspection des lieux, au cas où un assassin se trouverait embusqué sous un meuble, ou tapi dans un recoin sombre. Car il est dit que sa vie est en danger ces temps derniers. Mais Edda n'a pas le souvenir qu'il en fut jamais autrement. Sa vie est en danger depuis sa naissance, comme celle de sa mère avant elle, comme celle de sa fille.

Adolescente, Edda faisait ce rêve récurrent où une paire de mâles nus se dressait devant son lit, au beau milieu de la nuit, dans la clarté lunaire. Ils étaient venus pour l'enlever, pas pour la tuer, ils avaient pour mission de la prendre et de l'emporter au loin. Ils attendaient, tranquilles et vigilants, au pied du lit. Elle faisait semblant de dormir, mais contemplait, à travers ses yeux mi-clos, leurs bas-ventres et leurs sexes posés paisiblement sur les toisons sombres. Un des deux phallus se tenait un peu de travers, et son gland pointait le bout de son nez sous les plis du prépuce ; il lui évoquait un rat nouveau-né. Il y avait une inédite douceur dans le spectacle de ces sexes au repos, immobiles et tranquilles, quelque chose comme une tendresse enfantine, une innocence suave qui s'offre au regard sans arrière-pensée, sans provocation ni honte, sans la moindre trace de lubricité. Ces sexes d'homme avaient sur elle un étrange pouvoir d'apaisement. Ils ne lui inspiraient aucun désir, mais seulement un intense attendrissement, une espèce de pitié magnanime. Mais peu à peu l'apitoiement faisait monter en elle des fantasmes de destruction, l'envie d'attenter à ces petites choses moelleuses et fragiles, appétissantes comme des pâtisseries. Et cette impulsion faisait naître le désir. Le désir furieux, inextinguible qu'ils la violent, qu'ils la pénètrent sans ménagement et la défoncent pour l'éternité, à tour de rôle. Sa culpabilité était alors si grande qu'elle appelait ses gardes et leur ordonnait de trancher les appendices répugnants, gourmands, irrésistibles ; puis elle se ravisait, se laissait de nouveau émouvoir et leur accordait grâce.

La voici dans la chambre de Faith. L'air de la pièce a gardé l'odeur de la jeune fille, de ses aisselles, de sa nuque, de ses cheveux. C'est sans doute ce qu'Edda préfère : ce qui émane de sa chevelure ressemble aux effluves fauves d'un animal sauvage, mêlés de poivre et d'encens. Faith ne porte pas de parfum, l'origine de ces senteurs est un mystère, qu'Edda n'éclaircira jamais. Jamais. Le mot se fracasse contre les parois de son cerveau. Elle se frappe la tête, et pousse un cri rauque de bête à l'agonie. Sa chambellan entre précipitamment, et Edda hurle de plus belle pour la chasser. Où sont-ils à présent ? Que lui a-t-il pris de rester là comme une potiche au lieu de les arrêter ? Où sont les maudits amants, ou quel que soit le nom qu'il faille leur donner, à eux et à ce qui les lie, et qui peut-être n'a pas de nom ?

Ω

Faith est étendue dans le lit de Morag, plongée dans une profonde catalepsie, en proie à la fièvre. Novak vient d'achever le pansement de Milo, entoure à présent sa cuisse d'une bande de tissu. Morag et Helle les observent en silence. Prise de remords, Helle avait ordonné à sa chambellan d'assister au combat. À défaut de pouvoir se délester de son secret et de donner au Gypsy la vérité à laquelle il avait droit, Helle voulait au moins savoir comment il était mort. Car elle ne doutait pas qu'en cas de victoire de Milo Edda décide quand même de l'exécuter. Morag s'était installée discrètement dans la foule, et avait profité de la confusion pour rejoindre Milo au moment où il sortait de l'arène, Faith dans les bras. Il était inutile de tenter de quitter la forteresse, mais la panique générale leur avait permis d'échapper aux gardes à l'intérieur des murs et de gagner les appartements de Helle. Un lieu où ils ne pouvaient s'éterniser, car sans doute bientôt fouillé par la police d'Edda. Faith était dans un état qui ne permettait pas beaucoup de mouvement... Helle tentait de se concentrer sur ce qu'il convenait de faire dans les prochaines minutes. Elle avait prévu de lever l'ancre vers Ghost Island le matin, mais la tempête risquait de l'obliger à reporter son départ. Si le vent lui permettait de quitter cet affreux endroit, elle emmènerait les trois fugitifs. Mais il fallait tenir jusqu'au lendemain, et au-delà si les éléments s'opposaient à leur voyage. C'est Novak qui rompit le silence pour demander :

« On pourrait tenter d'atteindre votre navire... Et vous y attendre. »

Milo baissa les yeux vers Faith, releva la tête.

« Elle a besoin de soins », dit-il sourdement, avec un brin d'agressivité dans la voix.

De lourdes mèches de cheveux tombaient devant son regard à présent très sombre. Novak avait appris à interpréter les changements de teinte de ses yeux, qui évoluait au gré de ses humeurs. Il conclut qu'on n'était pas sorti d'affaire. Faith ne se portait pas bien en effet, il était difficile d'envisager de lui faire traverser la mer dans cet état, ou de la garder cachée dans la cale glaciale et humide d'un navire. Milo avait déjà décidé ce qu'il convenait de faire.

« Edda l'épargnera, dit Milo. Elle la fera soigner.

— Et nous ? osa Novak.

— Toi, traverse la mer. Sauve-toi. Moi je reste. Edda me condamnera mais Faith sera... »

Helle leva la main pour l'interrompre.

« Je ne crois pas qu'Edda agisse comme tu voudrais. Faith a levé son arme contre elle. Elle doit mourir. C'est la loi.

— Mais cela ne signifie pas qu'Edda ordonne sa mort, répondit Milo, buté.

— Je crois que si. Ce n'est pas ce que tu veux entendre, mais c'est ainsi. Si vous vous rendez, Faith n'a aucune chance. Et toi non plus, mais cela, je suppose que tu t'en moques. »

Milo a un haussement d'épaules et un vague sourire.

« Il faut que vous partiez d'ici. Morag, emmène-les chez moi. Ce sera un peu moins stupide comme cachette. Installe Faith dans mon lit, je ferai croire que c'est une de mes suivantes qui est souffrante. Tu enfermeras le jeune Novak dans le grand coffre de voyage. Liquide quelques effets ; il n'est pas bien gros, il se casera. Et ferme à clef. »

Novak avale de travers et est pris d'une petite toux. Helle lui intime d'un geste sec de ne pas faire de bruit. Elle se crispe soudain sous l'effet de la douleur, fait un signe à Morag, qui s'empresse de sortir de la pièce et de revenir aussitôt avec la fiole, que Helle vide en deux coups.

« Et moi, je me livre, ça fera diversion... reprend Milo.

— Toi, d'abord, tu vas m'écouter. J'ai quelque chose à te dire... lorsque nous serons seuls. »

Elle fait un signe à Morag et à Novak. Celui-ci passe ses bras autour du corps de Faith, commence à la soulever, mais Milo veut s'interposer, la porter lui-même. Helle, au prix d'un immense effort, s'est levée et lui pose la main sur le bras, l'attire vers elle, se rassied et garde sa main dans la sienne. Novak sort en portant Faith, suivi de Morag.

« Assieds-toi », demande Helle fermement.

Milo s'assied sur le lit, là où Faith gisait une seconde plus tôt. Il chasse ses mèches de devant ses yeux, soupire. Sa cuisse gauche est secouée de mouvements, comme celle d'un enfant impatient, ou qui s'ennuie. Si jeune encore, pense Helle. Si immature. Les yeux se sont éclaircis, la pupille sombre irradie dans le gris clair, à présent opalin, de l'iris. Le signe, comme chez Alba, qu'il accepte le dialogue, qu'il se rend perméable ? C'est la première fois que Helle l'observe d'aussi près. Tout en lui respire sa mère, depuis ce regard troublant et changeant jusqu'à la moue contrariée et dure, le front qui rumine l'idée qui a pris le caractère d'une obsession, les mains si blanches, délicates, qui démentent la grande force, que des générations de Highlanders ont forgée, que la vie nomade a encore fait fructifier. Helle a soudain envie de le prendre dans ses bras. Comment a-t-elle pu tenter de l'oublier, ce jeune homme qui est arrivé à point nommé pour donner un sens à sa misérable fin d'existence ? Merci, ma Mère, pour cette surprise, ce présent que tu daignes me faire au moment de quitter ce monde. Merci pour ce regard, qui me brûle et m'enivre, pour toute cette affluence d'énergie, ce trésor de vie à sauver, une fois encore, avant que la mienne m'abandonne.

« Sais-tu qui tu es ?

— Aux dernières nouvelles, mon nom était Milo Gray, de la tribu des Britannia. »

Une ombre a glissé sur ses traits. Helle le sent qui se crispe, se cabre en dedans, comme les chevaux qu'il ensorcelle, d'après cette sotte de Morag. Pourquoi cette ironie ? Sent-il quelque chose ? A-t-il deviné ? Helle est parcourue par une onde de doute ; et s'il n'était pas prêt ? L'est-on jamais ? Et s'il valait mieux pour lui continuer à croire le récit qui l'a fondé jusqu'ici ? Helle a toujours été convaincue que les secrets ne sont bons qu'en diplomatie, en stratégie militaire, à la rigueur en amour. Mais les secrets de famille sont mortifères. Ne pas connaître ses origines peut vous dévorer lentement comme ce maudit cancer qui lui mange les os. Il doit savoir. Après, ce qu'il fera de cette connaissance n'est plus du ressort de Helle.

« Tu es le fils d'Alba des Hautes Terres, souveraine des îles de l'Ouest. »

Il détourne un instant le regard, son bras est pris d'un bref tremblement. Un long moment de silence s'installe entre eux, et Helle est gagnée par la panique. Comment naviguer à présent ? Doit-elle aller jusqu'au bout, qu'il boive la coupe jusqu'à la lie ?

« Ta mère... m'a chargée de te faire disparaître...

— Disparaître ? »

Un gouffre s'ouvre derrière son regard. Helle y sombre, elle se sent chanceler, ses forces l'abandonnent. Jamais elle n'avait envisagé cet instant. Elle s'éclaircit la voix, détourne la tête pour échapper à ses yeux implacables, qui plongent en elle, qui la traquent, la fouillent, s'emparent d'elle ; Helle a le sentiment qu'il lit dans son âme tout ce qu'elle veut lui dissimuler. Elle parvient à articuler :

« Je t'ai confié à cette jeune femme, de la tribu des Britannia. »

Helle se demande s'il a bien compris ce qu'elle lui a dit. Peut-être ne la croit-il pas ? Mais ce n'est pas cela ; il semble absorbé en lui-même, par quelque chose de douloureusement inaccessible. Il faut rompre l'insoutenable malaise, et le silence. Il faut se mouvoir : le danger rôde. Elle voudrait le toucher, reposer sa main sur son avant-bras, comme elle l'a fait quelques minutes plus tôt, mais elle en est incapable.

« Quel est mon nom ? demande-t-il d'une voix blanche.

— Fingal... Fingal est ton nom. »

Helle s'entend prononcer les syllabes qu'elle a tant de fois égrenées dans sa tête. Dans ce silence intérieur, le prénom semblait léger comme le vent, il n'était investi d'aucune réalité autre que les quelques souvenirs fugaces et décolorés d'un bambin aux yeux étranges. Les syllabes se sont progressivement désolidarisées des bribes d'images. Mais à présent le nom regagne sa bonne mesure d'incarnation, maintenant qu'il habille cet homme dans toute l'évidence d'une jeunesse qui aurait pu ne jamais être. Dans la poitrine de Helle, quelque chose se déchire. Une grande blessure se forme, qui se met à saigner aussitôt, et Helle a envie de se trouver devant Alba et de lui faire payer son crime, l'intention de son crime. Le moment où dans son cerveau malade a germé cette pensée : cet enfant ne doit pas vivre. La chair de ma chair doit mourir. À cet instant très précis, en cette seconde, Helle éprouve, très profondément, très intimement, dans sa propre chair et dans son vieux cœur, la certitude de vouloir plus que tout que vive cet homme qui est le fils d'une autre, passionnément aimée. Le fils que Helle et Alba auraient pu avoir ensemble dans un autre endroit du monde, dans un autre temps ; l'enfant de l'amour, de l'espoir, de la liberté.

Helle s'aperçoit qu'elle a pris la main de Milo. Le jeune homme tremble un peu. Il retire sa main, se la passe dans les cheveux.

« Je dois voir Faith. »

Il a parlé comme si Faith était un remède puissant contre la souffrance, la sidération, toute l'ahurissante cruauté du monde. Helle l'entraîne vers la porte qui mène à ses appartements ; il se laisse pousser comme un somnambule. Morag est assise dans un coin. Faith est couchée dans le grand lit, recouverte jusqu'aux oreilles par une fourrure. Des voix se font entendre dans le couloir ; tous trois se figent. Les voix s'approchent, s'arrêtent devant la chambre. On comprend que deux gardes viennent de se poster de part et d'autre de la porte. C'est le signe de l'arrivée imminente d'Edda. Helle repousse vivement Milo vers la chambre de Morag. Elle respire profondément, se compose un visage calme et insondable, se met à plier des vêtements et à les empiler sur le coffre où doit attendre Novak. On frappe deux coups.

Ω

Ils naviguent depuis la veille, sur une mer calme et gelée par endroits. La coque renforcée du bateau fend doucement la banquise friable, dans un sourd grondement qui ressemble au cri d'un cétacé, un son inquiétant pour les continentaux que sont Milo et Novak, qui n'ont jamais mis le pied sur un navire. La traversée de Gdańsk au Danemark s'était effectuée à pied, sur la Baltique en grande partie gelée. La chaîne de prisonniers progressait comme une file d'hommes ivres et titubants. Les voyageurs en traîneaux faisaient halte pour les observer ; les enfants riaient de leurs pas malhabiles et de leurs nombreuses chutes. Le froid était insoutenable. Cette expérience avait été un calvaire. Et cependant Novak avait réussi à amuser la galerie en la racontant à quelques marins sur le pont du navire. Tout est une question de récit, se disait Milo, on travestit la réalité, on la revêt de soie claire, comme on recouvre de chaux immaculée les lézardes d'une façade sordide. Ainsi peut se poursuivre n'importe quelle existence, si minable ou insoutenable soit-elle.

La furieuse tempête de la veille n'est plus qu'un lointain souvenir. Le vent est faible, les voiles semblent ne pas servir à grand-chose. On a parfois l'impression d'être immobile dans cette étendue figée, lentement absorbé par cette infinie et mystérieuse surface, hésitant entre le monde solide et aquatique. Parfois l'hélice d'une antique éolienne se dresse hors de l'eau, venant rompre cette horizontalité souveraine ; le bras de métal se tend vers le ciel dans un mouvement vengeur ; c'est le membre décharné, exsangue, du Vieil Homme qui tente un ultime défi par-delà les siècles, un dernier sursaut de bravade avant l'engloutissement. On lui avait parlé de ces monstres inanimés, récifs redoutables qui causent de nombreux naufrages. Ces objets n'ont à l'origine rien de dangereux ; ils comptent même parmi les rares à avoir été créés afin d'aider la Terre à reprendre haleine, afin d'éviter le pire. Milo est saisi d'une crainte presque religieuse devant ces épaves sinistres, qui semblent lui murmurer, depuis les profondeurs où le reste de leurs corps se désagrège lentement et se mêle à la vie de la mer, des histoires de cataclysmes et de fin du monde.

La blessure de Milo est profonde, mais semble devoir guérir, du moins ne s'est-elle pas encore infectée. Quant à cicatriser, cela prendra du temps. Il passe de longues heures au chevet de Faith, qui dort beaucoup. Les rares moments d'éveil sont presque plus pénibles à observer que le spectacle de son sommeil cataleptique. Elle ne paraît pas avoir retrouvé une pleine conscience ; ses propos sont confus, décousus, truffés d'évocations d'images de rêves dont il est impossible de dégager un sens. Elle s'adresse souvent à un être absent, qu'elle nomme Mon Sang. Novak est convaincu qu'il s'agit de son enfant à naître. Faith caresse son ventre en chantonnant, les yeux fermés, et on ne sait si elle dort encore en faisant ce geste très tendre. Elle mange peu, trop peu. C'est Milo qui lui donne la nourriture à la becquée, de toutes petites quantités, plusieurs fois par jour. Il l'éveille la nuit pour la faire boire, car sa peau desséchée trahit une imminente déshydratation. Depuis la veille, il accepte que Novak prenne la relève de temps en temps. Alors, au lieu de dormir, il erre sur le pont, se laisse bercer par la contemplation de toute cette eau unie au ciel dans un tableau d'une parfaite simplicité, d'une harmonie sans défaut, cependant toujours étonnante, animée par une succession d'infinies nuances de teintes, de formes et de mouvements ; une sempiternelle métamorphose qui le renvoie à ses propres transformations, passées, présentes et à venir.

Fingal. Le prénom résonne en lui comme un cri de détresse, comme un mirage, comme un grand rire amer. Fingal est le nom que cette femme lui a donné quand il est né de ses entrailles. Elle l'a sans doute aussitôt haï, avant même de le nommer. Avant même sa venue au monde. Il n'a plus posé aucune question à Helle. L'orgueil, sans doute. Et la crainte de ce qu'il pourrait entendre. Où est cette femme qui l'a conçu ? Est-elle même en vie ? À quoi ressemble-t-elle ? Probablement une espèce d'Edda des Amazones, une souveraine imbue d'elle-même, ivre de sang, celui des hommes de préférence. Une femme dangereuse. Et seule. En a-t-il quelque chose à faire ? Au fond, en quoi cela le concerne-t-il ? Ce n'est pas elle qui est venue le trouver et lui révéler la vérité. Qu'est-ce que cette révélation change à sa vie ? Cela ne lui rendra pas Faith, le rire de Faith, la santé de Faith. Faith qui s'éteint chaque jour sous ses yeux, dans ses bras impuissants. Il s'est mis à haïr à son tour cet enfant qui occupe son être et semble lui ôter son énergie vitale, cet embryon qui dévore la moindre parcelle de nutriment qu'elle ingère, se l'approprie goulûment et sans vergogne. Chaque jour grandit cette vie engendrée par l'homme qui est mort de sa main. Si ce bébé arrive à son terme et survit, il aura le regard de cet homme, le même qui vient visiter Milo durant ses rares heures de sommeil, ce regard résigné qui dit : « Tue-moi, maintenant, libère-moi d'elle, de celle sans laquelle ma vie n'est rien. Je vois dans tes yeux qu'elle te consume, toi aussi. Je vois et je te plains. De devoir vivre et l'aimer. » Milo n'oubliera jamais ce regard, ni son propre reflet, qui y luisait comme un tison sous la cendre. Il ne vaut guère mieux que ce pauvre type.

Milo observe ses mains qui tremblent un peu depuis le moment où Helle lui a révélé la vérité sur sa naissance. Helle les regardait attentivement ce matin lorsqu'ils se sont réunis pour manger. Lui font-elles penser à celles de sa mère ? Helle a aimé les mains de sa mère. Milo en est certain. Sa mère et cette femme sombre et belle comme la nuit se sont unies, se sont aimées. Le prénom vient teinter au bord de ses lèvres. Alba. Il ne peut s'empêcher de le prononcer tout bas et s'en repent aussitôt, car nommer fait exister, confère le pouvoir. Dans la tribu du Lynx, on ne donnait pas de noms à certaines maladies, afin de ne leur accorder aucune emprise. Les Gypsies font de même avec les êtres humains malfaisants. Ils les dépossèdent de leur nom, à jamais. Mais Milo ne peut se résoudre à cela. Alba, les syllabes reviennent s'entrechoquer dans son esprit et dans sa gorge. Alba, c'est âpre, acéré, ample et venteux, mais aussi voluptueux, souverain, clairvoyant, lumineux. On a envie de se baigner dans ces syllabes, comme dans un amas de neige nouvelle, ou dans la bruyère fraîche au creux d'une combe. L'Ouest chante dans ce nom, toutes les images qui escortent Milo depuis la plus tendre enfance, les lumières, les odeurs racontées par les vieux.

Milo s'ébroue. Qu'est-ce qu'il lui prend, de se laisser envoûter si facilement par le spectre d'une femme qui n'a pas voulu de lui et s'est empressée de s'en débarrasser ? Il donnerait cher pour cesser de penser à elle, pour n'avoir même jamais entendu parler d'elle. Revenir en arrière, juste après le combat, redevenir celui qui ne sait rien et vit sa vie derrière un voile, un voile salutaire et opaque. Soudain surgit le visage de cette chamane du peuple kazakh à qui ils achetaient des chevaux, dans son autre vie. Elle avait prédit quelque chose qui les avait bien fait rire avec Babik, une banalité où il était question d'un voile levé sur son existence, et d'une vision retrouvée. Bien, on y est, semble-t-il. Eh quoi ? Que va-t-il advenir à présent ? Milo est toujours le même, et la révélation dont il a été gratifié par Helle n'en fait pas un autre individu, animé d'autres rêves, harcelé par d'autres démons. Fingal n'est qu'un nom. Pas une réalité différente qui ferait disparaître celui qu'il est pour le remplacer par une personne nouvelle ; rien ne permet à l'être humain de se déposséder de lui-même. On ne peut changer d'identité, comme autrefois les hommes croyaient pouvoir changer le plomb en or. Au moins a-t-il compris ceci : ce sentiment lancinant de ne se sentir bien nulle part, qui l'escorte depuis toujours, a sans doute sa source dans cet étrange tour du destin.

Novak arrive sur le pont, de son pas qui le fait ressembler à un immense batracien, qui serait gratifié d'un air sémillant ; aussitôt Milo va pour descendre dans la cabine et prendre son tour auprès de Faith, mais Novak le retient par le bras.

« Tout doux, mon ami... Morag est près d'elle. Tu seras heureux d'apprendre qu'elle a mangé.

— Beaucoup ?

— Beaucoup, beaucoup... Comme tu y vas. Ça se mesure encore en cuillerées, hein. Mais c'était pas mal. Je dirais une dizaine. »

Milo soupire, donne une tape amicale sur l'épaule de Novak, s'appuie au bastingage, laisse errer son regard au loin.

« Tu lui fais confiance, à la régente ?

— Oui.

— Motivé par quoi ? Ses yeux de panthère ?

— J'ai mes raisons. »

Novak s'approche de Milo, l'observe attentivement, puis détourne les yeux à son tour vers le large et lâche d'un ton léger :

« Moi, tu sais, de toute façon, j'ai perdu mon libre arbitre. »

Milo lui jette un œil faussement outré.

« Ben oui, quoi, depuis la Pologne, je te suis comme ton ombre. Tu as décidé pour moi, et depuis, je ne dois plus me casser la tête pour savoir quoi faire de ma vie. C'est bien commode. Donc, quoi qu'il arrive, je te suis, mon gars.

— Mais je ne sais pas où je vais, Novak.

— Sur Ghost Island, pour commencer. De ça on est sûrs. Chaque chose en son temps. Milo...

— Quoi ?

— Faith... Elle est enceinte de quatre ou cinq mois, d'après Morag. Et elle a l'air de s'y connaître.

— Oui, et alors ? »

Milo a parlé sur un ton dur, agacé. Novak hésite à continuer.

« Oh, rien, je pensais que ça t'intéresserait de savoir... »

Milo marmonne quelque chose que Novak n'a pas compris, mais qu'il se garde bien de lui faire répéter. Ce qui touche à la grossesse de Faith est un sujet tabou. Tout le monde semble s'inquiéter de cet enfant qui se développe dans le corps d'une mère ayant perdu contact avec ce qui l'entoure, et qui ne communique plus que par évocations oniriques incompréhensibles. Milo se morfond pour la santé de Faith, mais celle du bébé qu'elle porte le laisse indifférent. Et cela peine Novak, sans qu'il sache très bien pourquoi. Il n'a jamais été très intéressé par les enfants, mais l'être que Faith se prépare à délivrer au monde génère en lui une intense et énigmatique fascination. Mon Sang, ainsi le nomme-t-elle. Il est certain que c'est à elle, ou à lui, qu'elle s'adresse en ces termes asexués. Dans cette expression passe toute l'énergie vitale qu'elle lui transmet, qu'il ou elle lui insuffle. La sève de la vie qui circule d'un organisme à l'autre. Jamais ce phénomène n'avait revêtu d'importance particulière pour Novak. Sa mère n'avait pas été aimante. Il n'avait pas fait de lien entre le processus à l'œuvre dans le ventre d'une femme qui enfante et celui qui avait mené à sa propre conception. Il ne lui semblait pas plausible qu'il fût le produit d'un séjour de neuf mois dans les entrailles de cette triste personne froide et fort peu sensuelle ; une personne qui de surcroît n'avait pas hésité à se rallier à la communauté villageoise pour le livrer à la chaîne d'esclaves, pour la seule raison que Novak désirait porter des jupes par-dessus ses pantalons. Quant à son père, c'est à peine s'il s'en souvenait. L'homme passait ses journées aux champs l'été, dans son lit l'hiver. Taiseux comme un mort, il traversait l'existence avec autant d'entrain qu'une bête de somme. Novak avait connu des bœufs plus gais.

Il faut dire que les mœurs et les systèmes de pensée de l'Ancien Monde ont la vie dure chez les peuples sédentaires. Ce mode de vie immobile et agricole raidit les esprits, empêche le changement, la souplesse, ramène l'homme à un état antérieur, régressif, patriarcal et borné. En outre, ces peuples sont souvent adeptes de l'une ou l'autre religion révélée, c'était le cas du village chrétien orthodoxe d'où venait Novak. Il a toujours eu le sentiment d'être né au mauvais endroit. Son enfance fut ponctuée de fugues. Il avait cinq ans la première fois que sa mère est venue le rechercher dans un hameau voisin, chez un couple qui n'avait pas d'enfants et l'avait déjà presque adopté. S'ensuivit toute une série de séjours plus ou moins heureux chez des étrangers, chasseurs, orfèvres itinérants, mais ce qu'il avait préféré étaient les deux mois passés dans une famille de nomades appartenant à la Horde du Sang. Il avait alors treize ans, et c'est là qu'il avait compris son orientation sexuelle étrange, consistant en une impérative nécessité de se sentir femme, et une attirance pour les hommes et les femmes. Ce n'était pas simple, et il aurait bien mieux valu que sa famille biologique le laissât partir et vivre à sa guise sans leur faire honte. Mais ses parents auraient parcouru la terre entière pour le retrouver, c'est d'ailleurs à peu près ce qu'ils avaient fait ; il semblait que c'était leur mission cruelle et sacrée : le ramener au troupeau et lui faire payer ses fautes, le punir pour ce qu'il était. Jusqu'à ce que cela les lasse, sans doute, et qu'ils l'embarquent un beau matin sur la charrette à bœufs jusqu'au village où chaque année passait la chaîne d'esclaves glanés en Grande Pologne et destinée au royaume suzerain des Amazones.

Cette traversée lui plaît terriblement ; c'est une expérience toute neuve et réellement enivrante. Dès qu'il a posé le pied sur le navire, Novak a su qu'il serait à jamais attiré par la mer, désireux de la sentir sous ses pieds, d'en éprouver les humeurs. C'était comme une évidence, qui se passait de pratique. Il était prêt à tout affronter, les tempêtes, l'orage ou le grand calme qui vous cloue sur place, le froid implacable ou le soleil dévorant, et même le naufrage, le sentiment d'être perdu dans une immensité mortelle. Tomber en amour pour la mer, c'était comme vis-à-vis d'une personne ; peut-être même plus violent. Il avait le pressentiment que cette disposition lui serait particulièrement utile dans les mois, peut-être les années à venir, car le destin de Milo était lié à l'océan. Et son destin dépendait de celui de Milo.

Celui-ci a quitté le pont. Le chevet de Faith est sa prison. Novak donnerait beaucoup pour voir cette femme s'éveiller, redevenir celle qu'il apercevait dans la tribune aux côtés d'Edda, avec sa mine fière, ce demi-sourire à la dent d'or, incomparable, défiant et invitant à la fois, et toute cette furieuse énergie qu'elle dispensait sans bouger le petit doigt. La jeune femme qui incarnait Desdémone, pour laquelle on serait mort sans l'ombre d'un regret. Edda les a laissés partir, comme ça, sans condition. Elle est entrée dans la chambre de Helle, seule. Morag a raconté à Novak que la reine a aussitôt rejoint le lit, soulevé la peau d'ours qui recouvrait Faith, l'a longuement observée en silence ; alors Milo est apparu, il est sorti de la chambre de Morag et a marché jusqu'à Edda. Ils se sont défiés un moment. Edda a détourné les yeux la première, s'est tournée vers Helle et a dit : « À l'aube ton navire sera prêt à appareiller. Emmène-les comme tu en avais l'intention. Elle doit vivre. Et ici ce n'est pas possible. » C'est ce qu'il avait entendu, recroquevillé dans sa malle de voyage. Ensuite, Edda est sortie et on ne l'a plus revue.

Au matin, on mettait les voiles pour Ghost Island où la régente veut faire halte avant de regagner son château des Hautes Terres. Ghost Island, une sorte de paradis tel que décrit dans les vieux livres religieux. Un lieu fertile, où les hommes et les femmes vivent en bonne entente, dans une grande égalité. C'est ce qu'on dit de ce coin de terre de fraîche naissance, sorti des eaux à peine deux cents ans plus tôt. Un cadeau, dit-on, de la Terre sacrée à l'homme, pour sceller le nouveau pacte entre Elle et l'humanité. C'était simplement la conséquence d'un début d'âge glaciaire, rien de plus, mais il plaisait aux hommes depuis toujours d'attribuer tout ce qui leur arrivait à des puissances supérieures ; Dieu, le Nord Souverain, la Terre Mère, le Sud Maléfique, c'était chou vert et vert chou. Pourquoi se diriger vers la Grande Île ? Peut-être son ami désirait-il retourner sur les terres dont son peuple avait été chassé ? Milo lui cachait quelque chose, depuis l'entrevue avec Helle deux jours plus tôt. Novak avait bien tenté d'obtenir quelque chose de Morag, en vain. Bon, que vogue donc la galère ! Bien qu'il n'y ait pas l'ombre d'un galérien sur ce navire, mais seulement des voiles, et de bons marins.

À l'évocation des galériens, Novak songea avec un frisson qu'il serait probablement mort à l'heure qu'il est si Milo ne l'avait pas entraîné avec lui. Il serait digéré par les poissons, pourrirait dans un charnier, ou bien ses cendres joncheraient quelque sol gelé d'Allemagne ou de Pologne ; dans tous les cas, oublié de tous. Il n'avait plus d'amis au village, son chien et son âne étaient morts peu avant sa mise aux chaînes. On pouvait raisonnablement émettre la supposition qu'ils avaient été vendus par ses parents, en prologue au grand ménage qui suivait toujours les deuils ou les départs... On liquide d'abord les animaux de compagnie, avant les vêtements et les objets personnels. C'était arrivé avec la petite Shosha quand elle s'était donnée à ce musicien de passage. Du jour au lendemain, ses deux canards avaient disparu. Et deux semaines après on la mariait à un lointain cousin, qui vivait au diable vauvert. De toute façon, Novak était certain que sa mère n'avait rien conservé de lui ; tout ce qu'il avait aimé, touché, était souillé ; on avait effacé jusqu'à son souvenir. Il se fit la réflexion que la mort n'est absolument effective que lorsque plus aucun être vivant ne prononce votre nom. Alors, et alors seulement, cette garce a gagné. Pas avant. C'est pour ça que les Gypsies fêtent chaque année l'anniversaire des morts, c'est pour défier la Faucheuse. Tiens, vieille bique, c'est pas fini, tu devras attendre encore un peu avant l'oubli qui sonnera l'heure de ton triomphe. Milo lui avait donné plus que la vie : en lui offrant son amitié, il lui avait accordé d'habiter une mémoire.

Novak dériva dans une sorte de rêve éveillé : il se voyait mort, enveloppé dans une couverture richement brodée, à côté d'un grand feu. Faith prononçait à son intention la prière funéraire dans la langue des Gypsies, et Milo entonnait un chant magnifique et tragique, bientôt accompagné par des violons et repris en chœur par une compagnie entière éplorée. Il fut tiré de sa vision par un cri dans le ciel : un grand oiseau blanc dont Novak ignorait le nom décrivait des cercles au-dessus du bateau, comme pour le saluer. L'air était plus froid, le vent avait forci. Novak laissa son regard errer sur la surface ondulante, accorda l'oscillation de son grand corps aux mouvements de la mer. Il avait envie de remercier. Mais il ne savait qui, ni quoi. Alors il chanta une comptine de son enfance.

Ω

Helle vit un enfer. La partie supérieure de son corps brûle nuit et jour, et les doses les plus fortes d'opium n'y changent pas grand-chose. Ghost Island n'est plus qu'à quelques heures. Là l'attendent ses deux lévriers irlandais, ses amis les plus chers. Ils donneraient leur vie pour la sienne, et cependant ne peuvent rien contre le mal qui la tue. Helle est dévastée à la pensée de leur douleur le jour où elle ne sera plus. Helle sait aujourd'hui qu'elle n'attendra pas que la mort la prenne selon son bon plaisir. Elle se la donnera elle-même lorsque cela lui chantera. Un dernier et ultime acte libre. Un des seuls en une vie de cinquante années. Les hommes se bercent d'illusions en pensant poser des choix d'une absolue liberté ; ils sont toujours tributaires d'une kyrielle de facteurs qui les dépassent complètement, dont ils ne savent la plupart du temps rien. Edda, en libérant Faith, avait agi librement. Contre ses instincts les plus profonds, contre sa cruauté et son égoïsme, contre son hallucinant orgueil. Elle s'était rendue, avait accepté la défaite. À moins que ce ne soit que temporaire… Autant ne pas l'envisager. C'est d'ailleurs au-dessus de ses forces.

Helle a fait appeler Fingal à son chevet. Que désirait-elle lui dire ? Sa mémoire lui joue des tours de plus en plus pendables. C'était important, essentiel, même, de ça elle se souvient, du caractère urgent et capital du message. Et de son lien avec sa mort imminente. Elle avait pris la décision de lui parler au milieu de la nuit, au plus profond du silence opaque, en cette heure creuse où le bateau semble inoccupé, où Helle s'imagine voguer sur un navire dépeuplé, lancé sur les eaux du globe pour l'éternité. Elle adorait cette impression lorsqu'elle était en bonne santé ; à présent cela lui donne envie de fondre en larmes comme une petite fille. La nuit dernière, il lui semble avoir demandé à Morag de dormir à son côté et de lui tenir la main. Ou était-ce seulement un désir, une vision convoquée en guise d'apaisement, comme lorsque, enfant, à l'école de vie, elle se contentait de voir avec son œil intérieur la silhouette de sa mère penchée sur elle dans le noir pour cesser de craindre les présences invisibles de l'ombre. Sa mère, splendide et hautaine femme issue des migrations et du brassage des populations du Vieux Monde. Des générations de femmes avant elle n'avaient accepté d'être fécondées que par des hommes sombres issus d'Afrique, afin de préserver l'intense et pure noirceur de leur peau. Helle ne connaissait pas son père, comme la plupart des femmes de l'élite. C'était un esclave choisi comme géniteur pour sa beauté et sa robustesse, sa peau très sombre, et quelques qualités d'esprit, hâtivement jugées par un collège de vieilles qui n'avaient plus toujours la maîtrise du leur. Rien ne semble avoir changé depuis que Helle a quitté le royaume pour vivre dans les Hautes Terres, et c'est une honte.

Fingal... Lui parler. Il faut lui dire... Mais elle lui a dit déjà, elle lui a fait la révélation, a soulagé son cœur. Qu'est-ce qui la tourmentait depuis la dernière nuit ? Les pensées s'effilochent au fur et à mesure qu'elles atteignent sa conscience, elles se fragmentent comme ces rêves incohérents, absurdes et vains que l'on fait sous l'emprise de la fièvre. Ses pensées sont comme des enfants malicieux qui échappent à leur poursuivant pendant une partie de cache-cache ; lorsque vous avez l'impression d'en tenir un, il se dérobe et disparaît dans les fourrés, alors qu'un autre vous nargue un peu plus loin, un autre enfant différent, et pourtant si semblable au premier que vous aviez presque attrapé, dont les traits se sont effacés. Ainsi vont les pensées dans la tête de Helle, aussi cruelles et impondérables qu'une bande de fillettes malicieuses, se moquant de votre grand âge, de votre expression égarée, de votre course trop lente, de vos mains malhabiles qui se referment sur le vide ; des fillettes qui rient à gorge déployée de votre triste, irrévocable et impardonnable vieillesse.

Soudain, ce qui la tracassait durant la nuit refait surface : l'héritage, l'avenir du royaume, celui qu'elle a reçu en garde et dont elle n'a pas assuré le devenir, celui qu'elle a, par sa négligence, par ses hésitations, par son refus de voir se rapprocher l'effondrement de sa carcasse malade, voué à la domination d'Edda des Amazones. Le visage froid et insipide de la jeune Deirdre d'Irlande vient lui rendre visite. Helle n'aime pas cette fille, ne lui fait aucune confiance. Il n'est plus temps de faire d'autres projets. Pardon, mon amour. Pardon, Alba, si je t'ai trahie, si je n'ai pas été à la hauteur de ton immense exigence, de tes rêves, de ta folie.

Deux coups résonnent sur le bois de la porte de la cabine. Helle dit : « Entrez », et le voici sur le seuil. Celui qu'elle voulait voir. Elle a tant de choses à lui dire, tant de choses, qu'il prenne place dans ce fauteuil, elle doit se concentrer un peu cependant, car il faut qu'elle attrape ses pensées, les vilaines filles, les voilà qui courent de nouveau devant elle, oui, Fingal, mets-toi à l'aise, je voulais te dire... C'est bête, tout de même, bête de vieillir... C'est une affaire urgente, et tu dois pouvoir me venir en aide, je pense. Laisse-moi te regarder, d'abord. Il y a urgence, mais il faut que je te regarde. Comme tu lui ressembles, tu n'as pas idée. Quelle belle personne tu es. Te l'a-t-on déjà dit ? Assez dit ? J'en doute, car tu sembles errer dans ce monde avec le désespoir de ceux qui ne s'aiment guère. Je voudrais... Je voudrais, Fingal, mon enfant, te rendre ce que nous t'avons volé. Te rendre au monde, neuf et lavé de nos fautes. Pardonne-nous, pardonne aux pauvres femmes cruelles et désemparées. Notre crainte, notre haine n'ont d'égales que la passion que nous vous portons, à vous les hommes, de toute éternité. Laisse-moi te regarder, contempler tes yeux aux infinies nuances du ciel de ton pays, ta belle jeunesse insolente, ta lumineuse, innocente virilité. Ce que nous avons voulu abattre, vouer au néant. Donne-moi ta main, que je l'observe, que j'éprouve sa chaleur, sa blancheur, sa candeur dans la mienne ; juste quelques instants, avant de te dire... Je ne sais de nouveau plus. Mon dos me torture, mon dos, ma poitrine, mon ventre, mes bras, c'est la douleur qui chasse les pensées. Voilà. Reviens demain, mon cher enfant, tout sera plus clair, et nous causerons, toi et moi, je te raconterai...

Helle ferma les yeux, soupira douloureusement, sa main se détendit autour de celle de Milo. Il n'avait rien compris à ses propos confus. Mais au-delà des mots, Helle lui avait transmis quelque chose d'énigmatique et de très puissant, qui n'était pas à proprement parler de l'amour ni même de l'affection. C'était une confiance qu'elle lui faisait, une forme de croyance qu'elle lui témoignait. Elle croyait en lui, c'est à peu près ça qu'il avait éprouvé pendant ce monologue décousu. Elle croyait en lui, comme on croit aux puissances élémentaires, à la vie qui pulse au cœur de la Terre, à la course des astres. Comme on croit à la loyauté du cheval, à la vitesse du faucon, à la conscience immémoriale de l'arbre, à la fragilité de l'Homme. Helle avait foi en lui, qui n'avait foi en rien, et surtout pas en lui-même.

Il quitta la pièce, où flottait déjà l'odeur de la fin, et rejoignit Faith. Elle aussi dormait, d'un sommeil hanté, inquiet. Pourquoi ne lui revenait-elle pas ? Était-elle dévastée par la mort de son amant ? Milo se pencha au-dessus d'elle, observa son petit visage émacié, presque gris, qui semblait tourmenté de visions indicibles. Il déposa un baiser sur ses lèvres pâles. Le contact de la peau d'une poignante douceur, l'odeur et la tiédeur du filet d'air qui passait d'elle à sa propre bouche, la proximité si réelle de son corps, si tangible, son abandon, l'infime oscillation de ce corps gravide sous l'effet du roulis, tout cela le submergea comme un raz de marée, il se sentit flancher, ses mains se remirent à trembler comme celles d'un vieillard. Il en posa une sur le ventre de la jeune fille, et aussitôt sursauta et la retira. Cela ondulait sous sa paume. L'être à l'intérieur de Faith venait de se mouvoir. Milo reposa la main au même endroit, et cette fois il dut attendre quelques secondes avant que le phénomène se reproduise. Il glissa lentement vers le haut du ventre, et la présence bougea avec lui, la créature qui vivait au cœur de Faith semblait le suivre, et même l'inviter au contact. Milo ne rêvait pas. La jeune fille expira plus fort, Milo crut discerner un murmure ; elle amorça un sourire, ses lèvres s'étirèrent, se détendirent comme sous l'effet d'une sensation agréable. Milo s'allongea le long de son corps en tentant de se faire le plus mince, le moins encombrant possible afin de ne pas l'incommoder. C'est ainsi que, petite, Faith venait le rejoindre sur sa couche. Elle se glissait comme un chat contre lui, et il la découvrait le matin, petite boule de nerfs et de muscles, de rêves, roulée contre son flanc, profondément endormie, avec une mèche de cheveux de Milo dans la bouche. Il enfouit son visage dans son abondante et odorante chevelure, et s'endormit à son tour, la main posée sur son ventre.

Ω

Je te vois. Femme-enfant farouche, retirée au plus profond de ton être. Vous êtes deux en toi. L'autre personne qui veille au creux de ton flanc aura ta peau claire comme le lait, elle connaîtra les turbulences qui habitent ton esprit, ton esprit puissant, avide, anxieux, qui a touché le mien, par-delà les distances. Pour autant que cette petite personne vive, que son périlleux voyage hors de ton corps se passe sans obstacle. Cela je ne peux le prévoir. Mais je demande à notre Mère de vous tenir en sa garde, de vous conserver en vie. Je te vois avec une certitude, une acuité que je n'ai plus éprouvées depuis bien longtemps. C'est comme si ton contact réveillait véritablement le don en moi et confirmait la raison de ma présence sur cette île, justifiait toutes ces années de silence, de solitude. Et de doute. Je t'attends, enfant. Je t'attends comme j'attends chaque matin le soleil au fort, comme Ewan guette la jeune pousse au sortir de la terre, comme les oisillons au nid espèrent le retour du pétrel sur la falaise. Tu vogues sur la mer, profondément endormie, profondément éveillée à ton monde intérieur. Tu ne cesses de tisser des pensées et des songes. Tu veilles intensément, tu crains et tu espères. Je ne sais pas qui tu es, et cependant je te connais. Tes rêves se mêlent aux miens.

Avec toi voyagent des êtres que je ne peux pas voir. Ils flottent autour de ton corps, semblables à des spectres bienveillants, se penchent sur ton sommeil, s'allongent à ton côté, te touchent et te bercent de leurs voix lointaines. Une silhouette est très présente. Je ne sais s'il s'agit d'un homme ou d'une femme. Je ne distingue que sa couleur rougeoyante, et ce flux tiède qui jaillit de sa poitrine et entre dans ton corps, se glisse à travers tes lèvres pâles, creuse son chemin dans ton torse menu, sous tes yeux clos, irrigue tes membres et distille la vie en toi aussi assurément que le fait ton sang. Mon Sang. Tu murmures ces mots souvent. Ils nomment cette créature qui te dépossède et t'emplit d'une force nouvelle, cet être qui te vide de toi-même et te rend à toi-même. «Deviens ce que tu es.» C'est une maxime apprise à l'école de vie que je ne comprenais pas lorsque j'avais ton très jeune âge. Je n'ai pas voulu savoir ce qu'elle signifiait quand j'ai accueilli mon fils. Mon fils Fingal. Prononcer son prénom mentalement me procure une douleur indicible, et cette douleur m'attire vers le vide au bord de la falaise, elle chante son chant de mort et d'oubli. Mais, baste! Sais-tu, enfant, qu'être mère ne nous dérobe pas nécessairement à nous-même, pas plus que cela ne nous augmente, ne nous améliore. Pour autant que nous le désirions très profondément, donner la vie nous conduit vers celle que nous sommes au fond, elle fait partie de ces expériences qui nous permettent de traverser l'ensemble de nos devenirs.

Je m'en vais au fort à présent, Ewan m'attend déjà, je l'aperçois qui souffle sur ses mains en dansant d'un pied sur l'autre à quelques mètres de ma cahute. Le froid est mordant, ce matin, et mon jeune servant ne s'est pas assez couvert. Je m'emmitoufle, emporte un bonnet et des moufles de mouton pour lui, et sors dans le blizzard. Son sourire remplace la chaleur du soleil absent. La marche est longue et difficile à cause des rafales, nous arrivons transis et nous asseyons derrière le haut mur, à l'abri du vent. Ewan sort sa flûte et entonne un air du matin. L'aigle-aux-yeux-ensoleillés vient se poser non loin de nous. Ses yeux splendides se portent loin sur la mer, semblent distinguer des choses que nous, humains, ne pouvons voir, les côtes des Outer Hebrides cernées par la glace, les torrents gelés qui dévalent les falaises de Lewis et Harris, les montagnes enneigées de Skye, et, au-delà, la Grande Île et ses routes bordées de haies, ses forêts, ses lacs, et loin, loin à l'est, les murs gris qui abritèrent mon enfance. Mon château. Ma maison. Je hais ces murailles autant que je les chéris. Elles ont été un refuge et un fardeau. Je les fuyais avec soulagement, mais les retrouvais avec un bonheur exalté après les campagnes militaires, les visites aux chefs de clan, aux vassaux du Sud. Je rentrais chez moi, épuisée par les mauvaises routes et la trop intense fréquentation de mes semblables, minée par le rôle que je devais tenir sans faiblir. Un rôle auquel j'ai sacrifié mon bébé, et mon âme. Ewan me jette des regards à la dérobée, il perçoit mon trouble. Je renifle trop bruyamment et me mouche comme une vieille gâteuse ; un peu de morve dégouline de mon menton, et cela provoque le rire de mon jeune ami, que le mien ne manque jamais de suivre. Rions, donc, c'est préférable. Il faut fuir la gravité, la pompeuse gravité des imbéciles. Même si j'y ai toujours cru, la compagnie d'Ewan m'encourage à mettre généreusement cet adage en pratique. L'aigle nous observe avec perplexité. Il fut un temps où il se serait enfui en semblables circonstances. Peut-être se joint-il à notre hilarité. Comment savoir ?

Ω

Milo. Un fils de reine. Un prince déchu. Milo, son frère des jours sinistres, l'esclave voué à la mort, le gosse perdu, vidé de lui-même. Milo qui semble s'en foutre éperdument d'être sorti de la cuisse de Jupiter. Il a raconté ça comme si c'était une histoire qui ne le concernait pas, une de ces légendes anciennes et fantasques dont raffole son peuple de nomades, pleines d'amants maudits et de dieux en colère, de déesses incestueuses, de Titans vengeurs, de nymphes violées, de ménades tueuses et autres dérangés. Quand Novak a demandé si sa mère vivait encore, Milo a haussé les épaules, l'air absent.

Ils sont sur Ghost Island depuis une semaine, installés dans une des fermes de l'île. Helle est hébergée chez le landlord, le jeune Silkirk, fils de la cheffe du clan, qui possède les lieux et une bonne partie des Midlands de la Grande Île. C'est chez lui que l'attendaient les deux monstres poilus, aussi grands que des veaux, mais sans doute pas aussi inoffensifs. Leurs hurlements se faisaient entendre bien avant l'accostage. Novak était monté sur le pont, inquiété par cette mélopée glaçante, et Morag lui avait parlé du couple de chiens qui devait sentir l'arrivée de Helle depuis des heures, sinon des jours. Ils avaient déboulé au moment où on sortait de la cabine la civière transportant la régente, et ça avait été une sacrée pagaille : les colosses exaltés avaient renversé hommes et objets avant de venir poser leurs belles têtes de part et d'autre de Helle, et de se mettre à lui lécher les mains avec une dévotion qui aurait ému une brique. Novak ne pouvait concevoir que Milo ne passe pas tout son temps auprès d'elle durant ses courts et rares moments de conscience éveillée. À sa place, Novak aurait pressé la régente jusqu'à ce qu'elle révèle tout ce qu'il y avait à révéler sur sa mère, sa naissance. Cette femme est très proche de la mort. Et le jour où elle aura fermé son parapluie, certaines choses seront perdues à jamais.

Faith s'arrondit chaque jour davantage. La fièvre l'a quittée, son teint est de nouveau lumineux, ses membres semblent reprendre des forces. Et Novak a pu entrevoir sur ses traits des signes de détente, parfois même d'une espèce de bien-être, de tranquillité dépourvue de la moindre angoisse. Elle accepte volontiers la nourriture et l'eau, mais ne manifeste néanmoins jamais sa faim ou sa soif. En réalité, Faith paraît naviguer dans son propre être sans souffrir. Il semble à Novak qu'il est nécessaire qu'elle fasse ce voyage intérieur. Il avait tenté de faire part de ses impressions à Milo afin de le rassurer, mais celui-ci s'était contenté de sourire vaguement, la mine désolée et gentiment sceptique, et Novak avait eu envie de le gifler pour cette attitude condescendante et stérile qu'il arbore depuis qu'ils ont quitté Skagen. Faith n'a pas besoin de cela, peut-être n'a-t-elle même pas besoin de lui, en réalité, du moins pour le moment, tant elle semble absorbée par autre chose, loin, si loin de Milo et d'eux tous...

Alors que Milo est auprès d'elle, Novak profite de ses quelques heures de liberté pour se promener dans l'île. Une atmosphère très particulière émane de cette langue de terre fraîchement surgie de l'océan. C'est un véritable nouveau monde, absolument dépourvu de la moindre trace de vie antérieure à la Chute. Aucune ruine, aucun fantôme de l'Ère ancienne ne hante ses paysages, ne semble vouloir s'extirper de la terre pour avertir, mettre en garde le visiteur. Sur le continent, où que l'on erre, on rencontre les témoins des folies du Vieil Homme, depuis les gigantesques carcasses de centrales ou d'usines, de ponts, de barrages, jusqu'aux plus infimes reliquats affleurant le sol, morceaux de métaux ou de matières inconnues aux formes bizarres, objets inertes et muets, qui vous susurrent à l'oreille : « Regarde, humain, nous sommes là, les spectres du passé, nous nous dressons sur ton nouveau chemin vertueux, ton pied bute sur nous et voilà que tu vacilles dans ta marche vers le Bien. Quel que soit le pouvoir que nous gardons sur toi, qu'il s'agisse d'attraction ou de répulsion – bien souvent un savant et pervers mélange des deux –, nous te tenons en nos rets, nous veillons, nous attendons de voir comment toi et tes semblables vous en sortirez, de quelle manière vous éviterez les pièges d'autrefois. »

Rien de tel ici, qu'un sol vierge, pur, neuf, qu'on dirait sans passé. Cependant, Morag a expliqué que des hommes avaient vécu sur l'île, des milliers d'années avant la Chute, jusqu'à ce qu'un raz de marée les submerge. Mais cela est difficile à imaginer : tout ici a une saveur originelle. Même le vent a un goût de premiers jours du monde ; les gens que l'on croise présentent des mines saines et harmonieuses, des corps robustes qui ne semblent pas précocement abîmés par les conditions climatiques, le labeur et les maladies. Ils sont peu nombreux, répartis dans des fermes prospères. Certains villages sont temporaires, ce sont des camps de chasseurs ou d'artistes et d'artisans qui se déplacent avec les saisons. Ces nomades vivent en bonne entente avec les agriculteurs ; les relations entre ces groupes si différents ne sont pas le moins du monde hypocrites, comme c'est si souvent le cas sur le continent. Les ressources sont gérées et réparties équitablement. L'égalité entre hommes et femmes n'est pas une légende, dirait-on. Bref, on pourrait appeler ce lieu une espèce de paradis, en effet. Mais Novak serait malheureux ici. Il ne sait pourquoi, si on l'invitait à vivre sur l'île, il refuserait tout net. Tout y est trop lisse, trop parfait pour être vrai, sincère. Ou au contraire c'est effectivement le lieu par excellence de la paix et de la sincérité, de la justice, de la solidarité, et il faut alors admettre que tout cela est aussi barbant qu'une messe. On a l'impression que l'on a donné un sédatif à ces gens, une drogue qui polit leurs caractères, aplanit artificiellement les conflits, éteint les passions, rend cette communauté humaine aussi animée qu'un banc de sardines mortes.

Novak a reçu un accueil des plus affables, ou plutôt courtois. Sa mise, son maquillage et ses innombrables bijoux n'ont suscité aucun commentaire, pas même un peu de perplexité dans l'un ou l'autre regard, pas vraiment d'intérêt non plus. Rien. Le vide qui a l'apparence de la bienveillance, de l'absence complète de jugement. Cette dernière peut finalement confiner à la plus complète absence d'empathie. Novak éprouve un vertige devant ces regards insaisissables qui, après avoir glissé sur vous avec une sympathie distraite, s'en retournent à leur quotidien sans surprise, à leurs activités de subsistance, à leurs petits rituels pratiqués sans ferveur.

Alors qu'il longe le mur bas d'une cour intérieure où s'égaie une bande de volatiles, Novak croise une jeune femme venue leur donner la pitance sous forme de grains qu'elle lance à la volée. Il la salue le plus chaleureusement possible, compte tenu de son humeur, et la fille lui répond par un sourire et un signe de tête un peu secs. Comme il s'y attendait. Novak se demande ce que dirait Faith de tout ceci si elle était éveillée. Penser à la jeune fille flamboyante en croisant cette paysanne à l'air borné lui donne envie de rire et de pleurer en même temps. Le ciel semble s'être affaissé depuis quelques minutes, il court au-dessus des arbres, sombre et menaçant. Novak a beaucoup marché, il n'aura pas le temps de rentrer avant la pluie. Il y a de grandes chances qu'il soit arrosé par cette grêle diluvienne qui fouette gens et bêtes avec plus de cruauté que les gardes d'une chaîne d'esclaves. Novak se met à courir dans le sens opposé. Il perçoit le caractère comique de ses mouvements, ses grands bras maigres battant l'air de manière peu synchrone, ses jambes d'échassier qui propulsent son buste comme s'il ne leur était pas relié. Un âne le regarde passer d'un air amusé.

*

Helle a lâché la main de Milo ; la sienne repose, froide et déjà raide, crispée comme une serre, sur le drap. Ses yeux sont grands ouverts. Milo devrait les fermer, mais en est incapable. Il y a beaucoup de choses dans ce regard, si on prend la peine de l'observer. Ce qui frappe d'abord c'est l'effroi, bien sûr, l'ultime question qui s'épanouit souvent à la face des morts, mais derrière cette abyssale incrédulité, scintille encore une trace d'ironie, et plus profondément en dedans de ces beaux iris liquides, semblables à deux flaques de sang noir, se devine une solide résolution, une acceptation totale, absolue, qui n'a pas flanché au moment du départ, qui n'a même pas chancelé à l'instant de boire le poison, quelques minutes plus tôt. Helle lui a dit ce qu'elle avait à dire, puis lui a demandé s'il acceptait de rester auprès d'elle jusqu'à ce qu'elle meure. Elle a appelé ses deux chiens, qui sont venus se coucher sur le lit de part et d'autre de son corps, leurs longs museaux humides rampant sous ses mains, cherchant le contact avec une tendresse éperdue, mais respectueuse de sa fragilité extrême. Son corps n'était plus qu'une épave. Mais son esprit, dans ses derniers moments, a déployé des ressources d'énergie stupéfiantes. La voix de Helle, d'abord un filet à peine audible, s'est affirmée progressivement, pour retrouver un timbre clair et profond, comme rajeuni.

Alba vit. Ces deux mots ne cessent de tourner dans l'esprit de Milo comme des oiseaux affolés, se heurtant aux parois de sa conscience, cherchant à s'échapper. Avait-il espéré autre chose ? Il ne savait même pas ce qu'il aurait préféré. Il ne voulait rien, que l'oubli, l'effacement, la négation de ces révélations qui sont venues s'abattre sur lui comme une maladie, un de ces maux chroniques avec lequel il devra vivre désormais, se mouvoir, se traîner, se supporter. Se trouver enfin, s'apprivoiser, a dit Helle. Mais qui est-elle pour affirmer cela ? avait demandé Milo. Pourquoi les femmes se prennent-elles toutes pour des oracles ? C'est ainsi que l'on nomme sa mère. La sibylle de l'Ouest. La Voix de la Terre. La Recluse dans l'Île. La Songeuse, peut-être aussi ? Milo a encore en mémoire les paroles de la vieille Oksana, les rêves qu'elles avaient fait germer dans son esprit encore naïf et romanesque, l'image étrange et parfaitement énigmatique qu'il avait laissée venir à lui : celle d'une créature immatérielle, immortelle et solitaire faisant corps avec la glace, dans un Nord si lointain qu'il n'était sans doute à son tour qu'un fantasme d'humains en mal de fictions.

La sibylle. Milo a une furieuse envie de rire, malgré la présence du cadavre, des deux chiens terrassés de chagrin mais bizarrement calmes. Il se décide enfin à poser la main sur les yeux de Helle pour les fermer. Qu'a vu ce regard avant de s'éteindre ? Quelle ultime image est venue frapper sa rétine ? Quelle fut sa dernière vision intérieure ? Est-ce le visage d'Alba ? Ou bien les traits d'un être quelconque, pas même familier, un anonyme qui semblait s'être dissous à jamais hors de la mémoire ? Pourquoi croit-on que ce qui nous visite avant de disparaître est évidemment précieux, aimé, désirable, important ?

Avant d'avaler le contenu fatal de la fiole, Helle avait péniblement sorti de sous sa chemise une chaîne d'or à laquelle pendait un anneau. Elle avait détaché la bague et l'avait donnée à Milo. L'anneau sigillaire des reines des Hautes Terres. Le large sceau représentait le corps d'une femme à la poitrine, au ventre et aux hanches pleins, dont les bras tendus vers le ciel représentaient des branches, et dont les pieds se métamorphosaient en racines. Les cheveux se répandaient autour du visage et se mêlaient aux bras pour se ramifier en de luxuriantes frondaisons. Une couronne ceignait la tête, légèrement penchée à droite. Milo eut une déconcertante impression d'avoir déjà contemplé cette image, ou quelque chose d'approchant. Elle lui évoquait vaguement les représentations du Crucifié sur les anciennes médailles... Le bijou revenait à Milo, à présent, avait dit Helle. Elle souhaitait réparer le mal à bon compte, par un geste sans conséquence, se donner bonne conscience, qui sait ? Cette Amazone implacable ne pouvait pas réellement souhaiter que Milo hérite du trône. Ou alors la culpabilité lui brouillait l'esprit, l'approche de la fin la faisait délirer. Cette scène d'adieux n'était qu'un jeu, un moment de théâtre, plutôt réussi au demeurant, mais sans véritable poids, sans nécessité particulière, hormis celle de se préparer un départ plein de panache, digne et mémorable. Milo, au bord de la colère, tenta de refuser le présent, mais cela généra une telle agitation chez Helle, qui se mit à tousser et à s'étouffer, qu'il glissa le bijou à son annulaire droit, rapidement, sans plus réfléchir. Et elle se détendit, lui prit la main et la porta à ses lèvres. Ses yeux étaient embués, elle tentait bravement de dissimuler une émotion que Milo fut contraint de trouver authentique. Il fut surpris d'aimer le contact de cette main dans la sienne, ce membre épuisé mais encore volontaire qui lui transmettait quelque chose, cette absolue confiance à nouveau, mais cette fois il y avait plus : une idée, l'espoir d'une issue inédite, téméraire, qui déjouerait le destin... Helle l'attira contre elle et approcha sa bouche de son oreille. Elle dit : « Je sais ce que tu penses, jeune Fingal. Mais le temps viendra où ta colère tombera, et tu revêtiras l'habit qui est le tien. Ce ne sera peut-être pas celui que je te propose. Mais il existe quelque part et tu le trouveras. »

L'or à son doigt le brûlait comme un tison. Il semblait se graver, incandescent, dans sa chair, où il imagina qu'il laisserait sa marque absurde et indélébile. Son existence erratique se racontait à travers ses cicatrices, qu'il percevait comme un ensemble de stigmates destinés à se jouer de ses identités, à se moquer de lui et à le perdre. À celle de sa pommette où autrefois se voyait le signe du vent s'ajoutaient à présent toutes les autres gagnées au combat, dont la plaie infligée par une guerrière d'Edda. Elle cicatrisait lentement, et il semblait à Milo qu'elle accompagnait le sommeil cataleptique de Faith et ne guérirait qu'avec son réveil, si elle s'éveillait jamais.

Il retira l'anneau des reines de son doigt, le fourra dans une poche, caressa les têtes des deux lévriers. Les bêtes poussèrent leurs crânes formidables contre ses paumes en gémissant faiblement. Il se décida à quitter la pièce, se retourna vers eux avant de franchir le seuil. Mara, la femelle, lui lança un regard qui le troubla. Il resta un long moment rivé à ses yeux, puis ouvrit la porte. Morag attendait de l'autre côté, debout, raide, livide. Milo n'eut pas besoin de parler, elle s'engouffra dans la chambre et il entendit ses sanglots étouffés par les draps où elle avait sans doute enfoui son visage. Milo soupira. Il se sentait terriblement seul, avait soudain un irrépressible besoin d'avoir Novak à ses côtés. Milo l'avait négligé depuis des jours, des semaines.

Il se dirigea vers la grande salle où le jeune seigneur de l'île avait réuni la maisonnée. À l'expression de Milo, tous devinèrent que la régente n'était plus. Ils se levèrent et entonnèrent un très beau chant, un chœur polyphonique où les voix d'hommes et de femmes se mêlaient de manière plus harmonieuse que tout ce que Milo avait jamais entendu.

Helle avait donné des instructions pour ses funérailles : son corps brûlerait sur l'île, et ses cendres devaient être ramenées dans les Hautes Terres et déposées dans le caveau royal, aménagé dans une grotte au bord de la mer sur une île des Inner Hebrides. Ce n'était pas la tradition, mais Alba – on prononçait ce nom à voix basse, avec une déférence quasi religieuse – avait fait promettre à Helle d'accepter de reposer dans la crypte des Reines. Milo s'était naturellement assis sur un banc contre le mur, en retrait de la réunion autour de la grande table. Les voix lui parvenaient de plus en plus lointaines. Son esprit flottait dans un brouillard épais, incapable de rien distinguer avec précision. Sa main se dirigea instinctivement vers la poche de sa veste, tâta la bague sigillaire. Il lui semblait caresser la poitrine bombée de la femme-arbre, toujours brûlante à son contact. Était-il le seul à connaître la volonté de Helle ? Il fit le vœu que ce fût le cas. Il n'avait rien répondu lorsqu'elle lui avait donné la bague, elle ne lui avait d'ailleurs rien demandé... Aucun serment n'avait été échangé. Il était libre. Mais ne savait pas quoi faire de cette liberté. Si Faith ne lui revenait pas, tout lui était égal : la vieille sibylle infanticide au milieu de l'océan, le royaume livré à Edda des Amazones ou à Dieu sait quelle autre femme aux dents longues, tout cela ne le concernait pas. La seule perspective qui avait un peu de sens était celle de pouvoir errer avec Faith à leur guise sur les territoires autrefois parcourus par leur tribu de nomades.

Une pensée claire émergea soudain : ce qui torturait Helle plus que tout au monde, c'était de laisser son cher royaume en pâture aux hyènes. C'était cela qui avait préoccupé la régente avant de mourir, qui crispait son esprit défaillant et pressé par le temps. Milo s'était présenté comme une solution par défaut. Mieux valait encore un homme que personne. De surcroît un pauvre type qui n'a rien à perdre, que l'on peut manipuler et dont on se débarrassera si on trouve meilleur parti, mais qui, en vertu de son statut de paria, fera le boulot avec dévouement, peut-être même avec un zèle insoupçonné. Milo avait eu un instant la faiblesse de croire à un soudain élan de repentir et d'affection, de justice, de foi en celui qu'il était. Il avait voulu se persuader que Helle était sans doute seule à reconnaître cet être-là. Cette mince échancrure de lumière avait jailli dans son ciel noir, au cœur de l'obscurité de cette chambre mortuaire, dans l'intimité cruelle de cet être au seuil du néant.

Au moment où il sortait de la pièce, il croisa Morag, le visage bouffi, les yeux noyés. Ils s'immobilisèrent l'un face à l'autre, et il sut qu'elle savait. Le regard de la chambellan ne laissait planer aucun doute. Elle baissa les yeux et fit néanmoins un drôle de petit salut, forcé et un peu bravache ; n'avait-elle pas légèrement plié le genou ? Milo ne put réprimer un éclat de rire. Elle leva la main dans un geste indécis, il intercepta cette main et emmena Morag à l'écart, dans une pièce vide, ferma la porte. Elle s'empressa de se libérer de sa poigne et parla la première, laissant éclater sa fureur.

« Alors elle vous l'a donnée ! À un homme ! Où est-elle ? Où ? Vous n'avez aucun droit ! »

Milo sourit avec douceur. Elle resta silencieuse, l'expression butée, mauvaise. Il s'aperçut qu'il l'observait véritablement pour la première fois. Quel âge pouvait-elle avoir ? Trente ans ? Quarante ? Ni jeune ni vieille, une femme sans âge, dépourvue de l'éclat aveuglant de la jeunesse et du capiteux mystère de la maturité. Il détailla sa mine à la fois humble et hautaine, ses mains un peu molles, comme si elles étaient dépourvues d'os, son front trop grand, qui semblait tirer tout le visage vers l'arrière du crâne, tendre la peau comme une pièce de cuir sur le gabarit du fabricant de masques. Il lui avait semblé que cette femme était bienveillante et entièrement dévolue à la volonté de Helle. Son attitude à présent disait autre chose. Quelques secondes plus tôt, il voulait lui rendre le fichu anneau, le pouvoir, les emmerdes et tout ce qui va avec. Qu'elle se l'approprie ou le donne à qui elle voulait, cela lui était parfaitement indifférent. Mais maintenant qu'il la découvrait hostile, il désirait la faire enrager, lui faire ravaler son air supérieur, son mépris des hommes.

Elle se tord les mains, caoutchouteuses et d'un blanc grisâtre. Il a envie de les délacer, ces mains dégoûtantes, et de gifler Morag, d'être un homme autorisé à gifler une femme parce qu'elle est dissimulatrice et sans doute parjure. Porter la main sur une femme n'est pas passible de mort ici, comme chez Edda, mais il paraît, enfin Novak a entendu dire, que la punition dans le royaume des Hautes Terres est l'amputation de la main sacrilège. Morag plonge ses yeux dans les siens, son regard est devenu suppliant, tourmenté, incohérent, et les larmes se mettent à ruisseler sur ses joues blêmes ; la voilà secouée de sanglots, accompagnés de pleurs sonores. Elle tourne le dos à Milo, offrant ses épaules osseuses, soudain affaissées, vulnérables. Instinctivement, peut-être parce que le moment dure trop longtemps, il finit par y poser les mains, et Morag se laisse aller en arrière, semble s'abandonner une seconde contre son torse. Mais elle se redresse et s'écarte de lui presque aussitôt, s'essuie les yeux de ses manches et va s'asseoir dans un fauteuil.

« Je lui ai promis de ne pas m'opposer. Mais c'est une folie, une folie sacrilège. Nous avons tant lutté... Et le peuple n'est pas prêt...

— Vous n'êtes pas prête », interrompt Milo, sans animosité.

Il fait quelques pas vers la fenêtre, regarde un long moment au-dehors.

Il se retourne, s'approche de Morag, sort de sa poche la bague et la lui tend comme s'il s'agissait d'un simple caillou. Elle contemple l'objet avec une convoitise presque enfantine mêlée de terreur, se lève précipitamment et va vers la porte.

« Je ne peux pas, dit-elle dans un souffle. Elle t'appartient. »

Morag va pour sortir, mais la voix de Milo l'arrête.

« As-tu connu ma mère ? »

Morag hésite une seconde, se retourne lentement vers lui, la mine dure.

« Je me souviens de sa chevelure, de son regard que tu tiens d'elle, de ses colères soudaines et imprévisibles, de sa joie à danser, à manger... Elle adorait manger. Je me souviens de ce jour où elle fit décapiter trente-neuf hommes et femmes après les avoir torturés. Les Enfants du Vieux Monde. Le sang coulait à flots dans les caniveaux de la ville haute. J'étais très jeune... C'était la première fois que je la voyais. »

Morag se tait, absorbée par le souvenir. Elle ajoute d'une voix terne :

« Alba n'est pour moi qu'une image, une figure du pouvoir, une abstraction, pas une personne réelle. »

Morag soupire profondément, comme soulagée de cet aveu. Un rictus amer déforme alors ses traits lisses. Elle lâche, à regret :

« Helle l'aimait passionnément.

— Et ma mère, l'aimait-elle ?

— Ta mère n'aimait personne. Helle pensait... Mais cela n'a pas d'importance.

— C'est à moi d'en juger», tranche Milo d'un ton sec.

Morag est parcourue d'un frisson, elle a légèrement pâli. Ses yeux se posent sur Milo avec un regard neuf, à la fois incrédule et intrigué.

« Elle pensait que peut-être Alba lui en voulait, à cause de ce qu'elle lui avait ordonné de faire de toi. »

Milo fait tourner la bague dans sa main.

« Est-ce que quelqu'un d'autre sait ? demande-t-il sans quitter la bague des yeux.

— Personne d'autre que moi. Et Novak. Que vas-tu faire ? »

Milo ne semble pas avoir entendu la question. Il demande, d'une voix sourde :

« Peux-tu me faire voyager jusqu'à l'île de la sibylle ? »

Morag observe Milo avec attention. Un infime sourire éclaire ses traits.

« Tu devras attendre le dégel. L'île n'est pas accessible avant le printemps. Viens avec moi à Édimbourg. »

Milo lève les yeux vers elle et hoche la tête en signe de refus. Morag insiste :

« Faith a besoin d'un lieu sûr pour donner naissance à son enfant. Là-bas nous pourrons peut-être comprendre les causes de sa léthargie... Viens », ajoute-t-elle avec une onde de chaleur dans la voix.

Ils se dévisagent un moment, puis Morag sort, laissant Milo en proie à un profond malaise. Qu'est-ce qui lui a pris ? Il a parlé sans que sa volonté ait le moins du monde influencé ses paroles. Il a annoncé son voyage comme une provocation, comme un défi stupide et infantile. Une fanfaronnade. À défaut d'une autre idée. Il s'aperçoit que sa paume s'est refermée sur l'anneau royal et le serre à le broyer. Lorsqu'il ouvre la main, la femme-arbre s'est incrustée dans sa chair.

Ω

Des images défilent, des sensations se succèdent en elle selon une mystérieuse cohérence, le passé lointain se mêle au proche, le temps s'étire, devient épais, tout se révèle dans une curieuse simultanéité ; souvent s'impose le visage de Gennaro alors qu'il lui fait l'amour dans la lumière crépusculaire de la Grande Maison ; il semble triste, tristement égaré. Alors qu'il va et vient entre ses cuisses avec une tendresse lasse, elle lui parle, elle lui dit : « Va, libère-toi de tes hardes de vivant, rejoins le Royaume des Ombres auquel tu appartiens désormais. » Il la quitte alors et marche vers le soleil couchant, de son pas lourd et approximatif ; il est bientôt avalé par le bain de sang au bout de l'horizon. Mais il surgit devant elle, de nouveau, son regard la questionne douloureusement, comme celui d'un vieillard qui ne sait pas où il est ; elle lui rappelle qu'il est mort et amené à quitter ce monde. Il lui demande où il doit se rendre, mais elle n'en sait rien. Y a-t-il un autre monde ? Elle ne croit pas. Après il n'y a rien. Plus rien que le souvenir. Elle répète des paroles prononcées par quelqu'un autrefois, peut-être par Edda : « Il n'y a qu'un seul monde et il est faux, cruel, contradictoire, séduisant et dépourvu de sens. » Et pour la première fois, cette phrase lui semble une vérité toute simple et bienvenue.

Souvent la visite un autre rêve, ou plutôt une autre vision : la grande dalle plate au fond de la grotte, son dos contre la pierre noire et tiède, le ciel sous la mer au bout de la nef, l'eau écumante lèche les parois qui ressemblent aux grandes orgues des églises d'autrefois. Elle attend. Elle n'est qu'attente, sans urgence, sans impatience. Une veille tranquille et dépourvue d'appréhension. L'enfant grandit en elle, elle va le visiter et s'émerveille de ses formes qui se précisent, de la sérénité qui luit comme un halo tout autour de ce corps neuf et parfaitement moulé. C'est une fille. Edda avait raison. La notion d'Edda ne lui apporte aucune crainte. Ici rien ne peut l'atteindre. Le cœur d'une toute petite femme bat au milieu d'elle et cela la met très simplement, très intensément en joie. Faith chante, elle n'a jamais autant chanté. Des airs si anciens qu'elle se demande d'où elle les connaît. Des mélodies venues peut-être du Très Vieux Monde. Parfois une autre voix résonne en elle. Une voix inconnue, mais familière. Elle lui murmure des paroles de réconfort, elle la berce, cette voix, et se mêle au vent qui souffle dans la grotte et tout autour de l'île, enveloppe la terre, fait circuler les rêves, les oiseaux et les nuages.

Aucune peur en elle. Plus aucun tourment. Disparue cette sempiternelle rage au ventre, révolte sans objet, incandescence épuisante, balayé ce désir de secouer, de déchirer, de repousser les limites, ce besoin de rompre les étroits contours de son propre corps, de sa conscience et de s'en évader, éteinte cette frustration de n'être pas un arbre, ou un volcan, un astre, un cheval, la pluie, Desdémone, Antigone, un homme, de n'être pas une autre, quelque chose d'autre. Cet état est-il permanent, est-ce le résultat d'une irréversible et profonde métamorphose ? Ou s'agit-il d'une autre voie en elle jamais encore explorée ? Elle croit parfois rencontrer la vieille femme qu'elle sera. Milo est souvent auprès d'elle, elle entend sa voix lui conter l'histoire de ce dieu qui se transforme en pluie pour posséder et féconder celle qu'il aime, prisonnière. Elle sent le contact de ses mains, elle perçoit son souffle contre son cou, dans ses cheveux, son désir qui se presse contre son flanc alors qu'il dort. Elle ne peut pas le rejoindre. Bientôt, lui murmure-t-elle. Mais il ne l'entend pas.

Ω

Sur Ghost Island, on préparait la crémation de la régente. Dans le royaume des Hautes Terres, la tradition veut que l'on embaume le cœur de la reine défunte et qu'on le dépose, avec ses cendres, dans la crypte funéraire sur l'île de Mull, dans les Inner Hebrides. Avant de quitter le monde des hommes, Alba avait clairement spécifié dans ses dernières volontés que le cœur de Helle devait être offert à la Terre, comme celui d'une souveraine, scellé dans la grotte royale aux côtés de ses cendres. Les Mains-de-la-Terre, les femmes chargées des soins funéraires et de l'embaumement des organes, remplirent leur mission, puis la procession funéraire se dirigea vers le lieu de la crémation. Un gigantesque bûcher trônait sur une plage du nord, la plus venteuse, la plus aride, la plus nue. La mer ressemblait au contenu d'un chaudron bouillonnant, l'eau poisseuse charriait des plaques de glace qui s'entrechoquaient sourdement, comme agitées par la spatule invisible d'un géant. Tous les habitants de l'île formaient une foule digne, silencieuse, vêtue de rouge, la couleur de la terre, du sang, de la royauté. Le cadavre de Helle avait été enveloppé d'un somptueux tissu damassé, dont les pans irisés flottaient richement comme des étendards dans le blizzard. La plage recouverte de neige, la glace marine et le ciel formaient un espace très pur et ouvert, subtilement uniforme et presque irréel, sur lequel se détachait l'amoncellement de bois couronné par la pourpre profonde du linceul ; à celle-ci répondait le rouge carmin, plus clair, moins régalien, qui drapait chaque spectateur. Seuls deux êtres se mouvaient dans cette scène tendue, suspendue dans une immobilité vibrante ; les deux chiens de Helle tournaient autour du bûcher en poussant des gémissements, parfois un hurlement déchirant. Le mâle se hissait contre le tas de bois, la truffe levée vers le cadavre, humant l'absence, le néant à l'œuvre, pendant que la femelle restait assise un peu en arrière, avec une expression de douceur et de tristesse ineffables.

Des porteurs de torches mirent le feu au bois préalablement imbibé de poix et recouvert d'excréments de bétail. Morag se tenait proche du bûcher ; à ses côtés Heather Silkirk, la cheffe de clan des terres de l'Est et de Ghost Island, venue spécialement pour les funérailles. On n'avait pas dépêché de messager pour annoncer la nouvelle dans tout le royaume, selon les volontés de Helle. Les deux femmes entonnèrent un chant, bientôt repris en chœur par la foule et accompagné par la double plainte des chiens. Les flammes léchèrent rapidement le corps. Lorsqu'il s'embrasa, ce fut dans une grande gerbe d'étincelles, qui provoquèrent un soupir grave de la foule, exprimant une sorte de soulagement. Les chiens continuaient leur ronde sinistre ponctuée d'arrêts, ombres couleur de fumée qui semblaient de la même immatérielle consistance que les émanations cendrées du bûcher dansant dans le vent.

Milo observe, chaviré, le cœur lourd. Il n'entendra plus la voix sage et bienveillante sous l'apparente dureté. Il ne sentira plus la main sûre, cette main qu'elle lui offrait comme on demande pardon. Il regrette de ne pas lui avoir apporté un peu de soulagement, de ne rien avoir eu à répondre au don qu'elle lui faisait, à la demande désespérée qu'elle lui adressait. Il n'a réagi que par une mine obtuse, glacée, une mine de paysan frustré, un air d'imbécile indigne de sa confiance, de sa noblesse, de sa beauté tragique. Cette femme qui est la proie des flammes lui a sauvé la vie, un jour lointain. Il regarde ses mains, se pénètre de cette vérité. Son regard croise celui de Mara, la femelle lévrier. Elle était venue discrètement se poster contre sa jambe droite; il pose la main sur la tête de l'animal, et elle ferme un instant les yeux avec une expression de contentement solennel. L'odeur de chair brûlée pique les yeux, le vent tourne et apporte les fumées vers la terre et l'assistance. Les enfants se sont mis à se déplacer et à jouer. L'atmosphère se détend, on entend les gens se parler, de plus en plus fort, jusqu'à ce que le spectacle de la crémation et le caractère funèbre et cérémoniel de l'événement disparaissent presque complètement, pour faire place à une sorte de liesse, d'insouciance festive, de célébration de la vie.

On se mit donc en route pour un lieu où se réchauffer, boire, manger et se distraire, alors que le corps de Helle connaissait ses derniers instants d'intégrité. Il finirait seul son processus de dissolution. On viendrait récolter les cendres et les fragments d'os au matin, et les préparer pour leur dernier voyage avant le Retour en Terre. La mer avait commencé à s'agiter, des blocs de glace se heurtaient les uns aux autres. Des oiseaux marins tournoyaient autour du bûcher en poussant des clameurs. Novak semblait heureux du changement d'humeur générale, il suivit la foule avec soulagement. Milo ne pouvait se résoudre à quitter le cadavre. Il alla s'asseoir sur un affleurement rocheux et resta là jusqu'à ce que l'obscurité ait enveloppé la plage. Mara était toujours près de lui et regardait en direction du bûcher, étrangement réconfortant dans la nuit glaciale.

*

La traversée entre Ghost Island et la côte est de la Grande Île fut pénible. La glace était plus présente et plus épaisse. On décida donc de ne pas tenter d'atteindre Édimbourg en longeant la côte, mais par la terre.

Au fur et à mesure que l'on monte vers le nord, les paysages se hérissent de sombres rochers, se creusent de torrents, se couvrent de forêts de feuillus immenses, chênes, hêtres, châtaigniers vibrants et mystérieux, colossales et silencieuses présences qui tolèrent le passage des hommes avec une vigilance inquiète. On met souvent pied à terre et on s'agenouille humblement avant d'entrer dans ces royaumes végétaux en hibernation. On guette un signe de leur approbation, dans le vent, dans le bruissement des cimes nues, dans le goût de l'air polaire, dans les subtiles nuances de blanc de la couverture de neige. Les grands chiens disparaissent dans les fourrés sans attendre les humains, silhouettes déliées et furtives qui ont, de toute éternité, l'assentiment muet de la forêt. On se recueille quelques minutes et on reprend la route. La nuit, on loge chez l'habitant sédentaire. Les basses terres qui bordent le vieux mur romain se repeuplent depuis quelques années, a raconté Morag, parce que le froid fait fuir les habitants des Hautes Terres du Nord vers le Sud. Chaque hiver, la glace descend, rendant les déplacements et l'agriculture difficiles. Les gens des Hautes Terres du Nord sont essentiellement chasseurs et éleveurs nomades. Les Gypsies ont presque tous émigré sur le continent.

En disant cela, Morag jette un coup d'œil féroce à Milo, mais il ne lui rend qu'une mine impénétrable. Ses traits sont tirés, des cernes sombres bordent ses yeux. Il n'a pas l'air en forme. Cela ne l'empêche pas de le haïr. Elle le hait. Du moins le croit-elle très profondément, ce qui souvent revient au même. Elle aimerait ne pas en vouloir à Helle, mais cela lui est impossible. Elle lui en veut même de... d'avoir épargné la vie de ce garçon voilà vingt ans. Oui, c'est moche mais c'est ce qu'elle pense. Elle n'a pas voulu la croire le jour où Helle lui a confié ce monstrueux secret. Elle ne doutait pourtant pas du délire d'Alba. Cette femme était capable de tout pour s'assurer le pouvoir absolu, incontesté. À présent son rejeton miraculeusement sauvé des eaux se dresse sur le chemin de la justice et du droit, un être pourvu de couilles et de la bonne dose d'orgueil, d'outrecuidance, d'égotisme, de violence qui ne manque jamais d'accompagner ces appendices stupides. Un homme qui plongera le royaume dans le chaos, comme tous ceux qui ont posé leur derrière sur le trône, qui ont ceint leur crâne illégitime de la couronne des Hautes Terres.

En gardant le Gypsy auprès d'elle, au moins espère-t-elle le surveiller, le sonder... Il sera bientôt temps d'armer un navire pour l'envoyer chez sa satanée génitrice. Qu'il y reste ! Ou qu'il périsse en mer. Elle est prête à perdre un bon capitaine, un bâtiment et son équipage pour ne plus jamais voir le Gypsy. C'est ce qu'il est, et restera. Un nomade sans attaches et sans terre, un errant. Peu importe qu'on les dise élus, enfants adorés de la Terre Mère, ils demeurent les éternels apatrides, ceux qui ne possèdent rien, qui n'ont aucun but dans l'existence, aucune ambition. En l'observant à la dérobée, monté sur son cheval bai, sa tignasse sale et emmêlée cachant son regard sauvage, avec sa moue butée comme celle de sa mère, elle se demande ce qui a bien pu émouvoir Helle à ce point. Les derniers jours, durant ses rares moments de pleine conscience, Helle débordait d'affection pour cet homme. Elle était plus inquiète qu'une mère, se souciait de sa santé, demandait s'il se nourrissait suffisamment, elle compatissait devant sa souffrance à l'égard de cette Fille du Vent qu'il trimballait avec lui et qui ne semblait pas vouloir s'éveiller. Helle n'avait pas d'enfants, et on avait l'impression qu'elle s'était découvert une vocation maternelle sur le tard. Cela arrive souvent aux femmes à l'approche de la vieillesse, ou de la mort. Les regrets surviennent, lancinants, si lancinants qu'ils rendent certaines femmes à moitié folles. On en voit qui adoptent brusquement un orphelin, ou qui achètent un pauvre. Les garçons ne coûtent rien, malgré les lois qui fixent un prix égal pour les mâles et les filles. Mais les indigents s'en débarrassent plus volontiers sans trop marchander.

Morag, elle, a pris soin de faire des enfants. Un garçon et une fille. Divorcée d'un homme qui lui était indifférent et qu'elle n'avait choisi que par intérêt social et matériel, Morag a pleinement profité de ses jeunes années au contact du pouvoir, elle a voyagé, agrandi la fortune familiale, multiplié les aventures et les partenaires, surtout des femmes. Elle avait la vie qui lui convenait.

Une chose la taraude cependant, la plonge dans des affres de culpabilité, de doute : son fils de sept ans est son préféré, et de loin. Elle éprouve pour cet enfant une violente tendresse, un élan si puissant qu'elle se sait capable de tuer pour lui. Elle l'a allaité pendant presque un an, ce dont elle tire en secret une immense fierté. Bientôt, il devra entrer dans une école de vie. Mais Morag ne peut se résoudre à le laisser partir. Y penser lui donne des sueurs froides, l'éveille la nuit, en larmes. Duncan, c'est son nom. Le visage de l'enfant lui apparaît, sa peau douce et son sourire édenté qui la fait fondre...

Morag ne veut pas de la couronne. Trop de responsabilité, d'inquiétude, trop de travail aussi. Elle est d'une nature un peu indolente, et elle apprécie de pouvoir se reposer sur autrui. Mais qui, alors, comme héritière du royaume ? Qui pour succéder à Helle, de glorieuse mémoire, Helle l'Amazone, juste et tempérée, brave et loyale, une espèce de perfection faite femme qui avait fini par agacer souverainement Morag, malgré toute son estime, son admiration. Fière et courageuse Helle, jusque dans l'agonie et face à la mort qu'elle a choisi d'affronter devant cet homme qui ne lui est rien. Elle avait avoué à Morag, un soir dans la forteresse d'Edda : « Le garder en vie est la meilleure chose que j'aie accomplie de toute mon existence. » Morag s'était permis d'en douter en silence. Et plus elle fréquente le jeune homme, plus le doute augmente.

Dès qu'elle aura appris la mort de Helle, Deirdre d'Irlande ne manquera pas de se rappeler au bon souvenir de tout le monde. Helle ne l'aimait pas, et Morag ne l'apprécie guère plus. Ciaran MacCrane, un cousin germain d'Alba, chef de clan et seigneur des Hébrides, fera valoir sa légitimité. Il est le plus proche parent de la reine encore en état de régner. Et les aménagements de la loi faits du temps de Siobhan lui permettent de revendiquer le trône, si aucune femme plus proche d'Alba ne réclame le pouvoir. Morag déteste Edda des Amazones, mais elle doit lui reconnaître ceci : son fanatisme permet à son royaume de respecter le pacte de la Renaissance, d'évincer radicalement les hommes des charges importantes. Pas de demi-mesure, mais des règles strictes et immuables qui ouvrent des chemins droits et bien éclairés, où il est presque impossible de s'égarer. Morag pense aux grandes routes d'autrefois, bordées de lumières, de milliers de lumières qui se voyaient depuis l'espace. Parfois elle se dit que tout cela n'est qu'une légende.

Le royaume des Hautes Terres est un méli-mélo de lois et de mœurs contradictoires, la conséquence de trois générations de souveraines indécises et faibles, dont deux d'entre elles ont cédé le pouvoir à leurs hommes. Helle a tenté de remettre un peu d'ordre là-dedans, sans toutefois trahir la philosophie d'Alba. Autant chercher la quadrature du cercle. Morag a étudié les mathématiques ; elle aime la logique, son esprit raide et rationnel ne s'accommode pas bien de la pensée syncrétique qui est devenue la norme. Elle possède quelques livres interdits ; c'est une nostalgique de ce qu'elle peut se représenter du cartésianisme, du positivisme qui prévalait autrefois, quand un chat ne pouvait être à la fois un animal, la souris qu'il ingère, un esprit tutélaire, une qualité humaine, et une caractéristique esthétique très subtile qui évoque le brillant d'une fourrure féline. Un chat était un chat. Point. D'ailleurs il existait une expression qui disait qu'il fallait appeler un chat un chat. Mais peut-être cela signifiait-il autre chose, c'était plutôt une injonction à être franc et direct. Elle n'est plus très sûre. Enfin, il lui semble que le monde s'égare à présent dans les méandres dangereux et troubles d'un animisme délirant qu'elle trouve régressif. Tout est question d'équilibre, et en reniant le progrès technoscientifique et le mode de pensée qui l'avait permis, on avait jeté le bébé avec l'eau du bain. Cela au moins elle sait ce que ça veut dire.

Elle remarque que Milo n'est plus à ses côtés. Il est allé rejoindre le chariot transportant le corps de Faith. Une chose interpelle Morag chaque jour davantage : c'est la sollicitude éperdue qu'il témoigne à cette jeune fille. Il l'aime à en mourir, comme dans les contes, comme dans les poèmes. Que peut bien procurer à une femme un tel amour venant d'un homme ? Morag sent bien que ce qui existe entre eux les inscrit dans une réalité supérieure, qui les place au-dessus, ou en dehors, du monde. Ou bien cette vérité les ancre-t-elle au contraire plus puissamment dans la réalité de la Terre, de la Vie. Peut-être leur amour est-il, à lui seul, la justification absolue de la présence de l'humanité sur Terre ? Son rachat. L'amour rédempteur et souverain, triomphant. Voilà qu'elle se met à parler comme Helle. Helle était lyrique, romantique, passionnée, pour qui la connaissait bien. C'est cette part d'elle que le jeune Gypsy avait fait vibrer, avant la fin. Morag tressaille dans sa peau de loutre : elle revoit Helle le jour du départ d'Alba pour l'Île. Son insondable détresse. Elle était sur la grève, debout dans le vent et la pluie, comme une vierge au calvaire des temps anciens. La douleur faite femme. Elle ne s'est jamais consolée de la perte d'Alba. Et voilà que la vie mettait sur son chemin le fils de l'être aimé, sa vivante image, sa chair et son sang. Chair, sang, Milo... Ces notions provoquent dans le bas-ventre de Morag une décharge de désir qui se répand jusque dans sa poitrine. Elle ferme les yeux, s'abandonne complètement au pas cadencé de sa monture, se concentre sur le frottement de son clitoris sur la selle, et le plaisir survient, et avec lui les yeux de Milo, la peau laiteuse de sa nuque, sa bouche entrouverte.

Le soir est tombé. Morag n'aime pas être dehors la nuit. Des terreurs l'assaillent comme lorsqu'elle était enfant ; elle imagine des êtres difformes et malveillants tapis dans le noir, dont les membres décharnés, suppliants, la frôlent au passage. Des monstres à la laideur à peine imaginable. Elle avait vu un homme dont le visage avait été brûlé par de l'huile bouillante. Jamais elle n'oubliera cette horreur. C'est à ce visage défiguré qu'elle pense quand elle affronte la nuit au-dehors. La vaste nuit hostile, qui n'accueille volontiers que ce qui lui ressemble, bêtes dangereuses et peut-être inconnues, chuintement du vent dans les arbres, comme le souffle fétide des Enfers, invisibles présences aux aguets, fantômes des morts qui ne trouvent pas la paix, sait-on jamais ? Elle s'en veut de penser cela mais ne peut s'en empêcher, car Morag est superstitieuse, honteusement. Un aspect de sa personnalité qui ne s'accorde pas vraiment avec le reste, une contradiction qu'elle préfère ne pas tenter d'élucider...

*

L'entrée dans la cité royale se fit de nuit, dans la plus grande discrétion. Morag ne voulait pas attirer l'attention du peuple sur le Fils du Vent. Elle le fit installer avec Faith dans les appartements du père d'Alba, l'avant-dernier monarque. Des pièces sombres et froides, inhabitées depuis près de trente ans. Le feu y brûlait depuis le matin, mais ne parvenait pas à réchauffer l'air. Le lit était moite d'antique humidité, les tentures et les tapisseries, les peaux qui couvraient le sol semblaient sur le point de tomber en poussière.

Milo étendit le corps lourd de Faith dans le lit que l'on venait de bassiner, mais elle se mit à grelotter. Quand ils furent seuls, il souffla sur ses pieds, les posa contre la peau nue de son torse, frictionna ses mollets. Quand le sang recommença à circuler dans son corps, il l'enveloppa des couvertures de plume, puis il s'assit devant le feu, se prit la tête dans les mains.

Il se sentait épuisé, complètement dépourvu d'énergie, de force. Ses membres étaient courbaturés comme lorsqu'il s'entraînait à la gladiature pendant des heures de suite. Sa plaie continuait à le faire souffrir. Elle suppurait encore parfois et ce n'était pas bon signe. Il fut submergé par une vague de faiblesse, ses mains se mirent de nouveau à trembler, il les tordit, en serra une avec l'autre en les maudissant, mais cela s'amplifia et les convulsions gagnèrent tout son corps. Il tomba de sa chaise, à genoux, en sanglots. Il lança un regard vers Faith et une plainte rauque sortit de sa gorge. Il se leva, titubant, s'approcha du lit, s'y affala, la prit par les épaules et la serra contre lui, sans ménagement, comme si elle était une poupée de chiffon ; il caressait gauchement ses cheveux, passait sa main sur son visage, avec des gestes mécaniques. Il hoquetait et la suppliait de lui revenir, disait qu'il était fatigué, si fatigué, et pourquoi ne retourneraient-ils pas dans la steppe, rien qu'eux deux, ils se reposeraient enfin, dormir, dormir, il ne dormait plus depuis si longtemps, depuis qu'il l'avait vue se lever dans la tribune, avec sa robe rouge, ce rouge dans le coin de son œil, depuis ce rouge-là le sommeil le désertait, il avait des hallucinations de plus en plus fréquentes, des personnes lui apparaissaient n'importe quand, au détour d'un chemin alors qu'il chevauchait, Babik, Bathsheba, Edda, Gennaro, et ces gens semblaient désolés, ils lui faisaient des signes de la main, comme des adieux, il voyait un cheval noir, auquel il manquait les yeux, ou plutôt ses yeux étaient semblables à ceux des aveugles, blancs et troubles, un cheval aveugle, aveugle et nerveux, qui ruait et se fracassait contre des palissades, toujours le même cheval fou, ce n'était pas un bon présage, cela annonçait la mort prochaine, la sienne ou celle d'un proche ? Il ne savait plus très bien ce que disait la tradition, Faith savait sûrement, dis-le-moi, toi tu sais encore, tu es celle qui sait, et celle qui vit, qui donne la vie, qui repousse la mort, tu es ma Parque, ma Parque personnelle, mais tu es partie, tu n'es pas cette femme que je vois se dissoudre chaque jour, immobile, sourde et muette, tu es partie, tu as déserté ce corps comme le sommeil quitte le mien, où es-tu ? J'irai te chercher. Partout, partout je peux t'atteindre ; tu te moques de moi, tu crois pouvoir m'échapper ? Prends garde, fillette, de me pousser à bout, je ne suis plus celui d'autrefois, j'ai déjà trop vécu, je suis devenu un vieillard coléreux, susceptible, rusé, gare à toi, enfant, je te traquerai, je te traquerai et je te trouverai, où que tu sois, tu es peut-être la liberté, ta volonté est souveraine, mais un morceau de toi m'appartient, comme un organe vital il est venu se greffer dans ma chair, depuis que tu es née, depuis cette seconde où j'ai senti ton cœur battre contre ma joue, depuis ce jour où tu as déchiré le mien avec tes gencives de bébé sans dents.

Novak avait posé ses mains sur ses épaules et lui demandait doucement de lâcher Faith, qu'il secouait avec de plus en plus de violence désespérée. Il lui prit les bras fermement, le retourna face à lui, l'enlaça, le serra fort en lui murmurant des paroles d'apaisement. Milo se calma lentement. Novak l'emmena dans sa propre chambre, le mit au lit et le borda comme un enfant ; il coucherait lui-même cette nuit auprès de Faith.

*

Elle a entendu du bruit dans les appartements de ses hôtes, qu'elle a logés non loin de sa propre chambre, afin de mieux les surveiller. Elle a très clairement entendu des cris, des pleurs. C'était sa voix à lui, au Gypsy, elle en est certaine, mais une voix différente, comme fabriquée par un autre être à l'intérieur de lui. Des portes qui se ferment, une autre voix, sans doute celle de Novak, puis plus rien. Le calme de nouveau. Elle a fermé les yeux mais le sommeil se refusait à elle. Alors elle s'est levée, a enfilé son peignoir, a marché pieds nus sur le sol de pierre gelé, pieds nus comme quand elle était petite et qu'elle ne voulait pas se faire remarquer en allant retrouver sa sœur, elle a aimé la sensation de froid sous sa peau, son cœur battait vite, elle a écouté, l'oreille contre la porte. Aucun bruit, alors elle est entrée, a vu Novak endormi par terre, Faith dans le grand lit. Seule. Elle a traversé la pièce, a eu l'impression de fendre l'ombre comme si c'était une matière, la porte vers la seconde chambre était ouverte. Il était couché sur le côté, ses cheveux cachant en partie son visage.

Elle se dirait un peu plus tard qu'elle voulait juste le regarder dormir. Simplement. Qu'elle n'était venue que pour ça : l'observer dans son sommeil, la position de son corps, la manière dont ses traits se détendent, la couleur de sa peau dans la pénombre, le bruit de sa respiration. Tout cela lui était offert, durant quelques minutes seulement, car elle ne devait pas s'attarder ; ne pas vouloir en voir plus, la courbe de la joue par exemple, encore très juvénile, ou le front, les paupières, comme toujours dissimulés par la chevelure. Ne pas désirer dégager le visage, ne pas repousser du doigt la toison odorante et fauve. Mais déjà elle accroche une mèche, très doucement, et la déplace. Et ce mouvement libère une bouffée de son odeur, celle du voyage, du chagrin, du sommeil, de la crasse de cette tignasse qui n'a pas dû être lavée depuis des lustres et recèle des parfums qui mettent en émoi. Il remue légèrement, change de position, la blancheur de son cou la prend par surprise et lui donne envie d'y mordre. Sa propre peau entre ses cuisses devient moite. Elle doit partir. Elle doit... Encore quelques secondes, voilà si longtemps qu'elle n'a plus regardé un homme qui dort, et qui l'excite. Elle n'a pas cessé de le haïr, mais il l'excite. Ce n'est pas inconciliable, si ? S'approcher de cette nuque, la respirer un peu, mais déjà sa main s'est glissée sous la couverture, jusqu'à son ventre. Il bouge, grogne, elle ne sait si c'est de plaisir ou d'agacement. De plaisir, sans aucun doute. Quel homme n'aime pas qu'on le tripote ? L'homme est consentant par nature. C'est son fardeau, sa faiblesse. Son sexe se dresse timidement dans sa main. Mais il n'est toujours pas réveillé. Les larmes montent aux yeux de Morag, son vagin se contracte. Il est si vulnérable, et pourtant il pourrait la broyer, avec une seule de ces mains blanches il pourrait l'étrangler. Peut-être pas une seule, mais elle aime le croire. Les femmes aiment croire à la supériorité physique de l'homme, elles ne l'admettent pas, mais c'est la vérité. Certaines, comme Morag en ce moment même et seulement en ce moment, sont nostalgiques d'un temps où les hommes possédaient souvent les femmes par la force. On dit aujourd'hui que ce fantasme est un vestige de millénaires de violences sexuelles subies. Sans doute, mais il n'y a pas que cela... Pourquoi ce désir devant ce jeune homme si abandonné, justement ? Prends-moi violemment, a-t-elle envie de lui dire au creux de l'oreille... Elle l'a sans doute dit, car il a ouvert les yeux et la dévisage avec effroi. Cela doit être un peu déstabilisant, en effet, mais cette réaction ne durera pas, voilà que son membre est déjà dur et brûlant dans sa main ; elle le caresse, et lui ne bouge toujours pas, ses yeux restent rivés aux siens. Elle aimerait qu'il la touche, elle prend sa main, entrouvre son peignoir, la pose sur son sein, mais la main est comme celle d'un mort contre elle. Qu'à cela ne tienne. Morag se déshabille, devant l'expression tétanisée de Milo, elle l'enfourche et empoigne son sexe, le guide à l'orée de sa vulve, se l'enfonce jusqu'à la garde. Elle va et vient au-dessus de lui. L'orgasme la saisit très vite. Lui n'a pas joui. Elle s'en fiche à présent, alors que la perspective de son orgasme à lui avait nourri son désir quelques secondes plus tôt. Elle le quitte, pose un doigt sur ses lèvres, remarque leur sécheresse. Tu es en mon pouvoir, dit ce doigt, je fais de toi ce que je veux, je te baise, ou pas, je suis celle qui donne ou prend, je suis la maîtresse de ce royaume que tu foules, jusqu'à nouvel ordre. Vous êtes mes sujets, toi et ton ami et ta petite bonne femme. Je me moque que tu détiennes la bague des reines. Ce n'est qu'un symbole, une babiole de métal qui n'est dépositaire d'aucun pouvoir, d'aucune efficacité. Les objets n'ont pas d'âme, contrairement à ce qu'on voudrait nous faire croire, ils sont vides, creux et silencieux comme les crânes d'animaux morts dans les champs. Même les regalia, même cette bague portée par des générations de reines depuis la Renaissance. Vide et creuse.

Morag doit se dire cela très bas en son for intérieur ; elle n'oserait pas prononcer ces paroles à voix haute, elle a déjà de la peine à assumer de les penser... Et pourtant, elle a eu une réaction si forte en apercevant la bague dans la main de Milo. Elle l'a un instant vue à son propre doigt, elle l'illuminait tout entière, la transformait... L'adoubait. C'était juste un rêve de gamine. Il est ardu de se libérer des croyances que l'on vous a tatouées dans le cerveau depuis votre plus jeune âge. Ce n'est pas quelque chose dont on se débarrasse comme d'une tique.

Elle referma le peignoir sur sa chair terne et sèche, sans plus aucun regard vers Milo. C'est comme s'il n'était pas présent. Elle ne se hâta même pas de sortir de la chambre pour regagner ses appartements. Le sommeil tarda à venir, et lorsque enfin il prit possession d'elle, ce fut pour l'emmener en des contrées sombres et nouvelles où elle n'aurait jamais voulu se rendre.

Violer un homme n'est pas un crime. Abuser sexuellement d'un mâle n'est rien, à peine moins que réprimander trop brusquement un enfant. On peut mourir pour avoir frappé une femme, perdre la main pour avoir battu un âne ou un chien, tué une biche enceinte, un bourdon, un ours trop jeune, pour avoir abattu un arbre séculaire, pollué une source. Mais contraindre un homme à avoir des relations sexuelles ne vous coûtera rien. Que votre propre dignité.

*

Après la Chute, un grand calme s'installa. Avec la disparition des hommes, cessa le vacarme qui les escortait, bruits de machines, de véhicules terrestres et volants, sirènes d'ambulances, alarmes, sonneries qui annoncent la fin du labeur dans les usines, dans les écoles, la fin de la promenade dans les prisons ; disparurent aussi les hurlements poussés par les voix humaines, cris de colère, de terreur, de détresse, de chagrin, de souffrance, de démence. Les odeurs pestilentielles générées par les hommes et les machines des hommes se dissipèrent dans l'air. Les choses retrouvèrent leur goût originel, eau, air, herbe, chair, terre, glace et neige. La lumière était de nouveau limpide et claire. La Terre soupira d'aise. Et le Temps continua son œuvre, il passa. Les saisons se succédaient, la nuit venait toujours après le jour, le jour après la nuit. Les êtres vivants naissaient et mouraient, la sève montait et descendait. Mais le Temps n'était pas satisfait : le dévidement des heures n'avait pas plus de sens, pas plus de réalité que la musique pour un sourd. Aucune conscience ne prenait plus la tragique mesure du caractère inéluctable du Temps, aucun être pensant ne craignait plus la mort ; évanouie la nostalgie travaillant les vieilles âmes, l'impatience pour les jeunes, la joyeuse impatience de sentir les secondes courir les unes derrière les autres avant le moment attendu. Plus de regrets, ni de remords, ni de souvenirs flottant dans l'air du soir. Plus d'écoliers pour scander la succession des siècles, d'amants vivant chaque nuit comme si c'était la dernière. Le Temps était de nouveau l'horloger laborieux, le petit vieillard consciencieux et sans visage aux gestes mécaniques, pourvoyeur de quelque chose qui était devenu aussi imperceptible, indifférent, impondérable que l'air. Alors il parla à la Terre et la supplia de lui rendre les hommes. Mais Elle restait obstinément silencieuse à sa plainte. Le Temps finit enfin par l'émouvoir, usant de ses charmes les plus redoutables : il convoqua le souvenir, le souvenir d'un monde disparu bien avant la Chute. Il convoqua le rire des hommes, la douceur des pieds des enfants, le cahot des roulottes, le chant et le tambour des jeunes filles, les histoires racontées à la nuit tombée par les vieilles voix, la chaleur des feux sur la plaine ; il convoqua les battements du cœur humain lorsqu'il danse et aime, lutte et espère. Et la Terre tressaillit en écoutant le Temps dévider son cortège de choses mortes, de choses bonnes et belles. La Terre sut qu'elle accorderait au Temps ce qu'il lui demandait, alors le Temps l'enveloppa de ses bras et ils s'unirent. Et des amours du Temps et de la Terre naquit la première femme de la Renaissance. Elle sortit du ventre de sa Mère quelque part au nord-ouest du monde ; elle émergea d'une grotte sombre et fraîche, cernée par la mer, se baigna dans les eaux tumultueuses, remercia sa Mère, et scella le Pacte avec elle. Le Temps voulut donner un compagnon à la femme, mais la Terre refusait d'enfanter un homme, alors elle lança un appel, un cri puissant et portant loin jusqu'au fond des âges. Les jours passaient et personne ne répondait à l'appel de la Terre ; enfin une silhouette apparut avec l'aurore, un homme s'était levé d'entre les morts et marchait vers son nouveau destin. Un homme purifié et apaisé par le long sommeil, reconnaissant et soumis au principe féminin qui l'avait sauvé du néant.

QUATRIÈME PARTIE

Ω

Un rai de lumière trouble et grise vint frapper l'oreiller à côté du sien. Il n'avait pas dû dormir plus de deux heures. Ses yeux errèrent dans la grande pièce peu meublée. La scène de la nuit s'imposa de nouveau : cette femme s'était emparée de son sexe, l'avait introduit en elle, sans lui demander son avis. De force. Ce sexe qu'il aurait voulu impuissant se dressait incompréhensiblement sous la paume moite de Morag, et Milo assistait à cela avec un effarement et un dégoût passifs. Qu'est-ce qui l'avait empêché de résister ? Il ne l'avait pas même repoussée. Il se souvenait d'une espèce de sidération accompagnée de paralysie. Il se retourna dans le lit, observa le plafond, très loin au-dessus de lui, et les seins flasques de Morag, ses hanches étroites et osseuses, ses cheveux rares et filasse nimbant sa tête comme des toiles d'araignée lui revinrent à l'esprit. Il réprima une nausée, car aux images avaient succédé les odeurs, celle du sexe de Morag, qui fleurait vaguement le salpêtre et le pissenlit, alors qu'elle allait et venait au-dessus de lui, le visage extatique, mais ne le voyant pas.

Il se redressa vivement, se passa la main sur les yeux pour chasser les visions, se leva. Il ne pouvait pas enfiler ses vêtements avec cette odeur qui lui collait à la peau. Dans la chambre de Faith, il trouva une vasque et une cruche presque remplie, un morceau de savon, se frotta les parties intimes, le ventre, le cou et la poitrine, tout ce qu'elle avait touché. Novak et Faith dormaient encore. Il vérifia le teint et le pouls de la jeune fille, lui fit avaler un peu d'eau et quelques bouchées de bouillie à base de céréales et de légumineuses, se sustenta à son tour, puis partit en reconnaissance. Le château était austère et froid ; en découvrant les chambres, les antichambres, les salons privés et les salles d'apparat, Milo avait de la peine à s'imaginer, enfant, vivant en ces lieux. L'édifice semblait ployer sous le poids des siècles, sous des secrets immémoriaux, chaque pierre vibrait des chagrins, des regrets, des pleurs infinis des vivants et des morts. La forteresse d'Edda n'avait eu aucune emprise sur lui, ce lieu ne le concernait pas. Mais il avait fait ses premiers pas ici, dans ces couloirs si sombres qu'il fallait allumer les torches dès le matin ; il avait couru, sauté, il s'était sans doute caché derrière ces tapisseries, dans ces armoires à linge sculptées de ramures végétales et de massacres de cerfs, ces armoires aussi grandes que des roulottes. Fut-il heureux ici ? Fut-il gai ? Fut-il pleinement insouciant ? Ou portait-il déjà, dans son jeune cœur, le présage de la menace qui pesait sur sa vie ? Il traquait les traces de sa mère, partout, il scrutait les espaces, les murs, les alcôves et les recoins en quête d'un signe d'elle, d'une preuve qu'elle avait vécu en ces lieux. Car cette histoire lui semblait encore appartenir à la fiction, ou à quelqu'un d'autre que lui. Il ne parvenait pas à se l'approprier. Il avait besoin d'autre chose que de mots ; des preuves, des traces tangibles. Il s'attendait à découvrir des portraits d'elle et d'autres souveraines, comme il en avait entrevu dans la forteresse d'Edda. En vain.

Le cerf apparaissait partout, des têtes ou des bois de cervidés ornaient les poignées de portes, certains meubles, les couverts, les tapisseries. Un blason revenait de manière récurrente, où était représentée une figure très similaire à cette femme-arbre qui orne l'anneau sigillaire royal, mais, au lieu de la couronne, la tête de la femme était surmontée de bois de cerf. À l'exception de cette figure, Milo ne trouva aucune représentation humaine.

L'immense bibliothèque lui procura un sentiment d'exaltation qui le troubla profondément. Lui qui avait toujours porté fièrement son ignorance de l'écrit se sentait ici moins confiant. Les milliers d'ouvrages qui recouvraient les murs jusqu'aux plafonds semblaient le défier. Il sentait les pages exister dans la pénombre, tressaillir de tout ce qu'elles contenaient de lettres mortes, que Milo percevait à présent comme de potentielles richesses. Sa mère passait des heures dans la bibliothèque qu'elle avait considérablement pourvue, en faisant l'une des plus riches d'Europe, et peut-être du monde ; elle s'était procuré des ouvrages rares et interdits depuis la Chute. Elle en avait fait brûler beaucoup aussi, par ailleurs, des livres précieux, uniques, qu'elle regretterait plus tard d'avoir détruits, lui avait confié Helle. Aimer, détester, craindre, détruire. Aimer et pourtant détruire. Détruire, et puis aimer encore ? Cette femme était capable d'étranges revirements.

Il en prit un au hasard, un grand livre à la tranche dorée, le posa sur une table, s'y assit et l'ouvrit avec maladresse. C'était un atlas. Milo observait attentivement pour la première fois le monde en deux dimensions, figé sur le papier. Jamais de sa vie il ne s'était intéressé à la moindre carte. Les Gypsies et la plupart des nomades n'en utilisent pas. Ils connaissent les paysages pour les avoir traversés, pour s'y être mus, ils les éprouvent dans leur corps, inscrivent la géographie dans chaque fibre de leur être. Le monde pour eux est une expérience permanente, non un objet que l'on peut réduire à quelques traits et des noms. D'ailleurs une terre a plusieurs noms, en fonction de qui la nomme, de la saison où on la parcourt, de ce qu'elle recèle comme gens, plantes et bêtes, de ce que l'on y cherche. Un pays est un concept mouvant et vivant, qui ne se laisse pas circonscrire si simplement. Milo suivait du doigt les courbes de l'extrémité de l'Amérique du Sud, effleurait les côtes du Chili et de la Terre de Feu sans avoir la moindre idée de ce que cela représentait. Il referma le livre, caressa la couverture en imaginant la main de sa mère accomplissant ce geste, puis le reposa sur le rayonnage et continua son exploration.

Certaines portes étaient fermées à clef, d'autres ouvraient sur des appartements privés qui n'étaient plus occupés, où attendaient des meubles poussiéreux, ternis, ressemblant à de vieilles gens que l'on a oubliés. Il était prêt à sortir du château lorsqu'une paire de hautes portes tout au bout d'un corridor attira son attention. Il poussa un battant, le lieu était plongé dans une obscurité presque complète. Il alla ouvrir les volets intérieurs, et la lumière hivernale révéla le contenu de la pièce : des tableaux recouvraient les murs sur toute leur imposante hauteur. Et le sol était parsemé de sculptures : bustes d'hommes, corps de femmes presque nues, un homme attaché à un poteau, percé de flèches, une panthère blessée, un groupe de personnages démesurément longilignes, figés dans le mouvement de la marche, un visage de femme stylisé à l'extrême, un couple d'amants s'embrassant et, au centre, une gigantesque araignée en métal. Sous son abdomen, pendait un sac rempli d'œufs en pierre blanche. S'offrait là un spectacle sans mouvement absolument saisissant. Tout autour, les murs vibraient de couleurs et de lumières, avec leurs dizaines de tableaux du Très Vieux Monde, à en juger par les sujets religieux ou mythologiques. D'autres ne représentaient rien de reconnaissable, et devaient être des œuvres plus récentes. Milo fut frappé par une jeune femme aux longs cheveux, la tête renversée en arrière, les yeux mi-clos et les lèvres entrouvertes, l'expression extatique et le teint cireux, violemment éclairée par un rai venant de droite, offerte à cette unique et sauvage source de lumière, alors que tout autour d'elle les ténèbres dévoraient l'espace. Milo resta longuement devant cette femme perdue en elle-même, qui lui faisait penser à Faith. Il aurait voulu l'emmener. Peut-être en l'observant très longuement lui révélerait-elle le secret de son voyage, le moyen de la rejoindre ou de l'en faire revenir, peut-être lui murmurerait-elle, depuis cette bouche exsangue et affolante, le mystère d'un tel abandon.

Il la laissa à regret pour se retrouver devant une femme-arbre en bronze, la tête renversée comme celle de la femme du tableau, mais au bout du cou arqué, rien qu'un moignon. Une femme dépourvue de tête et de visage, mais chargée d'innombrables bras feuillus et de pieds-racines qui semblaient la retenir prisonnière du sol pour l'éternité.

Milo s'aperçut qu'une porte camouflée était ménagée dans un des murs, il passa de l'autre côté. C'était une pièce beaucoup plus petite, éclairée par un puits de lumière naturelle venant du plafond. Sur le mur du fond était accroché, seul, un tableau représentant le sexe d'une femme. La toison pubienne brune s'entrouvrait sur la vulve. On voyait l'intérieur des cuisses charnues, très légèrement marbrées, le ventre rebondi qui évoquait la couleur et le velouté de l'abricot, et un sein à demi sorti de dessous un drap. Pas de visage, rien d'autre que cette vulve offerte avec autant de simplicité et de réalisme qu'un plat de poires. Face à ce tableau, contre le mur opposé, un énorme monolithe noir, creusé d'une sorte d'entrée, semblable à l'orée d'une grotte. Mais cela aussi évoquait un sexe de femme... Corolle minérale aux arêtes vives, aux replis profonds se perdant dans le noir au cœur de la pierre. Milo éprouva un malaise, il y avait quelque chose de violent dans cette ouverture qui lui faisait penser à une blessure. Il sortit précipitamment de la pièce, traversa la grande salle aussi vite qu'il put, continua son chemin vers l'extérieur. Il avait besoin d'air.

Il se retrouva sur la grande terrasse surplombant la ville. C'est là que sa mère l'avait présenté au peuple. Et, contre toute attente, le peuple l'avait passionnément aimé. Il se souvenait de la manière dont Helle avait insisté là-dessus, et cela lui était parfaitement indifférent alors, puisque cet enfant lui semblait un autre. À présent cette affirmation remuait quelque chose en lui. C'était infime, fragile, mais réel. Milo prit une profonde inspiration, absorba intensément ce qu'il voyait, comme si l'air piquant, la lumière cendrée, les lointains boisés et neigeux voilés de gris pouvaient lui rendre, absolument vrai et indéniable, ce moment où sa mère l'avait brandi, nu, dans l'aube hivernale. Mais cela ne se produisit pas. L'air, la lumière et les lointains ne lui révélèrent rien que leur vérité présente et leur âpre beauté. Et il comprit que rien ne lui rendrait son passé. Mais que cela n'avait sans doute pas beaucoup d'importance. Seul le présent était à sa portée. Le présent s'offrait à lui, sur cette antique terrasse où il se tenait, seul et déterminé, pour la première fois depuis que son peuple d'adoption l'avait banni.

Mara vient de le rejoindre. Elle semble avoir jailli de la lumière opaline et s'être matérialisée à côté de lui. Il a senti la tiédeur de son corps en même temps que sa bonne odeur de chien. Elle se tient assise contre sa jambe droite, tendue et sereine à la fois, prête. À quoi ? Qu'attends-tu de moi, ma belle ? Mara le regarde intensément, comme si elle avait entendu sa voix intérieure, ses yeux dorés ombrés de gris sombre le couvent d'une passion presque comique. Il caresse son crâne hirsute, s'étonne de devoir si peu baisser le bras : la tête de Mara lui arrive bien au-dessus de la hanche. Un vol de corneilles traverse le ciel en croassant, elles viennent se poser au sommet crénelé d'une tour, sans cesser leur vacarme. Mara leur jette un œil las, redresse son arrière-train, visiblement désireuse de se mouvoir. Milo fait deux pas, et la queue de la chienne se met à battre gaiement. Elle le précède sur la terrasse, puis sur le chemin qui mène hors du château, et descend vers la ville. Ils déambulent au hasard des rues pavées, bordées de façades de pierre grise luisantes d'humidité alors que le temps est froid et sec. Des gens chaudement vêtus de couches superposées de lainages colorés se pressent dans la bise, se hèlent en échangeant quelques mots rapides, s'engouffrent sous des porches, disparaissent derrière des portes épaisses. On en voit, le verre à la main, la mine riante et rougeaude, à travers les vitres des auberges.

Des flocons voltigent à présent, et Milo s'aperçoit qu'il ne s'est pas assez vêtu. Le vent transperce sa veste de laine d'agneau et ses pantalons. C'est un ensemble que Morag avait réussi à lui procurer juste après le combat contre Gennaro. Milo se souvient de l'odeur masculine qui imprégnait la veste : elle lui évoquait vaguement celle de son frère Babik. Il avait rêvé souvent de lui durant les rares heures de sommeil qui lui avaient été accordées depuis la fuite de Skagen. Que devenait-il, ce frère qui ne partageait pas plus son sang avec Milo qu'avec n'importe quel étranger ? On leur avait tant répété qu'ils se ressemblaient, au-delà des apparences. Les liens sacrés du sang... N'était-ce qu'une chimère rassurante ?

Il s'est arrêté au milieu d'une place où se tient un petit marché. Un homme vend des vêtements, Milo aimerait lui acheter de quoi se réchauffer, mais s'aperçoit qu'il n'a pas d'argent sur lui, rien non plus à échanger contre la cape qu'il convoite. En fouillant ses poches, il effleure la bague royale. Et s'il la sortait de sa poche et la tendait au marchand ? Il cesserait de claquer des dents et de se tracasser à propos de ce damné bijou. Il s'envelopperait de cette cape d'un très subtil vert d'eau, au tissage serré, remonterait vivement au château, réveillerait Novak et les emmènerait, lui et Faith, loin de cette ville. Il glisse à nouveau la main dans sa poche, rencontre le métal, sent sous ses doigts les ramures qui se déploient autour du corps lisse ; il a l'impression qu'elles veulent s'étirer, se répandre, sortir de sa poche, envahir ses basques, descendre le long de ses jambes et ramper sous les pavés, prendre possession du sol, perpétrer sous la peau de la Terre leur inéluctable reptation. La bague le tient prisonnier, elle garde sous son charme quiconque l'accepte. Il se souvient de l'expression de terreur sur le visage de Morag lorsqu'il la lui avait proposée.

À l'instant où il revient à la réalité qui l'entoure, son regard se pose sur une petite vieille, voûtée comme un saule têtard, qui l'observe de ses yeux étrangement foncés et vifs dans son visage cireux. Milo a envie de lui demander si elle veut son portrait, il aimerait l'envoyer promener, mais quelque chose dans le regard de la vieille l'en dissuade. Ses lèvres s'ouvrent sur un gouffre édenté. Elle articule quelque chose. Il met quelques secondes avant de comprendre que c'est son nom qu'elle prononce, son autre nom. Elle lève un bras fragile vers lui, pose la main sur son épaule, est parcourue d'un tremblement, semble près de perdre l'équilibre. Elle se reprend, retrouve une respiration plus calme, s'éclaircit la voix avant de dire :

« On nous avait dit... mais tu n'es pas mort. »

Milo s'écarte d'elle brusquement. Il dévisage la femme alors qu'elle se rapproche maladroitement de lui ; levant de nouveau lentement la main vers son visage, elle murmure :

« Du Royaume des Ombres il reviendra, le Prince Sans Couronne. »

Milo est incapable de dire un mot, mais il s'empare de la main avant qu'elle atteigne sa joue ou n'importe quoi d'autre lui appartenant, et il la tient en l'air, sans que la femme tente de se dégager ; au contraire elle lui sourit à présent. Il a le sentiment de devenir fou, ou de s'être perdu dans un récit fantastique et absurde ; il reste un instant rivé au regard halluciné de la vieille, sa main autour de son frêle poignet, puis le lâche, se lève et s'enfuit, Mara sur ses talons. Ils courent dans les rues grises, fouettés par les rafales de neige qui se sont intensifiées, traversent la vieille ville, se dirigent vers l'est. À bout de souffle, Milo s'arrête à l'orée d'un bois touffu ; Mara le dépasse et y pénètre sans hésitation. Au bout d'un chemin qui devait autrefois être une allée goudronnée, apparaissent les ruines d'une grande bâtisse flanquée des restes de deux donjons carrés. Durant la traversée, Morag avait expliqué à Milo que ce château était volontairement abandonné depuis la Renaissance, car il incarnait les siècles durant lesquels l'Écosse était sous domination anglaise. C'est en ce lieu abhorré que la reine ou le roi de Londres séjournait lors de ses visites dans les Hautes Terres.

Les fenêtres béent sur d'immenses salles vides, où le vent s'engouffre en gémissant. Milo fait le tour de l'édifice, jusqu'aux vestiges de ce qui doit être une église du Très Vieux Monde. Un pignon se dresse encore, que la lumière pénètre à travers une immense rosace. Il a vu beaucoup de ruines semblables, au cœur des villes. Après tant de siècles d'abandon, les murs sont toujours debout, et servent d'abri à de nombreux habitants, les plus démunis, qui ne peuvent se permettre le luxe de craindre le fantôme du Crucifié et le froid sépulcral. On peut se promener dans des nefs et des chapelles, éclairées de braseros, tendues de vêtements séchant sur des cordes. Mais ici ces lieux autrefois sacrés sont désespérément vides. Il a cessé de neiger. Le ciel est à la fois clair, presque aveuglant, et pourtant plombé. Milo se sent oppressé. Il ne voit plus Mara. Il l'appelle, très doucement d'abord, puis élève la voix. La chienne surgit de derrière un pilier, et le rejoint en quelques bonds formidables. Il est si heureux de la voir qu'il la prend dans ses bras et la serre un long moment. Il se laisse bercer par le rythme égal du puissant cœur de Mara, qui résonne dans sa propre poitrine.

*

La chienne le guide pour le retour. Milo s'arrête net au détour d'une rue. Il ne comprend tout d'abord pas ce qu'il voit : le château perché sur son promontoire chatoie, comme embrasé. En s'approchant, Milo comprend que l'édifice a été drapé de tissu rouge. Des fenêtres, des terrasses, des lucarnes pendent d'immenses pans pourpres et soyeux, qui tombent en coulées sanguines le long des murailles jusqu'aux falaises, battent leurs flancs à la cadence des rafales. Ces étendards sont ornés de la femme-arbre ; sa tête est dépourvue de couronne, mais, posée sur une mèche de ses cheveux, qui sont aussi des branches, se tient une petite chouette, l'animal protecteur de Helle. Les cloches sonnent lentement, inexorablement, plongeant la ville dans une torpeur irréelle. Dans la cour du château est réunie une assemblée constituée d'une grande majorité de femmes de tous âges et de rares hommes, tous et toutes vêtus de ce même rouge carmin dont étaient parés les habitants de Ghost Island. Morag se tient parmi ces gens. Ils forment un cercle et semblent recueillis en prière.

Dès qu'elle aperçoit Milo, ses traits se contractent. Elle sent le sang quitter son visage. Elle voudrait fuir mais c'est impossible. Jamais elle n'a anticipé que sa présence lui serait à ce point intolérable après ce qu'elle lui a fait subir. Il la dévisage froidement, debout, d'une immobilité insolente dans le vent, avec le grand chien fauve ébouriffé à ses côtés. Elle ferait tout pour échapper à ce regard, à cette froide présence qui semble aussi minérale et intraitable que les murs séculaires alentour. Il la toise le plus naturellement du monde. Le plus légitimement du monde. Et tous les regards sont bientôt sur lui, aimantés par sa présence et celle de sa gigantesque compagne. Morag est submergée de honte, de crainte, sa gorge semble enfler, l'air y pénètre de plus en plus difficilement. Elle sursaute lorsque sa voisine de droite lui prend la main. C'est le moment de la Communion par les mains, en mémoire de Helle. C'est à Morag, sa chambellan, que revient le privilège d'entonner la mélopée qui ouvre officiellement les dix jours de deuil. Elle ferme les yeux et se concentre sur cette note très grave qui doit sortir puissamment de son arrière-gorge. Elle prend une profonde inspiration, mais le son qui jaillit de ses lèvres est faible et pathétiquement aigu.

Elle ose enfin croiser son regard. Et c'est le signal qu'il attendait pour se ruer vers elle et lui empoigner le bras, l'entraîner jusqu'au parapet. Il la pousse contre le muret, agrippe sa mâchoire. Morag halète, ses yeux d'un gris d'eau dormante et sale roulent dans leurs orbites, il sent son buste souffrir contre son torse, ses côtes arquées par-dessus la pierre ; les effluves de la nuit s'échappent de sous ses jupes, il reconnaît l'odeur de salpêtre, resserre encore sa poigne sur son visage déserté par le sang. Personne ne bouge autour d'eux. Le temps semble arrêté. Une pensée le traverse : peut-être ce qu'il fait est-il si sacrilège, si intolérable que les spectateurs sont incapables d'agir, médusés ; médusés comme lui l'avait été quelques heures plus tôt sous le corps détesté de cette femme. Il tient sa vie dans sa main droite ; il pourrait la pousser dans le vide d'une pression un peu forte. L'image de ses membres désarticulés gisant sur les rochers lui brouille la vue. La sueur dégouline dans sa nuque. Lentement, il décrispe les doigts autour de ses joues, il se décolle d'elle, laisse son corps terrifié reprendre une position moins périlleuse. Il la lâche enfin tout à fait, mais elle n'ose pas bouger. Il profite du spectacle qu'elle lui offre : elle suinte la peur et la honte, elle lui fait penser à une viande rendant son trop-plein de graisse sur le gril.

Il lui sourit, lui prend doucement la nuque, et pose un long baiser sur ses lèvres blêmes. Bientôt, dit ce baiser, bientôt je m'occuperai de toi, pauvre femelle imbécile, tu ne perds rien pour attendre. Il traverse la cour, sous le regard éberlué de l'assemblée. Mara, qui n'a pas bougé jusque-là, le rejoint, s'engouffre après lui derrière une porte basse.

Milo va rejoindre Faith, toujours plongée dans l'inconscience. Novak n'est pas présent et cela le met en colère. Il s'allonge auprès d'elle, l'enlace et se blottit contre son dos. Il se demande pourquoi personne ne s'était interposé entre lui et la chambellan. On avait dû croire à une dispute d'amants... Morag pensait l'avoir brisé, humilié, c'est le contraire qu'elle a provoqué en le forçant cette nuit. Elle a réveillé quelque chose en lui, il ne connaît pas encore la nature de cette chose, mais il la sent se lever et grandir au milieu de sa poitrine, et chaque heure qui passe donne à cet élan, à cette volonté plus de consistance.

Le matin, en se dirigeant vers la ville, encore possédé par une espèce de culpabilité, de honte mêlée d'un dégoût dont l'objet était autant Morag que lui-même, il était décidé à enfouir ce viol au plus profond de lui afin qu'il ne vienne jamais le troubler. Il devait pour cela procéder au rituel d'oubli, une tradition de son peuple qui consiste à choisir un objet symbolisant l'acte ou la personne à faire disparaître de la mémoire, et à l'enterrer profondément en un lieu sauvage et isolé en prononçant les paroles consacrées. Il n'est plus certain de désirer se débarrasser de ce souvenir, à présent. Ce moment fait partie de lui, comme chaque moment vécu, et tous ensemble composent celui qu'il est, quel que soit son nom. Il ne connaît pas encore cette personne, mais elle se dessine lentement depuis la fuite du Danemark ; il va à sa rencontre, et rien ne peut plus empêcher cela, que la mort. Une évidence le saisit : l'identité d'un individu est forgée par le moindre moment de sa vie. Renier un seul de ces instants équivaut à nier qui l'on est, à répudier un morceau de soi-même. Le viol perpétré par Morag lui appartient et le définit, de la même manière que son enfance avec Faith, que ses semaines de tueries dans l'arène, que cette aube vingt années auparavant, où sa mère, fière et heureuse, l'avait élevé devant son peuple. Juste avant de sombrer dans le sommeil, il se demande si Alba avait procédé à une forme de rituel d'oubli après s'être débarrassée de lui. Sa mère n'avait probablement eu besoin d'aucune aide. Il l'imaginait forte et dure, intraitable, incapable de regrets ou de remords. Une créature que rien ne peut atteindre. Bien plus redoutable qu'Edda des Amazones, en réalité.

Il rêve d'Alba, pour la première fois elle lui apparaît, grande figure rousse et pâle, aux traits encore indistincts. Ses cheveux et ses bras sont semblables à ceux de la femme-arbre. Elle l'invite à la rejoindre, ouvrant ses bras-branches en un vaste geste bienveillant, mais il reste immobile, méfiant ; et lorsque enfin il se laisse persuader de la rejoindre, les bras se referment sur lui et le serrent à l'étouffer.

Ω

Ils quittèrent la cité royale comme ils y étaient entrés, dans l'obscurité et le silence. On avait préparé en toute hâte un chariot bâché où on installa Faith avec la chienne. Novak et Milo chevauchaient devant, avec le guide.

La veille de leur départ, une foule s'était réunie sur la terrasse, menée par une vieille femme qui jurait avoir aperçu en ville un homme qui était le fils d'Alba. Cette femme avait été sa nourrice et le reconnaîtrait entre mille, clamait-elle, eût-il cent ans. Ceux qui la suivaient exigeaient de le voir à leur tour.

Morag se préparait à affronter le peuple. Les voix commençaient à se faire menaçantes, la volonté de cette foule compacte et résolue devenait aussi solide que le roc contre lequel elle se heurtait. Une voix puissante clama le nom du fils d'Alba, et tous le reprirent en chœur. « Fingal ! Fingal ! », les deux syllabes tonnaient sous les murailles, d'abord lentement, comme une mélopée caverneuse, assourdie, puis le rythme s'accéléra, et les innombrables voix n'en faisant qu'une s'élevèrent plus claires, inflexibles. Morag n'avait jamais imaginé ce qui se produisait. Helle sans doute non plus. Elles n'avaient, ni l'une ni l'autre, rien vu venir, n'avaient fait preuve d'aucune intuition, d'aucun pouvoir d'anticipation. Une certitude frappa Morag : même si elle avait jamais l'ambition de régner, elle ne pourrait pas se le permettre. Ces gens, là en bas, la détestaient. Ils la voueraient à la haine, la maudiraient, la renverseraient et prendraient sa tête. Elle se mit à frissonner, enroula son châle plus serré autour d'elle.

Alors qu'elle attendait le moment de se montrer enfin, elle sentit une présence derrière elle, se retourna. Était-ce lui qui se tenait dans un recoin ? Elle n'osa pas parler. Seules les pupilles d'une drôle de couleur étaient nettement reconnaissables, elles luisaient froidement dans son visage mangé d'ombre. Les yeux la dévisageaient fixement, non sans ironie, lui semblait-il ; ils s'étrécirent, les paupières balayèrent le regard, éteignirent sa lumière, puis il disparut, alors que la foule continuait de l'invoquer, la clameur allant crescendo. Morag se ressaisit, elle n'était pas certaine de ce qu'elle venait de voir. Peut-être n'était-ce que le fruit de son imagination.

Elle avança d'un pas d'automate, se racla la gorge, tenta de poser sa voix le plus solidement possible : le fils de la reine est mort noyé, il est enterré dans la crypte royale, déclara-t-elle avec trop peu d'assurance et d'autorité. Le silence régnait cependant, tendu comme une corde d'arc prête à lâcher sa flèche. L'homme que la vieille Filomena a vu est un autre, poursuivit-elle. La nourrice a fait erreur. Morag elle-même aimerait croire à cette histoire merveilleuse de jeune prince épargné par la mort, mais ce n'est qu'un fantasme né dans l'esprit de femmes et d'hommes plongés dans le chagrin ; les temps sont troublés et les âmes inquiètes, le royaume vient de perdre son pilier vivant, Helle la brave, la juste, Helle d'auguste mémoire. Pleurons-la, et souvenons-nous de ne pas céder à nos instincts infantiles, à notre fragilité, à notre besoin de nous rassurer en nous berçant de contes. Fingal – et là Morag s'en voulut d'avoir marqué une pause après avoir prononcé le prénom, car un murmure sourd aussitôt parcourut la foule – Fingal a rejoint notre Mère la Terre, il s'est dissous en elle, l'a nourrie de sa très jeune chair, et il continue de vivre en elle, mais aussi dans le souvenir et les rêves des vivants, dans les récits qui le ressuscitent, sans pour autant lui rendre le souffle vital. Fingal, le fils d'Alba des Hautes Terres, n'est plus parmi nous. Il est autre chose, ailleurs. Qu'il soit honoré en ce jour en même temps que Helle.

Elle prit une belle mine solennelle, fit le geste d'ouvrir les bras et d'offrir ses paumes au ciel, quelques rares personnes l'imitèrent sans conviction, et la plupart de ceux qui étaient venus tournèrent le dos au balcon et quittèrent la terrasse pour rejoindre la ville, voûtés de frustration et d'incrédulité. Morag savait qu'ils reviendraient, plus nombreux, plus pressants. Il fallait faire fuir Milo sans tarder. S'il acceptait... Elle avait peut-être un peu trop présumé de son abattement ; cette détresse qu'elle sentait en lui, cet état de désolation hébétée qui le possédait depuis le Danemark et dont elle avait profité, semblaient s'être mués en autre chose qu'elle n'avait pas prévu. Sa vie était en danger au contact de cet homme. Il fallait l'exiler au plus vite, quelque part dans le fin fond des Hautes Terres du Nord, au bord d'un lac ou le diable sait où, on ne manquait pas d'endroits désolés. Et de là, il finirait bien par prendre la mer pour l'île de la sibylle.

Et pourtant... Elle aurait aimé le garder sous le coude encore un petit moment, comme on conserve du grain en prévision des hivers de disette. Elle éprouvait une telle solitude. Elle repensait souvent à cette nuit où elle l'avait chevauché, et alors elle se touchait dans le noir. Elle attendait d'être plongée dans une légère somnolence, car Morag ne supportait pas de se masturber en pleine conscience, ni en pleine lumière. Le plaisir survenait rapidement, mais manquait d'intensité. Ses longs doigts fins ne pouvaient rivaliser avec une queue de mâle dressée, à la fois dure et tendre, qui la fouillait jusqu'à l'os, elle ne parvenait pas à ressusciter pleinement l'odeur de sa peau, le contact de sa poitrine. Avait-il joui ? Elle ne savait plus trop mais sans doute que oui... Pourquoi pas ? Violer un homme, n'est-ce pas une contradiction dans les termes ? Son entrecuisse devint moite quand elle se remémora l'altercation physique sur la terrasse. Elle s'était vue tomber dans le vide, et à la peur bien réelle de mourir s'était ajoutée une montée virulente de désir, qui avait culminé dans un orgasme, alors qu'il lui broyait la mâchoire, les yeux dans les siens. Ce n'était pas tant la honte du viol qui la taraudait, mais bien celle d'avoir aimé la violence dont cet homme avait fait preuve à son égard après cela. Des siècles d'évolution des consciences, la fulgurante ascension des femmes après la Chute n'avaient pas réussi à venir à bout de cette fascination morbide, perverse, pour la domination du mâle. On disait dans le Vieux Monde que celles qui aimaient cela avaient été elles-mêmes abusées, maltraitées, violées, méprisées par les hommes dans l'enfance. Foutaises. Morag, comme la plupart des femmes de son temps et de son milieu, avait eu une enfance heureuse, libre, saine.

Elle se demanda ce qui la retenait de l'assassiner. Mais elle n'était pas une meurtrière. Elle était incapable de donner la mort à ce jeune homme ; elle n'avait rien de commun avec toutes ces femmes de pouvoir qu'elle avait fréquentées toute sa vie, qui ne lui avaient bien souvent inspiré que pitié, au fond. Il lui restait un reste de vertu. Elle pouvait contempler son reflet dans un miroir sans avoir envie de se griffer le visage, de se lacérer la peau comme l'avait fait un jour Alba, peu après la disparition de son fils. Helle lui avait raconté cet épisode, et Morag en avait fait longtemps des cauchemars. Pourquoi Helle l'avait-elle laissée en proie à une telle souffrance ? Pourquoi ne lui avait-elle pas révélé que Fingal était vivant ? Morag connaissait la jalousie de Helle, elle frissonna en considérant son ampleur. Mais Alba était coriace, Helle savait cela aussi. La reine s'en était remise. Et Helle l'avait gardée toute à elle, exclusivement à elle.

Morag s'aperçut que la cour était absolument vide à présent. Elle avait froid. Elle quitta le balcon et se rendit dans sa chambre ; instinctivement ses yeux fouillèrent l'espace de la pièce. Il n'était pas là, bien sûr. Elle ne put décider si la déception l'emportait sur le soulagement, ou l'inverse. Épuisée, elle s'assit devant sa coiffeuse. Une femme de chambre apparut comme par enchantement, commença à ôter les épingles qui retenaient ses cheveux en chignon bas. Morag prit un chiffon doux et y déposa quelques gouttes d'eau de rose, commença à se nettoyer le visage. Son regard lui renvoyait une lueur écœurante. Une lueur qu'elle aurait aimé faire ravaler à cette hideuse face qui la dévisageait pensivement.

Ω

La lumière frémit à travers une très petite fenêtre ronde tendue de peau translucide ornée d'une espèce de sanglier. Un mobile se balance, fait de motifs de spirales et d'entrelacs sculptés dans de minces feuilles de bois blanc. L'odeur de la fumée qu'elle ne parvient pas à identifier. Son ventre. Énorme. L'empêche presque de se retourner. Ses muscles douloureux, sans force. Elle voudrait appeler, tente de faire sortir un son de sa gorge, mais rien ne vient, qu'une sorte de râle qui la ferait rire si elle était dans un autre état. Mais il entraîne une quinte de toux sèche. Une femme entre. Cheveux pris dans un foulard coloré, anneaux d'or aux oreilles, et quelque chose dans le regard. Une évidence. Une des leurs, une sœur. Sans un mot, la femme se penche et prend Faith dans ses bras. La peau de l'animal qui compose sa veste est douce et brillante contre la joue de Faith. Elles restent enlacées, la femme chantonne en la berçant. Faith reconnaît les mots familiers, la musique de sa langue, mâtinée de celle des Travellers irlandais ; ce chant souhaite la bienvenue à ceux que l'on n'a plus vus depuis longtemps. La femme desserre son étreinte, se recule un peu, montre sa poitrine de ses mains baguées et tatouées de bleu clair. Elle dit : «Je m'appelle Queenie.»

Faith veut se lever seule, mais elle chancelle, la femme doit la retenir, l'aide à se recoucher. Les larmes se mettent à couler sur les joues de Faith. Elle parvient à articuler «Milo», et Queenie lui dit quelque chose qu'elle ne comprend pas. Milo est parti, est-ce bien cela qu'elle dit avec son drôle d'accent ? Mais où ? Queenie s'assied sur le lit, et explique à Faith quelque chose où il est question de cette maison, qui abrite sa famille. Elle se trouve au nord-ouest des Hautes Terres. Ils sont arrivés en bateau il y a une semaine. Ils étaient quatre, Milo, Novak, Faith et... un mot incompréhensible. Parle plus lentement, demande Faith, agacée, impatiente. Queenie s'arrête, et avant qu'elle ait pu se remettre à parler, Faith tente de se lever. Queenie veut la remettre au lit, mais Faith ne se laisse pas faire, elle la repousse, se met en colère. Son visage est devenu livide, ses yeux injectés.

Queenie recule, regarde Faith sortir les jambes du lit, observe ses mollets à la fois maigres et toniques, si toniques malgré le long sommeil... Ces jambes, elle les a massées chaque jour, ce corps, elle l'a manipulé, embrassé, elle a chanté pour Faith des heures durant, afin de l'appeler, de la ramener de ce lieu où elle était prisonnière, elle a dessiné sur son visage les signes qui repoussent la mort et les sortilèges, avec le bleu souverain. À présent, une gigantesque force se dégage de cet être qui a passé des semaines alité. Queenie est un peu médusée devant le spectacle de cette enfant enceinte jusqu'aux oreilles qui lutte victorieusement contre la faiblesse, contre la pesanteur. Elle aimerait la calmer, mais autant tenter d'apaiser l'océan en furie, alors elle se tait et regarde Faith prendre appui sur la tête de lit et se hisser lentement. Elle soutient son ventre de sa main libre, grimace, et finit par se tenir parfaitement droite dans sa robe en loques, dans l'air poudré de poussière en suspension traversée de soleil.

« Aide-moi à le rejoindre », demande Faith comme on demande à boire.

Queenie soupire, la dévisage un instant d'un air perplexe, puis se décide à la soutenir sous l'épaule ; et les voilà qui marchent clopin-clopant hors de la petite maison de tourbe au toit recouvert d'herbe et de mousse, elles entrent dans la lumière incandescente de midi, Faith se protège les yeux de la main, mais elle ne s'arrête pas. Elle ne voit pas les montagnes enneigées et scintillantes, le sentier qui serpente dans la vallée depuis le seuil, qui va son chemin comme un être vivant, à travers bruyères et fougères, elle ne voit pas l'aigle qui plane au-dessus du *glen* en quête de proies, rien n'attire son regard douloureux, son regard de taupe au sortir de la terre, elle n'est mue que par la nécessité de mettre un pied devant l'autre pour combler la distance qui la sépare de Milo.

Lui l'avait sentie approcher, c'est ce que Novak racontera, bien des années plus tard, il avait subitement décidé de rentrer alors qu'ils venaient à peine d'arriver au bord de la rivière et qu'ils s'apprêtaient à jeter leurs lignes dans l'espoir d'attraper une truite sonnée par le froid, ou peut-être un saumon. Novak avait commencé à lui raconter une histoire de son pays, à propos d'une femme forgeron qui avait eu dix enfants et avait été condamnée pour cela à une amende astronomique. Dans l'incapacité de payer, la femme avait vendu ses enfants un par un, et n'avait gardé auprès d'elle que le dernier, qui était né sans jambes. Et juste au moment où le récit devenait vraiment intéressant, Milo avait interrompu Novak au milieu d'une phrase en lui enjoignant de se taire. Il avait levé le nez, tendu l'oreille, aussitôt imité par Mara, et ils avaient décampé tous deux comme des enragés ; vexé, Novak avait d'abord feint l'indifférence en sifflotant, tenant sa canne à pêche sans grande conviction, mais il avait rappliqué très vite en courant pour les rattraper sur le sentier.

À mi-chemin de la maison, il s'était arrêté. Un peu plus loin étaient Milo et Mara, immobiles. Et encore plus loin, deux silhouettes cheminaient péniblement ; Faith, semblable à un gros voilier au ventre pansu, tanguait, à la fois balourde et pleine de grâce, soutenue par la robuste et bien en chair Queenie. Un des spectacles les plus réjouissants qu'il ait été donné à Novak de contempler ces derniers mois, qui n'avaient pas été généreux en spectacles réjouissants. Queenie soufflait et bougonnait. Faith tenait la main en visière au-dessus de ses yeux. Elles firent une halte, Faith souriait. C'est du moins ce que Novak crut voir, au milieu de toute cette lumière qui les éclaboussait. Milo déposa son sac et ses ustensiles de pêche par terre, ou plutôt ils lui tombèrent des mains, et s'avança vers elle, qui à son tour se dégagea un peu de Queenie. Elle lissa sa robe loqueteuse d'un geste touchant, inutile, puis se passa une main tout aussi inutile et maladroite sur le visage, dans les cheveux. Novak fut frappé par leur aspect luisant, lourd, sensuel, presque poisseux. Ils lui arrivaient aux fesses. Elle marchait seule à présent, lentement, avec le courage et la prudence des grands blessés convalescents, avec toute sa volonté terrible d'arriver jusqu'à lui, de ne dépendre de personne d'autre que d'elle-même pour franchir les quelques mètres, les derniers mètres. Novak ne devait jamais oublier l'impression que cette sauvage petite créature lui fit en ce jour d'hiver, en ce lieu perdu aux limites de la plus extrême sauvagerie. Il ne devait jamais oublier le noir des cheveux de Faith sous le soleil blanc, les montagnes ruisselant de lumière, l'instant ancré, enraciné dans le présent sous une forme solide et stable, qui semblait échapper à la fuite éperdue des secondes.

*

Il lui est encore pénible de parler. Alors elle le touche. Elle fait glisser ses doigts sur son visage, son cou, ses cheveux, sa poitrine, comme une aveugle, elle passe et repasse inlassablement aux mêmes endroits, s'émerveille en silence, se persuade que ce n'est plus une vision, ni un rêve. Il est là. Avec son corps chaud, ses mains, son sourire ajouré, auquel manque la dent perdue lors d'un de leurs jeux, quand elle avait cinq ans et lui onze. Elle ne s'inquiète pas de son incapacité à parler. Que dirait-elle ? Quels mots pour exprimer ce qu'elle éprouve ? Ses mains savent mieux, ses mains et ses yeux, et les battements de son cœur, qu'elle lui fait sentir en prenant sa main et en la posant sous son sein. Elle remarque alors combien il a gonflé, ce sein... Elle qui en avait de si menus autrefois. Elle a l'impression que cet organe ne lui appartient pas. Alors elle presse la paume de Milo contre lui, afin qu'il l'aide à se l'approprier, à se réapproprier ce corps tout entier qu'elle a quitté encore léger, délié, tonique, nerveux, familier. Elle ne reconnaît plus rien d'elle, ses chevilles, ses doigts ont enflé, son odeur est si différente. L'aime-t-il encore, cette odeur ? Les aime-t-il, ces mains boudinées desquelles il a fallu ôter les bagues ? Lorsqu'elle a découvert son propre visage dans le miroir, elle a poussé un cri. Cette grasse face de lune zébrée de figures étranges d'un bleu cru, ce n'était pas elle, si ?

Les figures, ce sont celles de la tribu de Queenie, des signes dont même Queenie ne connaît pas le sens avec certitude, car ils sont trop anciens, leur origine se perd dans la nuit des temps. Ce sont des symboles de liberté et de vie, de cela elle est certaine. Elle raconte, en rehaussant les lignes et la couleur sur les joues et le front de Faith, qu'ils ornaient déjà les visages des peuples qui vivaient ici, au nord du mur antique, dans le Très Vieux Monde. Les soldats ennemis qui voulaient conquérir les Hautes Terres avaient construit cet immense mur appuyé sur des falaises naturelles afin de se protéger des hordes de guerriers aux visages peints. Et Faith se laisse bercer par le son grave de la voix, par sa propre langue qu'elle découvre différente, comme chantée sur un air nouveau. Elle qui croyait, comme tous les exilés de sa tribu, que les Gypsies avaient déserté la Grande Île jusqu'au dernier... Au lieu de se rendre sur le continent, certains ont émigré loin au nord et à l'ouest, et ont vécu cachés, discrets, légers, perpétuant leurs traditions, les mêlant à celles d'autres nomades et des peuples sédentaires locaux.

Queenie vit avec ses deux filles et ses parents dans la drôle de maison recouverte de terre, partiellement creusée dans la montagne. Son mari est mort en pêchant en haute mer. Quatre autres familles vivent dans les parages immédiats. En été, elles s'unissent pour reprendre la route, dans les roulottes qui attendent patiemment, à l'abri d'une petite grange attenante à l'écurie. Là, somnolent les chevaux des cinq familles, ceux qu'on monte, ceux qu'on ira vendre, à la belle saison, dans les foires de la côte Ouest. Queenie parle de ses chevaux comme de ses enfants, et elle houspille ses enfants qui ne cessent d'aller et venir entre l'extérieur et l'intérieur douillet, escortés de grandes brassées d'air glacé qui malmènent le confort domestique, mais les gamines préfèrent résolument l'extérieur, où, à peine couvertes, elles affrontent gaiement le froid. L'omniprésence de la mer donne à l'air polaire des qualités très particulières, un mordant fougueusement corrosif, une odeur, un goût d'immensité, d'infini. On dirait qu'ici le Grand Océan occidental a ensemencé le Froid et lui a donné une personnalité à nulle autre pareille, si loin de tout ce que l'on rencontre sur le continent.

Passé les premières heures déconcertantes du réveil et les retrouvailles avec le réel, Faith s'est sentie aussitôt comme chez elle. Peut-être parce qu'elle est ici chez elle. Elle qui, durant toute son enfance, s'était persuadée qu'elle aurait préféré naître n'importe où plutôt que parmi ce peuple aux traditions archaïques et rétrogrades éprouve, pour la première fois de son existence, un sentiment d'harmonie. C'est en ce lieu, au milieu de ces gens, sur cette péninsule oubliée, que

Milo et elle devaient se retrouver. C'est ici qu'ils vont vivre désormais. Elle est encore incapable de lui dire cela, mais le langage refera son grand retour bientôt, les mots, vrais, vivants, se formeront dans sa bouche à nouveau, cette bouche qui ne peut que se presser sur la main de Milo et lui sourire pour lui dire la confiance, l'avenir lumineux dans cet endroit, âpre et violent, à la mesure de leur amour.

Il lui a lâché les mains, se lève et arpente la petite chambre d'un pas nerveux. Novak, qui passe beaucoup de temps avec elle, lui a parlé de ce qu'il sait de l'existence de Milo depuis son bannissement. Elle donnerait quelques années de sa propre vie pour partager celles que Milo a passées loin d'elle. Faith ne peut s'empêcher d'imaginer d'autres femmes... Peut-être que le cœur et le corps de Milo sont pris ailleurs, dans une de ses autres vies auxquelles Faith l'a voué... La douleur immédiatement générée par cette perspective irradie dans son crâne et dans ses entrailles. Elle se lève à son tour, doit se retenir à la table de nuit pour ne pas tomber ; elle est encore si fragile, et cela la met en colère. Elle frappe le sol de son talon nu, et la souffrance lui fait pousser une plainte. Milo s'est retourné, la regarde, mais elle ne parvient pas à interpréter son expression. Il a envie de quitter la pièce, elle le voit bien, peut-être d'aller jouer avec les gamines ; elle les entend souvent tous trois rire à perdre haleine, elle entend l'air soudain dépossédé de leurs voix joyeuses lorsqu'ils jouent au roi du silence. Puis les rires de nouveau, les paroles lâchées en rafales par Mercy, la plus âgée, avec sa voix claire et intelligente, et puis les mots de Milo, le ton de Milo, enjoué, insouciant, séduisant quand il s'adresse à elle...

La gosse est espiègle, innocemment impudique, physiquement très forte. Elle n'a pas quinze ans. Faith, bientôt dix-huit. Presque une vieille. La jalousie lui remonte dans l'arrière-gorge sous la forme d'un jet de bile, qu'elle ravale en grimaçant. Milo ne l'a pas vue, il s'est de nouveau tourné vers la fenêtre. Il va sortir. Il ne faut pas. Elle fait deux pas vers lui, enlace sa taille et se presse contre son dos, comme elle peut avec cette masse vivante qui la précède. Il tressaille. Il décroise les bras de Faith posés sur son propre ventre, se retourne et lui dit d'un ton absent de retourner au lit, de se reposer. Mais elle est restée couchée pendant des jours, des semaines, ça suffit ! Elle n'en peut plus du lit, elle n'est pas encore morte, alors qu'il la laisse tranquille avec son repos. Elle a parlé. Elle a dit ces mots avec ses lèvres. Alors elle rit, puis en dit d'autres, ce qui lui passe par la tête, juste pour la joie de les retrouver, d'entendre sa propre voix résonner dans l'air, dans sa cage thoracique, pour voir l'effet que cela produit sur Milo, qui la regarde, à présent réjoui, Milo qui revient vers elle et la prend dans ses bras, lui embrasse les cheveux, les paupières, la bouche. Le ventre entre eux fait obstacle, il la pousse doucement sur le lit, la respire, palpe ses seins, son ventre, ses cuisses, glisse la main entre elles, caresse l'orée de sa vulve humide. La main de Faith lui prend le poignet, l'invite à la pénétrer. Elle accueille son doigt dans un spasme. Il descend le visage jusque-là, contemple les lèvres charnues, gonflées par la grossesse ; le pubis foisonnant de poils bouclés et plus noirs encore que ses cheveux tranche brutalement avec la blancheur du ventre, sillonné de la linea nigra. Elle remonte, parfaitement droite, cette ligne, et se perd entre les splendides seins veinés, aux mamelons couleur de terre. Tout le ravit dans ce corps inconnu et cependant familier. Il embrasse l'intérieur de ses cuisses, explore son sexe un long moment avec sa bouche, puis se redresse, la regarde. C'est maintenant, nous sommes ici, dans ce vieux lit branlant, et je me prépare à entrer en toi, comme on part en voyage dans un pays rêvé, comme on parcourt les routes inconnues après les avoir vues défiler en songe. Te voilà, neuve et immémoriale, différente et telle qu'en toi-même, gravide femelle adorée, toi, libre et toujours mienne.

Elle trône au-dessus de lui, énorme, écrasante de vie, telle une figure féminine sculptée à l'aube des temps humains ; ses cheveux font des rideaux brillants tout autour d'eux, filtrant la lumière. Elle s'assied plus confortablement à califourchon, le bonheur illumine son visage peint. Et la voilà partie en son exil intérieur, si semblable, en cet instant, à cette jeune femme peinte contemplée au château. Il tente de se retenir pour jouir avec elle. Mais comment savoir ? Comment interpréter ses traits un peu crispés, ses yeux voilés, les mouvements incoercibles de sa tête qui oscille de droite à gauche comme pour dire « non », alors que tout le reste semble dire « oui » ? Il sait tout d'elle, et cependant rien. Elle se redresse et se cambre, prend appui sur sa main droite, repousse avec force le torse de Milo de sa main libre, la mine un peu contrariée. Il a envie de pleurer et de rire en même temps. Refoulant le plaisir qui menace de le submerger à chaque mouvement de Faith, il l'observe qui se concentre sur ce qui se passe à l'intérieur de ses entrailles, sur l'onde qu'il sent naître là, et qui se déploie, augmente, irradie autour de son sexe, l'enserre et l'appelle bientôt à la rejoindre. Il a tant imaginé ce moment, l'a investi d'un sens caché, lui a prêté des pouvoirs de révélation presque magiques, et le voici qui advient, dans toute sa prodigieuse, animale simplicité.

Ω

Le jour se lève, se couche, se lève de nouveau. Et la vie fuit. Le dépit, le manque, la peine ravagent chaque jour un peu plus cruellement le visage et le cœur de la reine. Elle a maigri. Sa fille s'en est épouvantée le matin même. Et elle a eu raison : le visage d'Edda n'est plus qu'une structure, une combinaison d'os tendus de peau terne, semblant sur le point de craquer aux angles, le long des arêtes vives, douloureuses. Au milieu de cette armature desséchée, ses yeux verts luisent d'un feu lointain, couvant, voilé. Ses lèvres sont figées en un rictus amer, que rien n'est capable de transformer en véritable sourire, ni même en souffrance manifeste. Elmina lui a dit durement : « Va la chercher. C'est ta seule chance. » Si seulement il n'y avait qu'elle-même en péril... Mais c'est la vitalité du royaume entier, de chacun de ses habitants, de ses animaux, de ses arbres, de chacune de ses roches et de ses rivières qui est menacée par la perte de Faith. Edda en est convaincue. Elle a su, dès leur première nuit, que si Faith la quittait, la ruine serait sur elle et sur le pays. Faith est la vie, elle seule est garante de santé, de joie, de force, de la victoire de la lumière sur l'ombre. Elle est le jour, le matin tremblant de lumière neuve et d'espérance, elle chatoie dans les ténèbres. Elle est la négation du néant et de la mort.

Edda ne sort plus de ses appartements. Elle y convoque sa chambellan, Sigrid, de temps à autre, l'abreuve de reproches sur sa manière de gérer les affaires courantes, dont par ailleurs elle ne sait plus rien, elle lui conte des histoires délirantes où il est question de géants mâles sur le point d'envahir le royaume, de maladies et de fléaux à venir, de la mer changée en sang et dépeuplée de vie. Le soir venu, vient la rejoindre une magicienne à laquelle elle demande de faire apparaître Faith, de lui envoyer des sorts afin que la mer la lui ramène. Elles passent des nuits entières dans une atmosphère confinée, gorgée de fumées et d'odeurs nauséabondes. On entend les deux voix unies dans des incantations terrifiantes. Au matin, la reine est exsangue, hébétée, les yeux lui sortent du crâne, il faut la droguer afin qu'elle dorme quelques heures. Elmina a trouvé un fémur de bébé dans l'âtre, et c'est ce qui l'a décidée, le matin même, à demander à Edda de partir en quête de Faith.

Un fémur ? Edda n'a pas souvenir d'avoir sacrifié d'enfants. Mais sans doute la magicienne avait-elle un tel objet en sa possession la veille, ou l'avant-veille. Edda ne sait même plus quand elles se sont réunies la dernière fois. Chaque jour succède au précédent sans même qu'elle en ait conscience. D'ailleurs il n'y a plus de jour, et pas plus de nuit. Le temps est une plage immobile, parfaitement uniforme. C'est un cheval sans couleur qui poursuit sa course fatale, un cheval blême comme celui qui porte la mort dans l'Apocalypse du livre sacré des chrétiens. Le temps passe, cela est certain, le cheval galope, mais Edda n'en sait plus rien. Elle s'éveille chaque jour le même jour. Un long jour sans fin, ou une nuit éternelle.

Une douleur dans la main attire son attention : elle regarde son poing fermé, si serré que les ongles lui entrent dans la chair ; elle ouvre lentement la main, découvre avec ravissement une mèche de cheveux de Faith, maintenue par un ruban rouge. C'est ce qui subsiste de la tresse qu'elle avait coupée pendant son sommeil ; le reste est parti en potions, ou dans les flammes. En vain. Edda possède aussi un coffre contenant les affaires que Faith avait laissées en partant, sa garde-robe, ses ustensiles de maquillage et de coiffure pour le théâtre, quelques bijoux de pacotille, ceux qu'elle ne portait pas tous les jours, des plumes d'oiseaux qu'elle affectionnait, des morceaux de quartz, des babioles trouvées au bord de la route durant ses voyages. Mais ces choses n'étaient pas elle. Elles avaient gardé un peu de son odeur, certes, le souvenir de ses formes, de ses gestes, de sa peau, mais n'avaient pas fait partie d'elle. Tandis que ses cheveux, ses cheveux étaient plus précieux que tout. Ils avaient un jour été vivants, grâce à la vie qui animait sa chair. Edda porte la mèche à ses lèvres, la baise longuement, avec vénération. Elle va revoir la chevelure à laquelle ces mèches ont été dérobées, et le visage qu'encadre cette chevelure, bientôt ce visage illuminera de nouveau sa vie, telle une grande torche, il répandra sa lumière sur son monde, relèvera Edda de sa douleur, lui rendra sa beauté, son pouvoir, son scintillement. Leurs noces seront célébrées, au pied du hêtre sacré, en présence de la jument Hrimfaxi et de sa pouliche Skinfaxi, déjà grande et forte, aussi claire que sa mère est sombre. Le jour et la nuit. Edda et Faith. La nuit et le jour.

Ω

Faith écoute Milo, silencieuse ; elle savait qu'il lui cachait quelque chose ; cette vérité ignorée planait au-dessus d'eux comme une immense membrane ténébreuse, le vol d'un animal dangereux. Elle n'a pas eu le courage de l'amener à parler. Chaque jour depuis son réveil, elle trouve de bonnes raisons de vivre encore un peu comme si rien ne menaçait, comme si demain était limpide, comme si une vie claire s'étalait devant eux, semblable à un dais de fête. Elle a encore tenté de repousser le moment ce matin au réveil, mais cette fois il ne lui a pas laissé d'autre choix que de rester en place et de l'écouter. À présent qu'elle sait, elle est partagée entre l'incrédulité et la révolte. Ce qu'il lui raconte ne s'accorde pas avec ses projets. Elle n'entend pas que cette quête les sépare de nouveau, les empêche de vivre la vie qui était et doit redevenir la leur. Elle ne veut rien savoir de Helle, de l'anneau dont elle a fait don à Milo ; Helle qui a déposé le bijou maudit dans sa paume, comme ça, juste avant de disparaître, afin de trouver la paix, de s'absoudre à bon compte. Et lui a accepté, il est presque reconnaissant à la vieille qui, en voulant se libérer, l'enchaîne implacablement.

Ne comprend-il pas qu'elle en a fait un esclave ? Ce secret révélé pèse sur lui comme un joug.

Il observe la colère et le chagrin enflammer son regard. Elle le toise, sarcastique. Elle éclate d'un rire amer et lâche : « Toi, un prince des Hautes Terres ? Ha ! Mon pauvre Milo, tu n'as jamais su que faire de toi ni de ta vie, mais là... » Ma méchante Faith, absolue, impétueuse et jalouse, si tu ne m'avais pas fait boire l'eau souillée, jamais peut-être n'aurais-je appris le secret de ma naissance. Il n'a pas parlé. Cependant elle s'immobilise et lui adresse un regard plein de courroux. Les larmes inondent ses paupières, mais elle les ravale bravement. Elle se prend la tête dans les mains et lui crie de sortir. Il la regarde se débattre avec elle-même, avec celle qu'elle était lorsqu'elle le voua à l'exil, avec l'extraordinaire pouvoir des actes, la tragique et merveilleuse impossibilité de rien dénouer de ce qui a été noué. Tu es l'enfant souverain qui voit le sort se venger de ses caprices. Fatale petite Moire qui, sans le vouloir, a dévidé le fil de mon destin. Il est prêt à tout abandonner, à l'emporter loin d'ici et à reprendre la route comme elle le supplie de le faire, il voudrait l'enlever sur un bon cheval, comme un bon Gypsy, et vivre avec elle loin des hommes, là où il n'est personne, ne sera jamais personne d'autre que l'homme de Faith. Mais ce ne sont pas ces mots-là qui sortent de sa bouche. Il déclare qu'il partira seul sur l'île de la sibylle.

Ω

Le navire de tête avait surgi du brouillard peu après la première heure de l'après-midi. Le vigile n'avait pas seize ans, il n'avait aucun souvenir des raids passés, et n'aurait donc pu comprendre que cette flotte qui comptait près de cinquante vaisseaux, disposés en losange, était une machine de guerre ; il n'eut donc aucune crainte et se contenta de contempler les merveilleuses nefs progresser majestueusement dans la lumière humide, traverser comme d'élégants spectres la brume épaisse, avec leurs voiles gonflées, s'offrant au vent d'est comme des seins généreux, ces voiles très blanches marquées du cheval cabré devant la rune berkanan, symbole de féminité et de terre nourricière. Ces signes étaient familiers au jeune homme, même s'ils lui inspiraient depuis toujours une sourde frayeur, mais il n'y avait vraiment aucune raison qu'il souffle dans sa corne de brume et déchaîne la panique chez les îliens, qu'il interrompe violemment leurs paisibles activités. Elle ne venait pas vers l'île, d'ailleurs, cette flotte, mais traçait sa route vers le nord dans le bouillon encore partiellement gelé. Il resta dans sa tour de guet jusqu'à ce que le dernier navire ait disparu dans le vaste néant gris, et quitta son poste, tout troublé et ému, doutant presque que cette apparition eût une quelconque réalité. Il devait s'être endormi et avoir rêvé. Lorsqu'il gagna son logis de l'autre côté de l'île, il croisa des connaissances qui ne lui parlèrent de rien. Si vraiment cette procession danoise avait bien croisé dans ces eaux, d'autres que lui devaient l'avoir aperçue... Il n'en parla à personne et s'endormit en s'imaginant debout à la proue du premier de ces superbes bâtiments, le visage tendu vers d'infinis lendemains d'aventure, là-bas, tout au bord du monde.

*

Ils ramassent des algues dans le matin bruineux. Novak redresse son dos douloureux, laisse ses yeux glisser sur le paysage marin, dont l'aspect tourmenté augmente sa mélancolie. La brume est épaisse, un fin crachin sévit depuis des jours, pénètre sous la laine, dans les replis du cou. Les vêtements ne sèchent pas, même étendus proches de l'âtre. On les enfile encore moites chaque matin. Non loin de lui, Milo s'est arrêté lui aussi et s'est assis sur un rocher. Il a allumé une de ces pipes de bruyère qu'ils utilisent ici. Novak n'est pas fâché de ces moments loin de leurs hôtes.

Hier ont eu lieu les funérailles d'un garçon de huit ans, neveu de Queenie, mort d'une longue maladie des poumons. Tout le village s'est rendu sur la plage la plus proche, illuminée par des dizaines de chandelles posées sur les rochers et dans le sable, dans des bougeoirs en terre cuite qui les protégeaient du vent. Au bord de l'eau attendait le corps voilé d'une fine toile et attaché à une civière. Après quelques chants et la déclamation d'un long poème par le père, les deux parents ont soulevé la civière et l'ont poussée à la mer. Chaque membre de la communauté avait apporté un objet qui avait un lien symbolique ou réel avec le défunt, et, tous en même temps, ils lancèrent leur offrande à la suite du cadavre. Le ressac imposait des allées et venues à ces babioles émouvantes, morceaux de tissus, jouets en bois, ustensiles de vannerie ou de métallurgie, objets de chasse et de piégeage, roues chakra tressées en roseau. Faith et Milo étaient un peu étonnés de ces coutumes, si contraires aux traditions de leur tribu, où les corps et les possessions doivent disparaître par le feu. On n'avait pas été autorisé à se laver, à boire autre chose que du thé, à manger certains aliments, à s'embrasser, ni à rire pendant une semaine entre l'heure de la mort et le moment de la mise à la mer.

Lors de la veillée funéraire, Milo avait joué un air de guitare, bientôt rejoint par d'autres instruments. La tradition des Gypsies veut que les invités présents soient les premiers sollicités pour ouvrir les festivités. Il avait demandé à Faith de danser. Elle refusa sèchement. Tout le monde avait insisté, et elle s'était finalement laissé convaincre par les suppliques de la mère du garçon mort. Elle s'était déchaussée, s'était avancée au centre de la tente, non loin du feu, serrant pudiquement son châle autour de son visage et de son corps. Elle oscilla doucement de droite à gauche, les yeux fermés, comme pour se bercer, alors que Milo égrenait les premiers accords d'une gigue ; elle entrouvrit lentement le châle, dévoilant d'abord sa chevelure, presque bleue dans la lumière des flammes, puis apparut son buste magnifique, son ventre tendu d'un foulard de tissu clair et luisant, où se reflétaient les ombres mouvantes. Lentement d'abord, ne marquant qu'un temps sur deux, elle tournait sur elle-même en se déhanchant, ses fesses roulaient sous les fleurs aux teintes fanées de sa robe, et ses mains peintes de bleu cru décrivaient d'élégants entrelacs dans l'air enfumé. Novak était submergé par l'émotion : cette créature était la féminité incarnée dans tous ses paradoxes et générait les pensées, les pulsions les plus contradictoires. Le rythme s'accéléra, et elle se mit à marteler le sol de ses pieds sales et nus, ses breloques tintinnabulant autour de ses chevilles. Elle ne quittait pas Milo des yeux ; elle le défiait, le provoquait, c'était à lui qu'elle s'offrait ainsi, qu'elle dédiait son ventre et ce qu'il contenait. Elle disait : « Regarde, c'est ton enfant, à toi, non pas l'enfant de cet autre, de ce mort, mais le tien, je le dis. » Une pointe douloureuse lacéra la poitrine de Novak devant ce spectacle. Il refusa de reconnaître le véritable objet de ce sentiment, se dit qu'il enviait Faith pour toute cette obscène, fertile, sublime féminité, pour tout ce à quoi lui ne pourrait jamais prétendre.

Après la danse, Faith était allée se coucher. La soirée s'était poursuivie en musique, arrosée de cet alcool de grain ambré et puissant que l'on boit ici, et s'était terminée en combats amicaux, dans lesquels Milo se lançait avec une frénésie décuplée par l'eau-de-vie. Les Gypsies adorent se battre, ils pratiquent une forme de lutte où tous les coups sont permis. Novak fut très dérouté d'abord devant cette effarante brutalité, mais s'aperçut que les coups étaient rarement dangereux. Les hommes finissaient néanmoins le nez et la bouche en sang, il n'était pas rare que quelques dents se perdent en route.

Au cours des veillées, Novak restait habituellement dans le groupe des femmes, elles l'incluaient dans leurs conversations intimes, évoquaient sans retenue devant lui les sujets tabous qu'aucun homme ne devait entendre. Il était surpris, car les Gypsies ont la réputation d'être peu souples en matière d'identité sexuelle, et de tout ce qui touche à la frontière entre les sexes. C'était pourtant la première fois qu'il était à ce point considéré, intégré, reconnu pleinement pour ce qu'il était, et si cela le réjouissait profondément, une espèce de malaise le prenait parfois lorsque les conversations, les révélations verbales, mais aussi physiques, devenaient trop intimes. Alors il quittait le groupe, et retournait auprès des hommes qui l'accueillaient chaleureusement mais non sans ironie.

La nuit touchait à sa fin, il ne restait plus que trois ou quatre hommes, dont Milo, et deux femmes autour du feu. Novak luttait souvent contre la fatigue pour assister à l'aurore, mais pas cette nuit-là. Il s'en fut rejoindre les deux vieux, déjà profondément endormis, se coucha le plus silencieusement possible sur sa petite banquette au pied du lit double.

Comme il aurait aimé ne pas avoir les pieds qui dépassent, pouvoir décoller un peu les bras de son corps sans que ses mains sortent des couvertures et se transforment en glaçons. Le vieillard se retourna, marmonna. Novak ne fit plus un mouvement, retint sa respiration. Le réveil des ancêtres risquait de provoquer chez l'un d'eux une quinte de toux ou l'envie d'uriner, auquel cas il faudrait écouter la vessie se vider indéfiniment dans le pot de chambre, que l'on replacerait sous le lit, d'où monteraient jusqu'aux narines de Novak les effluves aigres-doux. Mais rien ne se produisit. Il fut incapable de trouver le sommeil, malgré le grand calme qui régnait, à peine troublé par la respiration à la fois diaphane et sonore de la grand-mère, qui lui faisait penser au souffle d'une très jeune fille. Il entendit des bruits en provenance de la chambre qu'occupait Faith lorsque Milo la rejoignit. Un meuble heurté, suivi d'un juron éructé d'une voix pâteuse. Le silence. Puis monta le grondement étouffé de leurs voix entremêlées, de plus en plus distinctes, de plus en plus agressives. Enfin la porte grinça, la voix rauque de Milo enjoignit à Faith d'aller au diable. Il sortit en titubant. Novak se redressa comme s'il était monté sur ressorts, tendit l'oreille. Une plainte, un reniflement. Il resta un instant assis sur le lit en se demandant si ce qu'il s'apprêtait à faire avait le moindre sens. Après avoir répondu par la négative, il se leva quand même, se dirigea jusque chez Faith.

Elle était assise sur le lit et lui tournait le dos. Une lanterne éclairait très faiblement la pièce. Elle se retourna en entendant la porte se fermer, lui sourit au milieu de ses larmes, se leva, nerveuse, et se mit à parler convulsivement. Elle ne pouvait accepter de ne pas être du voyage. Elle ne pouvait supporter que la moindre chose les sépare de nouveau, elle n'y survivrait pas, dit-elle dans un hoquet, et Novak eut la certitude immédiate du contraire. Faith survivrait à tout, de cela personne ne pouvait douter. Elle dit qu'elle était responsable de ce qui leur arrivait, elle avait condamné Milo. Alors qu'elle aurait pu encore le sauver, avouer sa manigance, elle s'était tue, l'avait abandonné ; elle était une odieuse petite femme inconstante, qui aimait jouer avec le feu, avec l'amour et le désir, qui se prenait pour une magicienne, provoquait le destin, hurlait son mépris à la face du monde, dansait au bord des précipices... À cette phrase, Novak sursauta. Il se rappela soudain très précisément ce jour où il avait demandé à Milo comment s'appelait cette femme qui occupait ses pensées ; le prénom de Faith lui avait évoqué cette image, ou quelque chose de très proche... La sensation exacte lui revint : le vent qui monte le long d'un gouffre, vous enveloppe et vous emporte à sa suite dans le vide. Elle parlait vite, en balayant l'air de ses mains, les faisait souvent glisser machinalement sur son ventre, ses yeux charbonneux lançaient des lueurs étranges, profondes, venues de très loin. Ses cheveux ondulaient au rythme de ses mains et répandaient leurs odeurs animales, mêlées d'effluves de tourbe fumée.

C'est à ce moment que Novak comprit. Ce n'était pas d'elle qu'il était jaloux ; il ne lui enviait rien, il n'avait que faire de lui ressembler, d'irradier cette féminité implacable. Il ne voulait pas être elle. Il la voulait, elle. Il aimait cette femme. Il était tombé en amour comme on succombe à un sort, comme on se laisse emporter par le vent, heureux, consentant, dans le précipice. Alors qu'elle continuait à se frapper la poitrine en se rendant responsable de tous les malheurs du monde, il se demanda quand cela était né. Il ne savait pas, il ne savait plus, peut-être sur le navire vers Ghost Island, dans le chariot qui traversait les basses terres, peut-être même à Skagen, peu importe. Depuis des semaines il interdisait à son esprit de penser ce que son cœur et son corps ne cessaient de hurler. Mais c'était la vérité. « C'est très sérieux », s'écria-t-elle soudain au terme d'une phrase qu'il n'avait pas écoutée : « Il ne faut pas rire ! » Rire ? Il n'avait pas envie de rire, mais alors pas du tout, ou peut-être un peu quand même, car que faire d'autre lorsque le destin vous joue ce genre de tour ? Il avait envie de s'approcher d'elle et de la prendre dans ses grands bras maigres, de les refermer sur elle pour toujours. Je ne sais pas ce que je peux faire, mais je serai là. Je ne suis pas celui que tu veux, mais je serai là. C'est ce qu'il lui dit, de loin, depuis l'autre côté du lit qu'elle partageait avec Milo. Elle se calma, s'assit, et lui offrit un sourire étonnant, à la fois sauvage et bienveillant, sa dent d'or accrochant la lumière de la lanterne et la réfléchissant dans toutes les directions.

Le ciel s'est enténébré et le vent se lève sur la plage. Les rafales de pluie passent sur eux comme des rideaux mouvants, les aspergeant copieusement. Même Mara, habituée à ces climats, s'est terrée dans une anfractuosité rocheuse et attend, l'air misérable et un peu boudeur, que son maître se décide à lever le camp. Novak va s'asseoir à côté de Milo. Il a le sentiment que tout ce qui lui est advenu avant de le rencontrer se noie dans un brouillard lointain, épais, presque irréel, comme la côte déchiquetée et spectrale du cap qui se découpe au nord de l'endroit où ils sont installés. Le cap lui paraît chaque seconde s'éloigner d'eux, dévoré, aspiré par le chaos de grisaille marine, qui œuvre comme l'oubli. Même s'il le désirait, il ne pourrait pas revenir en arrière. Il aurait l'impression de retrouver des choses, des paysages et des êtres sans substance. Des fantômes. Alors qu'ici, ici et maintenant, tout est bien réel, plus vivant que tout ce qu'il a connu. Il aime et ne peut rien espérer. Eh quoi ? Celui qui fuirait cette vérité par peur de souffrir serait un couillon, un lâche. Il est prêt à souffrir. À ne rien attendre. À tout accueillir. Il est prêt à vivre. Il donne une tape sur l'épaule de Milo, et c'est un signal pour Mara que l'on va sans doute cesser de se les geler et de prendre l'eau. Elle vient se poster à côté de Novak et le regarde, la mine autoritaire, l'air de dire : « Oui, c'est bien, ne renonce pas, on y est presque. » Milo éteint sa pipe, la retourne et la secoue pour la vider. Il se lève, tend la main à Novak pour l'aider à se mettre debout. Il a son sourire mauvais, celui du garnement qu'il était enfant, celui pour lequel Novak le suivrait jusqu'au bord du monde, et il est à peine surpris quand Milo le lâche un peu trop tôt, le laissant s'effondrer sur le sable. Novak se relève et se met à courir après Milo en jurant, suivi par Mara, bondissante et heureuse. Tant qu'on n'est pas encore mort... se dit Novak en exagérant le caractère disharmonieux de sa course pour alimenter l'hilarité de Milo. Tant qu'on n'est pas encore mort.

Ω

Edda a installé ses quartiers dans les appartements de Helle. Elle n'a pas voulu de la chambre royale, malgré toute l'obséquiosité avec laquelle Morag lui avait enjoint d'occuper ce lieu, beaucoup plus confortable. Les pièces autrefois occupées par Helle sont nues et froides, la régente se forçait à vivre dans une austérité toute spartiate. Pour quelles raisons s'imposait-elle ces désagréments ? Bientôt, Edda fera le grand ménage ici ; ce château croulant est froid, humide, sombre et triste à souhait. L'architecte de la forteresse des Amazones, la même femme géniale qui avait créé le monument funéraire royal du temps de la Renaissance, s'était largement inspirée des formes et de l'esthétique du Très Vieux Monde, pour la grandeur et la beauté, mais elle avait pris soin d'éclairer les intérieurs, de les rendre plus faciles à chauffer, isolés contre le vent, l'humidité. La chambre d'Edda à Skagen était une merveille d'élégance intimidante et de confort avec son immense fenêtre en forme ogivale et ses hauts murs tapissés de chanvre, son grand poêle en faïence en plus de l'âtre, ses lanternes orientales. Edda balaie la grande pièce d'un regard méprisant. On vit ici comme chez les pauvres, se dit-elle en contemplant la vue depuis sa petite fenêtre mal jointoyée, par où un vent coulis vient lui glacer la nuque.

Chaque jour elle se dit qu'elle fera transporter ses bagages dans l'appartement d'Alba, mais chaque jour elle remet ce projet au lendemain. Morag le nie, mais Edda sait bien qu'elle a investi sans aucun scrupule la chambre royale, elle a étendu son corps grêle et spongieux dans le grand lit, répandu sans aucune gêne ses odeurs doucereuses, éparpillé ses petites affaires personnelles sur les meubles antiques et somptueux. Edda n'a fait que croiser cette femme avant d'investir le château, jamais elle ne lui a adressé la parole avant cela. Mais Morag ne lui inspire aucune confiance, avec ses yeux glauques et sa peau de batracien malade. Elle se demande comment Helle a pu diriger ce pays avec cette créature comme bras droit. Sa couardise et son caractère opportuniste ont amplement facilité la tâche d'Edda cependant : retrouver la Gypsie. Sa Gypsie. Elle ne prononce même plus son nom à voix haute depuis qu'elle a quitté Skagen. Elle s'est juré que la prochaine fois qu'il passerait ses lèvres, ce serait le jour où elle retrouverait la femme qui le porte. Elle a failli le crier pas plus tard que la veille, quand elle a cru entrevoir la jeune fille dans la cour, sous sa fenêtre. Cela ne pouvait pas être elle, bien sûr, mais la ressemblance était troublante. Ce n'était qu'une servante, une lingère menue et tonique, aux cheveux très noirs. Edda l'a fait monter dans ses appartements. La pauvre fille était morte de peur, cela a suffi à la lui rendre immédiatement odieuse.

Morag s'est un peu emmêlé les pinceaux quand il a fallu expliquer l'absence de la Gypsie, de son amant et du clown étique déguisé en femme. Elle prétend qu'ils se sont enfuis sans crier gare ; un beau matin, ils avaient tout simplement disparu. Morag pense qu'ils sont repartis sur le continent. Edda l'a crue, car cette possibilité a du sens, vu que leur sécurité serait bien plus assurée hors de l'île ; mais à présent elle n'est plus convaincue par cette hypothèse, alors elle a fait enfermer Morag dans une des oubliettes barbares que l'on trouve encore en ce lieu vétuste, histoire de lui rafraîchir les idées.

La reine s'emmitoufle dans un grand châle qu'elle a trouvé sur son lit en arrivant, une pièce de bonne laine légère tricotée de fils de couleurs différentes comme en portent toutes les femmes de l'île, qu'elles soient de naissance modeste ou qu'elles appartiennent à l'élite. Elle se mire un instant dans un grand miroir trouble, apprécie l'allure un peu plébéienne qui ne lui sied pas si mal, mais constate qu'elle a pris un sérieux coup de vieux. Elle se dirige vers les appartements royaux. L'antichambre d'abord, avec son bureau en châtaignier, aussi beau qu'une œuvre de la Nature, élancé, aérien avec ses nervures et ses frondaisons en bronze ; contre deux des murs la petite bibliothèque d'appoint, sur les deux autres les tapisseries représentant la Terre sous la forme d'une femme, entourée des quatre vents et de l'espace cosmique. Ensuite la chambre, occupée par l'immense lit à baldaquin, et, au-dessus de la cheminée qui doit sans doute tirer aussi mal que les autres, l'objet qu'Edda préfère dans ce palais : le tableau représentant *La Mer de glace*, de Caspar David Friedrich. Elle reste un long moment perdue dans la contemplation de l'œuvre. Voilà des années qu'elle la convoite. Elle avait espéré que Helle lui en ferait cadeau, comme gage de bonne entente. À présent *La Mer de glace* est sienne, siens aussi ce lit, ces murs, le moindre être humain que contiennent cette ruine et le pays tout entier, le moindre brin d'herbe qui pousse sur son sol. Il n'est même plus besoin d'exiger, il lui suffit de prendre. Très simplement, très calmement. Sans menacer. Sans guerroyer. Ce n'est pas drôle. Cette Morag n'a pas vraiment joué le jeu, l'idiote.

Edda est lasse avant même d'avoir posé son beau derrière sur le trône. Un trône sur lequel personne ne s'est assis depuis Alba. Sauf sans doute ce reptile de Morag, la nuit venue. Edda la voit déposer cauteleusement ses fesses plates sur le métal argenté du siège. Le trône, représentant un iceberg, est sculpté dans un grand bloc de marbre italien. Edda n'a pas voulu le toucher, ce trône, elle attend son intronisation, qui aura lieu une fois qu'elle aura retrouvé Faith. Chaque chose en son temps, chaque moment à sa juste place sur la ligne de fuite qui nous mènera tous à la mort. On peut accéder au bout de cette ligne de manière erratique, désordonnée, insensée. C'est le cas de la plupart des humains qui courent ce marathon de la vie comme ils vont à l'auberge se saouler pour ne plus penser à rien, oublier les déceptions, l'ennui, la mort qui attend. Mais on peut aussi courir avec une idée très précise de ses foulées, de sa vitesse, du paysage qui défile depuis la piste, des visages entrevus, du vent sur sa peau, de l'impression que chacun de nos mouvements imprime à notre corps la bonne trajectoire, à la vitesse idéale.

C'est ainsi que court Edda des Amazones. Elle avait perdu le nord les temps derniers, terrée dans sa forteresse, privée de la capacité d'agir, mais cette époque est révolue. Elle s'est redressée, elle a pris la mer, avec ses cinquante navires, ses deux mille guerrières, ses chevaux et ses canons ! Elle saura où se cache la Fille du Vent. Morag ne lui a pas tout dit. Edda ignore pourquoi. Mais elle va parler. Pas plus tard que ce soir. Morag moisit dans l'obscurité depuis quatre jours, sans manger et en buvant à peine. Tout à l'heure on lui a amené ses enfants, en menaçant de les laisser avec elle sans pain et à l'eau. Elle demande à parler à présent, bien sûr. C'est ici, dans la chambre royale, qu'Edda veut recevoir ses confessions.

Ω

Ce matin, lors de la visite au fort, j'ai été subitement plongée dans le noir, durant quelques secondes. Les chevaux de frise qui s'alignaient devant moi ont disparu de mon champ de vision pour faire place à des ténèbres complètes. Ewan était juste derrière moi, il m'a empêchée de tomber, m'a fait asseoir sur une grande dalle couchée. La réalité avait repris place autour de moi, dans toute sa netteté, et j'ai tenu à aller jusqu'au bord de la falaise, comme je le fais chaque matin. Le grand bouillonnement de la mer en contrebas me procura pour la première fois un sentiment d'insécurité. Je me sentais faible, fragile dans ce cadre d'une violence implacable, il me semblait que les éléments étaient soudain devenus des entités dangereuses dont il fallait que je me méfie, alors que jusque-là ils n'avaient été que des présences amicales, complices. Mon corps, en me faisant défaut, me rendait hostiles la terre et la mer, le ciel et le vent, les grandes pierres sombres et tranchantes, et le vol frénétique des innombrables et bruyants oiseaux marins. C'est quand la part matérielle de notre être s'effrite que nous mesurons véritablement la nature de notre rapport au monde.

Ce monde ne nous semble accueillant, bienveillant que si nous ne nous sentons pas menacés par lui. C'est peut-être ce qui explique que l'humanité n'ait eu de cesse de détruire, pour ne pas avoir peur.

Ce bref moment de perte de vision n'est sans doute que le début d'une maladie qui touche mon œil, ou peut-être mon cerveau, ou encore mes artères, et me mènera à terme à la cécité. Les causes peuvent être multiples, et nous avons perdu la connaissance nécessaire et le matériel qui permettent de les soigner. Mais même dans un monde où la médecine pourrait quelque chose pour moi, je ne devrais rien espérer sur mon île. En se retirant, la sibylle fait vœu de ne plus attendre d'aide extérieure. Aucun regret de ce côté-là. Cet aveuglement passager est aussi un signe que la Terre m'envoie, dont le sens m'échappe encore, mais qui ne va pas manquer de se révéler. Deux personnes se sont toujours disputées en moi, la femme encore attachée malgré elle au Vieil Homme rationnel, à ses modes de pensée et à ses chimères, et l'autre, qui est ancrée dans le nouveau monde et vit dans l'espoir, certes souvent vacillant, que l'humanité ne se perde plus sur le chemin de ses devenirs.

Ewan m'a préparé un cataplasme de lichens et d'algues de son invention, plutôt puant au demeurant, et je n'ose pas lui dire que cela ne me fait aucun effet, excepté la nausée. Je décide le soir venu de descendre à la grotte, avec mon cache-œil qui doit me donner des airs de pirate d'autrefois ; une femme pirate décrépite et échevelée, si du moins une telle personne existait. Il semble me souvenir que seuls les hommes exerçaient cette activité. Je manque de dégringoler sur le sentier étroit et à pic, j'arrache avec humeur le bandage et continue ma descente dans l'obscurité, munie de ma lanterne. Une pensée me fait ricaner : celle du couple bancal que nous formons avec mon cher Ewan, le muet et la bigleuse... Enfin, lui sort triomphalement de son mutisme, alors que je m'enfonce sans doute irrévocablement dans les ténèbres. Et la terreur me reprend ; je ne peux envisager de vivre aveugle. Car les merveilles que je contemple chaque jour m'assurent qu'il n'est pas absolument absurde de continuer à vivre, même, et peut-être surtout, si cela est parfaitement superflu. Je m'installe au fond de la grotte en pensant que nous, les hommes du Nouveau Monde, sommes schizophrènes. Nous ne nous sommes pas encore entièrement dépouillés de notre vieille peau, n'avons pas encore totalement embrassé notre nouvelle aube. Nous manquons de foi, la foi de l'enfant, la foi des premiers hommes.

Le vent n'était pas fort lorsque je suis descendue le long de la falaise. Il vient de l'est, gagne en puissance mais non en agressivité, se met à chanter à mon oreille. Je t'entends, mon ami, j'entends ta chanson ; elle me parle du grand large, d'autres îles que tu as enveloppées de ta voix magnifique et cruelle, de ces hommes que tu transperces jusqu'aux os, ou épargnes, des navires que tu pousses vers leurs destinations. Quand m'apporteras-tu celle que j'attends ?

Enfant. Tu as enfin émergé des limbes. Tu es revenue. J'ai craint pour toi, je peux l'avouer à présent. Mais je ne pouvais pas te transmettre ma peur. Il me fallait te préserver, te permettre de me rejoindre. Nous y sommes presque. Je t'ai vue arpenter les montagnes de mon pays, t'érafler les genoux et les mains en t'agrippant aux rochers de la côte, grimper dans la lande, avec ton bébé dans le ventre ; il remue de moins en moins parce qu'il occupe presque toute la place. C'est beau chez moi, n'est-ce pas ?

Une rafale me gifle méchamment. Le vent ne m'apporte pas que de bonnes nouvelles. Il souffle le récit d'une autre traversée, il murmure les pensées d'une autre personne, qui se rappelle à moi depuis sa terre sans reliefs aux ciels infinis. Tu es donc toujours en vie, ma vieille ennemie, blonde et brave. Tu n'as pas encore rencontré la mort sous les coups d'épée ou dans le poison, dans le poignard caché sous la tunique d'une amante éconduite, d'une servante méprisée, d'un homme qui se serait introduit chez toi pour se venger du tort fait à ses frères. Tu vis, donc, Edda. N'es-tu pas lasse de conquêtes, de batailles ? Sont-ce les Hautes Terres que tu convoites ? Ce fut ton obsession et celle de ta mère, mais je croyais que tu avais fini par dédaigner nos confins. Tu as fait affaire avec tout le monde autour de toi, tu as fait ployer le genou des puissantes, et soumis bien des peuples à ta loi. C'est du moins ce que me raconte mon servant, qui s'intéresse un peu trop à la course du monde pour un servant. Mais je ne le blâme pas. J'apprécie quelques bons potins. Que désires-tu ? Je sens bien qu'il n'est pas seulement question de territoire, de domination. Ton être brûle pour autre chose. Ton cœur noir est-il brisé ? Saigne-t-il enfin, comme celui d'une bonne fille ? Saurais-tu quelque chose de l'amour ? Le vent ce soir me dit que tu en baves, ma grande, ma belle Edda. Il me dit que l'objet de ton amour n'est pas à ta portée, se dérobe à ton désir, à ta volonté, malgré sa dureté toute métallique. «Je veux» ne suffit plus. Pour la première fois de ta vie, un être t'échappe, et cela te rend folle, t'étouffe de pulsions de mort. Que Notre Mère nous garde ! Qu'elle nous garde de ton orgueil blessé, des furies qui hurlent en toi, et t'exhortent à la guerre.

Ω

Ma bonne vieille Edda, tu n'abdiques donc jamais… Sans toi, je restais moisir ici pendant que le Prince Sans Couronne partait rendre visite à son monstre de mère. Ce sont les deux cousins de cette bonne Queenie qui sont arrivés avant-hier et ont raconté que ta flotte s'était installée dans l'estuaire de je ne sais plus quel fleuve, près de la cité royale. Milo a tout de suite pensé que tu venais pour moi. Et Queenie a dit : «Sur l'île de la sibylle elle n'osera pas se rendre. Vous y demanderez le droit d'asile, et vous serez intouchables. Même l'Amazone n'enfreindra pas cette loi.» C'est comme ça qu'ils t'appellent ici : l'Amazone. Alors Milo a eu les chocottes et il a dit : «Fais ton baluchon, tu embarques avec moi», comme si ça lui arrachait la gueule de le dire.

Mais peut-être ne viens-tu même pas pour moi, après tout. Peut-être que ta volonté de conquête est bien plus puissante que ton amour, qui n'a de l'amour que le nom. Si tu me voyais à présent, ma vieille… Tu repartirais vers ton plat pays, je te le garantis. Si je te disais que je ne parviens même plus à m'essuyer après avoir uriné. Cela dit, je ne porte toujours pas de culotte, je sais que tu es sensible à ce détail.

Penser à Edda lui procure un étrange sentiment, mélange d'effroi et de nostalgie ; c'est un peu comme penser à une créature fantastique qui vous a terrorisée dans l'enfance, un monstre de placard que l'on a un matin remisé pour toujours, à qui on dénie la faculté de vous hanter, sans pour autant être sûr que cela n'arrivera plus. Alors on guette encore un peu, on laisse le regard s'attarder sur la porte entrouverte, béant sur le noir, on veille dans une sorte de torpeur anxieuse et extatique.

Le noir était encore habité, le monstre se préparait à surgir, il mettait son pantalon, sa chemise, ses bottes, son armure, empoignait sa grande épée. Milo avait tant joué le rôle du loup, caché sous les tréteaux ou sous une roulotte, dans un fourré, sa voix devenait si rauque, si cruelle que parfois Faith s'enfuyait et ne se montrait pas durant des heures ; quand elle retrouvait Milo, elle lui touchait le visage comme si elle n'était pas sûre que c'était bien lui qui habitait cette enveloppe humaine. Avec l'âge, le jeu la plongeait dans un état d'excitation paroxystique. À la frayeur encore bien réelle venait s'ajouter une tension, une pression quelque part dans son ventre, entre ses cuisses, qui s'unissait à la panique et montait, montait, traversait sa gorge, sa bouche, parvenait au bord de ses paupières, se transformait en larmes brûlantes qu'elle retenait de couler ; quand Milo sortait enfin de sa cache et se ruait sur elle, elle se lâchait et s'épanchait comme une fontaine, riait et pleurait en même temps, pantelante dans ses bras, son cou offert à ses crocs imaginaires. L'image d'Edda vient se mêler à ce souvenir et lui confère un goût pervers et affolant. Edda. Grande garce furibonde. Pauvre louve solitaire. Faith se passe la main sur le front puis la secoue; elle dit bien haut trois fois «Je te chasse», comme elle le fait toujours lorsqu'une pensée la possède avec trop de force. Elle les remise, ses pensées, comme le monstre du placard, elle les enferme dans le noir. Mais au moment de fermer la porte, elle se contente de la laisser contre...

Elle ne se sent pas la bienvenue sur cette barcasse. Milo voudrait la faire transporter jusqu'à la jetée dans une charrette. Je t'en donnerais, moi... une charrette! Ce n'est pas parce qu'elle ressemble à une baleine qu'elle est incapable de marcher. Dans la chambre faiblement éclairée, elle prépare son baluchon, sous la forme d'une grande besace. Il la regarde faire, debout, indécis, agacé.

«Qu'est-ce que tu transbahutes là-dedans? finit-il par demander.

— Des bricoles, t'occupe. Et puis, merde, tu sais bien...»

Faith ne voyage pas léger. Depuis l'enfance, elle a besoin de se sentir entourée d'objets de toutes sortes, de préférence inutiles, mais qui la rassurent, qui ancrent les étapes du voyage dans une réalité concrète, tangible; ces objets, babioles sans valeur, sont convoqués à la nuit tombée, dans la tiédeur du lit, comme des activateurs de mémoire, les dépositaires de souvenirs. Une émotion forte, une lumière particulière, le vol d'un oiseau habite cette pierre ou cet os; une danse ou une rencontre, cette plume; une dispute, une bagarre, ce morceau de plastique ou d'acier ramassé dans une ancienne décharge. Tous ses trésors, comme elle les appelle, avaient été abandonnés dans la forteresse, de même que ses costumes et accessoires de théâtre. Sa détresse de ne pas les retrouver avait été violente. Depuis son réveil, elle s'est constitué un nouveau fond, qu'elle enrichit chaque jour durant ses errances avec Novak. C'est ce précieux capital que contient la besace.

Il a commencé à fouiller le sac, en sort un petit crâne de rongeur, une dent de lynx et une autre qui semble une molaire humaine, un quartz fumé, le morceau d'un objet non identifié en plastique. Ces menus vestiges l'émeuvent soudain, il s'approche d'elle et la prend dans ses bras. Mais elle le repousse et replace les objets dans la besace avec agacement. Il revient à la charge, la désire furieusement soudain.

Ils ne se sont plus aimés depuis cette première et unique fois. Cette réalité l'emplit d'une espèce de rage amoureuse, il voudrait rattraper tout ce temps perdu, tous les baisers, toutes les caresses qui n'ont pas existé et exigent leur incarnation. Il veut oublier un moment ce qui lui dévore la tête et le cœur depuis que Helle lui a parlé, il veut mettre à distance le visage imaginé de la femme qui l'a mis au monde, la perspective de bientôt la confronter. Faith semble céder à son désir, son visage se fraie un chemin dans son cou, soulevant les couches de vêtements avec le bout de son nez, comme un chat ou un chiot. Elle l'embrasse, le respire. Il s'étonne encore du besoin qu'elle a de cette reconnaissance olfactive qui ne l'a pas quittée depuis l'enfance ; tel un animal, elle hume tout ce qu'elle rencontre, humains, bêtes et plantes, avant de statuer sur ce qu'il convient d'en penser ou d'en faire. Sa petite main se glisse sous sa chemise. Ah, c'est cela qu'elle veut : la bague. Elle attrape la chaîne, la fait sortir de sous le tissu. Elle fait pivoter l'objet, l'observe un long moment, l'enfile à son petit doigt boudiné en plongeant son regard dans celui de Milo. « Elle me va bien, hein ?, souffle-t-elle avec un air moqueur mêlé de défi. L'anneau est trop large pour elle, malgré l'espace occupé par la chaîne à laquelle il reste attaché. Faith fait tourner sa main devant ses yeux, l'admire. Puis elle ôte le bijou de son doigt, le repose gravement sur la poitrine de Milo, le recouvre de sa main.

Le désir en lui s'est éteint. Faith lui semble si loin à présent. Elle se tourne sur le côté, en chien de fusil, il emboîte son corps dans le sien. « Raconte-moi une histoire », lui demande-t-elle. Milo se souvient d'un récit glané auprès de Queenie, où il était question d'une île nouvellement immergée, abordée par une jeune fille qui n'en est jamais revenue. Il commence le récit de cette île retournée au fond des mers, emportant sa prisonnière avec elle.

À la fin de l'histoire, ils restent un long moment silencieux et immobiles. Faith prononce son prénom, celui qu'il avait entendu résonner comme le tonnerre sous les murailles du château. Elle le répète plusieurs fois, comme une incantation. Fingal. Les deux syllabes évoquent le vent et l'eau, la première sifflant comme la bise du large dans les rochers de la côte, la seconde semblable au bond d'un saumon dans la rivière. Le mot seul raconte le pays. Délivré par la voix, aimée, familière, si grave et voilée, Milo l'apprivoise enfin, ce mot, et commence à percevoir que les sonorités disent quelque chose qui lui appartient. Il sombre dans une somnolence agréable, le visage enfoui dans sa nuque et la main sur son ventre.

Une chape de chagrin s'est emparée de Faith. Ce nom qu'elle répète comme pour en conjurer la réalité, elle voudrait ne l'avoir jamais entendu, qu'il retourne au néant dont cette vieille moribonde l'a tiré ! Elle décolle son dos du torse de Milo, se retourne face à lui, l'observe dormir. Il semble si paisible. Elle lève la main au-dessus de sa joue ; un violent besoin de lui faire du mal, de le griffer, de lacérer sa peau blanche, là, au creux de la gorge où elle aperçoit le battement régulier de la jugulaire, se substitue à l'envie de le caresser. Elle pourrait la mordre, et boire son sang jusqu'à en être malade. Elle a déjà le goût du liquide visqueux et chaud dans la bouche, elle sait à quoi cela ressemble, elle en a bu, du sang, celui d'un lièvre, à même sa chair poilue et encore palpitante. Elle voulait savoir l'effet que cela faisait ; elle avait dix ans. Elle se recouche et fixe avidement le plafond, comme s'il contenait le remède à l'angoisse qu'elle sent monter depuis les profondeurs de son être, cette angoisse qu'elle reconnaît sans faillir, la même que celle qui l'avait submergée juste avant qu'elle marche vers Milo, bien des années auparavant, et lui propose de se rafraîchir à la grande bassine de fer-blanc remplie d'eau souillée.

Ω

Une partie de ses troupes est cantonnée dans la cité royale, sous le commandement de Sigrid. L'autre moitié fait route vers l'ouest, en contournant l'île par le nord. Edda voyage par la terre, accompagnée d'une escorte de deux cents guerrières. Elle a ordonné le départ juste après les aveux de l'autre dinde. Pourquoi avait-elle tardé autant ? Pourquoi crever de faim dans ses propres excréments au lieu de cracher le morceau sans délai ? Par loyauté envers Helle, dit-elle. Edda n'en croit pas un mot. Ce reptile n'a que faire de droiture, d'honorer la mémoire des morts. Elle craignait la colère du dragon, voilà le motif de son entêtement. Elle l'a obtenue, décuplée à cause du temps perdu. Tant de jours envolés, gaspillés à ne rien faire qu'attendre dans ce château prétentieux et vétuste, encore drapé de la peau nauséabonde du Vieil Homme. Si Morag avait parlé plus tôt, Edda serait déjà sur la côte Ouest, ou même en mer à leur poursuite. Ils sont en route, elle le sent. Mais elle n'a jamais été très bonne à ce jeu ; le don de double vue ne lui a pas été accordé. Jamais elle ne pourrait prétendre à devenir oracle. Et c'est cela, aussi, qui l'avait rendue ivre de jalousie envers Alba.

Le convoi traverse les forêts autour du loch Lomond. Edda ne s'est jamais aventurée au-delà de Stirling. L'Ouest et le Nord lui sont toujours restés inaccessibles, défendus par un peuple fier et rebelle, et par les armées d'Alba ; après le départ de cette dernière, la conquête n'était plus à l'ordre du jour. Edda avait voulu croire que la raison en était que Helle avait réussi à pacifier les relations avec le Danemark au point que l'indépendance des Hautes Terres devînt un acquis qu'il n'était plus question de remettre en cause. Mais alors qu'elle contemple le lac majestueux qui s'étend à sa gauche, bordé de montagnes qui accrochent les nuages, traversées de ce vent d'ici qui semble souffler différemment, un vent fier, puissant, pur, Edda sait bien qu'Alba était la raison principale de sa volonté de régner à sa place sur ces forêts, ces montagnes, ces vents. Une fois qu'elle s'était retirée sur l'île de la sibylle, tout cela avait eu subitement beaucoup moins d'attrait. Ce n'était plus qu'un pays comme un autre, dépossédé de sa sève, de la présence souveraine qui faisait son incomparable séduction, un pays privé de son génie, un pays décapité. Il fallait qu'Edda étende son pouvoir sur une ruche encore habitée de sa reine. Sans Alba, le pays ressemblait à un arbre mort.

À présent, cet arbre est à sa portée. Et il n'est pas dévitalisé, au contraire. Il est vigoureux, tourmenté, violent, d'une beauté rétive qui lui fait parfois monter les larmes aux yeux. Après tout, cet arbre magnifique n'est-il pas le berceau du peuple auquel appartient Faith ? Edda s'aperçoit, en cette journée de printemps, que chacun des gestes, chacune des énigmatiques paroles, et jusqu'aux caprices de cette sauvagesse adorée sont à l'image de ce qui se déploie sous ses yeux.

Elle a dépêché des éclaireuses dans les Highlands du Nord, sur la côte Ouest et jusque dans les îles. Elles traquent, jour et nuit, le moindre signe des fugitifs. Accompagnées de chiens pisteurs, ces femmes, menées par quelques natives de l'île, arpentent les landes et les forêts, questionnent, terrorisent et torturent parfois. Les populations se défendent et ripostent : de petites bandes très mobiles d'une quinzaine d'hommes et de femmes au visage recouvert de peinture, armés d'arcs et de dagues, mènent des attaques nocturnes. Ils entraînent les guerrières trop lourdement harnachées et ignorantes des lieux dans les tourbières et les marais, où elles se perdent, s'enlisent ; les survivantes y sont égorgées.

Le misérable hameau qui abrite peut-être les responsables de la dernière hécatombe est en vue. Les masures semblent vides, cependant des filets de fumée s'échappent de quelques embryons de cheminées. Où sont-ils allés se cacher ? Il semble que les gens d'ici soient capables de disparaître dans des terriers, comme les bêtes. On en trouve dans les endroits les moins hospitaliers, les plus étroits et les plus incongrus. Pas un bruit ne trouble le silence presque mystique qui règne dans la vallée. Edda a un ricanement de mépris à la vue de ces pauvres habitations, de ces traces pathétiques de présence humaine en ces lieux grandioses. Il faudra qu'elle pense à déporter les populations rurales et pauvres et à les rassembler en des endroits plus propices à accepter l'indigence et la médiocrité. Les basses terres de l'Est conviendront fort bien, la Northumbrie fera l'affaire, ou même le centre de l'île, ces plaines insipides où fleurissaient les usines et les métropoles dans le Vieux Monde.

Voilà qu'un croquant surgit d'une grange à moitié en ruine. C'est un mâle d'une dizaine d'années. Deux guerrières fondent sur lui et l'empoignent pour le ramener à Edda. Le garçon la regarde bien dans les yeux avec un air de défi. Edda descend lentement de cheval et le frappe de sa cravache. Quand le gamin se redresse, son visage est traversé sur toute sa hauteur d'une longue et profonde plaie saignante. Edda pose l'éternelle question, où sont-ils tous ? Une fois, deux fois, trois fois, accompagnant le silence obstiné du garçon de nombreux coups de cravache. Le visage en sang n'a plus rien d'humain, on ne distingue dans la chair ravagée que les yeux très clairs, toujours vifs et insolents. Bon, on tentera autre chose. L'arrachage de quelques ongles, d'un morceau de peau, de cheveux le rendra sans doute plus coopérant. Et en effet, non sans avoir résisté au-delà de la moyenne humaine, l'enfant finit par révéler la grotte où est entassé le reste du village.

Elle n'était pas très sûre de ce qu'elle allait décider, mais en les voyant arriver calmement, l'air résolu, en contemplant tous ces dos droits et stupidement fiers, ces belles têtes rudes et butées, elle se dit qu'elle opterait peut-être pour une exécution générale. Peu importe qu'ils soient responsables du massacre de ses femmes ou non. Mais elle pouvait encore changer d'avis. Tout dépendait de la manière dont ces gueux allaient se comporter. Elle pouvait se révéler miséricordieuse, bien plus que sa mère par exemple, qui était la femme le plus cruelle et la plus intraitable qu'elle eût jamais connue. À part Alba. Mais avant le massacre, il fallait interroger, faire preuve d'un minimum de patience, puis torturer, c'était souvent inévitable ; le village comptait pas mal d'enfants très jeunes. On les utiliserait pour faire parler les mères. Cela donne invariablement de bons résultats, et sans doute depuis l'aube des temps. On n'avait toujours pas réussi à endurcir les femmes au point de les laisser sacrifier leur progéniture pour défendre un autre être humain, encore moins une cause. Là encore Alba vint s'inviter dans l'esprit d'Edda. Elle avait réussi cela, elle avait fait preuve de cette monstrueuse liberté.

Ainsi l'Apollon des Jeux, comme on l'appelle dans la forteresse, est né de tes entrailles... Quelle jubilation d'imaginer la tête que tu ferais s'il débarquait dans ta retraite, s'il venait bousculer tes petites habitudes d'ermite, tes certitudes spirituelles, ton orgueil immodéré et ta bonne conscience, car, j'en suis sûre, tu t'es persuadée d'avoir agi selon ton devoir sacré, d'avoir fait la volonté de Notre Mère la Terre en te débarrassant de la chair mâle de ta chair. Alors que la vraie raison de ton crime est ailleurs, et tu le sais comme moi, au fond. Tu te crois si moralement supérieure. Sache que ton rejeton est un saltimbanque. C'est un Fils du Vent, qui ne doit pas faire grand cas du trône, du sang, de l'héritage, ce qui fait parfaitement mon affaire.

Edda prit subitement conscience de ce que les révélations de Morag impliquaient pour elle : la destinée du Gypsy était liée à celle de Faith, ce fait donnait à sa quête des allures autrement exaltantes, cela apaisait son esprit écartelé entre volonté de puissance et obsession amoureuse. Cette chasse à l'homme servait un dessein d'une absolue cohérence : neutraliser l'héritier de son ennemie, le prétendant au trône qu'elle convoitait, et retrouver celle sans laquelle aucune victoire, aucune conquête, aucune couronne n'avait de sens.

Une crainte se fit jour en elle, cependant, en songeant au caractère versatile, capricieux et nonchalant des Gypsies ; et si le jeune homme décidait de ne pas aller rencontrer sa génitrice ? S'il se disait qu'elle n'en vaut pas la peine, que sa vie est devant lui, qu'il n'a nul besoin de se confronter à cette odieuse femelle afin de l'embrasser, cette vie, de l'empoigner à bras-le-corps ? Il aurait mille fois raison. Mais où, alors, irait-il promener son âme de vagabond, et son amour ? Son amour. Edda grimace de douleur à cette pensée. Mais elle ne peut pas nier que le jeune homme qui a si bravement combattu dans ses arènes soit furieusement, désespérément attaché à Faith. Elle est l'amour d'Edda, mais elle est aussi celui de cet homme. Et lui est son amour à elle. Cette vérité l'a traversée comme un éclair, avec une fulgurance qui n'avait d'égale que sa brièveté. L'idée est déjà loin, chassée de son esprit, elle lui dénie à présent toute forme d'existence. C'est quelque chose d'autre qui est venu lui déchirer la tête quelques secondes plus tôt : le manque, le désir frustré, comme toujours. Il n'y a de place pour rien d'autre en Edda.

Que fera-t-elle du Gypsy ? L'idiote de Morag aurait dû le faire disparaître. Décidément cette femme la déstabilise par sa bêtise. Ou était-ce un calcul intéressé dont la reine ne perçoit pas la subtilité ? Edda la revoit, tremblante, voûtée comme une très vieille femme, les yeux hagards dans son visage maladif et osseux, les dents chevalines qui claquent derrière ses lèvres crevassées. Et cette odeur d'urine qui l'escortait malgré le bain préalable à l'entrevue. Après seulement quatre jours de cachot ! Comme certains corps tombent vite en déchéance... Morag était certaine qu'Edda la condamnerait à mort, ou à l'exil, loin de sa progéniture, à son tour vouée à disparaître. Quel intérêt ? Voilà une créature servile toute gagnée à sa cause, qui ne demande qu'à s'amender de lui avoir caché de précieuses informations. Elle connaît le pays, ses habitants, ses coutumes, c'est précieux. Qu'elle vive donc ! Mais il faut qu'elle craigne. La peur est un moteur nécessaire au bon fonctionnement de la plupart des êtres humains ; elle seule leur permet de rester fiables, cohérents, de réfléchir plus utilement. Edda comprend de moins en moins que Helle l'ait gardée comme chambellan. Elle doit posséder des qualités qui lui échappent encore.

Edda en a soudain assez des cris de souffrance, de l'odeur de la peur faite d'urine et d'excréments, des regards de haine, des malédictions silencieuses qui pèsent sur elle et poissent l'air comme une pluie de cendres. Il est évident que personne ici ne sait où sont le Gypsy et Faith. Une heure ou deux de plus en ce lieu nauséabond ne lui en apprendra pas davantage. Mais alors qu'elle est prête à les abandonner vivants pour continuer sa route vers l'ouest, elle aperçoit, qui dépasse d'un seuil derrière une porte entrouverte, des bois de cervidés, des massacres comme en laissent les rebelles assassins auprès des cadavres. Leur signature. Le cerf... qui est aussi l'animal protecteur d'Alba. Une image saisissante hante encore Edda : celle d'Alba debout à la proue de son navire, en cuirasse dorée, les bois majestueux s'élançant de sa tête vers le ciel, semblant la relier au cosmos, son front caché par celui du cervidé qui avait donné sa vie pour elle, ses yeux impossibles luisant comme des pierres précieuses à travers les cavités oculaires de l'animal.

Cette seule vision, bien plus que la preuve matérielle de la culpabilité de ces gens, scelle leur sort : Edda ordonne qu'on enferme tout le monde dans le plus vaste bâtiment et que l'on y boute le feu. Comme chaque fois qu'un village et ses habitants sont détruits, les animaux domestiques et le bétail sont confiés au village le plus proche. Quelques soldates commencent à rassembler les animaux. Un grand chien noir refuse d'être séparé de sa maîtresse, la jeune fille tente de l'éloigner en pleurant. Edda appelle elle-même l'animal, demande à ses femmes de l'attraper, mais le chien montre les crocs et les oblige à reculer. Edda fait signe qu'on lui laisse partager le sort de la jeune fille. Pauvre bête, pense-t-elle, aucun humain n'en ferait autant pour toi. Lasse, elle fait faire une volte à sa monture et tourne le dos aux clameurs et aux flammes naissantes ; elle sait qu'il lui faudra encore tuer, humilier, détruire, afin de se guérir de son impuissance, de son irrémédiable impuissance en ces territoires qui, elle le sent, ne seront jamais pleinement siens.

Elle continuera ainsi jusqu'à la côte, en répandant le sang et la terreur, et attendra ses chasseresses et les troupes régulières dans un port, d'où elle pourra appareiller pour la Grande Mer de l'Ouest. Ses rêves l'emportent vers Faith chaque nuit, mais elle ne peut rien en conclure. Aucune interprétation ne lui est permise, puisqu'elle n'a pas le don. Elle a consulté le miroir de Freyja, en vain. La magicienne qui avait promis de faire revenir la jeune fille était un imposteur, elle n'est plus de ce monde. Enfin, Edda est allée consulter une prophétesse, la plus renommée de son royaume, une aveugle vivant emmurée dans un vieux phare à moitié ensablé, bientôt englouti.

Elle a dit, de sa voix caverneuse, enrouée par les années de silence et d'humidité : « Prends garde, reine, de te perdre en la retrouvant. » Edda avait eu envie de l'envoyer au diable avec ses énigmes, elle ne voulait savoir qu'une seule chose. Elle s'était calmée, car la femme lui inspirait une profonde crainte et beaucoup de respect. « La reverrai-je ? », avait encore demandé la reine, au comble de la fébrilité, la bouche collée à la petite trappe par où on pouvait communiquer avec la recluse. Un silence de crypte avait suivi. Edda tentait de distinguer le visage de la vieille, mais sa vision était troublée par sa propre haleine qui créait une barrière d'air givré devant l'étroit orifice. Il fut impossible d'obtenir un autre mot de cet être presque minéralisé, au bord de l'anéantissement et cependant si puissant par la pensée. Car Edda ne doutait pas un instant de la véracité des dires de la prophétesse. Se perdre... Elle s'était déjà perdue, cette nuit d'hiver, après la naissance du poulain. Elle avait sombré corps et âme. Que pouvait-il encore lui arriver à cause de Faith qu'elle ne consente à vivre pleinement, quel que soit le prix à payer ?

C'est l'heure d'installer le campement. Le lieu choisi, sur une colline surplombant un petit loch, offre un paysage vierge d'humains. Ces territoires en sont la plupart du temps dépourvus et, à ce titre, sont sans doute les plus purs, les plus propres d'Europe de l'Ouest. Aussi dépeuplés d'hommes que les steppes orientales, qu'Edda n'a jamais parcourues autrement qu'en imagination lorsque Faith lui racontait ses errances. Alors qu'elle ôte ses gants, qu'une de ses femmes retire ses bottes pour lui enfiler d'épaisses chausses de mouton, qu'une autre lui graisse et lui masse les mains, elle se laisse dériver vers ces souvenirs bénis, ces heures à écouter la voix inimitable lui conter les jours et les nuits sous le ciel immense, les danses, la musique vibrant jusqu'au cœur de la Terre, qui berçait ensuite ses enfants jusqu'à l'aube.

Durant ces quelques jours Edda avait été convaincue que sa vie était là, simplement là, dans ces espaces infinis, loin du pouvoir, de la guerre et du sang. Faith lui faisait entrevoir une autre Edda, ou plutôt une Edda dont elle avait oublié l'existence, qui dormait depuis longtemps sous les couches de l'armure. L'amour est le maître des métamorphoses et des renaissances. Certes, Edda comprenait cela aujourd'hui. Mais une question la taraudait : qu'est-ce, au fond, que l'amour, sinon un miroir qui nous renvoie notre image transfigurée ? Peut-être l'objet de notre passion n'est-il rien d'autre que notre propre personne ? Peut-être l'être humain, narcisse invétéré, est-il incapable d'autre chose quand il dit aimer ? Cette éventualité, qui se présentait à elle de plus en plus souvent sous la forme d'une vérité, la laissait encore plus amère et vindicative que l'absence de Faith. Alors que la lumière s'éteint doucement derrière la peau tendue de la tente, baignant l'espace de lueurs orangées, la voix de la prophétesse résonne dans la tête d'Edda : « Prends garde. »

Ω

Faith avait disparu dans la nuit qui précédait le départ pour l'Île. Après des jours de quête vaine, la communauté était retournée à ses préoccupations quotidiennes. Seul Novak ne se résolvait pas à accepter l'échec. Il errait dans le village en harcelant tout le monde pour que se prolongent les recherches, mais les membres de la compagnie, et les parents qui les avaient aidés dans toute la région, en avaient assez. La belle saison était revenue, les rares mais précieuses cultures devaient être entretenues, les marchés attendaient les chevaux, les ustensiles de métal et les bijoux, la pêche était à nouveau possible. On avait d'autres chats à fouetter ; l'absence de cette fille étrange qui avait une vénéneuse emprise sur les gens, qui portait son enfant à naître de manière si impudique, sans respecter les interdits de la tradition, ne manquait véritablement qu'aux deux hommes qu'elle avait envoûtés, et à Queenie qui pleurait sa disparition comme si c'était sa propre fille. En réalité, elle terrifiait le village et on commençait à murmurer qu'elle portait la poisse, que sa présence menaçait toute la communauté, surtout depuis que l'on savait que la reine des Amazones ne reculerait devant rien pour la retrouver.

Milo était persuadé qu'elle était partie de son plein gré, c'est ce qu'il dit à Novak. Pour aller où, il n'en savait rien, ne semblait même pas vouloir s'en inquiéter. Une semaine après sa disparition, il embarqua sur le *Sans Peur,* le modeste voilier ventru qui devait l'emmener à l'ouest ; c'était une fin de matinée encore froide et venteuse, un de ces débuts de journées printanières qui ressemblent à l'automne, baignés de lumière morne. Longtemps après que le voilier se fut dissous dans l'horizon, Novak était resté sur la jetée, désespéré, amer. Il venait de perdre les deux êtres qui étaient sa vie. Il se retrouvait avec des gens avec qui il ne partageait pas grand-chose, sur une terre rude et inhospitalière, dont la beauté lui faisait parfois mal, comme une trop vive lumière heurtant des yeux habitués à l'obscurité.

Les jours suivants, la tristesse et l'anxiété usèrent ses nerfs, pourtant solides. Le sentiment de rejet, accompagné de celui d'impuissance, le tenaillait jour et nuit. Il faisait d'affreux rêves sans queue ni tête, où il voyait Faith, immense, marcher dans le ciel, une couronne de fleurs sauvages dans les cheveux ; un rire sardonique accompagnait sa progression. Il voyait Milo dans son petit navire, qui entrait dans une gigantesque bouche. La gorge était une cascade de feu sur laquelle dévalait le voilier, pour se perdre dans les entrailles de l'être mystérieux. Puis Novak retrouvait l'embarcation qui voguait sur une mer d'huile. Une voix s'échappait des profondeurs marines, une belle voix androgyne qui psalmodiait un air très ancien censé éloigner la tempête. Des sirènes hideuses, créatures au visage de brochet pourvues d'yeux qui ressemblaient à des huîtres, s'accrochaient à la coque avec de belles mains de femmes. Il se réveillait épuisé et furieux.

Un matin Mercy, la fille aînée de Queenie, était rentrée d'un séjour chez une tante qui vivait à une vingtaine de kilomètres à l'est. Après le repas, elle s'éloigna du campement et Novak décida de la suivre. Il se demanderait par la suite ce qui l'avait poussé à cela, il n'avait ni affection ni animosité particulière pour la fille. Elle monta au sommet d'une colline sur laquelle se dressait une de ces grandes pierres élevées par les hommes du Très Vieux Monde. Au pied de la pierre, elle creusa un trou profond, sortit de sous ses jupes un baluchon de tissu qui émettait un cliquetis de métal, le dénoua, observa longuement son contenu : il y avait là des bijoux en or, certains sertis de pierres de couleur, qui luisaient faiblement à la lumière de la lune, illuminaient le visage sombre de Mercy. Elle sortit de sa contemplation, déposa son butin dans le trou et le reboucha promptement. Novak n'attendit pas qu'elle se retourne, lui tomba dessus par-derrière, l'empêcha de crier en lui mettant une main sur la bouche. Mercy se débattit comme un chat sauvage, mais il parvint à l'immobiliser en s'asseyant sur elle.

« Tu l'as vendue, hein ? C'est ça ? »

Mercy restait silencieuse, butée. Elle lui cracha au visage, tenta de mordre le poignet qui plaquait au sol sa main gauche. Novak ôta sa main et gifla Mercy, qui se prit la joue et se fendit d'un sourire méprisant.

« C'est Faith qui a voulu partir. Elle m'a demandé de l'aider, de la guider. Vers elle.

— Qui, elle ?

— L'Amazone. »

Novak recula, se prit la tête dans les mains.

« Tu savais où la trouver ? »

Mercy ne répondit pas, soutenant son regard avec défi. Puis elle posa les yeux sur la nuit qui descendait et se mit à arracher des tiges de graminées qu'elle mâchouilla.

« Les bijoux ? demanda Novak, alors qu'il connaissait la réponse.

— L'Amazone m'a donné la rançon. Parce que je la lui ai apportée, sa Fille du Vent, et saine et sauve. »

Novak l'observa un long moment.

« Tu voulais te venger... », lâcha-t-il avec lassitude.

Mercy resta pensive et immobile, elle s'essuya le nez nerveusement, ses yeux papillotèrent, elle se mit à trembler, tenta en vain de se maîtriser ; elle se mit à parler avec un débit trop rapide, en respirant fort et mal, hoquetant presque entre les mots : bien sûr elle avait été tentée de séparer Faith de Milo. Elle en pinçait pour lui, et elle lui plaisait aussi, ça faisait pas de doute. « J'aurais pu l'avoir, dit-elle, la mine farouche. Tu me crois pas ? Oh, oui, que je l'aurais eu, le soir où Faith a dansé et où il était ivre, pour sûr. Quand une femme veut un homme, il peut pas grand-chose contre ça. Personne peut. » Mais finalement elle avait eu peur. Peur de l'amour, du vrai, et puis du corps d'un homme en elle, d'aimer ça et que ça la rende mauvaise, dangereuse, ou bien bête et soumise. Elle avait vu ça tant de fois, c'est l'un ou l'autre, y a pas beaucoup de place entre les deux. Elle n'avait pas besoin d'un homme pour être méchante, avait objecté Novak avec un sourire. Et Mercy avait fait mine de le griffer, mais il avait arrêté sa main. Elle avait gémi en se cachant le visage. « Je voudrais mourir », dit-elle doucement, et Novak la prit dans ses bras en murmurant : « Mais non, tu ne veux pas, mais non », désemparé de ne rien trouver de plus malin à dire. Il savait ce qu'elle risquait si sa famille apprenait ce qu'elle avait fait : aux traîtres on marquait la joue au fer, parfois on les bannissait à vie. Il promit à Mercy de garder son secret.

Il fut ému de sentir les frissons qui parcouraient sa jeune chair virginale. Elle lui faisait penser à Faith, cette méchante enfant perdue, dépassée par des sentiments contraires. À Faith lorsqu'elle avait fait bannir Milo en lui faisant boire l'eau de ses culottes. Soudain il comprit pourquoi elle n'en portait plus, là était sans doute la raison, selon la logique un peu tordue de cette fille superstitieuse.

La petite main de Mercy jouait avec le col de sa chemise, assez innocemment, cette fois, elle qui mettait d'ordinaire dans ses gestes toute l'équivoque dont elle était capable. Il essuya ses joues pleines de larmes, ils se levèrent. Les chats sauvages feulaient dans le lointain, sous la lune pleine et aguicheuse. Novak fut un instant tenté de se laisser aller contre le corps chaud de Mercy, de découvrir sa peau odorante, le goût de ses lèvres très pâles. Il n'avait qu'à imaginer que c'était Faith qui était dans ses bras, Faith mince et svelte, comme lorsqu'il l'avait rencontrée. En s'unissant à Mercy, lui aussi prendrait en quelque sorte sa revanche sur les amants qui l'avaient délaissé, livré à son sort, à la solitude. Mercy sentit son excitation, elle lui prit le visage dans les mains, se hissa sur la pointe des pieds pour atteindre sa bouche et y déposer un baiser. Novak l'enlaça, caressa sa taille fine, le haut de ses fesses musclées. Elle murmura, avec un ton désarmant : « Si tu veux, tu peux être mon premier. » Il la regarda longtemps, alors que défilaient dans sa tête toutes les calamités qui s'abattraient sur lui s'il pénétrait cette fille. Il devrait sans aucun doute l'épouser, car les Gypsies ne rigolent pas avec l'amour. On ne peut le faire chez eux sans s'engager pour la vie, du moins pour une partie de la vie. Et il ne tenait pas à lier son existence à Mercy, ni à ses semblables. Il n'avait rien à faire chez ces gens merveilleux et étranges, il ne les comprendrait jamais vraiment, dût-il vivre sa vie parmi eux. Qu'est-ce que cette enfant avait dans la tête ? Ne pensait-elle donc jamais aux conséquences de ses actes ? Plus une communauté est répressive, plus ses règles de vie et ses coutumes sont liberticides, et plus ses membres agissent sans réfléchir en prenant des risques énormes. C'est là qu'est peut-être la vraie liberté. Ou le pire des esclavages, il ne se décidait pas.

Il repoussa tendrement le corps de Mercy, la recoiffa pour se donner une contenance, lui tendit la main. Elle la prit, et le suivit en sautillant vers le bas de la colline. Il faisait nuit noire. Juste avant d'arriver au campement déjà endormi, elle s'arrêta, le regarda ardemment, posa un doigt sur ses propres lèvres puis sur les siennes. « Jure encore de ne rien dire. Jure sur mes médailles », dit-elle en entrouvrant son corsage et en lui présentant une kyrielle de pendeloques entre ses seins. « Je jure », répondit-il. Et il pensa à la tripotée de colifichets qui attendait la petite traîtresse sous la terre. Le trésor de Mercy. Cela le fit sourire et il s'en voulut aussitôt. Mais il avait oublié sa peur durant une heure. Il avait vécu pour lui-même, pas dans l'ombre de Milo et de Faith, et, malgré le geste terrible de Mercy, il ne pouvait s'empêcher de lui être reconnaissant pour ces instants.

Ω

La mer est grosse, le voilier tangue sur une houle croisée particulièrement désagréable. Milo est recroquevillé dans un recoin du pont avant. Incapable de rester dans la cale, où il est la proie du mal de mer et d'une sensation d'extrême claustrophobie. Le vent se renforce depuis quelques minutes, la capitaine et son second s'activent sur le pont, et c'est un ballet de manœuvres auxquelles Milo ne comprend rien, pas plus qu'aux mots échangés, si ce n'est qu'ils servent sans doute à parer au gros temps qui s'annonce. Le chapelet des Outer Hebrides se rapproche, cette barrière au-delà de laquelle l'espace s'ouvre sur un infini aqueux, qui s'étire jusqu'aux Amériques. Le dernier rempart avant le grand large et ses sortilèges. Ces eaux sont sauvages, imprévisibles, parsemées de rochers qui affleurent à peine et semblent là pour piéger les meilleurs navigateurs et les emmener dans les abysses. Une manœuvre maladroite peut à tout moment vous coûter la vie.

Le paysage tourmenté et le mouvement si singulier, surprenant, à la fois harmonieux et brutal qu'imposent les éléments à son corps en équilibre précaire lui évoquent Faith. Il a presque l'impression que c'est sa volonté qui ordonne aux courants et aux vents de le malmener, de tenter d'empêcher sa traversée vers celle qui s'est imposée entre elle et lui, cette femme, cette mère surgie à seule fin de contrecarrer ses plans. Les plans de Faith, les délires, les aspirations enfouies, les rêves de Faith, qui restent obstinément cachés à Milo, comme ils le sont à elle-même. Faith agit par impulsions, sa vie n'est qu'une fulgurante succession d'élans qui s'enchaînent selon une logique qui lui est propre mais la plupart du temps parfaitement énigmatique. Quel que soit le lieu où elle a décidé de se rendre, la personne qu'elle veut rejoindre, elle ne connaîtra les raisons de son choix qu'une fois qu'elle l'aura posé. Et elle justifiera toutes les folies et les aberrations, s'absoudra entièrement, puisera dans le gouffre des ténèbres des filaments de lumière.

Milo est très calme, aucune trace de colère, de regret ni de dépit en lui. C'est comme s'il s'était attendu que Faith s'évanouisse dans la nuit. Comme s'il avait enfin compris et accepté qu'il passerait sa vie à la perdre et à la retrouver, pour la perdre de nouveau, et la retrouver encore, et ainsi jusqu'à ce que la mort le prenne, ou la prenne. Mais il ne peut se représenter la mort de Faith, ce sont deux réalités incompatibles. La mort ne peut accepter Faith, elle lui resterait en travers de la gorge, et, prise de nausée, elle la vomirait. Cette image lui arrache un sourire. En contemplant les îles qui se dessinent au loin, Milo pense aux grands corps de créatures antédiluviennes allongés sur la mer, des corps féminins couchés sur le dos, offrant leurs ventres pleins et leurs seins au ciel et aux oiseaux.

Et de nouveau l'image fait surgir les formes de Faith, et ce mont insolite, étranger, jaloux, qui l'avait tenu à distance, sauf l'unique fois où ils se sont aimés.

La capitaine vient lui annoncer que l'on approche du détroit de Harris, et que le passage sera un peu secoué. Milo se lève, alors que des paquets de mer frappent déjà le bateau par le travers et le font dangereusement gîter, mais il veut en être, ne rien rater de ce tour de force que représente la navigation dans ce détroit périlleux, hérissé de récifs traîtres entre lesquels s'engouffrent des courants furieux. Il se tient fermement au bastingage, tente de ne pas se crisper et de laisser son corps épouser les mouvements du navire, comme le lui a enjoint Novak juste avant de le quitter. Il revoit la très longue silhouette inquiète, le bras éperdument levé en signe d'au revoir, Milo a détourné les yeux assez rapidement car il aurait été tenté de faire marche arrière et de lui enjoindre de monter à bord. Il ne s'explique pas très bien son refus d'emmener Novak. Il a simplement le sentiment très clair de devoir faire ce voyage seul. Il n'avait pas souhaité la présence de Faith, elle ne s'était imposée que parce que Edda était à ses trousses. Les îles Hébrides défilent des deux côtés du navire, amples et nues, offrant un sentiment paradoxal d'hospitalité et d'hostilité. On lui avait souvent décrit l'île de la sibylle, plusieurs récits s'entrechoquaient sans lui proposer de tableau cohérent. Tantôt se dessinait une dent pointue surgissant de l'eau, tantôt un volcan, abritant en son centre un abyssal cratère. Il existait des évocations encore plus fantastiques, prétendant que l'île se déplaçait avec les saisons, ou les marées et les mouvements de la lune, il ne savait plus très bien. Il offrit son visage aux rafales gorgées de sel et ferma les yeux. Quels mots allait-il dire à cette femme ?

*

« … Splendide, radieuse, au sein des grandes mers,
Tu surgiras, jetant sur le vaste Univers
L'amour infini, dans un infini sourire !
Le monde frémira comme une immense lyre
Dans le frémissement d'un immense baiser
Le monde a soif d'amour : tu viendras l'apaiser. »

Edda referme le livre, Faith s'est endormie avant la fin du poème, le visage sur son ventre. Elle lui était apparue à l'aube, debout contre le mât de la minable embarcation qui l'avait amenée à Oban ; Edda avait installé ses quartiers dans une ancienne distillerie, en attendant le moment d'appareiller. La jeune Gypsy qui l'accompagnait avait sauté à terre comme un petit singe, elle avait amarré le bateau avec des gestes sûrs, puis était venue chercher Faith et lui avait tendu la main pour l'aider à descendre à terre. Aérienne et débordante de chair laiteuse, d'une gaucherie pleine de grâce humble et étrangement chaste, Faith s'était avancée, enveloppée de la tête aux genoux dans un grand châle foncé, sa silhouette de jeune déesse de la Fertilité tanguant contre le ciel saturé d'or. Edda avait dû s'accrocher de toutes ses forces à la crinière de son cheval, serrer les cuisses contre ses flancs pour ne pas tomber. Un vertige l'avait saisie, semblable à une chute en rêve. Elle était descendue de sa monture et avait enlacé la jeune fille, luttant contre les spasmes qui lui ébranlaient les entrailles et allaient bientôt se transformer en sanglots. Seule une plainte ténue sortit de sa gorge pour aller se perdre dans la nuque de Faith. Personne d'autre qu'elle n'avait pu l'entendre. « Tu m'es revenue, dit-elle dans un murmure. Que notre Mère soit bénie et remerciée. – Oui, oui, mais n'oublie pas Mercy, sans elle je serais encore à patauger dans les tourbières », avait lâché Faith en se dégageant un peu de l'étreinte véhémente, qui lui faisait mal au ventre. Edda avait tendu le bras et une de ses servantes y avait déposé le sac de bijoux qu'elle donna à Mercy. La gamine n'avait accepté ni le gîte ni le couvert, et avait repris la mer aussitôt.

Edda se lève et va se servir un verre de vin. Faith entrouvre un œil. Elle aimerait être seule mais, depuis ce matin qui lui semble très lointain, Edda ne la quitte plus. La reine a décidé d'occuper un château décrépit et lugubre sur l'île déserte de Rum. Terrifiée à la perspective que Milo vienne lui voler Faith une fois encore, ou qu'elle file sur un coup de tête, Edda a truffé le château de gardes, elle fait suivre Faith lors du moindre déplacement intérieur, et dans les immédiats alentours du château, qu'elle la supplie de ne pas quitter. Mais Faith n'a cure de ses jérémiades ni de ses craintes, elle part pour de grandes chevauchées, malgré l'approche imminente de l'accouchement. Sa fille doit apprendre à aimer être à cheval, et elles ont toutes deux besoin d'air. Après seulement deux semaines, elle étouffe dans la demeure aux innombrables salles presque vides, aux plafonds trop hauts. Le pays regorge de ces bâtisses démesurées, humides et obscures. Comment peut-on désirer vivre dans des foyers si inhospitaliers ? Elle pense souvent que c'est en un lieu semblable qu'est né Milo ; le château d'Édimbourg était sa maison, son héritage, son avenir... L'est-ce encore ? Ici règne Edda, toute-puissante et imprévisible, Edda qui, face à une cour d'abord très clairement hostile à son pouvoir, a instauré un régime de terreur implacable : la moindre phrase un peu critique, une question qui pourrait sembler séditieuse, un regard supposé ironique est punissable d'emprisonnement ou de mort. Dans la cité royale, les cadavres s'amoncellent dans des charniers et attendent d'être immolés en un immense brasier, pour faire un exemple que la population ne sera pas près d'oublier.

Morag, méconnaissable depuis son séjour dans les cachots, longe les murs et parle à voix basse. Elle a été nommée goûteuse en chef des plats destinés à la reine et, en tant que telle, elle dirige cruellement le petit monde des cuisines, ainsi que les deux hommes sous ses ordres directs, goûteurs pour les convives d'Edda. Faith refuse catégoriquement que la nourriture qui lui est destinée soit ingérée par quiconque à part elle, et c'est un spectacle comique de voir la face d'Edda se contorsionner de crainte chaque fois que Faith avale sa première bouchée.

Edda a dépouillé l'endroit de tout ce qui évoque les souveraines qui y ont vécu, en particulier Alba des Hautes Terres, qui éveille chez elle un curieux mélange de haine forcenée et de complicité sororale. Il arrive qu'Edda s'adresse à Alba, à voix haute, à des moments particulièrement inopportuns et devant une compagnie gênée, ou alors cela a lieu le soir, dans l'intimité de l'alcôve. Le jour où elle fit détruire ou disparaître toutes les représentations de cervidés fut d'une solennité sinistre ; on aurait dit des funérailles. Parfois, il semble à Faith apercevoir dans les recoins ténébreux ou au détour d'un corridor l'ombre de la femme-arbre couronnée des grands bois de cerfs. Elle la voit en rêve, qui glisse dans la pénombre, ses bras-branches et ses jambes-racines s'étendent, reprennent possession des lieux, des meubles, des murs et des gens, les recouvrent entièrement, les incorporent au bois et au feuillage, pour les faire disparaître à jamais. Et cela est une bonne chose, pense Faith au réveil. Parfois elle a la sensation que la femme-arbre tente de lui parler, elle articule, mais aucun mot ne lui parvient.

D'ici à quelques jours, un nouveau contingent de guerrières débarquera dans la cité royale, et viendra augmenter l'armée déjà colossale d'Edda. Elle parle de faire construire les plus grandes arènes du monde. Ses chasseuses d'esclaves sont occupées à écumer le pays afin de fournir les spectacles à venir. Le délire paranoïaque et mégalomaniaque d'Edda ne semble jamais devoir finir, et cela glace les sangs de Faith certains jours, lorsqu'elle se retrouve seule sur sa monture, loin de la voix d'Edda, de ses attentions, de ses regards d'adulation, de ses présents somptueux. Le dernier était un peu trop original, sans doute : il s'agissait de gants de peau humaine (celle d'un mâle criminel, avait juré Edda) brodés de fils d'or et de pierreries. Faith les avait essayés ; c'était doux et infiniment léger, si fragile et précieux, rutilant et triste à mourir.

Voici que la vieille louve quitte enfin la chambre. Faith l'entend donner des ordres aux deux femmes qui gardent la porte. Elle se redresse, s'appuie contre deux gros oreillers, caresse son ventre. Elle a hâte de mettre son enfant au monde, de la rencontrer, mais aussi de se retrouver seule dans sa chair. Ce n'est pas toujours facile de devoir partager son corps ; et Faith se sent à l'étroit dans son enveloppe charnelle pourtant distendue, dans sa carcasse osseuse qui semble s'être élargie elle aussi. La structure de ses hanches, de son thorax a changé, même les os de ses pieds se sont déplacés, pour accueillir la chair en surabondance. Elle avait désiré que sa fille naisse dans le luxe et la gloire, dans un lieu qui avait abrité Milo, Milo qui l'avait désertée pour courir après un dangereux mirage, Milo qui avait choisi une autre femme. Mais cet endroit n'a sans doute rien à voir avec le château royal, il pue la mort et la folie, et c'est cela qu'elle va offrir à sa fille. Des pas s'approchent. Ce sont ceux d'Edda qui revient déjà ; elle ouvre la porte, jette un œil à Faith et son visage s'illumine d'un sourire radieux, où Faith ne peut s'empêcher de voir une forme de bonté, du moins de tendresse. C'est ce sourire qu'elle voulait revoir en quittant le village cette nuit-là. Ce sourire qui efface bien des choses, parvient encore à balayer le dépit, et cette amorce de remords qui la grignote incontestablement, ce sourire qui lui rend, plus vrais que jamais, l'odeur du poulain nouveau-né et le goût de la neige sur ses lèvres. Serait-ce déjà le goût de la jeunesse enfouie ?

Edda s'assied sur le lit, la couve d'un regard brillant. Elle veut voir Faith remonter sur scène, dit-elle. Elle veut revoir Desdémone, et découvrir Antigone, et toutes ces femmes qu'elle ne connaît pas encore.

Elle désire, elle ordonne que Faith soit toutes ces femmes pour elle, et pour leur plus grande gloire à toutes deux, pour celle du royaume, cet immense royaume sur lequel Edda étend à présent ses ailes prédatrices. Edda a commandé une pièce à une dramaturge réputée, qui avait eu du succès à la fin du règne d'Alba. Elle compose en ce moment même un rôle extraordinaire pour Faith, le rôle de sa vie, dit Edda avec un air pénétré qui provoque un ricanement de Faith. « Ne ris pas, petite insolente, tu n'as aucune idée de ce que cela va être. Une très grande œuvre, où tu resplendiras comme jamais. » Faith arbore en permanence un air un peu blasé, car c'est un des meilleurs moyens de garder la main sur Edda. Mais au fond d'elle cela bouillonne, les feux s'allument un peu partout dans sa tête et ses membres, dans son ventre et sa poitrine, elle retrouve, débordante de joie et de désir, cette onde de choc qui la possédait avant d'entrer en scène, avant de s'offrir tout entière à son public, ce public qui l'avait aimée et fait jouir mieux que n'importe quel être humain. « Quand ? », demande-t-elle négligemment, comme si cela avait peu d'importance. « Patience, répond Edda en lui caressant les cheveux, Rome ne s'est pas faite en un jour. »

Edda est inquiète. Il lui reste encore du chemin à parcourir avant de pouvoir enfin se reposer, festoyer et savourer la vie aux côtés de Faith. Quoi qu'elle prétende, son pouvoir est vacillant, les rebelles sont de plus en plus actifs partout dans le royaume, surtout à l'ouest. Les îles occidentales lui restent inaccessibles, chaque tentative d'y établir des garnisons s'est avérée un échec. Et elle sait que tant que les terres du

Nord-Ouest ne seront pas conquises entièrement, elle ne pourra jamais prétendre régner sur ce satané pays. Autre chose la tracasse : le Gypsy doit être en route pour la retraite d'Alba. Il est le fils de sa mère, si la vieille Helle n'a pas pris des vessies pour des lanternes. Mais non, la régente a vu juste, Edda en est certaine, elle ne saurait dire pourquoi. La ressemblance physique est indubitable, mais qui dit que le caractère du Gypsy ne tient pas aussi de celui de sa génitrice ? Jamais avant ce jour Edda ne l'avait envisagé comme une menace, mais le savoir bientôt sous l'emprise de cette sorcière d'Alba lui donne froid dans le dos ; le vent transporte partout la rumeur du prince légitime aperçu dans la cité royale, revenu du Royaume des Ombres pour libérer le pays de l'usurpatrice. Et enfin, et peut-être est-ce la raison la plus odieuse à Edda, cet homme occupe une place indétrônable dans le cœur de Faith, malgré tout ce que celle-ci peut invoquer pour réfuter cette évidence. Bien sûr elle l'a quitté pour Edda, et cela devrait suffire à satisfaire la reine. Mais cela ne suffit pas. Edda n'est pas près d'oublier l'attitude du jeune homme, calme et obstiné au milieu de la tempête de neige qui se levait sur les arènes, tendant une main impérieuse vers Faith qui venait à lui comme un automate. S'il désire reprendre Faith à Edda, il la lui reprendra. Il faut qu'il périsse. Elle ira le traquer sur l'île de la sibylle. L'île sacrée, la retraite d'Alba... Edda ne veut pas penser à la perspective de se trouver si près de sa vieille ennemie. Paradoxalement, il lui semble avoir vécu pour ce moment.

Faith s'est rendormie, de sa bouche entrouverte goutte un filet de bave. Edda s'approche, le recueille avec sa langue. Faith réagit dans son sommeil par un comique mouvement de lèvres semblable à celui d'une vieille édentée qui tente de mâcher de la viande. Puis elle se tourne sur le côté en bougonnant, offrant son dos à Edda. L'accouchement est pour très bientôt, une semaine au plus. Edda devra quitter Faith, la laisser ici, sur Rum, la seule des Hébrides qui tolère leur présence, tout simplement parce qu'elle est inhabitée. Elles logent dans ce qui reste de l'antique château du Vieux Monde, qui est toujours la propriété de Ciaran MacCrane, le cousin d'Alba et seigneur des Hébrides. Edda s'étonne chaque jour qu'il ne vienne pas tenter de les en chasser. Mais le vieux barbon attend sans doute son heure. Et il ne doit pas être impatient de retrouver cette affreuse baraque. C'est un lieu inquiétant, où l'on se sent en permanence espionné par les montagnes sombres qui se dressent comme des sentinelles tendues de colère froide, dans un ciel brouillé en permanence. Les domestiques prétendent qu'ici le soleil ne brille jamais. Il ne vit peut-être personne sur cette maudite île, mais les éléments du paysage vous donnent un sentiment de mal-être et d'insécurité plus vif que ne le feraient des humains révoltés.

Edda caresse une dernière fois l'épaule de Faith, avant d'aller donner ses ordres pour un départ imminent. Qui se chargera de veiller sur sa bien-aimée, de l'empêcher de fuir si l'envie lui en prenait ? Qui pour parer à un rapt ? Perpétré par l'un de ses semblables, un de ceux qui l'ont hébergée, un Bohémien à la solde du Gypsy ? Cette stupide Morag qui prétendait que les Gypsies avaient disparu des Hautes Terres... Ils y vivent nombreux, en réalité, discrets, cachés, furtifs, travestis peut-être aussi, mais nombreux et dangereux. Edda le sent, ils sont une force encore neutre qui pourrait se liguer contre elle, venant grossir le flot de tous ses opposants. Edda observe le dos en chair de Faith, respire sa chevelure, rendue plus épaisse et plus soyeuse par la grossesse. Et si la naissance se passait mal ? Edda ne doit pas y penser. Capturer et tuer le Gypsy doit être sa priorité. Jamais Faith ne devra apprendre ce qui lui est arrivé. Edda racontera une histoire de naufrage, lui dira qu'elle a retrouvé son embarcation broyée quelque part et on n'en parlera plus. Le chagrin de Faith sera immense, mais son bébé sera là pour la consoler. Le temps, les plaisirs, le luxe, la gloire, la scène feront le reste.

Ω

Je t'ai perdue, enfant, où es-tu ? Ma voix intérieure ne porte plus jusqu'à toi. Durant ton sommeil, tu m'entendais, mais cette perméabilité aux fréquences basses, aux ondes souterraines, s'est évanouie. Je ne vois plus ton visage, mais je vois celui d'Edda ; je vois ses guerrières conquérir et terroriser le pays, le blason des Amazones flotter férocement au vent d'est, j'entends le martèlement des bottes faire fuir bêtes et gens. Et mon cœur saigne. Je pensais être devenue à peu près imperméable à ce qui advenait de mon ancien royaume. Je m'aperçois qu'il n'en est rien. Helle doit être morte, sinon ceci ne serait pas advenu. Morte, mon Helle, ma sombre Valkyrie ? Elle semblait bâtie pour durer cent ans, le temps n'avait aucune prise sur ses traits, sur son corps, mais rendait son esprit chaque jour plus acéré, plus sage. Repose-t-elle dans la crypte des Reines, comme je l'avais souhaité ?

Edda vient d'appareiller pour l'ouest. Elle ne s'arrêtera pas aux Outer Hebrides cette fois, mais poussera ses voiles plus avant dans la Grande Mer. Peut-être vient-elle enfin chercher vengeance pour la mort de sa mère. Le temps est venu de donner libre cours à sa haine, faite aussi de jalousie et de frustrations accumulées depuis tant d'années ; elle croit peut-être que m'affronter la lavera enfin de son sentiment d'imposture et d'impuissance. Car chaque arbre, chaque pierre, chaque visage de ce pays lui rappelle qui je suis, qui je fus, et tout ce qu'elle n'est pas. Je m'attends à cette confrontation depuis longtemps. Edda n'a pas le droit de fouler le sol de mon île, pas plus que n'importe quelle femme qui n'est pas animée du désir de pénétrer le mystère de sa propre existence, ou de vérités plus larges. Et cependant elle accostera, malgré la légende qui dit que les indésirables sont changées en pierre, une fois posé leur pied sacrilège sur le sol sacré.

Où es-tu à présent, ma fille ? C'est ainsi que je t'appelle, toi qui es la fille d'une autre, alors que je suis la mère d'un autre. Je le vois très souvent ces dernières nuits, ce fils, toujours à l'entrée de la grotte, sa silhouette nettement découpée contre l'horizon, qui s'avance vers moi ; il a deux ans, vingt ans, il est vieux, et je m'éveille en larmes.

Longtemps j'ai donné à mon geste infanticide toutes les justifications possibles, si odieuses, dérisoires fussent-elles. La volonté de régner, la jalousie que m'inspirait cet enfant merveilleux adulé de tous, le respect du Pacte sacré et autres balivernes... Mais à présent je sais ceci : en commettant un tel crime, une femme aspire à reprendre possession d'elle-même, elle espère, dans les limbes les plus noirs de son inconscient, redevenir celle qu'elle était avant d'être mère, la créature neuve, vierge, sans attache, dont l'existence ne dépend d'aucune autre, dont aucune existence ne dépend, la femme souveraine, jeune et libre. Pour nous autres, femmes, tuer ce que nous avons de plus cher est l'acte d'affranchissement par excellence, celui qui nous rend à nous-mêmes, même si, aussitôt commis, il nous voue au tourment éternel. C'est le sens ultime, inavouable de mon acte, de tous les actes semblables perpétrés depuis la nuit des temps. J'ai voulu mon fils mort alors que je l'aimais plus violemment que jamais. Ma résolution n'avait d'égale que le caractère démesuré de ma passion, qui m'enchaînait, me dépossédait de moi-même. C'est la vérité nue et irrémissible.

Le sentiment de solitude qui m'étreint certains jours est terrassant, je comprends maintenant les femmes qui m'ont précédées ici, celles qui n'ont pas supporté, proies d'une angoisse sans remède, sombrant lentement dans une espèce de folie, ou de dédoublement de personnalité. J'entends à présent leurs plaintes, leurs monologues schizophrènes, j'entrevois le chemin très mince et dangereux qui sépare la santé mentale de l'insanité, ou de la sénilité. La présence lumineuse d'Ewan ne parvient plus à me réconforter, à me donner confiance en mes capacités à rester du bon côté de cette frontière. L'abîme qui s'ouvre par-delà me tend les bras. Il m'arrive de me demander si mes visions te concernant sont fiables, enfant, si toutes mes visions le sont, si toute mon existence a une quelconque réalité, en dehors du meurtre de Fingal. Existes-tu seulement, ou n'es-tu qu'un mirage, un beau songe destiné à me garder en espoir, et en vie, bercée par une douce démence ? Et si rien de ce que je représente, de ce que je crois être n'avait le moindre sens ? Peut-être est-ce un rêve, le rêve d'une humanité sidérée face au non-sens de l'univers et de la vie, face à sa propre indignité, à son incurable aptitude à la destruction. L'abîme est si proche, parfois.

Mais je veux croire encore que tu arriveras. Le souvenir de tes traits, de ton âme puissante m'accompagne et repousse la nuit.

Ω

L'île se profile, derrière un voile de brume. Ce n'est d'abord qu'un monticule sombre et compact. Au fur et à mesure que l'on s'en approche, cela prend la forme d'une tête de cétacé, sorte de baleine à bosse minéralisée, dont le front hypertrophié surmonte une gueule démesurée aux fanions noirs comme l'onyx; c'est ce qu'évoque cette ceinture de colonnes de lave solide qui entoure l'île. La masse ténébreuse semble un mirage. À présent qu'il en est si proche, il craint qu'elle disparaisse, engloutie par l'océan jaloux, ou brusquement déplacée dans un autre espace-temps. La ceinture de falaises s'interrompt, un gouffre plus noir encore s'ouvre vers l'intérieur de l'île; ce doit être la grotte des Oracles. Le bateau frôle l'entrée, et à cet endroit l'eau s'agite soudainement; Milo a l'impression qu'elle cherche à entraîner le voilier vers l'intérieur de la grotte, où il irait sans aucun doute se fracasser sur les récifs que l'on devine aux alentours. Mais la capitaine manœuvre pour remonter vers le nord-est, où se trouve une étroite jetée naturelle.

Milo doit amarrer le voilier lui-même, car l'équipage refuse de poser le pied sur l'île. Mara saute à terre la première, et après une infime seconde d'hésitation, il la suit, enroule la corde autour d'une grande pierre où est attachée une corne de brume. Il se retourne vers le pont désert. L'effroi s'est emparé de la capitaine et du second, qui se sont terrés dans la cale. Il entend leurs prières. Le soir tombe déjà ici, alors que la face ouest de l'île est encore baignée de lumière. Milo s'empare de la corne de brume, prend une inspiration, son regard erre au loin, cherchant quelque chose qui serait susceptible de lui donner le courage nécessaire. Mais rien de réconfortant ne s'offre à son regard, rien ici n'est conçu pour l'homme et ses médiocres tourments. Mara a senti son appréhension, elle pousse la tête sous sa main, et ce contact le décide à souffler dans le grand oliphant. Le son très grave lui évoque les naufrages, les vastes distances impossibles à combler, le silence. Le silence des lieux oubliés. Aucun signe de vie humaine après plusieurs minutes. Seuls les oiseaux marins manifestent leur présence outragée. Une onde glacée lui parcourt l'échine. L'obscurité s'impose chaque seconde davantage à présent. Mara a su avant lui qu'il n'attendrait pas que quelqu'un se montre pour grimper le sentier qui longe la falaise ; elle le précède déjà et se retourne régulièrement pour s'assurer qu'il progresse sans encombre, sur la piste étroite et traîtresse. Après quelques minutes, un souffle de vent leur apporte les accents d'une voix humaine. Le chien et l'homme s'immobilisent et lèvent la tête, aperçoivent une lueur qui se déplace de long en large au sommet, quelque deux cents mètres au-dessus d'eux.

*

« On arrive avec la lumière ! Attendez ! »

Mais l'homme continue de monter, derrière le grand chien qui l'attend et l'encourage. Ne comprend-il pas ? Alba lui crie encore une fois de rester où il est, de ne plus bouger s'il ne veut pas finir en charpie. Que fabrique ce lambin d'Ewan ? Devra-t-elle y aller elle-même ? Elle craint de descendre de nuit depuis quelque temps, car sa vision se trouble de plus en plus souvent, et elle perd l'équilibre. Elle n'est plus capable de distinguer le visage de quelqu'un à cette distance et dans le crépuscule, mais elle sait que c'est un homme. À son allure bravache, trop rapide compte tenu du risque de chute. À ses mouvements trop assurés pour ne pas révéler la peur qui le tient bien légitimement. La jeune fille doit être restée sur le bateau. Elle ne pourra pas accéder au sommet dans son état. Voici enfin Ewan avec sa lumière. Il va à la rencontre de l'inconnu et du chien, et après quelques minutes ils atteignent le sommet de la falaise. Elle laisse Ewan la dépasser, puis se plante devant l'homme et l'animal essoufflés, leur barrant le passage. Le chien lui montre les crocs en grondant, la fait reculer afin que son maître soit hors de danger loin du précipice. Un lévrier irlandais. Elle en a connu quelques-uns. Le souvenir de son préféré la visite, Marcus, un vieux mâle mort au combat en tentant de la protéger. L'homme s'avance vers elle, vient se planter dans la lumière de la lanterne qu'elle tient à hauteur de son visage, à quelques centimètres du sien. Une douleur explose dans son crâne. Puis le noir absolu, comme un éclair, et la lumière de nouveau. Le visage de l'homme est toujours là, à présent anonyme, inoffensif.

« Comment va-t-elle ? », demande-t-elle.

Milo cherche le regard de la grande femme qui l'apostrophe sans aménité, mais son visage est partiellement recouvert de ses cheveux, chassés par le vent. Il n'a pas compris ce qu'elle lui demande. Le ton était tranchant, agressif. Elle semble agacée, déçue, impatiente. Elle repose sa question à laquelle il ne répond toujours pas. Mais de qui parle-t-elle ? Son visage est à présent dégagé. Milo prend le temps de l'observer : très grande, un peu plus que lui, d'un teint blême et lunaire, sa carnation est légèrement bleutée, comme éclairée de l'intérieur ; elle possède deux yeux exactement semblables aux siens. Il croit se trouver devant un miroir et cela le trouble désagréablement. Ses cheveux ébouriffés où se mêle un peu d'argent dans le cuivre forment un halo saisissant autour de son visage. Elle porte une longue tunique d'une couleur indéfinie et changeante. Son odeur le trouble. Il croit la reconnaître, cette odeur. Il vacille, elle pose sa main sur son bras, mais le contact le hérisse, et il se redresse vivement, se dégage ; ils marchent jusqu'à la maisonnette, dont la porte est grande ouverte sur un intérieur baigné de la lumière d'un feu. La femme l'observe du coin de son œil pénétrant, acéré, à la fois très présent et infiniment lointain, et il sait que c'est elle. Mais lorsqu'elle se recule pour l'inviter à franchir le seuil, il n'est plus sûr. Ce n'était sans doute qu'un tour de sa mémoire, un des effets pervers de cette garce qui nous peint des illusions à partir du sang de nos blessures et de nos fantasmes de guérison.

Devant l'âtre, le jeune adolescent est occupé à préparer un breuvage herbacé. Il en offre une tasse à Milo et lui indique une banquette contre le mur, recouverte de peau de mouton. Milo s'assied, de nouveau une bouffée d'elle le prend par surprise ; l'effluve s'échappe de la banquette qui doit être le lit de cette femme. Il boit à petites gorgées le liquide chaud et aromatique. Et elle se remet à poser des questions, de sa voix sans chaleur, sans appel. Où est-elle ? Et le bébé, est-il né ? Elle l'attend depuis si longtemps, la voit en songe depuis des mois... Sera-t-il possible de la faire monter par le sentier ? Avec lui et Ewan, cela devrait aller. Et enfin Milo saisit : c'est de Faith qu'elle parle. C'est elle qu'elle attend depuis des mois. C'est elle qu'elle rencontre en songe. Lui, elle ne le voit même pas. Elle ne lui a même pas demandé son nom. Il déclare que Faith l'a quitté, elle a changé d'avis, parce qu'elle est comme ça, Faith, une fille fantasque, pas fiable, et non, il ne sait pas où elle est ; la ramener ? Mais pourquoi ? Pourquoi devrait-elle être ici ?

Alba comprend qu'il ne sait rien. La jeune fille ne lui a jamais rien confié de ses visions pendant son coma. Peut-être ne s'en rappelait-elle pas au réveil... Faith. C'est son nom. Alba le prononce mentalement plusieurs fois, pendant que l'homme continue à lui raconter des choses qu'elle écoute distraitement. Faith, capricieuse, versatile, un peu folle. Une chose est certaine : l'homme est fou de cette fille. Alba contemple le cœur de l'étranger à nu, palpitant derrière ses côtes, son cœur malade et vivant, dont chaque battement porte en lui un peu de la vie de Faith. Elle l'observe pour la première fois attentivement. Candide encore, et déjà revenu de tout. Ancré, physiquement accompli, et cependant pas encore totalement présent en lui-même. Il manque à ce jeune homme une pleine mesure d'incarnation. Il avance sur une corde raide, déploie une énergie folle à maintenir un équilibre sans cesse prêt à se rompre. Bon. Que veut-il ? Qu'est-il venu chercher auprès d'elle ? Il plonge ses yeux dans les siens, semble y chercher la réponse. Ne sait-il pas qu'il n'a rien à attendre d'elle ? Seule une femme a le privilège de consulter l'oracle et de pénétrer dans la grotte. Et de toute façon, rien n'affleure, aucune vision, aucune intuition. Il lui est absolument imperméable. Il ne lui inspire qu'indifférence, sa présence même l'exaspère et augmente le vide creusé par l'absence de Faith. Il s'est levé, se tient debout devant le seuil, tourné vers la mer.

« Je suis désolée... J'attendais Faith », dit-elle sur un ton de reproche.

Il ne bouge pas, ne répond rien. Elle aimerait lui enjoindre de s'en aller mais une once de curiosité la retient encore.

« Pourquoi es-tu ici ? », demande-t-elle encore, sans amabilité.

Milo se retourne, la dévisage attentivement.

« Je ne sais pas, qu'espère-t-on en venant ici ? »

Il la regarde avec ironie, soupire, détourne les yeux.

« Je ne sais pas ce que je suis venu chercher, dit Milo avec détachement. Rien, probablement. Une chimère. »

Il fait deux pas à l'intérieur de la maison, s'assied près du feu et dit :

« Je m'appelle Milo Gray, de la tribu des Britannia. »

Alba lève des yeux ardents vers lui et demande :

« Faith aussi est de cette tribu ?

— Oui.

— Je me souviens d'eux... Ce sont de belles personnes. »

Elle a parlé avec des trémolos dans la voix, sur un ton affecté, complaisant, tendrement chevrotant, qui donne à Milo l'envie de lui faire du mal, de tordre ce visage énigmatique et froid, de voir dans ces yeux implacables la peur et la souffrance. Un incoercible élan de violence froide le submerge, mais elle ne voit rien, elle ne sent rien, trop occupée qu'elle est de Faith et des belles personnes de son espèce. Le servant est sorti. Ils ne sont plus qu'eux deux. La femme s'approche de l'âtre, où le feu se meurt ; elle le charge de deux mottes de tourbe, trifouille dans les braises, jusqu'à ce que les flammes renaissent. Elle s'est accroupie sur les talons, avec une souplesse inattendue. Ses genoux cagneux semblent trop éloignés de son buste et pointent agressivement sous le tissu râpé de la tunique. Ses mains osseuses ressemblent à des araignées élégantes et voraces. Elle s'absorbe dans les flammes en chantonnant une mélopée sans paroles. Ce serait si simple. Il pourrait l'étrangler. Ou la frapper avec ce cruchon de grès, ou cette bassinoire qui pend au mur. Plus simplement : la poignarder ou l'égorger de sa dague. S'il était le fils de cette femme, il prendrait sa vie, sans aucun doute, parce que ce serait la seule chose à faire, le seul acte qui aurait sinon un sens, du moins la capacité de colmater la fissure, de mettre fin à l'attente, à l'espoir, au désespoir, de lui rendre un semblant de vie. Ce ne serait pas une vengeance, non. Un simple retour des choses, une espèce de dénouement logique, raisonnablement prévisible. Une bonne fin, comme dans une bonne histoire.

Mais il n'est pas le fils de cette femme. Helle s'est trompée lorsqu'elle l'a reconnu dans l'arène. Une ressemblance vague l'avait plongée dans un espoir insensé ; alors que la maladie brouillait son cerveau, y avait germé un récit merveilleux qui exaltait ses actes, et tempérait la noirceur des intentions d'Alba. Milo lui était apparu comme sa rédemption, son content de sérénité face à la mort. Que vient-il chercher ici, sinon la confirmation du délire d'une femme malade et mangée par le remords ? Il observe Alba souffler sur les braises, et une forme de pitié mêlée de répulsion et de rage impuissante lui serre la gorge. Rien ne rendra à cette vieille son enfant mort. Rien ne rendra à Milo l'amour et la loyauté d'une mère. Il faut dormir à présent, et reprendre l'errance au matin. Accepter toutes les aubes à venir, sans rien en attendre.

Les flammes projettent leurs ombres qui se contorsionnent sur les murs. Milo s'étend, un bras replié sous la tête. Il lui semble bientôt deviner dans les figures en mouvement des silhouettes familières, humaines et animales, qui s'étreignent et se séparent, dansent, s'élèvent pour se dissoudre dans les poutres du plafond. Un ballet apaisant qui lui rappelle les visions de son enfance, juste avant le sommeil. Alba est à présent assise en tailleur, les yeux toujours rivés au feu. Mara s'est endormie au pied de la banquette et rêve en poussant de petits soupirs. Alba tourne la tête vers Milo et un vague sourire passe sur ses lèvres pâles, pour la première fois il remarque les dents gâtées, les rides d'expression autour de la bouche et des yeux, qui démentent l'extrême froideur des traits. La pulsion de mort l'a délaissé, remplacée par un sentiment de grand vide, par une sorte de triste et profonde intimité partagée avec cette étrangère qui vit sa vie à quelques pouces de lui et qu'il quittera bientôt pour ne plus jamais la revoir.

La nuit poursuit sa course, et les secondes s'égrènent, creuses et sans appel. Il aimerait dormir mais en est incapable. Parce qu'il y croit encore ; il ne peut faire taire complètement ce qui s'est éveillé en lui voilà des mois, alors qu'il écoutait Helle lui révéler le mystère de sa naissance. Il guette un sursaut de la mémoire chez cette femme inaccessible. Pire, il accepterait même une méprise ; Milo meurt d'envie que cette grande créature horripilante soit sa mère, il veut qu'elle lui mente, qu'elle dise ce qu'il a besoin d'entendre, voilà la vérité toute simple, banale et révoltante. Son fils aurait l'âge de Milo aujourd'hui, n'est-ce pas suffisant pour générer un élan, une pulsion élémentaire née de l'inébranlable instinct humain qui consiste à vouloir croire à l'impossible ? Il s'en contenterait et se déteste pour cela. Excédé par les tours pendables de son esprit, épuisé jusqu'à la nausée, il sombre enfin dans un sommeil de brute.

Éveillé par une main qui le secoue, il se redresse d'un bond, se trouve nez à nez avec Ewan. Celui-ci tente d'exprimer quelque chose, mais les mots sortent de sa bouche dans le désordre et il bégaie. Milo ne comprend rien à ce qu'il lui dit. L'autre est déjà dehors et l'appelle par de grands gestes. Le servant marche vite vers l'est, se retourne souvent, l'expression catastrophée. Mara croit à une promenade, elle gambade joyeusement, et soudain accélère à la vue d'un lapin puis disparaît à ses trousses. Milo l'appelle, en sachant que cela ne sert pas à grand-chose. Ils atteignent une armée de pierres dressées qui forment des demi-cercles autour d'un épais mur de cette roche noire qui règne ici. Ils passent au-dessus du mur en empruntant un escalier ménagé dans le rempart. À l'intérieur, face à la mer qui rugit loin en contrebas, se tient Alba. Elle se retourne à leur approche, montre à Milo quelque chose sur l'horizon. Trois voiliers avancent vers l'île.

« Edda de Danemark nous rend une visite. Elle vient pour toi », ajoute Alba, très bas, les yeux toujours arrimés à la mer.

Milo sent un frisson fiévreux lui lécher l'échine. Il se fiche de l'arrivée d'Edda. C'est ce que cette femme exprime à présent qui sème la pagaille en lui, ce qu'elle ne dit pas et qui s'échappe de tout son être, comme une rivière prête à déborder de son lit.

« Pourquoi moi ? »

Milo tente de capter son regard, mais elle le maintient droit devant elle. Il la prend par les épaules et l'oblige à pivoter et à se tenir face à lui. Il redit d'une voix sourde :

« Pourquoi ? »

Les doigts du jeune homme lui entrent profondément dans la chair des épaules, il vacille légèrement, et les voilà qui tanguent ensemble au-dessus du vide. Elle parvient à se dégager de son emprise, s'éloigne du précipice, se retourne lorsqu'elle est près du rempart.

« Il faut que tu partes. Maintenant ! »

Elle est déjà sur l'escalier, pendant que Milo tente de reprendre ses esprits. Sur l'horizon, un quatrième bâtiment vient d'apparaître. Il entend la voix d'Alba, par-delà le mur, qui lui enjoint de ne pas tarder, elle ne crie pas son nom, pourtant. Elle ne l'a pas nommé une seule fois. La voix se perd dans le grand vent, on dirait quelqu'un qui appelle un enfant à la nuit tombée. Il y a une inquiétude, presque un affolement dans cette voix. Alors qu'il se dirige vers le mur, une lumière ténue se lève en son esprit jusque-là empli de confusion et d'amertume, une lumière qu'il s'empresse d'éteindre, mais qui aussitôt perce de nouveau ses ténèbres intérieures. Il gravit vivement les marches très espacées, aperçoit la longue silhouette qui se déplace en glissant sur la lande, la tunique gonflée de vent, les cheveux en auréole.

Mara le rejoint sur le sentier qui traverse la lande vers la maison. Ses babines sont tachées de sang, dont elle barbouille la main de Milo qui la caresse distraitement. Il ne court pas, il a besoin d'apaiser les battements de son cœur, alors il se dirige d'un pas mesuré vers cette cahute de pierre qui abrite celle qu'il est venu rencontrer. Quand il franchit le seuil, Alba est occupée à boire à même une cruche, la propose à Milo, qui l'envoie se fracasser sur le sol. Il s'approche d'elle, prend la tête de sa mère dans ses mains et la regarde intensément. Ses yeux se noient bientôt de larmes. Il la serre, il serre de plus en plus fort, et les yeux d'Alba semblent jaillir de leurs orbites. Ils ne supplient pas, ils ne sont pas embrasés par la peur de mourir. Au contraire, Milo y lit l'envie d'en finir. Alors il accentue la pression, mais les pleurs affluent en même temps, et il s'étouffe bientôt dans ses sanglots. Le moment pourrait durer éternellement, car il a cessé de la broyer et ne fait plus que tenir son visage, à présent maculé du sang de Mara, et le questionner désespérément. Elle pose ses mains sur les siennes, et les écarte lentement, comme celles d'une marionnette ; elles retombent, molles, épuisées, le long de son corps.

« Il faut fuir », parvient-elle à articuler d'une voix brisée en entraînant leurs deux corps hagards vers la falaise.

Elle avait su dès qu'elle avait découvert son visage dans le halo de la lanterne. Elle avait su et avait aussitôt nié l'évidence, dans un réflexe de survie. Elle avait encore tenu bon dans le déni le temps qu'il pénètre en son logis, qu'il lui parle de Faith, refusant la vérité qui tambourinait dans tout son être comme un vivant dans un cercueil. Et une fois qu'il s'endormit sur sa banquette, la cécité qu'elle s'était imposée avait pris brutalement fin. Mais elle décida de ne rien dire.

Sa lâcheté l'avait sidérée, torturée toute la nuit. Elle l'avait regardé somnoler. Chaque seconde écoulée lui lacérait la chair et l'esprit. Elle devait parler. Les secrets, le déni tuent les hommes plus sûrement que la maladie. La maladie vient s'engouffrer dans le corps rongé par l'ignorance ou le doute. Voulait-elle lui infliger ça, après l'avoir voué au néant ? Edda l'aura sauvée de l'indignité. Edda qui débarquera bientôt et laissera éclater sa fureur et sa haine... Alba a toujours pressenti que c'est ainsi que cela devait se terminer entre elles deux.

Au sommet du sentier, Milo s'arrête, se retourne et lui dit : « Pars avec moi. » Un grand vertige la saisit, sa vie entière défile devant son regard intérieur ; est-ce un signe que la mort approche, ou est-ce la vie au contraire qui frappe violemment à sa porte ? Il n'a aucune idée de ce que cette phrase implique, de ce qu'elle provoque dans le cœur et la tête d'Alba, il a dit cela comme il lui proposerait de faire la visite de l'île, et c'est absolument dévastateur, cette époustouflante liberté, cette naïveté, cette spontanéité qui balaient des années, des siècles de certitudes. Elle se ressaisit, répond : « Ma place est ici. » Ils restent un moment à se dévisager, et elle ne pourrait dire ce qui traverse son esprit, pas plus que ce qui agite le sien ; elle voudrait le toucher au moins encore une fois, mais déjà il dévale le sentier sans se retourner, sa grande et belle chienne à ses trousses ; le seul être en qui il puisse avoir une absolue confiance.

Elle n'attend pas qu'il disparaisse de sa vue, mais se dirige vers l'ouest. La lumière est aveuglante ce matin, crue et aiguisée comme celle de la Méditerranée, intrusive, impitoyable. Alba croit percevoir un grand éclat de rire en provenance de la grotte lorsqu'elle la surplombe. Elle tend l'oreille, peut l'entendre monter le long des falaises, envelopper toute l'île et se mêler à celui des pétrels, des fous de Bassan, des macareux à bec rouge et des rapaces qui ont eu à supporter sa présence pompeuse et imbue, comme celle de toutes les pauvres dévotes qui ont défilé ici.

Elle marche jusqu'au fort de l'Ouest. Assise au bord du vide, elle contemple les Trois Guerrières au loin. Elle ne saura jamais ce qui s'est passé, les raisons qui ont maintenu son fils en vie. Elle devine que Helle lui a désobéi. Elle était présente parmi les personnes apparues dans le rêve éveillé de son fils, la veille. Il y avait un vieillard très aimé, et cette femme qu'il appelait sa mère, un jeune homme, beaucoup de chevaux, deux vieilles et une fillette plus évanescentes, sans doute n'ont-elles fait que passer dans sa vie. Et Faith, qui revenait sans cesse, qui traversait les tableaux comme la fée des contes, comme une résurgence obsédante, et donnait une teinte sanguine à tout le reste... Faith qu'elle-même avait attendue comme on attend l'aurore, alors que c'était son fils que la mer lui apportait. Elle était convaincue que Faith devait être la prochaine sibylle... À présent elle ne sait plus. Plus rien n'offre de contours précis, la foi se lézarde, le destin ruse.

Le vent se lève enfin, et les nuages s'amoncellent autour des dents de basalte, le temps va virer, elle fait des vœux pour que le petit voilier parvienne à traverser la tourmente. La voix de Milo résonne encore en elle : «Pars avec moi.» Lui avait-on jamais fait une telle proposition ? Laisse là tes convictions, ton avenir tout tracé, et partons pour l'inconnu, les illusions et les désillusions, pour le grand large de la vraie vie. Peut-on refuser un tel élan ? Elle l'avait fait, parce qu'on ne tourne pas le dos à ce lieu. Parce qu'il est plus confortable de ne pas se mouvoir, de ne pas voir, il est plus commode de ne pas avoir à retisser ce qui a été défilé. Parce que tendre la main à cette invitation miraculeuse, c'est accepter de redevenir la servante de l'amour.

Soudain, il est là, elle ne l'avait de nouveau pas senti venir. Elle est si peu clairvoyante à son égard que c'en est ridicule. Milo Gray de la tribu des Britannia est assis à côté d'elle, matérialisé comme par enchantement. «Je reste, alors»; dit-il avec un sourire franc, vrai, sans peur, le sourire d'un homme qui vient de commencer à exister.

Ω

La tempête s'était levée brusquement à l'approche de l'île. Rien ne laissait présager du maelström qui allait se déchaîner. En quelques minutes, le ciel limpide avait été envahi par d'étranges nuées mauves, noires et basses qui avaient recouvert la mer à la manière d'une cape jetée sur les épaules d'un géant. Le vent d'ouest atteignit une force effrayante. L'équipage suppliait Edda de faire demi-tour. Après quelques formidables déferlantes dont une envoya trois femmes à la mer, les guerrières se mirent à leur tour à tenter de convaincre Edda de changer d'avis. Ne comprenait-elle pas : la Terre se mettait en colère contre le geste sacrilège qu'elle s'apprêtait à commettre. Mais la reine restait sourde aux plaintes de ses compagnes, elle hurlait des menaces et des imprécations, puis les haranguait, le visage ravagé par le vent et l'eau, par la colère, l'excitation. On s'aperçut bientôt que le dernier navire avait changé de cap et rebroussait chemin. Edda promit une punition exemplaire à ses passagères, et sa détermination soudain froide et posée convainquit tout le monde qu'il valait mieux affronter la fureur des éléments plutôt que la sienne.

Edda tente de cacher l'appréhension qui la gagne. Pourtant ce lieu ne lui a jamais inspiré la crainte mystique qu'il provoque chez la plupart des humains. Elle s'est toujours sentie assez forte pour se mesurer à ce rocher investi de superstitions. L'île est sacrée, cela elle ne le conteste pas, aussi sacrée que n'importe quel morceau de la Terre Mère. Peut-être plus, à cause de sa singularité géologique, de sa solitude, de son esthétique propre de terre immergée. Mais pas à cause de la femme qui l'habite. Edda ne peut accepter qu'un lieu naturel pût se voir doté d'un surplus d'âme, de valeur, de puissance simplement parce qu'un être humain l'a élu comme lieu de vie, fût-ce une vie d'ascèse et de communion avec le Vivant. La présence d'Alba, ou de n'importe quelle autre femme, ne transfigure en rien l'endroit.

À mesure que l'île grandit à l'horizon, Edda sent l'humeur changer autour d'elle, les femmes et l'équipage semblent lentement saisis par quelque chose de bien plus redoutable que la peur : la fascination, et une sorte d'émerveillement comme on en éprouve en écoutant un chant magnifique et hypnotique. Pourtant aucune voix humaine ne résonne au cœur de la tempête. Seule s'élève la grande voix de la mer, ample et ancestrale, intraitable. Les orgues de basalte se dessinent plus précisément, l'entrée de la grotte des Oracles se devine, et Edda songe au monolithe noir évidé faisant face à *L'Origine du monde,* dans la résidence royale qu'elle ne parvient toujours pas à considérer comme sa propriété. Ce lieu suinte le souvenir d'Alba, par toutes ses fissures. Jamais probablement elle ne se débarrassera de cette compagnie spectrale.

Edda a toujours cru que seuls les morts sont censés hanter de la sorte les lieux et les êtres. Alba est bien vivante, elle n'en doute pas, et de moins en moins alors que l'île se déploie dans toute sa sombre majesté, que les navires et leurs passagères semblent de dérisoires et fragiles objets sous son regard courroucé. Elle s'avance dans la mer, gigantesque, presque irréelle. L'île de la sibylle, les mots soudain prennent un sens nouveau. Edda sent une onde de terreur l'ébranler depuis son abdomen. Elle jette un regard autour d'elle. Certaines femmes se sont agenouillées, d'autres ont les mains ouvertes, en prière. Toutes ont les yeux levés vers le sommet du bouclier basaltique, qui les défie comme le rostre d'un monstre marin prêt à les engloutir.

On avait dû jeter l'ancre, car l'île était inaccessible dans cette mer agitée. Trois navires l'avaient contournée, afin de surveiller les autres côtes. La reine appela des volontaires pour l'accompagner à terre. Seules deux femmes se proposèrent. Edda et ses compagnes rejoignirent la terre dans un canot, qui se brisa contre les rochers juste après qu'elles en furent descendues. Elles grimpèrent le long du sentier, presque à genoux, en s'accrochant aux plantes et aux pierres. Une femme glissa et fut de justesse attrapée et hissée par Edda.

Devant elle se dresse la masure, la sacro-sainte cabane de l'Oracle. Quelques pierres disjointes recouvertes de verdure. Et tout autour, une étendue d'herbes et de fleurs. Le ciel semble s'arc-bouter au-dessus de la maisonnette, comme pour la protéger. Ce n'est pas une impression, c'est ce qui se passe effectivement, Edda n'en doute pas. Soudain, elle mesure la gravité de ce qu'elle est en train de faire. La maison la défie de toute sa fausse humilité, de toute son apparente insignifiance. Bien plus que l'île, que l'entrée de la grotte qu'elle sentait toute proche lorsqu'elle crapahutait sur le sentier, bien plus que le noir abyssal de la pierre, que l'ouragan qui l'avait presque envoyée au fond de la mer, cette misérable masure, si semblable à celles habitées par les pauvres gens des Hautes Terres du Nord-Ouest, l'ébranle. Le visage de sa mère Sif lui apparaît et lui redonne courage. Sif dans toute sa superbe, semblable à celle qu'elle était dans la mort, cireuse mais encore très belle. Sif la navigatrice, l'aimée de Poséidon, Sif qui sans aucun doute vient de la protéger du naufrage. C'est pour elle qu'Edda est ici. Elle va venger sa mort en prenant la vie d'Alba et de son fils. Elle éteindra à jamais cette lignée maudite.

La cabane reste obstinément fermée, en résistance, lui semble-t-il. Elle a tenté de ne pas trop penser à la prophétie qui dit que l'île transforme les intrus en pierre ; alors qu'elle touchait la roche noire, elle a chassé les images que cela lui évoquait. Mais ici, devant la porte basse et farouche, elle a presque l'impression d'être déjà bottée de basalte. Les deux femmes restent loin en arrière. Elle devine les images saisissantes naître dans leur esprit affolé. Edda avance, frappe deux coups à la porte. Une voix lui répond d'entrer. Un très jeune servant les attend, semble-t-il, assis sur un tabouret, près de l'âtre. L'intérieur évoque le dénuement le plus ascétique. Elle remarque les cahiers et les plumes sur la petite table. Edda ne peut s'empêcher de ressentir une bouffée d'émotion admirative pour Alba. Mais avant que cette bouffée devienne une vague qui triomphe du reste, elle demande :

« Où sont-ils ?

— Morts, répond le garçon, sans émotion apparente, et il ajoute : Cela s'est passé au fort de l'Ouest. Ce matin. »

Edda ouvre la bouche, mais l'air se refuse à entrer dans ses poumons.

« Ce n'est pas la vérité ! hurle-t-elle. Tu mens ! » Et elle envoie valser la table, les livres et le matériel d'écriture. Mais le jeune homme reste très calme.

« Elle a sauté, dit-il, il a réussi à la rattraper. Il a tenu longtemps, avant d'être emporté dans sa chute. »

Edda s'effondre sur un siège près du garçon. Elle a envie de pleurer. Comme une petite fille. Ce n'est pas ainsi que les choses devaient advenir. Le servant s'est remis à parler, avec son drôle de débit haché, ses consonnes pâteuses, il parle pour lui-même, et elle n'a que faire de ses impressions. Edda se lève en renversant le tabouret, elle fracasse encore un cruchon contre le mur, puis sort et pousse un grand cri. À quelques pas derrière la maison, un bouc noir l'observe en mâchant consciencieusement.

Ewan n'a aucun regret. Alba était entrée dans une colère noire parce qu'il refusait de quitter l'île avec elle. « Il faut que quelqu'un reste », répétait-il obstinément. Et Alba se fâchait de plus belle : « Imbécile, tu ne comprends donc pas ? C'est fini tout ça. Il faut vivre, tu es la vie, la jeunesse, tu n'as rien à faire ici. Et sans doute que moi non plus. Viens, je t'en prie. » Mais Ewan était resté intraitable. Elle avait sombré dans la folie, c'est ce qu'il croyait. C'était possible, cela arrivait souvent, on le leur avait bien expliqué à l'École des servants. Ils étaient là aussi pour les aider, les écouter, les empêcher de fuir, de se dérober, de faire ce qu'Alba s'apprêtait à faire. Elle avait de bonnes raisons de perdre pied, il en convenait. Il l'aimait tellement ! Il avait cru si fort que sa vie était auprès d'elle jusqu'à la fin, que les jours et les nuits se succéderaient jusqu'à la mort d'Alba ou la sienne.

S'il n'est pas parvenu à lui rendre la confiance, l'absolue confiance en elle-même et en Celle qui est notre Mère à tous et qui nous parle par sa voix, qui s'exprime dans ses songes, s'il n'avait pu lui dire les mots qui la touchent, s'il avait été incapable de retrouver le chemin vers son âme, alors il devait rester seul. Il veillera. Attendra Celle qui viendra. L'accueillera, lui parlera des beautés incomparables de la vie sur l'île, de ce que cela fait à l'âme et au corps de vivre isolé en ce lieu sans pareil, ils se comprendront, et tout recommencera, dans un éternel retour. Voilà ce qu'il a dit à Alba, avant qu'elle l'étreigne avec une force qui était vraiment à la mesure de son chagrin et de son amitié, peut-être de sa frustration de ne pas avoir eu le dernier mot. Alors que sa joue était pressée contre la poitrine d'Alba, il l'appela « mère », et le regretta aussitôt. Il demanda pardon à la sienne, et à la Terre, car elle seule devait être ainsi nommée par le servant de la sibylle.

Il profite des quelques instants de paix relative avant que cette furie entre de nouveau dans la maison, ou ne le fasse sortir par un hurlement. Il sait ce qui l'attend. Voilà qu'une des sbires de la reine vient le prendre par le col, le jette aux pieds d'Edda, lui attache une corde au cou. Edda commande qu'il l'emmène au fort, elle veut contempler le lieu de leur mort. Et ils traversent la lande vers l'ouest. Les trois femmes s'immobilisent devant les chevaux de frise, Ewan ressent leur stupeur craintive, il se surprend à espérer que les monolithes s'animent et se métamorphosent en guerriers humains, retrouvent leur forme originelle ; qu'ils libèrent l'île, qu'ils lui rendent Alba, et montrent au monde qu'ici est bien le lieu de tous les sortilèges. Mais rien ne se produit, les austères blocs gardent leur magnifique et immémoriale immobilité.

De l'autre côté du mur d'enceinte, il est à peine possible de rester debout tant le vent souffle fort. Malgré tout la reine s'approche du précipice, tirant sur la corde attachée au cou d'Ewan. Ils sont côte à côte à présent. Une image vient visiter le garçon : l'œil d'or de l'aigle qui les accompagne aux forts. Il se concentre sur la pupille fixe et hypnotique, qui contient un univers entier prêt à l'accueillir. Edda a lâché la corde. Elle pose la main entre les omoplates du servant. Une main étrangement apaisante. Il sent son poids tiède, puis le sol se dérobe, l'air s'engouffre dans sa tête, la paroi bruissante d'oiseaux défile à toute allure. Il a encore le temps de penser qu'Alba est partie sans sa cape de laine. L'œil le regarde et l'attend.

Ω

Le crépuscule descend sur les forêts qui abritent et nourrissent la mère et le fils depuis quelques jours. Après avoir triomphé bravement de la tempête, le petit voilier les avait déposés sur la côte ouest de la Grande Île. À pied pour ne pas attirer l'attention, ils avaient traversé le pays vers l'est, suivant parfois l'antique mur romain, mais la plupart du temps à couvert dans les forêts qui s'étendaient au sud. Ils parlaient peu, sans doute parce qu'ils avaient trop à dire, à demander; peut-être parce que tout ce trop-plein était impossible à exprimer, parce que le temps ne se rattrape jamais. Parfois Alba osait quand même une question sur l'enfance de Milo, sur sa communauté d'adoption. Il lui avait raconté succinctement son bannissement, la rencontre de Helle, l'obsession d'Edda pour Faith. C'était peu, mais assez pour qu'Alba se fasse une idée claire de ce qui les attendait dans le monde qu'ils s'apprêtaient à affronter. Elle ne savait rien des intentions de Milo. Elle se doutait qu'il voulait arracher Faith à l'emprise d'Edda. Mais il n'en parlait pas. Quant à elle, c'était encore une tout autre histoire. Que faire d'elle-même, après cet acte d'une impétuosité, d'une stupidité merveilleusement, ridiculement, infantile ?

Alba observe Milo du coin de l'œil. Il murmure les paroles de gratitude au-dessus du corps du chevreuil qu'il vient de tuer et qui fera leur dîner. Les lèvres bougent à peine, les cils frémissent au-dessus du regard concentré. Elle détourne vivement la tête, cela la trouble encore violemment de voir son visage, dont chaque détail lui rend l'enfant, dont chaque trait lui parle d'un homme qu'elle ne connaît pas, et ne connaîtra probablement jamais.

Des lambeaux de lueurs rouges s'étirent entre les troncs, palpitent doucement de leurs feux moribonds. Les yeux d'Alba s'y réfugient, y cherchant la confirmation de ce qu'elle pressent : Ewan n'est plus. Edda s'est chargée de débarrasser la terre de sa présence. Alba connaissait l'issue avant de le quitter, elle s'était préparée à la vision du corps d'Ewan plongeant dans les eaux tumultueuses, ces eaux qu'ils avaient tant de fois contemplées ensemble, qu'ils considéraient déjà tous deux comme leur sépulture. Elle aimerait laisser couler les larmes, elle meurt d'envie de hurler sa peine et sa colère, et d'exhausser ce désir qui la submerge, ce désir si puissant, si inattendu, presque aussi vieux qu'elle mais oublié, remisé, garrotté depuis quinze longues années. Le désir de vengeance. Cette poussée froide et incoercible la désarçonne. Se croyait-elle définitivement à l'abri des sentiments qui la dominaient lorsqu'elle était reine, femme, amante, créature immergée dans le monde, parmi d'autres créatures semblables ? Sans doute. L'île, le sanctuaire, sa mission en son sein lui procuraient un sentiment chimérique d'immunité contre ses vieux démons, qui ne sont rien que très banals, très humains et indécrottables.

La forêt lui procure une impression troublante, s'y immerger est comme retrouver une très ancienne, très chère amie, une amie qui n'aurait pas vieilli, toujours droite et belle, vigoureuse, mais dotée d'un savoir immémorial. Une amie à la fois jeune et très âgée. Les forêts réalisent le rêve humain du Vieux Monde : vieillir sans vieillir, avoir mille ans mais toujours vingt, accumuler la connaissance, l'expérience, mais conserver la jeunesse, la beauté, la puissance, la capacité de régénérescence d'un corps neuf. Alba les comprend, ces hommes qui se prenaient pour des dieux et faisaient le pari de la toute-puissance et de l'immortalité. La légende voulait qu'ils y soient parvenus, juste avant que le monde s'effondre. Si on lui proposait de revenir en arrière, de faire un voyage dans le temps et de tenter l'expérience de la vie éternelle, est-elle certaine qu'elle refuserait ? Vendre son âme au diable, disait-on autrefois. Elle avait lu l'histoire de Faust, adolescente, et elle se souvient encore de l'exaltation morbide que cela avait généré en elle. Son fils lui a demandé qui est la Songeuse, l'Immortelle qui vit dans les glaces. Elle n'a su que lui répondre. Un rêve, sans doute, un vestige mythique du Vieux Monde. Les habitants de la Grande Île confondent Alba avec cette créature, lui a confié Milo, et cela l'a fait sourire. Il conta l'histoire qu'il tenait, disait-il, d'une vieille femme de la Horde du Sang, un peuple des steppes eurasiennes.

L'origine de la Songeuse se perd dans la nuit des temps, elle est un être immatériel, une entité pensante dont la forme épouse les éléments et se confond avec eux. Elle est la caverne de glace qui l'abrite, elle est l'eau et l'air prisonniers du froid, son souffle vital et sa pensée courent comme des veines invisibles sous les parois gelées, s'étirent dans l'océan, s'élèvent jusqu'au ciel, et ses innombrables racines la relient au monde comme autant de cordons ombilicaux. Elle existe de toute éternité et le monde est le fruit de ses songes. Elle est le démiurge qui enfante chaque nuit un nouveau jour.

La voix de son fils avait quelque chose d'envoûtant, son débit vous arrimait à ses lèvres. Elle s'était laissé bercer par lui, emporter sur l'ample houle de ses paroles ; cette histoire résonnait en elle avec la force d'un rêve récurrent, d'une prescience, d'un vertige qui la renvoyait dans la grotte d'où elle n'aurait peut-être jamais dû s'enfuir.

Alors qu'il parlait, elle l'avait clairement vu, elle avait vu cet homme qui était son enfant, ancré dans cette autre vie qui avait été la sienne auprès des Gypsies, et elle lui avait dit, dans le silence de son cœur : Je vois cette existence vers laquelle tu peux choisir de retourner, selon ton moi le plus profond et le plus vrai. Mais je distingue très clairement deux hommes se déchirer en toi : celui qui ne rêve que de suivre la route et les étoiles, poussé par le vent, l'humeur et les récits, et l'autre qui se découvre à peine, qui n'est pas seulement le Fils du Vent. Celui qui est né d'une reine. L'héritier d'une couronne, à présent usurpée.

Lequel gagnera le duel, mon fils ? Une part de moi te voudrait libre et léger, affranchi d'un héritage empoisonné, délivré du spectre du pouvoir et de ses sirènes, libre de la mère infanticide dont la vie t'a accablé. Le monde que j'ai contribué à entretenir est d'une cruauté dont nous sommes tous deux les fruits sanglants et abîmés. Je rêve pour toi d'une société où être un homme n'est pas nécessairement un enfer. Mais je n'ai pas, moi, le pouvoir de créer une autre réalité en la rêvant.

Peut-être rejoindras-tu l'Europe et ses routes sans fin, le cahot nonchalant des roulottes, la chaleur des chevaux, l'indicible beauté des chants, des danses et des récits. Et je crois que c'est ce que je te souhaite. Mais si ces Hautes Terres ont exercé leur séduction sur toi, et si la couronne t'appelle, alors porte-la fièrement. Tu es l'héritier du trône, celui qui habite encore les rêves du peuple, celui que les foules sont venues pleurer sous mes fenêtres, le Prince Sans Couronne. Je voudrais pouvoir y penser sans émotion, sans la moindre once d'espoir ni d'ambition. Mais cela m'est impossible. Toi, roi des Hautes Terres, ce serait une si éclatante revanche, celle de tous les parias de nos sociétés, les maltraités, les spoliés, les assassinés pour le seul crime d'être nés mâles.

Alors que Milo termine de dépecer l'animal, Alba admire ses gestes sûrs et fluides, un peu démonstratifs, teintés d'une once de fierté inconsciente, elle est captivée par toute cette vibrante virilité, brute et sans arrière-pensée, cette évidence élémentaire, intensément sexuée, qu'il incarne avec tant d'innocence et dont elle avait oublié jusqu'au souvenir ; elle est fascinée jusqu'à l'hébétude par tout ce que ce corps exprime à son insu, certaines maladresses, reliquats de l'adolescence, pudeurs de l'orgueil, vestiges de blessures toujours saignantes, elle se repaît de tout ce qui sourd de cette chair splendide et neuve, cette chair qui est sortie de la sienne. Il est son fils, il est la vie. La victoire de la vie sur le néant, et cette vérité ne cesse de la plonger dans une sorte de ravissement incrédule, qui la réchauffe et l'angoisse. Elle se demande si un jour ses bras seront capables d'exprimer ce qui anime son cœur, ce qui court dans ses veines et sous sa peau, cet élan vers lui, elle se demande si elle serrera ce corps contre le sien, et si ce geste les sauvera un peu, rien qu'un peu, du chagrin, de la honte, du temps perdu.

Elle se penche pour alimenter le feu, s'assied sur ses talons, et son regard croise celui de Milo par-delà les flammes. Il avait presque oublié sa présence pendant qu'il découpait l'animal. C'est avec un peu d'effroi qu'il retrouve soudain, flamboyante et terrible, pathétique et sénile, la femme de la cahute sur l'Île, vestale sans âge, sorcière des contes, hirsute et imprévisible, animée d'un feu bénéfique ou destructeur, absurde incarnation de la folie prétentieuse des hommes, femme éternelle qui donne la vie et sème la mort. Sa mère est tout cela. Depuis qu'ils marchent ensemble, il refait le rêve où elle l'embrasse, le caresse sous la fine couverture avant de l'étouffer. Il a failli l'éveiller une nuit qu'il venait de s'arracher au cauchemar, la secouer et lui raconter de quelle manière elle le tue en songe depuis plus de vingt longues années. Mais l'expression inquiète du visage endormi d'Alba a arrêté son élan, et il s'est recouché, rivé à ses traits anxieux zébrés de rais de lune. Il a la certitude qu'elle connaît ce rêve, et que ce rêve prend sa source dans la réalité, un morceau de réalité qui la hante, elle aussi.

Alba s'est éloignée du feu, elle recoud sa botte avec des boyaux de lièvre. Milo s'étonne qu'elle s'y prenne si habilement. Mais bien moins qu'il ne le ferait lui-même. Il lui a proposé de réaliser l'ouvrage, mais elle a bêtement et fièrement refusé. Alors elle peine un peu, se mord la lèvre. C'est étrange de la voir occupée à une activité si triviale. Que se passe-t-il en elle alors que ses doigts s'activent sur le cuir ? Peut-elle voir ce qui adviendra demain, l'avenir se dévoile-t-il véritablement dans cette tête hiératique et pourtant expressive ? Demain, des centaines, peut-être des milliers d'hommes et de femmes rempliront la forêt de leurs voix, feront bruire le sol de leurs pas, et le cliquetis de leurs armes résonnera dans le matin brumeux. Novak a envoyé la petite Mercy pour apporter la nouvelle à Milo. Elle est apparue près d'une rivière où il était seul, à remplir les gourdes. Elle était sortie des broussailles, souple et silencieuse. Ses yeux de nuit luisaient comme l'eau au fond d'un puits. « Prépare-toi, Milo Gray, car est venu le jour de vérité. » Milo avait eu envie de rire. Mais l'expression de Mercy l'avait découragé, car elle avait ajouté : « Le jour où il te faudra enfin décider de devenir celui que tu es. » Elle lui avait raconté, de sa voix grave qui lui rappelait celle de Faith, comment la rumeur était née, avait grossi, voyagé jusqu'aux confins du royaume : le fils d'Alba était en vie, quelque part sur la Grande Île. Des Hautes Terres du Nord ils étaient descendus, les gens du voyage et les autres, des Terres du Sud ils étaient montés, bravant les garnisons et les escadrons danois. Novak les avait d'abord découragés, et même renvoyés rudement, mais ils restaient, ils occupaient la lande, les plages, ils n'en démordaient pas. Et chaque matin les voyait plus nombreux. « À présent ils sont en route, avait encore murmuré Mercy, à trois jours de marche. Ils viennent pour toi. »

Ils peuvent venir, tous autant qu'ils sont, il est prêt à les recevoir, à les décevoir, il est prêt. Alba la première, et puis Novak, et peut-être même Faith qui a sans doute eu vent du soulèvement et espère que Milo embrasse ce qu'elle pense à présent être son destin, puis qu'il lutte pour elle contre Edda. Il va les abandonner, tous, et pénétrer seul dans la cité royale, seul, sans armée et sans bruit, comme une ombre, comme un Gypsy ; il en sortira vivant avec Faith, ou mort si Edda le découvre et trouve bon de l'exécuter, de prendre sa revanche sur ce qui eut lieu dans les arènes de Skagen.

Alba pousse un juron, elle vient de se blesser le doigt, le porte à sa bouche pour en sucer le sang. Milo s'approche d'elle, observe le travail de couture, pas vraiment réussi.

« Tu passes la main, femme ? », demande-t-il avec un sourire canaille.

Alba lui tend la botte avec une expression mi-figue mi-raisin. L'ironie rude de son fils la décontenance encore. Et, surtout, elle ne supporte décidément pas de démériter, même à recoudre un morceau de cuir. Pendant la marche, elle souffrait très manifestement du dos, mais jamais elle n'a demandé à s'arrêter, n'a pas émis une plainte. Elle passait devant lui et accélérait le rythme, son bâton de marche planté bien fermement, souverainement dans le sol, comme pour marquer son territoire. Son territoire... Milo n'avait plus besoin de se convaincre que c'était bien celui d'Alba qui s'étendait devant leurs yeux, ces collines de landes caressées par un ciel démesuré et changeant, traversées par les ruines d'un mur au-delà duquel un des plus puissants empires du monde ancien avait été forcé de capituler.

Elle avait été la souveraine de ces terres extrêmes, avait grandi dans leur sauvagerie. Jamais Milo n'avait mieux compris à quel point les lieux font les hommes. Sa mère était la vivante image de son royaume. Il observait sa démarche, ses mouvements, ses formes, ses mains, son regard, et se cherchait en eux, parfois s'y trouvait.

Mais il continuait de traquer quelque chose qui ressemblât à une preuve absolue du lien biologique qui les unissait. Un jour, Alba s'arrêta net et, au mépris du danger de se faire repérer, elle grimpa sur le mur romain, puis elle l'invita à la rejoindre. Elle lui prit la main et la plaça sous sa poitrine, à l'endroit du cœur. Milo voulut se défiler, mais elle garda son poignet bien serré, et l'obligea à sentir les battements sous sa paume. C'était sa réponse à ses interrogations intérieures. Sa manière de lui dire qu'elle n'avait aucun doute. Ils restèrent un long moment sur le mur, à contempler les lointains à l'ouest. Milo devina qu'elle rêvait aux confins du royaume, à l'île sacrée qu'elle venait de quitter et qui lui manquait peut-être, ce lieu austère et glacé, beau comme au début du monde. Et il rêva avec elle, il sentit son esprit rejoindre celui de sa mère et s'envoler, survoler les champs, les roches et la Grande Mer.

Ils dînent dans une atmosphère un peu tendue ce soir, Mara reçoit d'Alba sa part de la bête et vient se coucher ensuite auprès de Milo. Il se blottit contre elle, se repaît de sa bonne chaleur et de son odeur rassurante pour affronter les heures à venir. Il sait qu'il ne dormira pas beaucoup. Lorsqu'il s'éveille au milieu de la nuit, il lui semble entrevoir le visage de sa mère penché sur lui.

Ω

Edda marche de long en large depuis trois heures, dans ce corridor qui semble à chaque pas se resserrer sur elle, la priver d'air, d'espace et de lumière. Elle est comme cet enfant qui ne parvient pas à respirer, qui reste prisonnier de sa mère. Les cris de Faith résonnent derrière le mur, à peine étouffés par les capitons et les tapisseries. L'enfant se présente par le siège, et la sage-femme n'est pas capable de le retourner. Faith hurle comme un animal que l'on s'apprête à égorger ; Edda a les nerfs usés jusqu'à la corde. Faith ne veut pas d'elle à son chevet, elle lui a ordonné de sortir. Seules la sage-femme et ses deux dames de compagnie ont le droit d'éponger son front, de lui caresser les cheveux, de lui dire des mots d'encouragement. Edda a tenté d'entrer très doucement dans la chambre, sans faire de bruit, mais la jeune fille, occupée à pousser, l'a aperçue et a crié « Dégage ! », et Edda a aussitôt refermé la porte pour reprendre sa marche dans le corridor.

Faith avait perdu les eaux alors qu'elle répétait pour le spectacle d'ouverture des arènes. Elle avait tenu à travailler alors qu'elle était très proche de son terme ; épuisée, elle se déplaçait difficilement, manquait de souffle, oubliait des morceaux entiers de texte et en inventait d'autres. Et au beau milieu d'une scène très intense qu'elle interprétait avec trop d'agitation, une flaque s'était formée à ses pieds. Elle avait cessé de parler, avait lentement baissé la tête et regardait le liquide amniotique, silencieuse, hypnotisée, un demi-sourire aux lèvres. Edda était là, tapie derrière un paravent, car Faith ne la voulait pas non plus sur le lieu des répétitions. Elle resta elle aussi un moment pétrifiée, et les images de son dernier rêve lui revinrent : elle voyait le poulain Skinfaxi sortir de Faith, les jambes émergeaient de sa vulve dilatée, la tête suivait. Ce n'était pas un cauchemar, car tout le monde avait l'air de trouver ça normal.

Edda ne croyait pas que le Gypsy fût mort, pas plus que sa mère la sibylle. Ils lui avaient échappé, voilà tout. Le jeune servant avait menti. Ce n'était pas une légende, cette histoire de loyauté absolue qu'on leur enseignait à l'École des servants, et cela la laissait rêveuse. Elle aurait dû faire part de ses doutes à Faith depuis longtemps, mais en était incapable. Chaque fois qu'elle avait voulu lui parler, elle s'était sentie retenue par une force malveillante et impérieuse, cela ressemblait à ce que devait éprouver un cheval sous le mors agressif d'un cavalier violent. Impossible pour elle de contrer cette force, de libérer Faith d'un chagrin susceptible de la perdre.

Edda regrette son silence. La vérité est toujours due à ceux qui risquent leur vie. Mais ne risque-t-on pas sa vie chaque jour, presque chaque minute ? « Vivre, c'est repousser quelque chose qui veut mourir », écrivait Nietzsche. Un cri insupportable la sort de ses pensées. Repousse, mon amour, repousse cette chose en toi qui en cet instant veut mourir, alors que la vie veut sortir de tes entrailles. Edda se sent faiblir, elle doit s'appuyer contre le mur et fermer un instant les yeux. Tout tourne à l'intérieur de sa tête, tout s'embrouille et se disloque dans une nuit opaque, informe, poisseuse, il n'y a plus de sens à rien, plus d'issue. Elle aurait dû parler, dire à Faith que son mâle est sans doute vivant quelque part, et accepter de voir la joie démente poindre dans les yeux de la jeune fille, la joie sans limites, que jamais la reine ne provoquera chez elle. Elle aurait dû. À présent il n'est sans doute plus temps, les plaintes de Faith se font plus ténues, leur virulence et la douleur semblent décroître, mais c'est le signe de la fin, c'est le signe, ô Sainte Mère ! Une autre voix perce le silence et vient percuter les murs autour d'elle, pénétrer dans son crâne douloureux, une voix aigre qui blesse les tympans, elle avait oublié le son insupportable de ces voix neuves qui clament la venue au monde ! C'est celle de ce maudit rejeton de comédien ou de bohémien, pour ce que cela change, un mâle à n'en pas douter, une fille ne lui aurait pas donné tant de mal, ne lui aurait pas volé sa vie. Ne m'abandonne pas, Faith ! Ô dieu du Froid et de la Vie, ô Terre, protégez-la, et je ferai ce qu'elle voudra, j'irai moi-même chercher son Gypsy et le lui apporterai, je le jure... Edda a entrouvert la porte, elle aperçoit Faith exsangue, terne, qui repose, les bras le long du corps, comme une gisante. Edda traverse la pièce en courant et se jette sur son corps en pleurant, mais Faith ouvre les yeux et le regard qu'elle lui offre fait reculer Edda. La jeune fille tourne la tête vers la sage-femme qui tient l'enfant et lui tend les bras, reçoit d'elle le bébé emmailloté, découvre son sein et le place face à la bouche du nouveau-né, qui se met à téter. « Tu avais raison, lâche durement Faith, c'est une fille. » Le visage d'Edda s'illumine de soulagement, elle pose les mains sur l'enfant, mais Faith se détourne vivement et lâche : « Ne la touche pas. Ne la touche jamais. »

*

Une fois Edda sortie, Faith renvoie ses femmes, déshabille l'enfant pour changer ses couches. Il est très calme, se laisse faire en crispant et décrispant les mains, petits animaux marins qui bougent au ralenti. Faith dégrafe la couche, et le sexe minuscule apparaît. Elle observe le pénis comme si elle n'était pas encore convaincue d'avoir donné naissance à un homme. La sage-femme qui avait réceptionné le bébé avait poussé un cri d'effroi, presque de dégoût, les deux autres s'étaient regroupées devant le nourrisson avec des mines désolées. Faith avait cru que son bébé était atteint d'une malformation épouvantable, qu'il avait trois jambes ou deux bouches. Elle avait exigé de le voir, et les femmes étaient sorties de leur sidération révulsée, celle qui le portait l'avait déposé sur le ventre de la mère comme s'il se fût agi d'un morceau de viande avariée. Elles se tenaient en rang d'oignons, mal à l'aise et déjà terrorisées par la réaction de la reine. Faith décida de leur sort à cette seconde, ou peut-être le fit-elle plus tôt, à l'instant où leurs faces hébétées découvraient l'immonde appendice... Peu importe. Ces trois-là mourront. Elles mourront de sa main. Edda ne doit pas savoir. Personne ne doit savoir.

Le bébé se met à geindre doucement. Faith effectue sa toilette, sans trop savoir comment traiter ce sexe recouvert du prépuce. Faut-il libérer le gland pour le nettoyer ou non ? Elle n'a pas eu de frère plus jeune, n'a vu personne s'occuper d'un garçon nouveau-né. Elle s'en sortira bien, avec de l'intuition. Elle s'abîme dans la contemplation de ce corps déjà parfait, dont la virilité lui procure un étrange sentiment de fierté mêlée de pitié. Elle se penche et embrasse le ventre très rond ; la peau fine et rouge laisse voir le réseau de veines qui lui font penser à des racines. Et Milo vient très naturellement occuper sa pensée, Milo tel qu'il apparaît dans ses premiers souvenirs. Il a dix ans, et il a un peu d'embonpoint par rapport aux autres enfants gypsies du même âge, maigres et noueux. Ses muscles déjà marqués et sa large ossature sont enveloppés d'une pellicule moelleuse, douillette, que Faith aime toucher, contre laquelle elle s'endort mieux que sur un édredon de plume. C'est lui qu'elle voit dans le corps de son fils. C'est à lui qu'elle rêvait en couvant cet enfant, il l'a ensemencée de son amour et de ses songes. Et puis il l'a abandonnée pour des chimères.

Milo est vivant. Elle sent sa présence non loin. Edda a raison d'être inquiète. Crétine d'Edda, qui croit que Faith n'est pas au courant, et qui prend bien soin de la maintenir dans l'ignorance. N'a-t-elle pas encore compris que ce qui unit Faith et Milo la dépasse irrévocablement, déjoue ses pitoyables mensonges ? Et pense-t-elle que Faith soit devenue sourde, murée dans ce que la reine prend pour un deuil, au point de ne pas entendre les murmures dans les recoins des chambres, au détour des couloirs, de ne pas sentir l'excitation, l'espoir suinter des êtres qui peuplent cet endroit et espèrent des jours meilleurs ? La rumeur enfle chaque jour comme un fleuve en crue : « Il est revenu du Royaume des Ombres, le prince déchu », c'est pompeux et idiot mais c'est sans doute partiellement vrai. Que veux-tu à présent, Milo Gray ? Qu'avons-nous fait ? Jusqu'où nous sommes-nous perdus ?

Le bébé est propre et habillé, déjà rendormi. Il faudra agir vite. Aucune des femmes n'a parlé, pas encore, Faith les a grassement payées. Mais elle ne leur fait aucune confiance, surtout à la sage-femme, une exaltée qui vit dans la haine des hommes, furieusement dévouée à Edda. Faith pourrait user de ses sortilèges pour venir à bout de ces trois vies, comme elle l'a fait avec celle de Tom Boswell, son époux. Mais le temps manque pour cela. Son fils endormi lui offre une grimace de masque japonais, Faith sourit, et se met à entonner doucement une berceuse que Milo lui chantait, une antique chanson du Vieux Monde qui célébrait probablement la naissance du Crucifié, et que les Gypsies avaient intégrée dans leur répertoire : « Entre le bœuf et l'âne gris, dors, dors, dors le petit fils, mille anges divins, mille séraphins, volent alentour de ce grand dieu d'amour... » Les anges et les séraphins, elle les imaginait autrefois comme de grands oiseaux marins, des espèces d'immenses goélands immaculés. Un grand dieu d'amour, elle s'était longtemps demandé à quoi une telle créature pouvait bien ressembler. À présent elle sait : ce grand dieu-là est dans ses bras. Un dieu très puissant, pour lequel on peut donner la mort et perdre la vie.

Ω

Les grands bois se mirent à frémir avec impatience peu avant l'aurore. Alba était réveillée la première. Elle sut aussitôt ce qui se préparait. Elle sentit l'approche de la multitude humaine au cœur du monde végétal bien avant d'apercevoir le premier homme, un grand efflanqué à la mine joviale. Maquillé et habillé en femme. Il vint vers elle comme s'il la connaissait et fit une révérence. Alors les autres se montrèrent, ils surgirent de derrière les troncs et les futaies, ombres anonymes, de plus en plus nombreux ils avançaient vers elle, mais, au lieu de s'arrêter, ils la dépassèrent, non sans la saluer de la tête avec déférence ; ils continuèrent à arriver, légers sur le sol, on n'entendait que leur respiration et de temps à autre un cliquetis de métal, le choc d'une arme. Ils la contournèrent et vinrent se masser près du campement.

Alba se retourna et distingua la silhouette de son fils près du feu qu'elle venait de ranimer. Il était entouré de la foule silencieuse qui semblait retenir son souffle. Alba s'approcha, vint se placer à ses côtés. Il était calme, un vague sourire difficile à déchiffrer envahissait son regard. L'homme déguisé en femme vint le serrer dans ses bras, et ils restèrent longtemps enlacés, à se murmurer des choses qu'Alba ne comprit pas. Milo eut un rire clair et bref. La foule frémissait d'émotion, d'attente, et elle-même, qui s'était pourtant préparée à ce moment depuis leur fuite de l'Île, se sentait trembler. Alba parcourut les visages lentement éclairés par l'aube : des hommes, des femmes, des adolescents et parfois de vieilles gens. Ils la contemplaient avec une révérence craintive, mais ils couvaient son fils avec un espoir, une ferveur infinis, avec une intime tendresse aussi, comme si cet homme était encore l'enfant perdu vingt ans plus tôt. Une femme s'agenouilla juste devant lui, et fut suivie par d'autres, et bientôt la forêt fut parcourue d'une longue et ample ondulation humaine qui s'étendait loin, là où le regard ne portait plus. Le sol gronda sous le poids et le mouvement des corps. Milo restait immobile, mais Alba le sentit chavirer intérieurement.

Elle contempla son visage troublé, à la fois ému et contrarié, et à cet instant elle n'exista plus que dans le souhait, l'espoir qu'il embrasse l'avenir que ces gens déposaient à ses pieds. Lui revint à l'esprit le jour de son propre couronnement. Son apparition qui accompagnait celle de l'astre du jour, éblouissant ce matin-là, son ivresse devant la foule en extase... Aujourd'hui, elle se sentait s'effacer devant lui, comme une teinte fanée à côté de la couleur neuve, pleine et vive. Il était la lumière à présent. Mais alors que ses yeux pleins de foi et d'adoration glissaient sur lui, un éclair pâle accrocha son regard. Dans l'échancrure de la chemise qu'il n'avait pas encore nouée, sur sa poitrine blanche et imberbe, un bijou luisait faiblement. Ses yeux scrutèrent mieux, et elle la reconnut. La bague des reines.

L'anneau sigillaire. Son anneau. La femme-arbre semblait s'étirer comme après un profond sommeil.

Milo sentit ses yeux fouiller son décolleté, dévorer la bague sur son torse, il perçut très clairement la convoitise, l'exultation vorace, jalouse, la grande faim qui tiraille la créature humaine bien plus sournoisement que le manque de pain, et cela le troubla autrement que ce qui se déroulait sous ses yeux, que cette foule offerte, pâmée dans son appel muet. Il s'éloigna d'Alba, à cause du malaise qu'elle faisait naître en lui, fait de compassion désenchantée et de répulsion. Elle avait été, l'espace d'un instant, complètement nue.

Il fit trois pas vers la foule, sentit les corps frémir. Et cela le gagna très naturellement, il fut emporté, aimanté par tous ces inconnus qui lui vouaient une confiance absolue, enfantine, ces inconnus qui donnaient subitement un sens à une existence qui lui en avait si souvent paru dépourvue. Il désirait farouchement céder à cet élan d'amour absurde, de fraternité inconditionnelle et aveugle. Il se mit à parcourir l'assemblée et à relever les agenouillés un par un, en touchant une épaule, en prenant une main, en s'attardant sur un visage accroché par les premiers rayons de soleil. Un visage qu'il observait attentivement, où il traquait encore les motifs du choix qu'il s'apprêtait à faire.

Lorsqu'il revint prendre sa place devant le foyer à côté de sa mère, il détacha la bague des reines de sa chaîne et la passa à son annulaire. Il leva le bras afin que tous pussent contempler l'anneau de pouvoir. Le soleil vint adouber le poing dressé, la femme-arbre scintilla dans la pénombre, et une grande clameur s'éleva.

Merci

À toi, Sylvestre, pour tout, tout le temps. Ton amour, ton imaginaire foisonnant, ta liberté de pensée et ton humour me portent chaque jour.

Aux amis qui m'ont ouvert leur logis et m'ont permis de rêver et de travailler sous des ciels aimés : Thomas et Virginie à la mer du Nord, Fred et Anne en Touraine.

À mon éditrice, Marie Misandeau, et à mon attachée de presse, Sabine Mille, pour leur confiance intacte, et leur amitié.

À Jean Le Gall, pour m'avoir donné instantanément le sentiment d'être chez moi, et pour avoir accueilli ce texte avec autant de ferveur.

À Agostino Arrivabene, pour sa sublime *Athena Noctua*.

De la même autrice :

Today We Live, le cherche midi, 2015 ; Le Livre de Poche, 2017.

De profundis, le cherche midi, 2016 ; Le Livre de Poche, 2018.

Loup et les hommes, le cherche midi, 2018 ; Le Livre de Poche, 2020.

D'innombrables soleils, le cherche midi, 2019 ; Le Livre de Poche, 2022.

Rompre les digues, Philippe Rey, 2021 ; Le Livre de Poche, 2023.

Flamboyant crépuscule d'une vieille conformiste, le cherche midi, 2024.

EMMANUELLE PIROTTE

EST AU LIVRE DE POCHE

PAPIER CERTIFIÉ

Le Livre de Poche s'engage pour l'environnement en réduisant l'empreinte carbone de ses livres. Celle de cet exemplaire est de :
200 g éq. CO_2
Rendez-vous sur www.livredepoche-durable.fr

Composition réalisée par Lumina Datamatics, Inc.

Achevé d'imprimer en France par
CPI BRODARD & TAUPIN (72200 La Flèche)
en août 2024
N° d'impression : 3058324
Dépôt légal 1re publication : septembre 2024
LIBRAIRIE GÉNÉRALE FRANÇAISE
21, rue du Montparnasse – 75298 Paris Cedex 06

19/5173/1